창백한 불꽃

PALE FIRE
by Vladimir Nabokov

이 도서의 국립중앙도서관 출판예정도서목록(CIP)은 서지정보유통지원시스템 홈페이지(http://seoji.nl.go.kr)와
국가자료공동목록시스템(http://www.nl.go.kr/kolisnet)에서 이용하실 수 있습니다.
(CIP제어번호: CIP2019005208)

세계문학전집
177

Pale Fire : Vladimir Nabokov

창백한 불꽃

블라디미르 나보코프 장편소설

김윤하 옮김

문학동네

일러두기

1. 번역 대본으로는 *Pale Fire*(Vladimir Nabokov, Penguin Classics, 2000)를 사용했다.
2. 각주와 미주는 모두 옮긴이주이다.
3. 본문의 이탤릭체는 원서에서 프랑스어 등 영어 이외의 언어가 사용된 부분으로, 젬블라어의 경우 원문을 병기했다.
4. 본문의 고딕체는 원서에서 이탤릭체로 강조한 부분이다.

차례

창백한 불꽃

베라에게

이 말을 듣고 그가 랭턴 씨에게 했던 우스꽝스러운 이야기가 떠올랐다. 집안이 좋은 어떤 젊은 신사의 비루한 신세에 대한 이야기였다. "선생, 내가 그에 대해 마지막으로 들은 얘기는 그가 고양이들을 쏘며 마을을 뛰어다닌다는 것이었소." 그러고는 이런저런 잔잔한 상념에 빠져 있다가 자신이 가장 아끼는 고양이를 떠올리더니 말했다. "하지만 호지는 총에 맞으면 안 돼. 안 되지, 안 돼. 호지가 총에 맞게 둘 순 없어."

—제임스 보즈웰, 『새뮤얼 존슨전傳』

머리말

「창백한 불꽃」, 999행의 영웅시격 2행 연구聯句*로 이루어진 이 시는 총 네 편으로 구성되었으며, 존 프랜시스 셰이드(1898년 7월 5일 출생, 1959년 7월 21일 사망)가 생애 마지막 스무날 동안 미국 애팔래치아 지방 뉴와이의 자택에서 집필하였다. 본서가 충실히 옮겨 인쇄한 이 시의 원고는 대부분이 정서본淨書本이며, 중간 크기의 색인카드 여든 장으로 이루어졌다. 셰이드는 각 카드 상단의 분홍색 줄을 표제(시편 숫자, 날짜)를 위해 남겨두고, 그 아래 열네 개의 옅은 파란색 줄에 예리한 펜촉을 이용해 깨알같이 또박또박 놀라우리만치 단정한 필체로 시를 써내려갔다. 타자를 칠 때 행을 띄어야 하는 부분을 표시하기

* heroic couplet. 각기 약강5보격 10음절로 구성하여 각운을 맞춘 한 쌍의 시행.

위해 한 줄씩 건너뛰었으며, 새 시편을 시작할 때는 항상 새 카드를 사용했다.

예의 그 유쾌한 새들과 환일幻日이 나오는 짧은(166행) 제1편은 카드 열세 장 분량이다. 여러분이 가장 좋아하는 제2편과 충격적인 역작인 제3편은 길이가 같고(334행), 각각 스물일곱 장씩이다. 제4편은 길이면에서 제1편으로 되돌아가 다시 열세 장 분량인데, 그중 셰이드가 죽던 날에 쓴 마지막 네 장의 카드는 '정서본'이 아니라 '교정을 본 초고' 상태다.

꼼꼼한 사람인 존 셰이드는 그날 치 완성한 시행을 보통 자정 무렵에 정서하곤 했다. 하지만 나는 그가 가끔은 시행을 나중에 다시 정서했을 수도 있다고 보는데, 그리했을 때도 카드에는 최종 결정고의 날짜가 아니라 교정을 본 초고 날짜나 최초의 정서본 날짜를 기재했다. 즉, 그가 두번째나 세번째로 생각을 바꾼 날짜보다는 실제 창작 날짜를 보존하는 쪽을 택했다는 뜻이다. 현재 내가 묵고 있는 숙소 바로 앞에는 꽤나 시끌벅적한 유원지가 있다.

그 결과, 우리는 그의 완벽한 작업 일지를 가진 셈이다. 제1편은 7월 2일 심야에 시작해 7월 4일에 완성했다. 다음 편은 자신의 생일에 쓰기 시작해 7월 11일에 끝냈다. 그다음주는 제3편에 전념. 제4편은 7월 19일에 시작했으며, 이미 언급했듯 그 마지막 3분의 1(949~999행)은 교정을 본 초고로 메꿔졌다. 엉망으로 지워진 곳과 대대적인 삽입도 많이 보이고, 정서본처럼 엄격하게 카드의 괘선을 따르지도 않아 겉보기에도 정말 초고로 보인다. 실제로는 그 혼란스러운 수면 아래의 투명한 심연으로 뛰어들어 억지로라도 눈을 떠보면, 이 초고가 아름다우리만큼 적확함을 알 수 있다. 결함 있는 시행은 단 한 행도 포함되어 있지 않고, 읽다 의문이 생기는 대목도 전혀 없다. 이러한 사실만으로도 자칭 셰이드 연구자라는 우리 전문가 중 한 분이 모 신문 인터뷰(1959년 7월 24일자)에서 지껄인 비방—그 양반은 이 시의 원고를 한 번도 본 적이 없으면서 이 시가 "뿔뿔이 흩어진 초고로만 이루어져 결정고를 낼 수 없다"고 단언하셨다—은 위대한 시인의 작업이 죽음으로 중단된 상황을 개탄하기보다는 이 원고의 현 편집자이자 주석자인 인물의 능력을, 그리고 어쩌면 그의 정직성까지도 중상모략하려는 악의적인 날조라는 점이 충분히 드러난다.

헐리 교수와 그의 패거리가 공표한 또다른 견해는 구조상의 문제에 관한 것이다. 같은 인터뷰에서 인용해본다. "존 셰이드가 이 시를 얼마나 길게 쓸 계획이었는지는 아무도 알 수 없지만, 그의 유작이 거울에 어렴풋이 비친 시작품의 작은 파편을 제시한 것에 불과할 가능성도 없지 않다." 이 또한 헛소리! 내적 증거로 제4편 전체에 울리는 진정 우렁차고도 명쾌한 나팔소리는 차치하더라도, 자신의 남편은 "네 편 이외에 더 쓸 생각이 전혀 없었다"는 시빌 셰이드의 확언(1959년 7월 25일자 문서)이 있지 않은가. 셰이드에게 제3편은 끝에서 두번째 시편에 해당했는데, 어느 저물녘 산책을 하던 중에 그가 그렇게 말한 것을 내가 직접 들었다. 당시 그의 사려 깊은 동행이 긴 다리로 휘청휘청 걷는 걸음을 부스스한 머리의 노시인이 발을 끌며 뒤뚱대는 걸음에 보조를 맞추려 별 보람도 없이 계속 애쓰는 동안, 그는 혼잣말하듯 그날의 작업을 되새기다 납득할 만한 자화자찬의 몸짓을 섞어 그렇게 말했다. 아니, 나는 (그때의 우리 그림자가 우리가 없는 지금도 여전히 걷고 있으므로) 이렇게 단언할 수 있으리라. 그는 1행과 완전히 일치하는 단 하나의 행(다시 말해 1000행)만 더 써넣었을 테고, 그러면 길이가 같은 견고하고 풍성한 두 중앙부에 그보다 짧은 양쪽 날개가 붙어 양측이 각각 500행으로 나뉘는 구조의 대칭성이 완성되었을 것이다. 저 젠장 맞을 음악소리. 나는 셰이드가 그런 정연한 배열을 좋아하고 조화로운 균형에 대한 섬세한 감각을 지니고 있음을 알기에 그가 자신이 구축한 결정체의 예상 가능한 성장에 손을 대 그 면면을 어그러뜨릴 셈이었다고는 상상조차 할 수 없다. 또한 이 모든 설명으로도 충분치 않다면—물론 충분하고도 남지만—7월 21일 저녁 내 불쌍한 친구가 자신의 작업이 끝났음을, 아니 거의 끝났음을 육성으로 선언한 극적인 상황을 제시해 보이겠다(991행 주석 참조).

이 여든 장의 카드는 고무줄로 묶여 있었는데, 나는 그 귀중한 내용물을 마지막으로 검토한 뒤 경건한 마음으로 다시 원래대로 해두었다. 이 묶음보다 훨씬 얇은 열두 장의 카드 묶음이 클립으로 고정되어 마닐라지 봉투 안에 동봉되어 있었는데, 무질서한 초고들 사이로 짤막하고 간혹 잉크가 번진 채 제 갈 길을 가는 부가적인 2행 연구시 몇 편이 담겨 있었다. 대체로 셰이드는 필요 없어진 초고는 파기해버리는 편이었다. 나는 어느 찬란한 아침 셰이드가 소각장의 창백한 불꽃 속으로 초고 더미를 몽땅 던져 태우는 걸 우리집 현관에서 목격했던 일을 생생히 기억한다. 그는 그 뒤뜰 화형식에서 바람에 흩날리는 검은 나비들 사이에 서서 화형 집행측 참관자처럼 머리를 숙이고 있었다. 하지만 그가 열두 장의 카드를 살려둔 것은, 소용이 다한 초고 찌꺼기의 틈바구니에서도 빛을 발하는 한 번도 사용된 적 없는 명문구들이 있었기 때문이다. 아마도 그는 정서본의 몇몇 구절을 자신이 모아놓은 이 사랑스러운 퇴짜들로 대체할 수도 있다고 막연하게나마 기대했을지 모른다. 아니면 조금 더 그럼직하게는, 구성을 고려하다보니 혹은 S 부인이 언짢아했기 때문에 억눌렀던 이런저런 단장短章에 대한 애착이 그를 부추겨 정갈하게 타이핑한 흠잡을 데 없는 최종고가 그 단장을 확정해주거나, 아니면 가장 마음에 드는 대안도 거추장스럽고 불순해 보일 때까지 처분하지 않고 보류하도록 한 것은 아닐까. 또한, 내가 알기로 그는 그럴 계획이었는데, 아마도 자기 시를 나에게 읽어주고 조언을 구할 의도였음을, 자랑하려는 건 아니지만 여기에 덧붙여둔다.

시에 붙인 나의 주석을 읽다보면 독자는 이런 식으로 삭제된 대안들을 알게 될 것이다. 그것이 본래 있어야 할 위치는 바로 인접한 최종 시행의 초고를 보면 드러나거나 최소한 암시라도 되어 있다. 어떤 의미에서는 그런 대안 중 많은 수가 예술적으로도 역사적으로도 최종고에 있는 가장 빼어난 구절들보다 더 가치가 있다. 이제 어떻게 「창백한 불꽃」을 내가 편집하게 되었는지, 그 경위를 설명해야 할 때다.

친애하는 내 친구가 사망한 직후 나는 슬픔에 젖은 그의 부인을 설득했다. 그녀의 남편이 내게 원고를 넘겼고, 나는 지체 없이 출판사를 선정해 나의 주석을 붙여 원고를 출판할 것이며, 출판사측의 몫을 제외한 모든 수익은 그녀에게 돌리고, 발행 당일에 원고는 영구 보존을 위해 의회도서관에 양도하기로 합의하자고. 또 이런 취지의 합의서에 그녀가 서명하면, 남편의 원고(이 원고는 그의 육신이 무덤에 도착하기도 전에 내가 안전한 장소로 옮겨놓았다)를 탐내어 몰려들 온갖 상업적인 열광과 학계의 음모를 선수 쳐 물리칠 수 있다고. 이 계약에서 부당한 점을 찾을 수 있는 진지한 평론가가 있다면 어디 한번 해보라고 하고 싶다. 그럼에도 (셰이드의 예전 변호사는) 이 계약을 "상상을 초월하는 악의 범벅"이라고 부르기도 했고, 어떤 이(셰이드의 예전 저작권 대리인)는 셰이드 부인이 떨리는 손으로 한 서명이 "어떤 특수한 붉은 잉크"로 쓰인 것은 아닌지 의심스럽다고 비웃기도 했다. 그런 심장, 그런 두뇌로는 걸작에 대한 한 사람의 애착이—특히나 그 걸작 탄생의 목격자이자 유일한 생부[1]로서 제 과거가 무고한 작자의 운명과 얽히고설킨 그 직물의 이면에 도취되어 있을 때—얼마나 압도적일 수 있는지 결코 이해하지 못하리라.

이 시에 붙인 나의 마지막 주석에서 언급한 것 같은데, 셰이드의 죽음은 수중폭뢰처럼 너무나 엄청난 비밀들을 폭발시켜 수많은 물고기를 죽여 수면 위로 떠오르게 했다. 그 결과 나는 수감된 살인자와 마지막 접견을 마친 뒤 곧바로 뉴와이를 떠날 수밖에 없었다. 주석 집필은 좀더 조용한 환경에서 새로이 신분을 숨긴 다음으로 미뤄야 했지만, 시와 관련된 현실적인 문제들은 당장 해결을 봐야 했다. 그래서 비행기를 타고 뉴욕으로 가서 원고의 사진판을 뜬 뒤, 셰이드의 출판업자 중 하나와 교섭해 바야흐로 계약을 체결하려는 차에 장엄한 석양빛을 받던 (우리는 저 밑의 도로를 지나가는 자동차 행렬이 풍뎅이떼같이 보이는 고층 건물 50층의 호두나무 목재와 유리로 된 밀실에 앉아 있었다) 나의 대화 상대자가 무심코 이렇게 말했다. "기뻐하실 얘기가 있어요, 킨보트 박사님. 모 교수님〔셰이드위원회의 위원 중 한 명〕께서 작품의 편집고문을 해주시기로 하셨답니다."

이럴 때 '기뻐하다'는 말은 지극히 주관적인 표현이다. 우리 젬블라의 바보 같은 속담 중에 이런 게 있다. 없어진 장갑이 기뻐한다. 그 즉시 나는 서류가방을 다시 잠그고 다른 출판업자를 찾아갔다.

물러빠지고 요령 없는 거인을 상상해보라. 돈에 대한 지식이라곤 국채 같은 추상적인 수십억 단위에 한정된 역사적 인물을 상상해보라. 자신의 커프스단추에 박힌 골콘다*의 보석을 알아채지 못하는 망명 군주를 상상해보란 말이다! 즉―아, 과장을 좀 하자면―나는 이 세상에서 가장 물정 어두운 인간이라는 소리다. 이런 인간과 출판업계의 늙은 여우 사이의 관계란 처음에는 친밀하게 흉금 없이 활달한 농담과 온갖 호의의 표시가 오가는 자연스럽고 다정한 관계로 시작되게 마련이다. 사람 좋은 나의 현 출판인 프랭크와의 이런 초기 관계가 평생에 걸쳐 변하지 않고 지속되는 것을 방해할 일이 일어날 거라 가정할 이유가 내게는 전혀 없다.

프랭크는 내가 있는 이곳으로 보낸 교정쇄를 무사히 잘 받았는지 확인하면서, 나의 주석에서 발생하는 모든 오류에 대한 책임은 전적으로 나에게 있다는 점을 '서문'**에 언급해달라고 부탁했다. 그리고 나는 보다시피 기꺼이 그렇게 하고 있다. '전문' 앞에 삽입 요망***. 전문 교정자 한 사람이 시의 간행용 텍스트와 원고의 사진판을 일일이 대조해 내가 놓친 사소한 오자 몇 개를 잡아냈다. 외부의 도움은 이게 다였다. 시빌

---

* 인도 남부의 고대 도시. 다이아몬드 가공으로 부를 누렸다고 전해진다.

** Preface. 차례에서는 저자 이외의 필진이 집필한 서언을 뜻하는 'foreword'를 썼으나 여기서는 저자 자신이 집필한 서언을 뜻하는 'preface'를 썼다.

*** 출판인 프랭크의 요청에 따라 교정쇄에 문장을 추가하면서 남긴 편집상의 지시 사항으로 추정된다. 이 머리말을 (또한 킨보트가 편집한 이 책 자체를) 최종 출판물로 볼 수 없는 증거 중 하나로, 이후 주석과 색인에서도 이러한 성격의 증거가 발견된다.

셰이드로부터 풍부한 전기 자료를 제공받을 수 있기를 내가 얼마나 고대했는지는 말할 필요도 없을 것이다. 불행히도 그녀는 나보다 먼저 뉴와이를 떠나버렸고 지금은 퀘벡에서 친척들과 지내고 있다. 물론 우리는 매우 유익한 서신 왕래를 할 수도 있었을 테지만, 셰이드 연구자들을 따돌리기는 어려웠다. 내가 그녀와 그녀의 변덕스러운 기질과의 접촉을 끊자마자 그들은 떼를 지어 캐나다로 몰려가 불쌍한 부인에게 달라붙었다. '짐 코츠'의 본명 등 어떻게든 알고 싶은 몇 개의 질문을 항목별로 나열한, 시던의 내 동굴에서 보낸 지 한 달이 넘은 내 편지에는 답도 없던 그녀가 갑자기 내게 전보를 쳐서 H 교수(!)와 C 교수(!!)를 남편 시의 공동 편집자로 받아들여달라고 요구해왔다. 얼마나 경악스럽고도 고통스럽던지! 이로써 잘못된 길로 빠져든, 내 친구의 미망인과의 공조는 자연스레 불가능해졌다.

어쨌든 그는 참으로 소중한 친구였다! 달력을 보니 내가 그를 알고 지낸 건 불과 수개월밖에 안 되지만, 빙글빙글 회전하는 악의에 찬 음악과는 별개로 그 자체의 내적 지속성과 그 자체의 투명한 영겁의 시간을 발전시키는 우정이 존재했다. 독자가 보게 될 주석에도 언급했지만, 1959년 2월 5일 (안식년을 맞아 영국으로 떠난 골즈워스 판사로부터 세를 낸) 교외 주택으로 이사를 들면서 옆집에 20년 전 내가 젬블라어로 번역해보려 했던 시를 쓴 그 저명한 미국 시인이 산다는 것을 알고 얼마나 고무됐는지 결코 잊을 수 없다! 이렇게 멋진 이웃이 있다는 점을 제외하면, 골즈워스 가문의 성은 내가 즉각 간파했듯 마음에 드는 구석이 거의 없었다. 난방시설은 그야말로 한 편의 익살극으로, 통탕거리고 그르렁거리는 지하실 보일러에서 뜨뜻미지근한 수증기가 마루에 있는 난방조절장치를 통해 다 죽어가는 놈이 내뱉는 마지막 콧김보다 못한 기력으로 간신히 방들로 전달되는 판국이었다. 위층의 틈을 막아 거실의 난방조절장치에 더 많은 열이 가도록 해봤지만, 입구의 얄팍한 문짝 말고는 현관이라는 건 흔적도 없어 극한지와 거실 사이를 막아줄 게 아무것도 없는 형편에서 거실 온도를 더 어찌해볼 도리가 없었다. 곧 닥칠 뉴와이의 겨울이 어떨지 상상할 수 없었던 무사태평한 정착민이 한여름에 이 집을 지었거나, 아니면 문 열린 집에 우연히 들른 방문객이 문지방에 서서 이 집 거실에서 꼴사나운 광경이 벌어지지는 않는지 확인할 수 있도록 집을 짓는 게 구식 양반네들 체통이었든지.

잼블라의 2월과 3월(우리가 '하얀 코의 달'이라고 부르는 넉 달 중 마지막 두 달)도 꽤나 혹독한 편이지만, 거기서는 하다못해 농부의 방도 두루두루 훈훈할 만큼 틈이 없었다. 매서운 외풍이 들락거리는 성긴 그물코 같지 않고 말이다. 새로 이사오는 사람이라면 으레 듣는 말이지만, 나도 수년 만에 찾아온 최악의 겨울을 택해 왔다는 말을 듣긴 했다. 사실 이곳은 팔레르모*와 위도가 같은데 말이다. 이사온 지 얼마 안 된 어느 날 아침, 나는 며칠 전에 구입한 힘 좋은 빨간 차를 타고 강의하러 갈 채비를 하다 아직 정식으로 인사를 나눈 적이 없는 셰이드 부부(나중에 안 일이지만 그들은 내가 혼자 지내고 싶어하는 줄 알았다고 한다)가 미끄러운 진입로에서 그들의 낡은 패커드와 씨름하는 것을 보았다. 그 차는 낑낑대며 고통에 겨운 소리를 냈지만, 우묵하게 파

* 이탈리아 시칠리아섬의 최대 도시.

인 얼음 지옥에서 고문당하는 뒷바퀴 하나를 탈출시키지 못했다. 존 셰이드는 양동이를 들고 마치 씨 뿌리는 사람처럼 푸른빛이 도는 빙판 위에 갈색 모래를 한 움큼씩 어설프게 뿌리며 허둥댔다. 눈장화를 신고 비쿠냐* 옷깃을 세운 그의 숱 많은 잿빛 머리카락은 햇빛 속에서 서리로 덮인 듯 보였다. 그가 몇 달 전 병석에 있었다는 사실을 알고 있던 나는 내 이웃을 힘 좋은 내 차에 태워 캠퍼스까지 데려다줄 요량으로 서둘러 그들 쪽으로 다가갔다. 내가 세낸 성이 서 있는 조금 높은 지반을 에두르는 구부러진 찻길이 이웃집의 진입로와 성을 갈라놓았기 때문에, 나는 찻길을 가로질러가려다 발을 헛디뎌 놀라울 정도로 딱딱한 눈 위에 엉덩방아를 찧고 말았다. 내가 넘어진 것이 셰이드 부부의 세단에 화학적 시약 역할을 했는지 그 차가 즉각 움직이더니 찻길로 획 꺾어 들어가면서 하마터면 나를 칠 뻔했다. 운전석에 앉은 존은 얼굴을 잔뜩 찌푸렸고, 시빌은 맹렬하게 그에게 얘기하고 있었다. 둘 중 어느 쪽이 나를 봤는지 확실치 않았다.

그러나 며칠 후, 다시 말해 2월 16일 월요일 점심시간에 교수회관에서 나는 그 노시인에게 소개되었다. 조금 반어적으로 내 비망록에 적어둔 바대로 '드디어 신임장을 제정한 것'**이다. 나는 네댓 남짓 되는 다른 저명한 교수들과 함께 앉는 그의 지정석에 초대되어 합석했다. 1903년 유난히 흐렸던 어느 여름날 찍은 워드스미스대학[2)]의 흐릿하고 초라한 모습을 확대한 사진이 걸려 있는 자리였다. "돼지고기를 먹어

* 남미에 서식하는 야생 라마의 털이나 그와 유사한 털로 짠 모직 종류.

** 외교 의전 용어로, 외국에 나간 대사는 해당 국가의 원수에게 자국 원수의 신임장을 제정하는 공식적인 의전 후 대사 업무를 시작하는 외교적 관례가 있다.

보라"는 그의 간명한 권유가 나를 미소 짓게 했다. 나는 엄격한 채식주의자인데다 내가 먹을 음식은 직접 해먹는 걸 좋아한다. 얼굴이 불그레한 회식 자리의 좌중에게 나는 남의 손으로 만든 무언가나 동물을 먹는 데 거부감이 든다고 설명했다. 그러고는 목소리를 낮춰 거기에는 우리에게 음식을 날라다주고 연필을 빨고 있는, 머리를 하나로 묶은 저 걸쭉하게 생긴 여학생도 포함된다고 했다. 더구나 서류가방에 넣어온 과일도 이미 다 먹었으니 이제는 교내에서 파는 맛좋은 에일 맥주나 한 병 마시면 족하다고 덧붙였다. 스스럼없고 소박한 나의 태도에 좌중의 분위기가 가벼워졌다. 에그노그*나 밀크셰이크 정도는 나의 신조를 크게 거스르는 음식이 아니지 않냐는 둥 으레 듣던 질문들이 쏟아졌다. 셰이드는 자기는 그 반대라고 말했다. 야채를 먹으려면 대단히 노력해야만 한다고 했다. 샐러드에 손을 대는 것은 추운 날 바닷물에 들어가는 것과 같고, 사과 하나를 먹으려면 마치 요새를 공격하듯 항상 마음을 다잡아야 한다는 것이다. 나는 근친교배적인 학계에 속한 미국 지식인들끼리 나누는 사람 피곤하게 하는 농담이나 수작에 아직 익숙지 않았기 때문에, 히죽거리는 늙은 수컷들 앞에서 진지한 문학 토론이 자칫 우스갯거리로 전락하지 않도록 존 셰이드에게 내가 얼마나 그의 작품을 흠모해왔는지 얘기하고 싶은 것을 꾹 참았다. 대신 새로 내 수업을 듣는 학생 중에 그의 수업도 듣는 침울하고 섬세하며 제법 총명해 보이는 남학생을 아느냐고 물었다. 그러나 노시인은 백발이 성성한 앞머리를 단호히 흔들며 자신은 이미 오래전에 학생의 얼굴이

* 계란과 설탕, 우유를 섞은 음료.

나 이름을 기억하는 것을 그만두었다고, 자신의 시 수업에 들어오는 학생 중 기억할 수 있는 사람은 목발을 짚은 부인 청강생뿐이라고 대답했다. "아니, 아니." 헐리 교수가 물었다. "존, 당신 정말 문학202 수업에 드나드는 그 몸에 착 붙는 검은 레오타드를 입은 죽이는 금발 미녀가 마음속으로, 아니 본능적으로라도 안 떠오른단 말이오?" 셰이드는 주름투성이 얼굴에 환한 미소를 띠고 인자하게 헐리 교수의 손목을 툭 치며 그의 말을 제지했다. 또다른 성가신 이가 내 집 지하실에 탁구대를 두 개나 설치했다는 것이 사실이냐고 캐물었다. 내가 그러면 죄가 되느냐고 반문하자, 그는 그건 아니지만 왜 두 개냐고 다시 물었다. "둘인 게 죄인가요, 그럼?" 내가 응수하자 모두 웃음을 터뜨렸다.

심장이 약하고(735행 참조) 가볍게 다리를 절어 어떻게 보면 조금 비트적거리는 듯한 걸음새에도 불구하고 셰이드는 긴 산책을 유난히 좋아했다. 하지만 눈길은 만만치 않아 겨울에는 수업이 끝나면 아내에게 차로 데리러 오라고 하는 편이었다. 며칠 후 나는 파르테노키수스관 또는 본관(아니, 이제는 셰이드관이 되었구나, 아아)을 막 나서다 밖에서 부인이 오기를 기다리는 그를 보았다. 나는 기둥이 세워진 현관 계단으로 나와 그의 옆에 잠시 서서 장갑을 한 손가락씩 끼우고는 열병식에서 연대를 기다리듯 먼 곳을 바라보았다. "꼼꼼히도 끼시는군" 시인의 한말씀. 그는 손목시계를 내려다보았다. 눈송이 하나가 그 위에 내려앉았다. "크리스털 위에 크리스털이라." 셰이드가 말했다. 나는 내 힘 좋은 크램러로 집까지 태워다주겠다고 제안했다. "셰이드 씨, 아내들은 곧잘 까먹잖아요." 그는 덥수룩한 머리를 치켜들어 도서관의 시계를 바라보았다. 요란한 색깔의 겨울옷을 입은 눈부신 젊은이

둘이 웃음을 터뜨리며 넓고 황량한 눈 덮인 잔디밭 위를 미끄럼질 치며 지나갔다. 셰이드는 자신의 시계를 한번 더 흘낏 보고는 어깨를 으쓱하며 내 제안을 받아들였다.

나는 그에게 길을 살짝 돌아가 커뮤니티센터에 들러 초콜릿 쿠키와 캐비아를 좀 사려고 하는데 괜찮겠냐고 물었다. 그는 상관없다고 했다. 상점의 유리창으로 내다보니 이 영감님이 주류점으로 불쑥 들어가는 것이 보였다. 물건을 들고 차로 돌아왔을 때 그는 다시 차 안에 앉아 시인이라면 손도 대지 않을 거라 생각했던 타블로이드 신문을 읽고 있었다. 기분좋은 한 번의 트림이 그가 외투로 따뜻하게 감싼 몸에 브랜디 한 병을 숨기고 있음을 알려주었다. 우리가 그의 집 진입로에 들어서자 시빌이 집 앞에 차를 세우는 모습이 보였다. 나는 정중하고도 쾌활한 태도로 차에서 내렸다. 시빌이 말했다. "우리집 양반은 사람 소개 같은 건 안 하니까 우리끼리 하죠. 킨보트 박사님 맞죠? 저는 시빌 셰이드예요." 그러고는 남편에게 연구실에서 조금만 더 기다리지 그랬냐고 말했다. 경적을 울리고 이름을 부르다 위에까지 걸어올라갔다면서. 부부싸움을 듣고 싶지 않아 가려고 돌아서는데, 그녀가 나를 다시 불러 세웠다. "우리하고 술 한잔해요." 그녀가 말했다. "아니, 저하고요. 존은 술을 입에 대면 안 되거든요." 나는 집에서 소규모 세미나가 있고, 이어서 매력적인 일란성쌍둥이 형제와 또다른 소년, 그다음에 또다른 소년과 계속 탁구를 쳐야 해서 오래 지체할 수 없다고 설명했다.

그후로 나는 점점 더 자주 이 명사 이웃을 목격하게 되었다. 내 집 창문에서 보이는 광경은 내게 최고의 여흥을 제공해주었다. 약속 시간에 늦는 손님을 기다릴 때 특히 그랬다. 두 집 사이에 있는 낙엽수들의 가지가 헐벗은 상태에서는 내 집 이층에서 셰이드네 거실 창문이 훤히 들여다보였고, 거의 매일 저녁 슬리퍼를 신은 시인의 발이 천천히 흔들리는 걸 볼 수 있었다. 그걸 보고 그가 책 한 권을 들고 낮은 의자에 앉아 있으리라 추측할 뿐, 그 발 그리고 한곳만 비추는 램프 불빛 속에서 정신을 쏟아 열중할 때 비밀스러운 리듬에 따라 위아래로 움직이는 그 발의 그림자 이상은 엿보려고 해도 볼 수가 없었다. 그러나 모직 양말을 신은 발은 계속 흔들거리다 속도가 점점 느려졌고, 늘 같은 시각에 갈색 모로코가죽 슬리퍼가 발에서 떨어졌다. 그러면 온갖 공포와 함께 취침 시간이 다가옴을 알게 된다. 몇 분 후면 그는 발끝으로 이리저리 쑤시고 더듬어 슬리퍼를 찾아 신고, 검은 잔가지 사이로 보이는 나의 금쪽같은 시야로부터 그만 벗어나버린다. 때때로 시빌 셰이드가 불같이 성을 내고 양팔을 휘저으며 빠르게 휙 지나갔다가 잠시 후 훨씬 차분해진 걸음으로 괴짜 이웃을 친구로 둔 남편을 용서했다는 듯 다시 나타나곤 했다. 하지만 그녀의 이 같은 행동의 수수께끼는 어느 날 밤 완전히 풀렸다. 그 집에 전화를 걸면서 창문을 바라보니, 마치 내가 마법이라도 건 듯 그녀는 그동안 나를 어리둥절하게 했던 바로 그 성급하고 악의 없는 동작을 그대로 해 보였다.

그러나 아아, 내 마음의 평화는 이제 곧 산산이 깨져버릴 운명이었다. 존 셰이드가 다른 모든 사람과의 관계보다 나와의 친교를 중시한다는 사실이 대학촌에 알려지자마자, 시샘에 찬 농도 짙은 맹독이 나를 향해 뿜어져나오기 시작했다. 친애하는 C 부인, 당신 집에서 열린 따분한 친목 파티가 끝난 후 지친 노시인이 오버슈즈 찾는 것을 내가 도와주자 낄낄거리던 당신의 웃음을 우리는 놓치지 않았습니다. 어느 날인가는 내 친구에게 온하바[3]의 왕궁 사진이 실린 잡지를 보여주고 싶어 영문학과 사무실에 찾으러 갔다가 녹색 벨벳 재킷을 입은 젊은 강사가(너그럽게 봐줘서 제럴드 에메랄드라고 부르겠다) 비서의 질문에 "셰이드 씨는 그 거대한 비버하고 벌써 나갔을걸"이라고 무심결에 대답하는 것을 엿듣게 되었다. 물론 나는 꽤 키가 크고, 갈색 턱수염은 색이 좀 짙고 숱이 많은 편이다. 그 바보 같은 별명은 분명 나를 가리키는 말이지만, 신경쓸 가치가 없는 일이라 조용히 책자가 널려 있는 탁자에서 잡지를 집어들고는 제럴드 에메랄드 곁을 지나가면서 잽싸게 손가락을 놀려 그의 나비넥타이를 잡아당겨 풀어버리는 것으로 만족했다. 또 어느 날 아침에는 내가 소속된 학과의 학과장인 나토츠다그[4] 박사가 정중한 말투로 내게 앉으라고 하더니 문을 닫고 다시 회전의자에 앉아 눈을 내리깔고 미간을 찌푸린 채 나에게 "좀 조심할 것"을 강권했다. 조심하라니, 그게 무슨 뜻이죠? 한 남학생이 지도교수에게 불평을 했단다. 네? 어떤 불평이요? 그 학생이 듣는 문학 강의를 내가 비난했다고("말도 안 되게 평범한 인간이 연구랍시고 한 어처구니없는 작품에 대한 황당한 개론"). 그 얘기를 듣고 나는 완전히 마음이 놓여 웃음을 터뜨리며 나의 선량한 네토츠카*를 끌어안고 앞으로는 경거망동하지 않겠다고 말했다. 나는 이 기회를 빌려 그에게 경의를 표하는 바이다. 그는 항상 극도로 세심하게 예의를 갖춰 나를 대했기 때문에 확실하게 알고 있는 이는 오직 세 명(이사 둘과 학장)뿐이고 셰이드는 수상쩍게 여기는 사실을 그도 수상쩍게 여기는 것 아닌지 때때로

---

* 학과장의 이름을 장난삼아 도스토옙스키의 장편소설 『네토츠카 네즈바노바』의 여주인공 이름으로 바꿔 부른 것이다.

궁금했다.

아, 그런 사건은 그 밖에도 여러 번 있었다. 연극부 학생들이 공연한 풍자극에서 나는 끝도 없이 하우스먼[5]을 인용하고 생당근을 갉아먹으며 독일식 악센트를 쓰는 젠체하는 여성 혐오자로 그려졌다. 그리고 셰이드가 죽기 일주일 전에는 이런 일도 있었다. 일전에 내게 자기 모임에서 '할리 발리'(오딘의 전당과 핀란드 서사시의 제목을 혼동한 것이다*)를 주제로 연설해달라고 했다가 거절당한, 성깔 고약한 부인이 식료품점 한가운데에서 나를 향해 이렇게 말했다. "당신은 정말 불쾌한 사람이야. 존과 시빌이 어떻게 당신을 참고 보는지 몰라." 내가 점잖게 미소 짓자 그녀는 화가 치밀어 이렇게 덧붙였다. "게다가 제정신도 아니군."

하지만 이런 바보 같은 사건을 늘어놓는 것은 이쯤에서 그만두기로 하자. 뭐라고 생각하고 뭐라고 쑥덕이든, 존의 우정은 내게 충분한 보상이 되었다. 이 우정은 특히 우리가 단둘이 있지 않을 때에는 '마음의 품위'라 칭할 법한 것에서 비롯된 퉁명스러움으로 다정한 속내를 애써 감추고 있어 더욱 소중했다. 그의 전全 존재가 곧 하나의 가면이었다. 존 셰이드의 외양은 그 남자의 내면과 너무나도 동떨어져서, 사람들은 그 외양을 조잡한 위장이나 지나가는 유행으로 일축해버리기 일쑤였다. 낭만주의시대의 유행이 매력적인 목을 드러내고 옆얼굴을 말끔하게 다듬고 갸름하게 뜬 눈동자에 산속의 호수가 어리는 식으로 시인의 남성성을 희박하게 만들었다면, 오늘날의 시인은 노령에 이를 가능성

---

* 각각 '발할라'와 「칼레발라」를 가리킨다.

이 높아진 덕분에 고릴라나 독수리처럼 보이게 마련이다. 나의 숭고한 이웃의 얼굴은 아예 사자 같거나 아니면 그냥 이로쿼이족*의 얼굴이었다면 한결 보기 좋았을 특징들을 갖고 있었다. 그러나 불행히도 그의 얼굴은 이 둘이 결합하는 바람에 윌리엄 호가스**의 그림에 등장하는 성별을 구별하기 어려운 살집 좋은 술고래가 연상될 뿐이었다. 보기 흉한 몸매, 숱 많은 잿빛 더벅머리와 통통한 손가락의 노란 손톱 그리고 광채 없는 눈 아래 처진 살은, 그의 시를 정제하고 조각하는 완벽을 추구하는 바로 그 힘이 그의 고유한 자아로부터 제거해버린 폐기물로 간주해야만 겨우 이해가 된다. 그는 자기 자신의 삭제본이었다.

내가 아끼는 그의 사진이 한 장 있다. 한때 나의 친구였던 사람이 어느 찬란한 봄날 찍어준 그 컬러 스냅사진에서 셰이드는 그의 고모 모드(86행 참조)가 쓰던 튼튼한 지팡이에 몸을 기대고 있다. 나는 시골 스포츠용품점에서 구한 흰 바람막이 재킷에 칸에서 산 연보라색 바지를 입었다. 반쯤 올라간 나의 왼손은 셰이드의 어깨를 토닥이려는 듯 보이지만, 사실 선글라스를 벗으려던 것인데, 그 삶, 사진 속의 삶에서는 영원히 그 선글라스에 도달하지 못하고 말았다. 그리고 내 오른쪽 겨드랑이 밑에 있는 책은 도서관에서 대출한 젬블라 미용체조에 관한 학술서로, 사진을 찍어준 나의 젊은 동거인에게 그것을 권해볼 작정이었다. 그로부터 일주일 후 동거인은 비열하게도 내가 워싱턴으로 여행간 틈을 타 내 신의를 배신했다. 집에 돌아와보니 그는 엑스턴에서 온 빨강 머리 갈보와 즐기던 참이었고, 욕실 세 곳에 온통 그 갈보가 빗질

---

* 북아메리카 동부 산림지대에 거주하는 원주민 부족.

** 18세기 영국 화가이자 판화가.

할 때 빠진 머리카락과 악취가 남아 있었다. 당연히 우리는 당장 헤어졌다. 나는 창문 커튼 틈으로 그 몹쓸 밥Bob이 짧게 친 머리에 남루한 배낭과 내가 준 스키를 들고 그야말로 처량하게 길가에서 자신을 차에 태워 영원히 떠나게 해줄 동료 학생을 기다리며 꽤나 애처로운 모습으로 서 있는 꼴을 보았다. 나는 모든 걸 용서할 수 있지만 배신만은 안 된다.

우리, 그러니까 존 셰이드와 나는 나의 개인적 불행에 대해서는 어떤 얘기도 나눈 적이 없다. 우리의 친밀한 우정은 더욱 고상한, 오로지 지적인 차원에 기반했기에 감정적인 번민을 나누는 일 없이 자유로웠다. 그에 대한 존경은 나에게 일종의 고산高山 치료였다. 그를 볼 때마다, 특히 다른 사람들, 열등한 사람들 틈에서 그를 볼 때마다 나는 웅대한 산을 바라보듯 경이로움을 느꼈다. 내가 느끼는 바를 그들은 느끼지 못하고, 내가 보는 바를 그들은 보지 못하고, 또 그들은 그의 현전이라는 로망스에 온 신경을 쏟지 않은 채 그저 그를 당연시한다는 것을 알고 나의 경이감은 더 깊어졌다. 나는 혼잣말을 하곤 했다. 여기 그가 있다, 저것은 그의 머리다, 주변의 합성 젤리 같은 두뇌와는 질적으로 다른 두뇌가 그 속에 차 있다. 그는 (그 3월 저녁에 C 교수 집의) 테라스에서 멀리 있는 호수를 바라보고 있다. 나는 그를 바라본다. 나는 예사롭지 않은 생리학적 현상을 목격한다. 존 셰이드가 세계를 지각하고 변형시키고, 취합했다 다시 분해하고, 세계의 여러 요소를 축적해나가는 동시에 그 요소들을 재결합해 마침내 어느 불특정한 날에 유기적인 합성과도 같은 기적을, 이미지와 음악의 융합을, 시 한 행을 탄생시키려 하는 것을. 나는 유년 시절에 외숙부의 성에서 방금 환상적인 공연을 마친 마술사가 이제 고요히 바닐라 아이스크림을 먹고 있는 모습을 티테이블 너머로 봤을 때 경험했던 전율과 흡사한 전율을 느꼈다. 나는 분칠한 마술사의 뺨과 그의 단춧구멍에 꽂힌 채 갖가지 색으로 변하다 바야흐로 하얀 카네이션이 된 마술 꽃을 응시했다. 그리고 특히 마음만 먹으면 숟가락을 빙빙 돌려 한줄기 햇살로 사라지게 하거나 접시를 허공에 던져 비둘기로 변하게 할 수 있는, 놀라울 정도로 유연해 보이는 그의 손가락을 뚫어지게 바라보았다.

셰이드의 시는 참으로 불시에 일어나는 마술 같다. 백발이 성성한 내 친구, 사랑하는 늙은 마술사는 색인카드 한 뭉텅이를 그의 모자 속에 넣고 흔들어 한 편의 시를 끄집어냈다.

이제 시를 살펴봐야겠다. 나의 머리말이 그리 빈약하지는 않으리라 믿는다. 시행 순서에 따른 연속 주해로 배열된 주석은 가장 탐욕스러운 독자조차 분명히 만족시킬 것이다. 관례에 따라 주석은 시 다음에 오지만, 주석을 먼저 훑어보고 그 도움을 받아 시를 읽어보길 독자에게 권유하는 바이다. 물론 시를 읽어가면서 주석을 다시 읽게 되겠지만, 시를 다 읽고 난 다음 시 전체를 이해하기 위해 주석을 세번째로 참조해주었으면 한다. 이러한 상황에서는 책장을 앞뒤로 넘겨야 하는 번거로움이 있으니 시 본문이 실린 부분을 잘라 묶어두거나, 그보다 간단하게 아예 책을 두 권 사서 편한 테이블 위에 나란히 펴놓고 보는 것이 현명하리라 생각한다. 뉴와이에서 멀리 떨어진 이 끔찍한 모텔 방에서 내 머리 안팎으로 회전목마가 빙글빙글 도는 가운데 지금 내 타자기의 왕좌로서는 너무 위태롭게 되똑대는 이 조그만 테이블 같은 데서는 안 되겠지만. 단언컨대, 내 주석 없이 셰이드의 시만으로는 인간적인 사실성을 갖지 못한다. 저자가 무심코 배제해 의미심장한 시행이 상당히 생략된 그의 시(자전적인 작품으로 보기에는 너무나 종잡을 수 없고 말을 아끼고 있다) 같은 작품이 갖는 인간적인 사실성은 저자와 주변 환경, 성향 등의 사실성에 전적으로 의존할 수밖에 없는데, 오직 나의 주석만이 이 사실성을 제공할 수 있기 때문이다. 이런 단언에 나의 친애하는 시인은 어쩌면 동의하지 않을지 모르나, 좋든 나쁘든 최후의 말을 하는 이는 바로 주석자다.

찰스 킨보트

1959년 10월 19일, 유타나, 시던에서

창백한 불꽃
네 편으로 된 시

제1편

나는 죽은 여새[6]의 그림자
창유리에 비친 거짓 창공에 속은.
나는 잿빛 솜털의 얼룩—그럼에도 나는
계속 살아서 날아다녔다, 창유리에 비친 하늘에서.
집안에서도 마찬가지, 나는 둘로 만들곤 했다.
나 자신을, 나의 램프를, 접시에 놓인 사과를.
밤의 장막을 열어 어두운 유리에 비친
모든 가구가 잔디밭 위에 떠 있도록 했다.
그리고 얼마나 기뻤던가, 눈이 내려
어렴풋이 보이던 잔디밭을 덮더니 쌓이고 쌓여
의자와 침대가 정확히
눈 위에, 저 밖의 크리스털 나라에 세워졌을 때!

내리는 눈을 다시 찍어보라, 흩날리는 눈발 하나하나
형체도 없이 느릿하게, 불안정하고 불투명한.
낮 하늘의 창백한 흰색에 대비되는 칙칙하고 어둑한 흰색
그리고 그 무색의 빛 속 추상화풍의 낙엽송들.
이윽고 밤이 찾아와 보는 자와 보이는 것이 하나가 되면서

점점 중첩되는 푸른빛.
그러다 아침이 되면 다이아몬드처럼 빛나는 서릿발이
놀라움을 표한다. 며느리발톱이 붙은 발로
저 빈 페이지 같은 길을 왼쪽에서 오른쪽으로 가로지른 이는 누굴까?
왼쪽에서 오른쪽으로 겨울의 기호를 읽는다.
점 하나, 뒤쪽을 가리키는 화살표 하나, 반복.
점, 뒤쪽을 가리키는 화살표…… 꿩의 발자국인가!
목둘레 깃털이 아름다운 고상한 들꿩,
내 집 바로 뒤에서 그대의 중국*을 찾네.
『셜록 홈스』에 나오는 인물이던가? 신을 거꾸로 신고
뒤로 가는 발자국을 남긴 그 친구는?

모든 색채가 나를 즐겁게 했다. 잿빛조차도.
나의 눈은 문자 그대로
사진을 찍었다. 기분이 내키는 대로 바라보거나,
혹은, 말없이 가슴을 설레며 주시하기만 하면 언제나
내 시야에 들어온 모든 것이—
실내 정경, 히커리 나뭇잎,
뾰족한 단검들처럼 꽁꽁 언 첨적簷滴—
내 눈꺼풀 안쪽 면에 인화되었다.

---

* 중국은 꿩의 종류가 세계에서 가장 많은 꿩의 원산지로 알려져 있다.

그것은 거기서 한두 시간 정도 머무는데,
그동안 내가 해야 할 일이란
눈을 감고 그 잎이나 실내 정경,
처마에 달린 트로피들을 재현하는 것뿐.

레이크 로드를 따라 학교로 갈 때는
호수에서 우리집 현관을 알아볼 수 있었는데,
지금은 왜 시야를 가리는 나무 한 그루 없는데도
지붕조차 안 보이는가, 알 수 없다.
어쩌면 공간의 어떤 뒤틀림이 주름이나 이랑을 만들어
안 그래도 빈약한 전망을,
골즈워스와 워드스미스 사이 정사각형 녹지 위에 서 있는
목조 가옥을 몰아내버린 것이려나.

내가 제일 좋아하는 어린 히커리나무가 그곳에 있었다.
짙은 비취색 잎이 무성하고 검고 마른
줄기는 잔뜩 벌레 먹은. 검은 나무껍질은
지는 해에 구릿빛으로 물들고, 그 주변에는
흐트러진 화환같이 나뭇잎 그림자가 드리워졌다.
나무는 이제 굵직하고 울퉁불퉁하다. 참 잘 컸다.
내 어린 딸이 타던 그네의 환영이
부드럽게 흔들리는 듯한 나무 그림자를 지날 때
흰나비들은 연보랏빛이 된다.

집 자체는 거의 그대로다. 한쪽 별채를
개조했을 뿐. 거기에는 일광욕실이 있다.
전망창이 하나 있고, 그 옆에 고급스러운 의자들이 놓여 있다.
자기가 들은 프로그램을 모두 따라 하던
천진난만하고 가냘픈 흉내지빠귀가 그렇게나 자주 찾아주던
뻿뻿한 바람개비 대신
이제는 거대한 TV 안테나가 반짝이고 있다.
치포치포 지저귀다 좀더 맑은
트위, 트위로 바뀌고, 그다음에는 쉿소리로 컴 히어,
컴 히어, 컴 히르르르 하기도 한다. 꽁지를 높이 치켜들고
혹은 사뿐히 총총 뛰어오르는 데
우아하게 몰두하다 돌연히(트위!)
자기 횃대인 새 TV 안테나로 돌아오곤 한다.

내가 젖먹이일 때 부모님이 돌아가셨다.
두 분 다 조류학자셨다. 나는 몇 번이고 몇 번이고
양친의 영혼을 불러내려 애썼고, 그래서 오늘
나에게는 천 명의 양친이 있다. 슬프게도 그들은
각자 자신의 미덕 속으로 사라져 점점 멀어져가지만,
어떤 단어들, 내가 우연히 듣거나 읽은 단어들은,
가령 '심장병'은 언제나 아버지를
'췌장암'은 어머니를 떠올리게 한다.

과거에 집착하는 자*, 차가워진 둥지를 수집하는 인간.
나의 침실이던 이곳을 이제 손님용으로 비워두었다.
캐나다인 하녀가 나를 눕혀놓던 이곳에서
나는 아래층의 웅성거리는 소리에 귀기울이고
모두가 항상 잘 지내기를 기도했다.
삼촌들, 숙모들, 그 하녀, 그녀의 조카딸로
교황을 알현한 아델, 책에 나오는 이들과 신을 위해.

나는 괴짜인 모드 고모의 손에 자랐다.
시인이자 화가였던 그녀는
그로테스크한 이상증식과 죽음의 형상이
엮인 사실적인 사물을 좋아했다.
그녀는 다음 아기의 울음소리를 들을 때까지 살았다. 우리는
그녀의 방을 손대지 않고 그대로 두었다. 그 방의 잡동사니들이
그녀 스타일의 정물화를 이룬다.
석호潟湖 풍경을 담은 볼록유리 서진,
색인(달, 월출, 무어인, 도덕**) 부분이
펼쳐진 시편 모음집, 팽개쳐놓은 기타,
인간의 두개골. 그리고 지역신문 〈스타〉에서 오린

---

* preterist. '과거에 집착하는 자'뿐 아니라 신학적으로 성서(특히 「요한계시록」)의 예언이 이미 이루어졌다고 보는 사람이라는 뜻도 있다.

** Moon, Moonrise, Moor, Moral.

진기한 기사 '채프먼의 호머로 레드삭스가
양키스를 5 대 4로 격파하다'가 문에 압정으로 꽂혀 있다.[*]

나의 신은 요절했다. 신을 숭배하는 것은
굴욕이며, 숭배의 전제도 부적절하다고 여겼다.
자유로운 인간은 신이 필요 없다. 하지만 나는 자유로웠던가?
나는 내게 달라붙은 본성을 얼마나 만끽했으며,
어린애 같은 내 입맛은 물고기맛 반, 꿀맛 반인
그 금빛 풀을 얼마나 사랑했는가!

어릴 적 나의 그림책은
우리의 새장을 도배한 채색된 양피지였다.
연한 자줏빛 달무리, 검붉은 오렌지빛 태양,
쌍을 이룬 이리스[**] 그리고 그 기이한 현상
이리듈iridule—산맥 너머 밝은 창공에 뜬
아름답고 기묘한
오팔색의 타원형 조각구름 하나에
먼 계곡을 무대로 삼은,
뇌우로 인한 무지개가 비치는—
우리는 지극히 예술적으로 새장에 갇혀 있으니까.

---

* 보스턴 레드삭스의 외야수로 활약한 벤 채프먼이 친 '홈런'이 엘리자베스시대의 시인이자 극작가인 조지 채프먼이 번역한 '호머(호메로스)'로 대체되었다.

** Iris. 그리스신화에 나오는 무지개의 여신.

그리고 소리의 벽이 있다. 가을에 우는
무수한 귀뚜라미가 쌓아올린 밤의 벽.
난공불락! 나는 언덕 중턱에서
귀뚜라미의 광적인 울음소리에 사로잡혀 잠시 멈춘다.
저것은 서턴 박사네 불빛. 저것은 큰곰자리.
천 년 전에는 5분이
고운 모래 40온스와 같았지.
별과의 눈싸움. 무한한 과거와
무한한 미래. 그대의 머리 위에서
그 두 시간이 거대한 날개처럼 포개지면, 그대는 죽는다.

이렇게 말해도 좋다면, 평범한 속물이
더 행복할 것이다. 속물이 은하수를 보는 건,
소변볼 때뿐이니까. 그때도 지금도
나는 위험을 무릅쓰고 걸었다. 큰 나뭇가지에 얻어맞고
그루터기에 걸려 넘어지면서. 나는 천식 환자, 절름발이 뚱보라
공을 바운드해본 적도 배트를 휘둘러본 적도 없었다.

나는 죽은 여새의 그림자
창유리에 비친 허위의 먼 풍경에 속은.
나는 두뇌도, 오감(그중 하나는 남다른)도 있었다.
그러나 그것 말고는 그저 굼뜬 괴짜였다.

잠들면 꿈속에서 다른 녀석들과 놀았지만,
사실 그들을 조금도 부러워하지 않았다 — 아마도
젖은 모래 위에 자전거 바퀴로
예사롭다는 듯 솜씨 좋게 남긴
렘니스케이트 곡선의 기적만 빼면.

미묘한 고통 한 가닥,
장난기 많은 죽음이 당겼다가 다시 풀어주지만,
늘 현존하며 나를 꿰뚫고 지나간다. 어느 날,
내가 막 열한 살이 되었을 때,
마루에 엎드려 태엽장치가 달린 장난감이—
깡통 소년이 미는 깡통 외바퀴 손수레—
의자 다리를 우회해 헤매다 침대 밑으로 굴러가는 걸 지켜보는데,
내 머릿속에 강렬한 햇살이 번쩍했다.

그리고 찾아온 검은 밤. 그 암흑은 장엄했다.
내가 시간과 공간 속에서 흩어지는 느낌이었다.
한 발은 산꼭대기에, 한 손은
끊임없이 물결에 쓸리는 해변의 조약돌 아래에,
한쪽 귀는 이탈리아에, 한쪽 눈은 스페인에,
동굴에는 내 피가, 별 무리에는 내 뇌가.
나의 트라이아스기*에는 둔중한 맥박이,

후기 플라이스토세[**]에는 녹색 시각 반점들이,
나의 석기시대에는 얼음장 같은 오한이,
나의 척골 끝에는 모든 내일이.

어느 겨울에는 오후만 되면
순간적인 기절 상태에 빠지곤 했다.
그러다 그런 증상은 사라졌다. 그 기억도 희미해져갔고.
건강은 나아졌다. 수영도 배웠다.
그러나 순결한 혀로 자신의 천박한 갈증을
해소하려는 매춘부에게 재촉당하는 어린 녀석처럼
나는 타락하고, 두려움에 떨고, 현혹되었다.
노의사 콜트 선생이 이른바 성장의 고통은
거의 다 치유되었다고 말해주었음에도
놀라움은 계속되고, 부끄러움도 여전하다.

---

* 중생대 최초의 시대로 약 2억 3천만 년 전에서 1억 8천만 년 전까지의 시기.

** 신생대 제4기의 첫 시기로 일명 대빙하시대. 인류가 최초로 등장한 시기.

제2편

광기에 찬 젊은 시절 한때,
나는 사후 생존에 관한 진실을
모든 인간이 알고 있다고 의심했다. 나 혼자만
아무것도 모르고, 거대한 음모를
품은 책들과 사람들이
나에게 그 진실을 감춘 거라고.

인간이 제정신인지 의심스럽다고
생각하게 된 날이 있었다. 어떻게 살아간단 말인가
무덤 저 너머에서 어떤 여명이, 어떤 죽음이, 어떤 운명이
사후의 의식을 기다리는지 확실히 알지 못한 채로?

그리하여 결국엔 잠들지 못하는 밤이 찾아왔다.
그 역겹고 용납할 수 없는 심연을
탐험하고 맞서보리라 결심했던 밤.
이 한 가지 임무에 내 뒤틀린 전 생애를 바치리라고.
오늘 나는 예순한 살이다. 여새들이
열매를 쪼아먹는다. 매미 한 마리가 울어댄다.

내가 쥐고 있는 작은 가위는
태양과 별의 눈부신 조합이다.
나는 창문 앞에 서서 손톱을 깎다
움찔할 만큼 유사한 점들을
막연히 의식하게 되었다. 엄지는
식료품점 아들, 검지는 마르고 시무룩한
천문학자 스타오버 블루 교수,
중지 녀석은 알고 지냈던 키다리 목사,
여성스러운 약지는 늙은 요부,
그리고 그녀의 치맛자락에 매달린 새끼손가락.
나는 모드 고모가 '스카프-피부'라고 부르던
얇은 손톱 거스러미를 잘라내면서 얼굴을 찡그렸다.

인생에 갑작스러운 정적이 닥쳤을 때 모드 셰이드는
여든 살이었다. 우리는 화난 듯한 홍조와
마비로 인한 뒤틀림이 그녀의 기품 있는 뺨에
엄습하는 것을 보았다. 우리는 그녀를 요양소로 유명한
파인데일로 옮겼다. 거기서 그녀는
유리창에 비치는 햇빛 속에 앉아 그녀의 옷 위에,
그다음엔 손목 위에 내려앉은 파리를 바라보았다.
그녀의 정신은 짙어지는 안개 속에서 계속 희미해져갔다.
그래도 아직은 말할 수 있었다. 머뭇거리고 더듬거리다

처음에는 쓸 만한 소리를 찾았으나,
옆방에서 들려오는 사기꾼들이
그녀가 필요로 하던 단어의 자리를 선취해버렸고,
그녀는 표정으로 애원이라는 철자를 말하면서
머릿속의 그 괴물들을 타일러보려 애썼지만 허사였다.

차츰차츰 파멸되는 와중에 부활은
어떤 순간을 선택하는가? 어느 해? 어느 날?
누가 스톱워치를 갖고 있는가? 누가 테이프를 다시 감는가?
운이 덜한 이가 있는 걸까, 아니면 모두가 도망치는 걸까?
삼단논법: 다른 사람들은 죽는다, 하지만 나는
다른 사람이 아니다, 그러므로 죽지 않는다.
공간은 눈 속에서 벌떼처럼 들끓고, 시간은
귓속에서 윙윙거린다. 이 벌통 속에 내가
갇혀 있다. 그러나 만약 우리가 태어나기 전에
삶을 상상할 수 있었다면, 그건 얼마나 광적이고,
터무니없고, 말할 수 없이 기묘하고,
놀라운 난센스로 보였을까!

그러니 왜 저속한 웃음에 합류하는가? 왜
아무도 증명하지 못하는 내세를 경멸하는가.
터키인의 열락을, 미래의 수금竪琴을,
사이프러스 산책로에서 소크라테스, 프루스트와 나누는 대화를,

여섯 개의 홍학 날개를 가진 세라핌을,
호저豪猪 같은 것들로 가득찬 플랑드르 화풍의 지옥을?
우리가 너무 분방한 꿈을 꾸는 것은 아니다.
문제는 우리가 그 꿈을 충분히 있음직하지 않은 일로
그리지 못한다는 데 있다. 기껏 우리가
생각해낼 수 있는 거라곤 길들여진 유령뿐.

개인의 언어로 공공의 운명을
번역하려는 노력은 얼마나 우스꽝스러운지!
거룩하리만큼 간결한 시 대신
지리멸렬한 메모들, 불면증에서 비롯된 하잘것없는 운문이라니!

인생은 어둠 속에서 갈겨쓴 메시지다.
작자 미상.
소나무 껍질에서 발견했지,
그녀가 죽은 날, 우리가 집으로 걸어가던 길에
줄기에 매달린 채 웅크린 개구리의 눈 같던
텅 빈 에메랄드 상자를. 그리고 그 상자의 부록으로
수액에 흠뻑 젖은 개미 한 마리.
니스의 그 영국인,
긍지가 높고 행복한 언어학자. *나는*
*불쌍한 매미cigales에게 먹이를 준다**—뜻인즉
그가 불쌍한 갈매기seagulls에게 먹이를 줬다는 것!

라퐁텐은 틀렸다.

큰턱은 죽어도 노래는 산다.**

그리하여 나는 손톱을 깎으며 생각에 잠기고 귀를 기울이니
위층에서 당신 발소리, 다 잘돼가, 여보.

시빌, 우리의 고교 시절 내내 나는
당신의 사랑스러움을 알았으나, 당신과 사랑에 빠진 건
졸업반이 되어 뉴와이 폭포로 소풍을 갔을 때였지.
우리는 축축한 풀밭에서 점심을 먹었지.
지리 선생은 그 큰 폭포에 대해 얘기했고,
그 굉음과 물보라 무지개 덕분에
따분한 공원이 낭만적으로 변했지.
4월의 아지랑이 속에서 나는 당신의 날씬한 등 바로 뒤에
비스듬히 누워 당신의 단정하고 작은 머리가 한쪽으로
기우는 걸 바라보았어. 손가락을 쫙 편 한쪽 손바닥으로
별 모양 연령초와 돌멩이 사이의
잔디밭을 짚고 있었지. 작은 손가락뼈 하나가
계속 경련을 일으켰어. 그러다 당신은 내 쪽으로 몸을 돌려
색이 선명하고 쉿내가 나는 홍차를 아주 조금 건네주었지.

---

* 원문은 프랑스어로 다음과 같다. 'je nourris les pauvres cigales'.

** 라퐁텐의 우화시 「매미와 개미」에서 여름내 노래만 부른 매미가 겨울에 배고픔을 겪는다는 도덕적 교훈을 비틀었다.

당신의 옆모습은 변하지 않았지. 신중히 입술을 물고 있는
반짝이는 치아, 긴 속눈썹이 눈 밑에 드리운
그림자, 광대뼈 언저리의
복숭앗빛 솜털, 관자놀이와 목덜미에서부터 빗어 올린
진갈색 비단결 머리카락,
고스란히 드러난 목, 페르시아인 같은
코와 눈썹, 이 모든 게 그대로지—
그리고 조용한 밤이면 우리는 폭포 소리를 듣지.

이리 와서 경배를 받으시오, 이리 와서 애무를 받아요.
진홍색 줄무늬가 있는 나의 검은 바네사여, 나의 신성한,
나의 큰멋쟁이나비여! 설명해주오,
어떻게 그대는 해질녘 라일락 레인에서
무뚝뚝하고 신경질적인 존 셰이드가 그대의 얼굴과 귀
그리고 어깨뼈를 축축하게 적시도록 내버려둘 수 있었는지?

우리가 결혼한 지 40년이 되었소. 적어도
4천 번은 당신의 베개가 우리 둘의 머리로
주름이 갔지. 40만 번은
커다란 괘종시계가 목이 쉰 웨스트민스터식 종소리를 울려
우리가 공유한 시간을 기록했지. 얼마나 더 많은
공짜 달력이 부엌문을 장식할까?

잔디밭에 가만히 서서 나무 위에 있는 무언가를
응시하는 당신을 사랑한다. "가버렸어.
아주 작았는데. 다시 올지도 몰라." (이 모든 것을
입맞춤보다 더 부드러운 속삭임으로 말했다.)
저녁노을의 불꽃 위로 제트기가 남긴 분홍색 꼬리에
감탄하며 나를 부르는 당신을 사랑한다.
여행가방이나 지퍼가 한 바퀴 빙 둘린
우스꽝스러운 자동차 짐가방을
싸며 콧노래를 부르는 당신을 사랑한다.
그리고 우수에 젖은 고갯짓으로 그애의 혼령을 맞이하고
그애의 첫 장난감을 손바닥 위에 올려놓거나
책갈피에서 발견한 그애의 엽서를 바라보는 당신을 더없이 사랑한다.

그애는 당신이나 나를 닮거나, 우리 둘을 묘하게 섞었을 수도 있었다.
자연이 나를 택하는 바람에 당신과 나의 마음은
쓰리고 찢어진다. 처음에 우리는 미소 지으며 말했다.
"어린 계집애는 다 포동포동한 법이지" 혹은 "짐 맥비
(우리집 안과 주치의)가 가벼운 사팔눈쯤은
금방 치료해줄 거야." 그후엔 "그앤 아주
예뻐질 거야, 그렇고말고." 그러곤 점점 커지는 고뇌를

달래려 애쓰며 “어중간할 나이지.”
“승마 레슨을 받도록 해야겠어.” 당신은 말했다.
(당신과 나는 눈을 맞추지 않았다.) “그애는 테니스나
배드민턴을 해야 해. 탄수화물을 줄이고 과일은 늘리고!
그애가 미인은 아니지만 귀엽잖아.”

부질없었다, 다 부질없어. 프랑스어나 역사 과목에서
상을 받는 건 확실히 즐거운 일이었다.
크리스마스 파티의 게임은 만만찮았던 게 확실하다.
그러니 수줍음 타는 한 어린 손님은 소외되었으리라.
하지만 솔직해지자. 그애가 페인트칠을 거든
학교 무언극 무대에서
또래 아이들이 정령과 요정 역을 맡을 때,
순하디순한 나의 소녀가 ‘시간 어멈’ 역을 맡아
구정물통과 빗자루를 든 등이 굽은 식모 차림으로 등장하자,
나는 남자화장실에서 바보처럼 울어버렸다.

겨울이 또 한번 삽으로 퍼내버리듯 지나갔다.
5월에는 투스워트 화이트*가 우리 숲속에 출몰했다.
여름은 잔디깎이로 잘려나갔고, 가을은 타올랐다.
아, 그러나 칙칙한 백조 새끼는 결코

* 미국 애팔래치아산맥 삼림지에 서식하는 식물 투스워트에 기생하는 흰나비.

아메리카원앙으로 변신하지 않았다. 그리고 다시 당신 목소리.
"하지만 그건 편견이야! 그애가 순진하다는 사실에
기뻐해야지. 왜 육체적인 것만을
강조하지? 그애는 엉망으로 보이길 원해.
대단히 훌륭한 책들을 쓴 처녀들이 있다고.
연애가 전부는 아니잖아. 예쁜 외모가
그렇게 꼭 필요한 건 아니라고!" 그래도 여전히
늙은 목신牧神은 모든 그림 같은 언덕에서 부르짖고,
또 여전히 우리 동정심의 악마들은 말을 걸었다.
그애의 담배에 묻은 립스틱을 함께 나눌 입술은 없을 거라고.
무도회를 앞두고 소로사 홀에서는
2분마다 전화벨이 울리지만
그애를 찾는 전화는 없으리라. 그리고
칠흑같이 어두운 밤에 하얀 스카프를 맨 미남이
요란하게 타이어 소리를 내며 자갈길을 달려
그애에게 오는 일은 결코 없을 테고,
엷은 안개와 재스민 향 가득한 꿈같은 그 무도회에 그애가 갈 일도 결코 없지.
그럼에도 우리는 프랑스의 성으로 그애를 보냈다.

그애는 새로운 패배와 새로운 비참함을 경험하고
눈물에 젖은 채 돌아왔다. 대학가의 거리란 거리가 죄다
경기장으로 가는 사람들로 넘쳐나는 날이면, 그애는

도서관 계단에 앉아 책을 읽거나 뜨개질을 했다.
거의 혼자였거나 지금은 수녀가 된 착하고
연약한 룸메이트와 함께였고, 한 번인가 두 번은
내 수업을 들었던 한국 남학생과 함께였다.
그애는 기묘한 공포와 기묘한 환상, 기묘한 기개를
성격적으로 지니고 있었다. 사흘 밤을
어떤 소리와 빛을 연구하며 낡은 창고에서 보낸 것처럼.
그애는 단어를 거꾸로 말하곤 했다. 팟을 탑으로,
스파이더를 리딥스로. 그리고 '파우더'를 '레드 웝'[*]으로.
그애는 당신을 설교하기 좋아하는 여치[**]라고 불렀지.
그애는 미소 짓는 일이 거의 없었고, 미소를 지을 때면
그건 괴롭다는 뜻일 뿐. 그애는 우리의 계획을
맹렬히 비난하곤 했다. 무표정한 두 눈으로
흐트러진 자기 침대에 앉아 부은 발을 뻗고,
건선乾癬을 앓는 손톱으로
머리를 긁으며 단조로운 어투로
끔찍한 말들을 중얼거리고 신음을 내뱉었다.

그애는 나의 귀염둥이였다. 까다롭고 침울하지만
여전히 나의 귀염둥이였다. 우리가 마작을 하던

---

* 원문은 각각 'pot' 'top' / 'spider' 'redips' / 'powder' 'red wop'이다. 'red wop'은 붉은 털이 무성한 이탈리아 남자를 비하하는 말이다.

** 원문은 'didactic katydid'로 일종의 회문 유희로 볼 수 있다.

혹은 그애가 당신의 모피를 걸치자 그럭저럭 매력 있어 보이던
제법 평온하기까지 했던 그 저녁들을
당신은 기억하겠지. 거울은 미소 짓고,
불빛은 자애롭고, 그림자도 순했던 저녁.
때로 나는 그애의 라틴어 공부를 도왔고,
때로 그애는 형광등이 켜진 나의 침실 옆
자기 침실에서 독서를 하고 당신은
자기 서재에 있어 두 사람 다 내게서 떨어져 있곤 했지.
그러면 이따금 두 사람의 목소리가 들렸지.
“어머니, 그림펜[7)]이 뭐죠?” “뭐가 뭐냐고?” “무서운 펜Grim Pen 말이에요.”
잠시 조용하다 들려오는 당신의 신중한 주해. 그리고 다시.
“어머니, 크토닉이 뭐예요?” 그것 역시 당신은 설명해준다.
이렇게 덧붙이며. “귤 먹고 싶니?”
“아뇨. 네. 그럼 셈피터널은 무슨 뜻이에요?”
당신은 주저한다. 그러면 나는 책상에 앉은 채
닫힌 문을 통해 큰 소리로 호기롭게 대답한다.

그애가 무엇을 읽었는지는 중요하지 않다.*
(사이비 현대시 중 하나다. 영문학과에서

* ‘grimpen(습지)’ ‘chthonic(지하의 신)’ ‘sempiternal(영원)’ 모두 T. S. 엘리엇의 「네 사중주」(1943)에 나오는 표현이다. 하지만 헤이즐은 ‘서닉Chthonic’을 ‘크토닉Chtonic’이라 잘못 발음했다.

얘기하기를 '사회참여적이며 감동적인'
기록이라는데— 이게 무슨 뜻인지는
아무도 괘념치 않았다.) 중요한 건
그때 당신과 그애, 내가 들어앉아 있던 세 개의 방이
이제 삼면화나 삼막극의 형태를 이뤄,
그 일들이 영원히 그곳에 남게 된 점이다.

나는 그애가 광기 어린 작은 희망을 늘 키워왔다고 생각한다.

당시 나는 포프*에 대한 저서를 막 끝마쳤다.
나의 타이피스트 제인 딘이 어느 날 그애에게
사촌 피트 딘을 소개해주겠다고 했다. 제인의 약혼자가
그들 모두를 새 차에 태우고 수십 마일을 달려
하와이풍 술집으로 갔다.
남자애는 뉴와이에서 8시 15분에 차에 탔다.
진눈깨비가 내려 도로가 빙판이었다. 마침내
그들은 목적지에 도착했다. 그때 갑자기 피트 딘이
이마를 짚으며 외쳤다.
친구 녀석과의 약속을 새까맣게 잊었다고.
만약 그가, 이 피트가 안 가면 친구는 감옥에 갈지도 모른다는 둥
주절주절. 그애는 알겠다고 말했다.

* 알렉산더 포프. 영국 고전주의시대의 시인.

남자애가 떠나고 세 젊은이는
잠시 하늘색 출입구 앞에 서 있었다.
웅덩이마다 네온이 줄무늬를 드리웠다. 그애는 미소를 지으며
자기는 있어도 방해만 될 거라고, 그냥 집에 가는 게
낫겠다고 말했다. 일행은 그애를
버스정류장까지 배웅해주고 가버렸다. 그러나 그애는
집으로 오지 않고 로캔헤드에서 내렸다.

당신은 손목시계를 뚫어지게 보았다. "8시 15분이야.
〔여기서 시간이 갈라졌다.〕 텔레비전을 켜야겠어."
텅 빈 화면의 혼탁 속에서 살아 움직이는 듯한 흐릿한 영상이 서서히 뜨다
음악이 샘솟았다.
그는 그녀를 한 번 쳐다보고
선의를 베푼 제인에게 살인 광선을 쏘아보냈다.

한 남자의 손이 플로리다주에서 메인주까지
아이올리스 전투의 흰 화살들이 그리는 경로를 따라갔다.
작가 둘 평론가 둘로 이루어진 따분한 사인조가
8번 채널에서 '시의 대의명분'에 대해 이따가 토론을 벌일 거라고
당신이 말해주었다.
빙글빙글 도는 흰 꽃잎들 아래로

님프가 발끝으로 돌면서 나타나, 봄의 제전의
숲속 제단 앞에 무릎을 꿇었는데,
거기에는 이런저런 화장품이 놓여 있었다.*
나는 위층으로 올라가 교정쇄를 읽으며
바람이 지붕 위에서 구슬 굴리는 소리를 들었다.
"눈먼 거지가 춤추고, 절름발이가 노래하는 것을 보라."
이 문장은 확실히 어처구니없는 시대의 천박한 울림을
띠고 있다. 그때 당신이 부르는 소리가,
나의 정다운 흉내지빠귀의 목소리가 거실에서 들려왔다.
나는 짤막한 세평을 제때에 엿듣고는
당신과 차 한 잔을 마셨다. 내 이름은
두 번 언급되었는데, 늘 그렇듯
프로스트의 (질퍽한 한 발자국) 바로 뒤였다.
"정말 괜찮겠어요?
난 엑스턴행 비행기를 탈 거예요. 그러니까 말이죠,
자정까지 내가 현금을 가져가지 않으면—"

그러고 나서 일종의 여행 영화가 이어졌다.
안내역의 화자는 우리를
헤드라이트가 멀리서 다가와 팽창하는 별처럼 커지는

* '화장품이 놓인 제단 앞 요정'의 이미지는 알렉산더 포프의 의사영웅시 「머리 타래의 강탈」에서 화장대에 앉은 여주인공 벌린다가 화장품의 신들에게 경배하는 모습이 묘사된 대목을 떠올리게 한다.

3월의 밤안개를 뚫고
초록빛과 쪽빛, 황갈색을 띠는 바다로 이끌어갔다.
우리가 1933년에, 그러니까 그애가 태어나기
아홉 달 전에 놀러갔던 바다로. 하지만 이젠 다
희끗희끗해져, 그때의 기억을 거의 불러일으키지 못했다.
그 길었던 첫 산책도, 가차없이 쏟아지던 햇볕도,
무리 지어 있던 돛단배도(바다와 묘하게 안 어울리던
흰 돛단배들 사이로 파란 배 한 척 붉은 배 두 척),
낡은 외투를 입은 남자도, 빵 부스러기도,
귀에 거슬리는 소리로 울어대던 갈매기떼도,
무리 속에서 뒤뚱거리며 걷던 검은 비둘기 한 마리도.
"전화 소리 아닌가?" 당신은 문 쪽으로 귀를 기울였지.
아무 소리도 안 들렸다. 바닥에서 편성표를 집어들었다.
안개 속에 더 많아진 헤드라이트. 차창 유리를 닦아내도
소용없다. 그저 어딘가의 하얀 울타리와
도로의 반사경이 정체를 드러내며 스쳐지나갈 뿐.

"애가 제대로 처신하고 있겠지?" 당신이 물었지.
"물론, 굳이 따지자면 첫 만남이니까 뭐.
어쨌거나 우리는 〈후회〉 예고편이나 볼까?"
그러고선 우리는 평온한 마음으로
그 유명한 영화가 매력적인 차양을 펼치도록 했다.
그 유명한 얼굴이 흘러들어왔다, 아름답지만 공허한 얼굴.

벌어진 입술, 눈물이 글썽한 눈, 작은 알갱이 같은
뺨 위의 미인 점, 기묘한 프랑스어 표현,
그리고 집적된 욕망의 프리즘 속에서 용해되는
나긋나긋한 몸매.
그애가 말했다.
"저는 여기서 내릴게요." "아직 로캔헤드밖에 안 왔단다."
"네, 괜찮아요." 그애는 안전대를 꼭 잡고 유령 같은
나무들을 응시했다. 버스가 멈췄다. 버스가 떠났다.

정글 위로 천둥이 친다. "아니, 저런 거 말고!"
팻 핑크, 오늘 모실 손님입니다(원폭 반대 담소).
11시를 쳤다. 당신은 한숨을 쉬었지.
"뭐, 이제 볼만한 프로는 더 없을 것 같네." 당신은
방송 채널 룰렛을 했지. 다이얼이 돌아가며 드륵댔지.
광고는 참수형을 당했지. 얼굴들이 휙휙 지나갔지.
노래 부르는 열린 입도 나가떨어졌고.
귀밑털을 기른 한 얼간이가
총을 쏘려 했지만, 이번에도 당신이 훨씬 더 빨랐지.
쾌활한 깜둥이가 트럼펫을 높이 들었지. 드륵.
당신의 루비 반지가 생살여탈권을 쥐고 고압적으로 명령했지.
아, 전원 꺼! 그리고 우리는 생명이 꺾인 듯
핀 머리 같은 불빛이 점점 작아지며 사라져가는 것을 보았지,
검은 무한 속으로.

호숫가 오두막에서

백발에 등이 굽은 야경꾼, '시간 아범'이
조바심 내는 개를 데리고 나타나 갈대가 무성한 둑을
따라 걸어갔다. 그는 너무 늦게 왔다.

당신은 살짝 하품을 하고 접시를 쌓았지.
우리는 바람소리를 들었지. 바람에 작은 가지들이 창유리를
세차게 때리고 흔드는 소리를 들었지. 전화가 울리나? 아니.
나는 설거지를 도왔지. 커다란 시계는
어린 뿌리와 오래된 바위를 계속 쪼갰어.

"자정이네." 당신이 말했지. 젊은 사람한테 자정이 대순가?
그러다 갑자기 축젯날 불꽃 같은 섬광이
삼나무 다섯 그루를 가로질러 돌진해왔고, 설전雪田이 드러났다.
그리고 경찰차 한 대가 우리집 앞 울퉁불퉁한 진입로에
빠지직 소리를 내며 멈췄다. 재촬영해, 재촬영![8]

사람들은 자극적인 걸 즐기는 스케이터들이 특별히
서리가 많이 내린 날이면 엑스Exe에서 와이Wye로 가로지르던
로캔곶에서 그애가 호수를 건너려 했던 거라고 생각했다.
다른 이들은 그애가 브리지로드에서 왼쪽으로 꺾는 바람에
길을 잃었을지 모른다고 추측했다. 또 어떤 이들은 그애가

가엾은 어린 목숨을 스스로 끊어버린 거라고 말했다. 나는 안다. 당신도 안다.

그날 밤은 얼음이 녹고, 대기에 큰 동요가 이는
폭풍의 밤이었다. 검은 봄이
바로 근처 모퉁이에 서서 축축한 별빛을 받으며
축축한 대지 위에서 떨었다.
호수는 안개에 싸였고, 얼었던 표면은 반쯤 가라앉았다.
흐릿한 사람 형상이 갈대가 우거진 둑에서 벗어나
탁탁 얼음이 갈라지는 소리를 내며 걷다가 삼켜지듯 물속에 가라앉아버렸다.

제3편

리프L'if, 생명 없는 나무! 당신의 위대한 '가능성', 라블레:
거대한 감자.*
I. P. H.는 비종교계의 교육기관으로,
내세(H) 준비(P) 연구소(I)
혹은 우리가 부르듯이 하자면, 만약(If)**—
대문자 만약! — 에서 내게 죽음에 대해 한 학기 동안
강의해달라고 했다("벌레***에 대해 강의해주시오."
매캐버**** 소장이 편지에 썼다).
당신과 나,
그리고 당시 꼬마였던 그애는 뉴와이에서
좀더 고지가 높은 다른 주에 있는 유셰이드*****로 이사했다.
나는 거대한 산을 사랑한다. 우리가 거기서 빌린
다 쓰러져가는 집의 철문에서

---

* '위대한 가능성(great Maybe)'을 프랑스어로 옮기면(le grand peut-être) '거대한 감자(grand potato)'와 발음이 유사해진다. 라블레는 프랑스의 작가이자 인문학자이다.

** Institute of Preparation for the Hereafter의 약자인 IPH와 'if'는 발음이 흡사하다.

*** 죽음의 상징.

**** McAber. 죽음과 관련해 섬뜩한 기분을 뜻하는 'macabre'가 연상되는 이름이다.

***** Yewshade. 주목나무(yew) 그늘(shade)로도 읽힌다.

저멀리로 너무도 아름다운, 눈 덮인 형체가 보였다.
하지만 그저 한숨만 쉴 뿐
그렇게 하면 동화되는 데 도움이 되는 것처럼.
이프Iph는
구더기 소굴과 제비꽃이랄까.
'이성'의 이른봄 무덤 같은 것. 게다가
그것은 전체 사태의 요점을 놓쳤다.
과거에 집착하는 자가 가장 흥미로워하는 것을 놓쳤다.
우리는 매일 죽는다는 것을. 망각은 말라비틀어진
넓적다리뼈가 아니라 피가 흐르는 생명에서 자라나고,
우리가 최고라 여겼던 지난날이 이제는 그저
꼬깃꼬깃한 이름들, 전화번호들, 얼룩진 서류철의 불결한 더미일 뿐.
나는 작은 꽃이나 살진 파리가 될 준비는 되어 있으나
잊을 준비는 전혀 되어 있지 않다.
필멸의 삶이 갖는
우수와 유연함, 열정과 고통,
금성에서 점점 멀어져가는 비행기의
암적색 미등, 담배가 떨어졌을 때 당황하던
당신의 몸짓, 개를 보고
미소 짓는 당신의 방식, 달팽이가 포석에 남겨놓은
미끈미끈한 은빛 점액, 이 질 좋은 잉크, 이 운율,
이 색인카드, 떨어졌을 때 항상 & 모양을 띠는

이 가느다란 고무밴드,
이런 것들이 천국의 신입 망자에게 발견되기까지
수년간 그 요새 안에 잘 보관되어 있지 않는 한
나는 영원불멸도 거절할 것이다.
그러나
그 연구소는 천국에 대해서는 너무 큰 기대를 하지 않는 게
현명하다고 여겼다.
새로 온 사람에게 아무도 안녕이라고 인사하지 않고
환영 행사도, 가르침도 없다면
어떻게 될까? 끝없는 공허 속에
던져져 방향을 잃고
영혼은 헐벗은 채 철저히 혼자가 되어
당신의 책무는 미제로 남고, 당신의 절망은 알려지지 않고
당신의 육체는 막 부패하기 시작하는데,
벗을 수 없는 예복이 입혀지고,
어둑어둑한 침대에 엎드려 있는 당신의 미망인이
분해중인 당신의 머릿속에서 하나의 얼룩이 되어버린다면!

대문자 G까지 포함해 모든 신을 무시하면서
이프는 신비로운 환상에서
몇몇 피상적인 파편을 빌려왔다. 그리고 여러 비법을 제공했다.
(생의 일식을 보기 위한 호박색 안경을)—
유령이 되었을 때 공포에 질리지 않는 법을.

옆결음질로 미끄러지며 무성음으로 속삭이고 관성으로 나아가다,
단단한 몸을 만나면 곧바로 활강하듯 지나가거나
혹은 지나가는 사람이 여러분을 통과해 돌아다니도록 하는 거다.
어둠 속에서 헐떡이며 어떻게 하면
'미의 대지'와 벽옥碧玉 구슬을 찾을 수 있는가.
나선형 공간 속에서 어떻게 하면 제정신을 차릴 수 있는가.
뜬금없이 환생했을 경우의
대처 방법: 어떻게 할 것인가
갑자기 자신이 어리고 연약한
두꺼비가 되어 혼잡한 길 한가운데에
막 털썩 떨어진 상태라는 걸,
혹은 불타는 소나무 밑에 있는 새끼 곰이거나
혹은 재조명된 신학서에 서식하는 좀이라는 걸 깨달았을 때.

시간은 연속을, 연속은 변화를 의미한다.
그러므로 무시간성은 감정의 시간표를
어지럽히게 마련이다. 우리는 홀아비에게
충고한다. 그는 두 번 결혼했다.
그는 아내들을 만난다. 둘 다 사랑받았고, 둘 다 그를 사랑하며,
둘 다 서로를 질투한다. 시간이란 성장을 뜻한다.
그러니 천국의 삶에서 성장은 아무런 의미가 없다.
조금도 변하지 않은 아이를 어루만지며 아맛빛 머리의 아내는

몽환적인 하늘이 가득 비치는 추억 어린 연못에서
가슴 아파한다. 그리고 역시 금발이지만
약간 황갈색이 더 도는 다른 아내는
두 다리를 올려 무릎을 껴안은 채 돌난간에 앉아
앞이 안 보이는 푸른 안개 쪽으로
눈물 젖은 시선을 보낸다.
어떻게 시작할까? 어느 쪽에 먼저 키스할까? 어떤 장난감을
아이에게 줄까? 어느 난폭한 3월의 밤
어머니와 아이 모두를 죽음으로 몰고 간 정면충돌을
그 작고 진지한 소년은 알고 있을까?
그녀, 그러니까 두번째 아내는 검은 발레리나 슈즈에
발등을 내놓은 채로 왜 다른 아내의 보석상자에 있던
귀고리를 달고 있는 걸까?
왜 그녀는 젊고 매몰찬 얼굴을 돌려버리는 걸까?

왜냐하면 꿈에서 알 수 있듯 우리가 사랑하는 망자와
이야기하는 건 너무 어려운 일이기에! 그들은
우리의 우려, 거북함, 수치심을 무시한다. 그들이 생전과
같지 않음에서 느껴지는 그 섬뜩한 감각들을.
먼 전쟁터에서 죽은 우리 동창은
자기 집 문 앞에서 우리를 봐도 놀라지 않고,
쾌활함과 우울함이 섞인 표정으로
그 집 지하실에 있는 웅덩이를 가리킨다.

하지만 어느 깡패 정치인과 제복 입은 비열한의
무대 지시에 따라 벽을 향해 행군하는 아침에
우리가 점호하듯 불러내야 하는 생각을
도대체 누가 가르칠 수 있는가?
우리는 오로지 우리만 아는 문제를 생각할 것이다—
운율의 제국이라든가 미분법의 인도 제국을.
멀리서 수탉이 우는 소리에 귀를 기울이고
거칠거칠한 회색 벽면에 자란 희귀한 양치식물을 알아본다.
그리고 왕족인 우리의 양손이 묶여 있는 동안에도
열등한 자들을 비웃고, 헌신적인 백치들을
신나게 놀려대고,
그저 재미로 그들의 눈에 침을 뱉는다.

망명자를, 타는 듯한 초원의 밤에
팬이 요란하게 돌아가는 모텔에서
죽어가는 노인을 누구도 도울 수 없으니
밖으로부터 휘황찬란한 불빛의 파편들이
그의 침대에 다다라 마치 과거에서 온 검은 손들인 양
보석을 건넨다. 죽음이 빠르게 다가온다.
노인의 호흡이 가빠지고, 그의 폐 속에서 팽창하는
성운을 두 가지 언어로 소환한다.

비틀림, 갈라짐 — 예견할 수 있는 건 이 정도뿐.
아마도 *위대한 허무*를 발견할지도. 아마도
덩이줄기의 눈으로부터 다시 나선형으로 나아갈지도 모른다.

지난번에 우리가 그 연구소를 지나갈 때
당신이 말했듯이. "나는 여기와 지옥의 차이를
도무지 모르겠던데."

우리는 '고열 처리'가 생령生靈의 탄생에 해롭다는
그레이버만*의 비난에 화장주의자들이
파안대소하며 콧방귀 뀌는 것을 들었다.
우리는 모두 신앙을 비난하는 걸 꺼렸다.
위대한 스타오버 블루는 영혼의 착륙점으로서
행성이 맡는 역할을 고찰했다.
야수의 운명도 숙고했다. 한 중국인은
조상과 차를 마실 때 지켜야 할 예절과
어느 선조 대까지 멀리 거슬러올라가는가를 설명했다.
나는 포Poe의 환상 이야기들을 혹평했고
어른의 손에는 닿지 않는 기묘한 진줏빛 광채를 띤
어린 시절의 기억을 다루었다.
우리 청중 중에는 젊은 목사와

---

* Grabermann. 독일어로 '무덤 파는 일꾼'을 뜻하는 'Gräber'가 연상되는 이름.

나이든 공산주의자가 있었다. 이프는
적어도 교회 및 정당 노선과 겨룰 수 있었다.

나중에 이프는 쇠락하기 시작했다.
불교가 뿌리를 내렸다. 한 영매가
창백한 젤리와 공중에 뜨는 만돌린을 몰래 갖고 들어왔다.
카라마조프 수사는 모든 것이 허용된다는 터무니없는 말을
중얼거리며 몇몇 분회에 파고들었다.
그리고 자궁으로 회귀하고픈 물고기 같은 욕망을 충족시키기 위해
프로이트 일파는 무덤으로 가는 길을 더듬었다.

그 천박한 모험이 어떤 의미에서는 나에게 도움이 되었다.
나는 죽음의 심연에 대한 나의 탐구에서
무엇을 무시할지를 배웠다. 그리고 우리 아이를 잃었을 때
아무것도 없으리라는 걸 알았다. 자칭
영혼이 그애의 애칭을 소리로 알리려고
마른 나무 건반을 건드릴 일은 없을 것이다.
어두운 정원, 히커리나무 가까이에서 유령이 우아하게 일어나
당신과 나를 맞이하는 일도 없을 것이다.

"저 이상한 삐걱 소리 뭐지— 들리지?"
"위층 덧문 소리야, 여보."

"당신 안 자면, 불 좀 켤게.
난 저 바람소리가 싫어! 체스라도 둘까." "좋지."

"분명 덧문 소리는 아니야. 저기— 또 나잖아."
"덩굴손이 유리를 건드리는 거야."

"지붕에서 뭔가 미끄러지면서 저런 쾅 소리를 내는 걸까?"
"진흙 속을 굴러다니는 해묵은 겨울 소리야."

"이제 난 뭘 해야 하지? 나이트가 꼼짝 못하게 됐으니."*

이렇게 바람 부는 한밤중에 누가 말을 타고 달리는가?
작가의 슬픔이다. 난폭한
3월의 바람이다. 아이와 함께 있는 아버지다.

나중에는 몇 분, 몇 시간, 마침내 꼬박 하루 동안
그애가 우리의 뇌리에서 사라지는 때가 왔다. 너무나 빨리
삶이 털북숭이 쐐기벌레처럼 달려갔다.
우리는 이탈리아로 갔다. 햇빛이 쏟아지는 백사장에서
분홍색 혹은 갈색이 된 다른 미국인들과 팔다리를 뻗고 누웠다가

---

* 체스를 두며 바람에 대한 이야기를 나누는 이 시구는 T. S. 엘리엇의 「황무지」 제2부 「체스 게임」을 연상시킨다.

우리의 작은 마을로 다시 날아왔다.
나의 에세이집 『길들지 않은 해마』가
"널리 인정받았다"는 것을 알게 되었다
(1년에 300부 팔렸다).
다시 새 학기가 시작되고, 저멀리 구불구불한
언덕길로 대학 교육의 꿈을 향해 모두가
돌아오는 자동차 불빛의
끊임없는 흐름이 보였다. 당신은
마벌과 던을 프랑스어로 번역하는 일을 계속했다.
그해는 '폭풍우'의 해였다. 태풍
롤리타가 플로리다주부터 메인주까지 휩쓸고 갔다.
화성이 빛났다. 이슬람 왕들이 결혼했다. 음울한 러시아인들은 정탐했다.
랭이 당신의 초상화를 그렸다. 그리고 어느 날 밤 내가 죽었다.

크래쇼[9] 클럽은 '왜 시는 우리에게 의미가 있는가'에 대해
논해달라고 돈을 주었다.
나는 따분하지만 짧은 연설을 해주었다.
연설이 끝나고 이어질 소위 '질문 시간'을
피해보려고 서둘러 자리를 뜨는데,
그저 반대한다고 말하기 위해 이런 토론에 참석하는 듯한
삐딱한 청중 한 명이
일어서서 담배 파이프로 나를 가리켰다.

바로 그때 일이 벌어졌다—발작, 실신,
혹은 나의 오래된 경련 증상. 우연히
앞줄에 의사가 앉아 있었다. 나는 맞춘 듯이
그의 발치에 쓰러졌다. 내 심장은 박동을 멈춰버린 듯한데,
얼마 뒤에야 숨을 토해내며
더욱 확실한 최종 목적지를 향해
터벅터벅 걸어가기를 계속했다. 이제 내 말에
주의를 집중해달라.
　　　　　　　　　　내가 어떻게
알았는지 말해줄 수는 없다—하지만 내가 경계를
넘었다는 건 알았다. 내가 사랑했던 모든 것을 잃었건만
대동맥은 그 슬픔을 심장에 전하지 못했다.
고무공 같은 태양이 몸부림치며 가라앉았다.
피처럼 검붉은 무無가 하나의 줄기 속에서 서로 연결된
세포들 속에 연결된 세포들 속에
연결된 세포들의 조직을 짜기 시작했다.
그리고 암흑과 무시무시할 정도로 또렷이 대비되는
하얀 샘이 높이 분출했다.

물론 나는 그 샘이 이 세상의 원자들로 만들어진 게
아니라는 것, 그 광경의 배후에 있는 이치는
이 세계의 이치가 아니라는 걸 깨달았다. 삶 속에서

인간의 정신은 자연의 속임수를 금방 알아보게 마련이라,
인간의 눈앞에서
갈대는 새가 되고, 울퉁불퉁한 잔가지는
자벌레가, 코브라의 머리는 교활하게
날개를 접은 커다란 나방이 된다. 그러나 나의
하얀 샘으로 변모해 보이는 것의 원래 실체는,
내가 느끼기에,
그저 잠깐 길을 잃고 들어간 그 세계의
주민만이 간파할 수 있는 어떤 것이리라.

이윽고 나는 그것이 차츰 사라지는 걸 보았다.
여전히 의식은 없었지만, 나는 이 세상으로 돌아왔다.
내가 그 이야기를 하자 의사는 즐거워했다.
그는 대단히 의문스럽다고 했다. 그때 그가 봤던 그 상태에서
"어떤 의미에서든 환각에 빠지거나
꿈을 꾼다는 게 말이죠, 그후였겠죠, 아마.
실제로 의식을 잃고 쓰러져 있는 동안은 아니고요.
아니죠, 셰이드 씨."
                    하지만 의사 선생, 나는 죽었단 말이오!
그는 미소 지었다. "완전히는 아니죠. 반사半死 상태였다고나 할까요."

하지만 나는 여전히 수긍할 수 없었다. 마음속으로 계속

그 사건을 전부 재현해보았다. 나는 다시 연단에서
걸어내려오며 기분이 이상하고 몸이 더웠고,
그 친구가 일어서는 것을 보았고, 비틀거리며 넘어졌다.
그 야유꾼이 담배 파이프로 나를 가리켰기 때문이 아니라
아마도 시기가 무르익었기 때문일 것이다.
바람 빠진 비행선처럼, 낡고 불안정한 심장으로서는
덜컹거리고 뒤뚱거릴 적당한 시기가.

나의 환상에서는 진실이 풍겼다. 그것에는
그 자체의 현실성이 갖는 색조랄까, 그 본질이 드러나는 독특한 정취가 있었다.
그랬다. 그 환상은 변함없이
수직으로 솟은 채 시간이 갈수록 의기양양하게 빛났다.
길거리의 현란한 빛이나 외부 자극에 시달릴 때면 종종
나는 내면으로 눈을 돌리곤 하는데,
거기, 내 영혼의 밑바탕에 그것이 서 있었다,
올드 페이스풀*처럼! 그리고 그것의 존재는 언제나
나를 놀랄 만큼 위로해주곤 했다. 그러던 어느 날
나는 쌍둥이같이 닮아 보이는 사건과 마주쳤다.

잡지에 실린

* Old Faithful. 미국 와이오밍의 옐로스톤국립공원에 있는 간헐 온천으로, 분출 주기가 규칙적이라서 '매우 신뢰할 수 있다'는 뜻의 명칭이 붙었다.

Z 부인에 관한 이야기였다. 그녀는 외과의사의 손이
재빠르게 심장을 문지른 덕분에 살아났다.
그녀는 기자에게 "베일 너머의 땅"에 대해
말했는데, 그 이야기는
천사에 대한 암시, 스테인드글라스 창의 반짝임과
감미로운 음악, 가장 아름다운 찬송가 곡목,
어머니의 목소리 등을 담고 있었다.
그런데 끝에 가서 그녀는 어느 먼 곳의 풍경,
안개 낀 과수원을 언급했다. 인용해보겠다.
"과수원 너머 연기 같은 것을 뚫고
하얗고 높이 솟는 샘을 어렴풋이 봤어요. 그러고는 깨어났지요."

어떤 이름 없는 섬에서 시미트 선장이
처음 보는 동물을 발견하고 그걸 잡는다면,
그리고 얼마 후 시미트 선장이
가죽을 가지고 돌아온다면, 그 섬은 결코 신화가 아니다.
우리의 샘은 하나의 푯말이자 암흑 속에
객관적으로 존재하는 지표였고,
뼈만큼이나 단단하고, 이처럼 튼튼해서
거의 진부하리만치 확고한 진실이었다!

짐 코츠*가 그 기사를 썼다. 짐에게
나는 즉시 편지를 썼다. 그에게서 그녀의 주소를 얻어냈다.

그녀와 얘기를 나누려고 서쪽으로 300마일을 운전해 갔다.
도착했다. 열광적으로 그르렁거리는 목소리가 나를 맞았다.
푸르게 염색한 머리와 주근깨투성이 손, 떨듯이 기뻐하는
난초스러운[10] 분위기— 나는 함정에 빠졌다는 걸 알았다.

"이렇게 저명한 시인을 만날 기회를
누가 놓치려고 하겠어요?" 이렇게 와주시다니
감사하단다! 나는 질문을
던져보려고 필사적으로 노력했다. 질문은 모두 무시당했다.
"나중에 하셔도 되잖아요." 저널리스트가 아직도
그녀가 갈겨쓴 메모장을 가지고 있다. 다그쳐서는 안 된다.
그녀가 내게 과일케이크를 억지로 권하는 통에 완전히
멍청한 사교 방문이 되어버렸다.
그녀가 말했다. "정말 선생님이라니 믿을 수가 없네요!
『블루 리뷰』에 실린 시를 읽고 반했어요.
몽 블롱Mon Blon에 대한 시였죠. 제 조카딸이
마터호른에 오른 적이 있어요. 또다른 시는
이해할 수 없었어요. 그 의미를 말이죠.
물론 그 음은—제가 둔해서 그렇겠지만요!"

그녀는 정말 그랬다. 나는 꾹 참고 계속 버틸 수도 있었다.

---

* 최면술에 관한 책인 『보이지 않는 것을 보기』를 쓴 동명의 영국 작가가 실존했다.

"베일 너머의 땅"에서 우리 둘 다 보았던
하얀 샘에 대해 좀더 얘기하도록 강요할 수도 있었다.
그러나 (내 생각에) 내가 그 문제를 언급하면
그녀는 반가운 공통점이라며 그것을 물고늘어져
신성한 인연의 짝처럼
그녀와 나를 신비롭게 한통속으로 엮어
순식간에 우리 둘의 영혼은 감미로운
근친상간의 목전에서 몸을 떠는
오누이가 될 것이었다. 나는 말했다. "자,
시간이 늦었으니……"
나는 코츠 씨도 찾아갔다.
그는 부인의 메모장을 둔 곳을 잊어버렸다고 했다.
그는 철제 파일에서 기사를 꺼냈다.
"전부 그대로입니다. 나는 부인의 문체를 바꾸지 않았어요.
오식誤植이 하나 있을 뿐이죠. 그렇게 중요한 건 아닙니다.
샘fountain이 아니라 산mountain이었어요. 절묘한 한 수였죠."

영원한 삶—그 근거가 오식 하나였다니!
나는 집으로 돌아오며 생각에 잠겼다. 이 암시를 받아들여
내 심연을 탐색하는 것을 그만둬버릴까?
그러나 문득 이것이 실제 핵심이자
대위법적인 주제였다는 데 생각이 미쳤다.
바로 이것이다. 텍스트text가 아니라 텍스트의 결texture이며,

꿈이 아니라
거꾸로 뒤집힌 우연이다.
얄팍한 난센스가 아니라 의미의 그물이다.
그렇다! 내가 삶 속에서
사슬고리link와 쌀먹이새bobolink* 같은 일종의 유음어 유희를,
게임에서 상호 연관된 패턴을,
오묘한 예술적 수완을, 게임을 하는 그들이
발견했던 것과 똑같은 어떤 즐거움을 발견할 수 있었다는 것으로 충분했다.

그들이 누구였는가는 중요하지 않았다. 소용돌이꼴로 말린
그들의 거주지에서는 어떤 소리도, 어떤 은밀한 빛도 나오지 않았다.
그러나 거기에서 그들은 초연하게 말없이
세계들을 가지고 게임을 하며 폰**들을
상아 일각수와 흑단 파우누스***로 승격시키고,
여기서는 긴 인생의 불씨를 지피고, 저기서는
짧은 인생의 불씨를 꺼버리고, 발칸반도국의 왕을 죽이고,
고공비행중인 비행기 위에 붙은
얼음덩어리를 하늘에서 곧장 떨어뜨려

* 북미산 찌르레깃과의 새.
** 체스의 졸(卒).
*** 로마신화의 목양신.

농부를 맞혀 죽이고, 나의 열쇠나
안경이나 파이프를 숨긴다.
이러한 사건과 사물을
먼 옛날의 사건과 소멸한 사물과 연결시키면서.
이런저런 우연들과 가능성들을 한낱 장식물로 취급하면서.

스톰코트를 입은 채 나는 성큼성큼 걸어들어갔다. 시빌, 그게
나의 확고한 신념이야—"여보, 문 닫아.
여행은 즐거웠어?" 멋졌지. 그러나 그보다
나는 내 길을 더듬어 찾을 수 있다는 확신에 차서
돌아왔어. 어떤, 어떤—"뭔데, 여보?" 희미한 희망을 향해서.

제4편

이제 나는 아직 그 누구도 엿보지 못했던
아름다움을 엿보리라. 이제 나는 아직 그 누구도
외치지 않았던 말을 외치리라. 이제 나는 아직 그 누구도
시도치 못한 일을 시도해보리라. 이제 나는 아무도 못한 일을 하리라.
그리고 이 훌륭한 기구*에 대해 이야기하리라.
나는 두 가지 작시법의
차이에 당혹했다. 먼저 작시법 A는
오로지 시인의 마음속에서만 이루어지는 것으로,
한쪽 다리를 세 번 비누로 씻는 동안
해당 단어들을 음미해보는 방법이고,
이와는 다른 종류인 작시법 B는 훨씬 점잖아서,
서재에서 펜을 들고 집필할 때 적용되는 방법이다.

작시법 B에서는 손이 사고를 보조하고,
추상적인 고투가 구체적으로 벌어진다.

---

* 888행 이후 언급되는 면도용품을 의미한다.

펜은 허공에 멈췄다가 부리나케 내려와
취소된 일몰을 지워버리거나 별을 원래대로 되돌려놓는다.
그리하여 펜은 잉크색 미로를 통과해
희미한 일광 쪽으로 시구詩句를 이끌고 물리적으로 나아간다.

그러나 작시법 A는 고통스럽다! 두뇌는
이내 고통을 주는 강철 모자에 에워싸인다.
작업복 입은 뮤즈가 구멍 뚫는 드릴을
조종하면, 의지의 힘으로는 도저히
그 드릴을 중단시키지 못한다. 그래서 자동인형 같은 시인은
방금 입은 옷을 벗어버리거나,
이미 읽은 신문을 다시 사기 위해
모퉁이 상점으로 급히 걸어가는 것이다.

왜 그럴까? 펜을 쓰지 않는 작업에서는
펜을 쥔 채로 멈춰 있을 일이 없고,
오히려 동시에 손을 세 개나 써야 하기 때문일까?
필요한 각운을 고르면서
이미 완성된 시행을 눈앞에 떠올리고,
거기에 다다르기까지 시도해본 표현들을 전부 기억해야 하니까?
아니면 허위를 떠받쳐주고, 시적 표현은 끌어주는
책상이 없어서 그 과정이 더 심화되는 것일까?
그런 신비로운 순간이 있으니까.

지우다 지우다 지쳐서 펜을 내려놓고
서성거리는데, 어떤 무언의 명령에 의해
딱 맞는 단어가 피리 소리를 내며 내 손에 내려앉는 순간이.

나에게 최상의 시간은 아침이다. 가장 좋아하는
계절은 한여름이고. 한번은 내 반쪽은
아직 침대에서 자고 있는데, 나 자신이 깨어나는 기척을
우연히 들은 적이 있다. 내 영혼은 자유롭게 떨어져나와
잔디밭에 서 있는 나를 따라잡았다.
클로버 잎이 황옥색의 여명을 동그랗게 모아 쥔 그곳에
셰이드가 잠옷 바람으로 신발 한 짝만 신은 채 서 있었다.
그때 나는 이 반쪽 또한
곤히 잠들었음을 깨달았다. 둘 다 웃었고, 깨어나보니
나는 침대에 멀쩡하게 있었고, 아침이 알을 깨고 나왔다.
개똥지빠귀가 걷다 서기를 반복했고, 보석처럼 반짝이는
축축한 잔디밭에 갈색 신발 한 짝이 떨어져 있었다!
나의 은밀한 인장, 셰이드의 각인, 타고난 신비.
신기루, 기적, 여름날 아침.

나의 전기를 쓸 작가가 너무 고리타분하거나
혹은 너무 뭘 몰라서 셰이드는 목욕중에 면도를 했다고
단언하지 못할까봐 여기 써놓는다.
"그는 경첩과

나사식으로 된 강철 지지대를
욕조를 가로지르게 박아서
면도용 거울을 얼굴 바로 앞에 고정하고
발가락을 써서 온수를 더 채우며
왕처럼 앉아 마라*처럼 피를 흘렸다."

몸무게가 늘수록 피부는 늘어졌다.
여기저기가 우스울 정도로 얇아졌다.
그리하여 입 근처, 인중과 나의 팔자주름 사이
공간에 면도칼로 심하게 벤 상처가 생겨나기도 했다.
혹은 이런 군턱이. 언젠가 나는 뿌리 깊은
턱밑 수염[11]을 해방시켜주어야 한다.
목젖이 선인장 같다.
이제 나는 아무도 말하지 않았던
죄악과 절망에 관해 말하리라. 다섯, 여섯, 일곱, 여덟,
아홉 번을 깎아도 충분치 않다. 열 번.
딸기-크림 틈으로 유혈이 낭자한 난장판을 만져보니
까칠까칠한 부분은 여전하다.

나는 한 팔만 쓰는 그 녀석이 의심스럽다.
광고에서 녀석은 한 번 미끄러지듯 깎아

---

* 프랑스혁명을 이끈 지도자 중 하나로 목욕중에 욕조에서 살해당했다.

귀에서 턱까지 매끈한 살결로 길을 내고는
얼굴을 씻고 피부를 애지중지 만져본다.
나는 부산스레 양손을 쓰는 종족에 속한다.
타이츠를 입은 신중한 청년이
곡예에 가까운 춤을 추는 여성을 보조하듯
나의 왼손은 도와주고 잡아주고 이리저리 자세를 바꾼다.

이제 내가 말하노니…… 그 어떤 비누보다 나은 것은
감각적 자극, 시인들이 희구하는
영감과 그 싸늘한 불길,
돌연 떠오르는 이미지, 즉흥적인 시구가
피부 위로 삼중의 파문을 일으키며
잔털을 모조리 곤두서게 만드는 것.
'우리의 크림'이 구레나룻을 치켜세우며 깎는, 면도의 진행 상황을
확대한 동영상에서처럼 그러듯이.

이제 나는 일찍이 아무도 말하지 않은 죄악에 대해
얘기하려 한다. 나는 재즈 나부랭이를 싫어한다.
흰 타이츠를 입고 붉은 피로 번들거리는 검은
황소를 고문하는 얼간이도, 추상주의의 잡동사니도,
원시주의풍 민속 가면도, 진보적인 학교도,
슈퍼마켓의 음악, 수영장,

무뢰한들, 지루한 인간들, 계급의식에 찌든 속물들, 프로이트, 마르크스,
사이비 사상가들, 우쭐대는 시인들, 사기꾼들 그리고 사채업자들도 싫어한다.

그리고 안전면도날이 삐걱삐걱 소리를 내며
내 뺨의 나라를 가로질러 여행하는 동안
차들은 고속도로를 지나가고, 가파른 비탈을 오르는
큰 트럭들은 내 턱뼈 주위로 기어오른다.
그러자 이제 정기선이 조용히 부두로 들어오더니
선글라스를 낀 사람들이 베이루트를 구경한다. 지금 나는
내 짧은 회색 수염이 자라나는 젬블라의 밭을 갈고,
노예들은 내 입과 코 사이에서 건초를 만든다.

인간의 삶이란 난해한 미완성 시에 붙인
주석 같은 것. 추후에 사용하려고 적어둔다.

이 방 저 방에서 옷을 입으면서, 나는 운을 맞추며
온 집안을 돌아다닌다. 손에 빗이나
계란을 먹을 때면 숟가락으로 바뀌는
구둣주걱을 쥐고. 오후에는
당신이 나를 도서관에 태워다준다. 우리는
6시 30분에 저녁을 먹는다. 그리고 나의 기묘한 뮤즈,

나의 베르시펠*은 어디서나 나와 함께다.
개인 열람실에서도, 차 안에서도, 의자에 앉아 있을 때도.

그리고 언제나, 그리고 언제나, 내 사랑
당신도 거기에, 단어의 밑에, 음절 위에 있어
없어서는 안 될 리듬에 밑줄을 긋고 강조한다.
먼 옛날에는 여인의 드레스가 스치는
소리가 들렸다고 한다. 종종 나는
당신이 생각해내기도 전에 그 소리와 의미를 알아채곤 했다.
당신 안의 모든 것이 젊어서, 당신은 내가 당신을 위해 지은
오래된 시를 인용해 새롭게 만든다.

『어두운 만』은 나의 첫 저서(자유시)였다. 『밤의 파도 소리』가
다음에 나왔고, 그후에 『헤베의 술잔』이, 즉 저 눅눅한 사육제의
내 마지막 꽃수레가. 이제 나는
전부 '시집'이라 명명하고, 더는 부끄러워하지 않는다.
(그러나 이 투명한 무언가는, 뭔가 달빛 방울 같은
제목이 필요하다. 도와주시오, 윌**! 창백한 불꽃.)

---

* versipel. 형태나 성질이 자주 바뀐다는 뜻의 라틴어 'versipellous'에서 파생된 나보코프의 조어.

** 윌리엄 셰익스피어를 칭하는 듯하다. '창백한 불꽃'이라는 표현이 등장하는 셰익스피어의 작품은 『아테네의 타이몬』(4막 3장)이다.

고즈넉하게 날이 가네
나지막이 웅웅거리며 이어지는 화음 속에서. 두뇌는 고갈되고
갈색의 미상꽃차례와 내가 쓰려다 만
명사*는 시멘트 위에서 말라간다.
아마도 '운을 받쳐주는 자음',** 에코의 요정
아이***에 대한 나의 관능적인 사랑은
삶이 환상적으로 구상되었으며,
풍부한 운을 띠고 있다는 감각에 따른 것이다.
나는 내가 이해한다고 느낀다
현존한다는 것을
아니 적어도 내 현존의 극히 작은 부분을
오직 나 자신의 예술을 통해서만, 조합의 기쁨을 느낌으로써.
그리고 내 사적 우주의 운율이 제대로 맞는다면,
신성한 은하계들의 시도 그럴 것이다.
짐작건대 그 시는 약강격 시행이리라.
마땅히 확신하건대, 우리는 살아남을 것이며
사랑하는 내 아이도 어딘가에 살아 있을 것이다.
내일, 1959년 7월 22일
아침 6시에 나는 잠에서 깨어날 것이고,

---

* '미상꽃차례'의 뜻도 갖고 있는 'catkin(버들강아지)'을 가리키는 듯하다.

** consonne d'appui. 압운되는 모음 앞의 자음까지 일치하는 운으로, 직전 두 행의 압운(meant/cement)이 그 예이다.

*** 그리스신화에 따르면 목신 판과 에코 사이에 두 아이가 있었다고 한다. 여기서는 이들 중 '약강격(iamb)'의 어원인 '이암베(Iambe)'를 뜻하는 듯하다.

아마 날씨도 좋으리라는 것을
마땅히 확신하듯이.
그런고로 이 알람시계를 스스로 맞춰놓고,
하품하며 셰이드의 '시집'을 다시 서가에 꽂아두기로 하자.

하나 아직은 취침 시간이 아니다. 태양은
늙은 서턴 박사의 마지막 두 창유리에 다다랐다.
그 사람은 보나마나 — 몇 살? 여든? 여든둘?
내가 당신과 결혼한 해에는 내 나이의 두 배쯤 됐었지.
당신은 어디 있지? 정원에 있군.
히커리나무 근처에 당신 그림자가 조금 보인다.
어디선가 말편자를 던지는군. 철컥, 철커덕.
(술 취한 사람처럼 가로등 기둥에 기댄 채.)
진홍색 줄무늬가 있는 검은 바네사 한 마리가
저물어가는 태양 속에서 방향을 돌려 모래톱에 내려앉더니
하얀 반점이 찍힌 파란 잉크빛 날개 끝을 드러낸다.
그리고 밀려오는 어스름과 저물어가는 빛 속에서
한 남자가 — 아마도 어느 이웃의 정원사인 듯 —
나비는 거들떠보지도 않고 빈 수레를
굴리며 비탈길을 오른다.

주석

1~4행: 나는 죽은 여새의 그림자, 등등

이 첫 시행들에서 제시되는 이미지는 분명 힘껏 날아가다 유리창 바깥쪽에 부딪혀 나가떨어진 한 마리 새를 나타내는데, 그 유리창에는 실제보다 약간 어두운 색조에 구름이 낮게 낀 하늘이 거울처럼 비쳐 공간이 이어져 있는 듯 착각하게 만든다. 육체적인 매력은 없지만 다른 면에서는 훌륭하게 성장한 사내애였던 유소년기의 존 셰이드가 잔디밭에서 작고 단단한 타원형의 주검을 미심쩍어하며 집어들고는 회갈색 날개를 장식하는 윤이 나는 붉은 줄무늬와 방금 칠한 듯 끝이 선명한 노란색을 띤 우아한 꽁지깃을 바라보면서 난생처음 종말론의 충격을 경험하는 모습이 그려질 것이다. 셰이드의 생애 말년에 나는 뉴와이의 목가풍 언덕에서 그와 이웃해 사는 행운을 얻었는데(머리말 참조), 그때 종종 그 특이한 새들이 그의 집 한 모퉁이에서 자라는 노간주나무에 달린 희푸른 열매를 몹시 즐거워하며 쪼아먹는 걸 본 적이 있다(181~182행도 참조).

정원에 날아드는 새의 종류에 대한 내 지식은 북유럽종에 한정되어 있었는데, 뉴와이의 젊은 정원사, 내가 관심이 있었던 그(997행 주석 참조)의 도움으로 제법 많은 수의 열대조처럼 생긴 작은 손님들의 생김새와 우스꽝스러운 울음소리를 구분할 수 있게 되었다. 그러다보니 자연히 모든 나무의 꼭대기들이 내가 명명자命名者들이 느낄 만한 흥분에 휩싸여 잔디밭에서부터 전속력으로 달려가 조류학 연구를 하던 책상으로 이어지는 점선을 그리게 되었다. 도시 근교에 출몰하는 사기꾼인 징그러운 새, 칙칙한 붉은색의 지저분한 차림으로 늘 수세에 몰리는 불쌍한 긴 벌레를 잡아먹으며 메스껍게 입맛을 다시는 그 새에게 '울새'라는 이름을 적용시키기가 얼마나 어렵던지!

말이 난 김에 흥미로운 사실을 하나 지적하자면, 젬블라어로는 *샘펠 sampel*('비단꼬리')이라 부르지만, 그 형태나 색조가 여새와 거의 비슷하고 볏이 있는 새는 내가 친구와 자주 논의하던 영광스러운 불행을 겪은 젬블라의 왕, 친애왕 카를(1915년생)의 문장紋章에 사용된 세 동물의 모델 중 하나(다른 두 동물은 자연색 그대로의 순록과 황금색 머리카락을 가진 푸른빛의 남자 인어)였다.

이 시는 그해의 한가운데, 즉 7월 1일 자정을 몇 분 넘긴 시간에 시작되었다. 그때 나는 우리 학교 여름학기에 등록한 이란 청년과 체스를 두고 있었다. 그 날짜를 어떤 운명적인 사실, 즉 국왕을 시해하려는 그라두스가 젬블라에서 출발한 날짜와 일치시키고 싶은 주석자의 마음을 우리 시인께서 알아주리라 믿어 의심치 않는다. 사실 그라두스는

7월 5일에 코펜하겐행 비행기로 온하바를 떠났다.

12행: 크리스털 나라

아마도 나의 사랑하는 조국 젬블라를 암시하는 듯. 초고에는 내용이 연결되지 않고 반쯤 지워져 있어 제대로 판독한 것인지 확신할 순 없지만, 이 행 다음에 이렇게 쓰여 있었다.

> 아, 나는 잊지 말고 말해야 한다.
> 내 친구가 얘기해준 어떤 왕에 대해.

아아, 그가 논의하느라 집안의 반카를파에게 읽어준 모든 시행이 통제되지만 않았어도, 그는 더 많은 이야기를 했을 텐데! 나는 그에게 농담조로 몇 번이나 힐책하곤 했다. "이런 훌륭한 소재는 모두 쓰겠다고 진짜 약속해야 하는 것 아닙니까, 이 나쁜 백발 시인* 씨!" 그러고선 둘이 소년처럼 낄낄거리곤 했다. 그러나 그렇게 영감이 가득한 저녁 산책을 마친 후에 우린 헤어져야 했고, 잔인한 밤은 그의 난공불락 요새와 내 초라한 집 사이에 있는 가동교可動橋를 들어올려버렸다.

적어도 분별 있는 몇몇 역사가들은 그 왕의 통치 기간(1936~1958)을 평화롭고 품위 있는 치세로 기억할 것이다. 신중한 동맹국들과 유

* 월트 휘트먼은 '좋은 백발 시인'이라 불린 바 있다.

동적인 체제를 유지한 덕에 그의 시대에는 군신 마르스가 기록을 망친 일이 전혀 없다. 내정 면에서 부패와 배신 그리고 과격파가 침투하기 전까지 인민의 자리(의회)가 추밀원과 완벽한 조화를 이루며 활동했다. 조화는 실제로 그 당시 통치의 암호였다. 미술과 순수과학이 융성했다. 공학, 응용물리학, 화학공업 등도 번성할 수밖에 없었다. 온하바에는 군청색 유리로 된 소규모 마천루가 척척 올라갔다. 기후마저 나아지는 듯했다. 조세제도는 미의 경지에 이르렀다. (언젠가 '킨보트의 법칙'으로 알려지게 될 원리에 따라서) 가난한 이들은 조금 부유해지고, 부자는 조금 가난해졌다. 의료제도는 국경까지 확장되었다. 마가목에 가지가 휠 만큼 산홋빛 열매가 달리고 물웅덩이에서 백운모 Muscovy glass가 깨지는 소리가 희미하게 울려퍼지는 매년 가을 순방중에 친절하고 달변인 왕이 어린 학생들 사이에서 발생한 발작적인 백일해 기침의 '역류'로 연설을 중단하는 일도 점점 드물어졌다. 패러슈팅은 대중스포츠가 되었다. 한마디로 모든 국민이 만족했다. 만족한 소세드*(젬블라에 인접한 대국)로부터 돈을 받고 기꺼이 분란을 조장하고 다니던 정치적 책동자들조차. 하지만 이 지루한 주제는 여기서 그만 줄이기로 하자.

다시 왕 이야기로 돌아와 개인의 교양 문제를 예로 들어보자. 국왕들이 어떤 전문 분야의 연구에 종사하는 일이 얼마나 있겠는가? 있다고 해도 패류貝類학자는 손가락이 온전치 못한 한 손으로도 꼽을 정도일 것이다. 젬블라의 마지막 왕인 그는 셰익스피어의 위대한 번역자인

* 러시아어로 '이웃'이라는 뜻으로 소비에트연방을 암시하는 듯하다.

(39~40행과 962행 주석 참조) 외숙부 콘말의 영향을 다소 받아, 빈번히 편두통을 앓으면서도 문학 연구에 정열적으로 매달렸다. 그는 왕권이 몰락하기 얼마 전인 마흔 살에 학위를 취득했고, 덕망 있는 외숙부가 쉰 목소리로 남긴 유언에 과감히 응했다. "가르쳐라, 칼릭!" 물론 일국의 왕이 학자 가운을 걸치고 대학 강의실에 나타나 홍조를 띤 젊은이들을 상대로 『피네간의 경야』[12]는 앵거스 맥더미드의 '지리멸렬한 거래'[13]와 사우디의 링고-그란데(「친애하는 스툼파룸퍼에게」 등)[14]를 기괴하게 늘인 것이나 마찬가지라고 주장하거나, 1798년에 호딘스키가 수집한 12세기 익명 작가의 걸작 「콩스스쿠그-시오」[15](왕의 거울)의 젬블라어로 된 이본異本에 대해 토론하는 것은 볼썽사나운 일이었을 것이다. 그래서 그는 가명을 사용했고, 두꺼운 화장에 가발을 썼으며 가짜 구레나룻까지 붙이고 강의했다. 갈색 턱수염, 사과같이 붉은 뺨, 파란 눈의 젬블라인이라면 모두들 똑같이 생겨서, 지금 1년 동안 면도를 하지 않은 나도 변장한 국왕과 비슷해 보인다(894행 주석 참조).

강의를 하는 동안 카를 크사베리[16]는 여느 연구자들과 마찬가지로 코리올라누스 레인에 세를 얻은 임시숙소에서 자는 일이 흔했다. 욕실과 간이부엌이 딸린 근사한 중앙난방식 방이었다. 밝은 회색 카펫과 진줏빛이 도는 회색 벽(벽 한쪽에는 피카소의 〈촛대, 단지와 법랑 냄비〉 모사품 한 점이 홀로 걸려 우아함을 더했다), 송아지가죽으로 장정된 시집이 빼곡한 선반과 인조 판다모피 담요를 덮어둔, 사용한 흔적이 없는 소파 베드 등을 향수에 젖어 떠올린다. 그렇게 평온하고 단순한 생활에서 궁전이라든가 해결할 수 없는 문제와 전전긍긍하는 고문관이 있는 진저리나는 회의실이라든가 하는 것들이 얼마나 멀게 느껴졌을지!

18행: 점점And then the gradual, **29행**: 잿빛gray

기묘한 우연의 일치(아마도 셰이드 예술의 대위법적 본질에 내재한)로 우리의 시인께서는 여기서(gradual, gray) 그 당시(7월 2일)에는 그 존재를 전혀 알지 못했지만 3주 후 운명의 순간에 보게 될 남자의 이름을 대고 있는 듯하다. 야코프 그라두스는 잭 디그리나 자크 드 그레이 또는 제임스 드 그레이 등 다양한 이름을 썼고, 경찰 기록에는 레이부스, 레이븐스톤, 다르구스 등도 기재되어 있었다. 소비에트 시절의 붉은 러시아에 병적인 애착을 가진 그는 자기 이름의 진짜 기원을 포도를 뜻하는 러시아어 '비노그라드'에서 찾을 수 있고, 거기에 라틴어 접미사를 붙여 '비노그라두스'가 되었다고 주장해왔다. 그의 부친 마르틴 그라두스는 리가에서 신교 목사직을 지냈으나, 부친과 외삼촌(로만 첼로발니코프, 경찰관이자 사회혁명당의 비상근 당원)을 제외하면 일가친척 모두가 주류업에 종사했던 듯하다. 마르틴 그라두스는 1920년에 죽었고, 그의 아내도 스트라스부르로 이사한 뒤 얼마 안 돼 죽고 말았다. 또다른 그라두스가 있는데, 알자스의 상인인 그는 우리가 얘기하는 살인자와 기묘할 정도로 아무런 관계가 없었지만, 수년 동안 그 일가와 사업상 친구로 가깝게 지냈기에 어린 그를 입양해 자기 아이들과 같이 키웠다. 그라두스는 젊은 시절 한때 취리히에서 약리학을 공부했던 듯하고, 또 한때는 순회 와인 감별사로 안개 자욱한 포도원을 여행하고 다녔던 것 같다. 그후에는 하찮은 체제 전복 활동에 가담해 불평조의 팸플릿이나 인쇄하고, 정체를 알 수 없는 노동조합운동 조직의 연락책으로 활동하거나 유리공장에서 파업을 조장하는 일 따위를 했다. 1940년대의 어느 시기에 그는 브랜디 판매업자로 젬블라에 왔다. 거기서 어느 선술집 주인의 딸과 결혼했다. 그가 과격파 정당과 관계를 맺은 때는 당이 최초로 추하게 몸부림치던 시기까지 거슬러올라가며, 혁명이 발발하자 그는 조직을 꾸리는 변변찮은 재능으로 여러 사무국에서 인정을 받게 된다. 그가 더러운 목적을 가슴에 품고, 장전된 총을 주머니에 넣고 서유럽으로 떠난 날은 무고한 나라의 어느 무고한 시인이 「창백한 불꽃」 제2편을 쓰기 시작한 바로 그날이었다. 우리는 아득히 먼 젬블라를 떠나 푸른 애팔래치아까지 나아가는 그라두스를 끊임없이 염두에 두면서 이 시 전편을 통해 따라갈 것이다. 그는 시의 리듬이 만드는 길을 따라 어떤 각운은 타고 지나가고, 휴지 없이 다음 행으로 이어지는 시행의 끝부분에서는 미끄러지듯 돌아가고, 행간의 휴지부에서는 함께 숨을 고르고, 이 가지에서 저 가지로 옮겨가듯 한 행 한 행 타고 내려가다 하단에서는 풀쩍 뛰어내린다. 또 두 단어(596행 주석 참조) 사이에 숨기도 하고, 새로운 편이 시작되는 지평선에 다시 나타나 약강격 율동으로 일정하게 행진해 다가와 길을 건너고, 여행가방을 든 채 5보격 에스컬레이터를 타고 위로 이동하다 뛰어내려 새로운 생각의 열차를 타고, 호텔 로비로 들어가 셰이드가 단어 하나를 지우는 동안 침대 등을 끄고, 시인이 그날 밤의 작업을 마치고 펜을 내려놓으면 잠든다.

27행: 셜록 홈스

코넌 도일이 쓴 여러 이야기에 등장하는 주인공으로 매부리코에 호리호리하고 나름대로 호감이 가는 사립 탐정. 현재로선 이 가운데 어떤 이야기를 암시하는지 확정할 방법이 없지만, 나는 우리 시인이 단지 이 '거꾸로 찍힌 발자국 사건'을 꾸며낸 것이 아닐까 의심한다.*

35행: 뾰족한 단검들처럼 꽁꽁 언 첨적

온화한 여름밤에 집필을 시작한 시의 첫부분에서 우리 시인은 얼마나 집요하게 겨울 이미지를 환기하고 있는지! 연상 기제는 쉽게 그려볼 수 있지만(유리가 크리스털로, 크리스털이 얼음으로) 그 배후의 프롬프터**는 익명으로 남아 있다. 겸손한 사람으로서 시인과 미래의 주석자가 어느 겨울날 첫 만남을 가졌다는 사실이 이 시 속 현실의 계절에 어느 정도 영향을 주었으리라는 가정은 못하겠다. 이 주석의 표제인 저 사랑스러운 시행에서 독자는 마지막 단어에 주의해야 한다. 내 사전에는 그 단어가 '처마에서 계속 떨어지는 일련의 물방울, 낙숫물,

---

* 『셜록 홈스의 귀환』에 수록된 첫번째 단편인 「빈집의 모험」에서 홈스가 『셜록 홈스의 회상록』에 수록된 마지막 단편인 「마지막 사건」에서 자신의 죽음을 가장하기 위해 썼던 속임수를 설명하는 중에 언급되는 속임수다.

** 연극을 공연할 때 관객이 볼 수 없는 곳에서 배우에게 대사나 동작 따위를 알려주는 사람.

동굴에서 떨어지는 물방울'로 정의되어 있다. 나는 이 표현을 토머스 하디의 시[*]에서 처음 본 걸로 기억한다. 반짝이는 서리가 처마에서 떨어지는 눈부시게 빛나는 물방울에 영원성을 부여한다. 우리는 또한 '뾰족한 단검'에서 첩보물의 낌새가 번득이는 것에, 각운에서는 국왕 시해의 전조가 느껴지는 것[**]에 주목해야 한다.

39~40행: 눈을 감고, 등등

이 시행들은 초고에서 이문異文으로 제시된다.

…… 그리고 나의 도둑들은 귀가를 서두른다.
태양은 훔친 얼음을 가지고, 달은 잎새를 가지고

『아테네의 타이몬』에서 한 인간 혐오자가 세 명의 약탈자에게 얘기하는 구절(4막 3장)을 떠올리지 않을 수 없다. 동굴 속의 타이몬처럼 내가 묵고 있는 이 외진 통나무집에는 서재가 없기 때문에, 바로 인용하려면 아무래도 운문 번역본인 젬블라어판 『타이몬』에서 이 구절을 찾아 영어 산문으로 재번역해야 할 것 같다. 이 젬블라어판이 원문에 충분히 근접한 것이기를, 그렇지 않다면 적어도 그 진의나마 충실히 옮겨놓았기를 바란다.

---

* 「저세상의 친구들」(1898)을 가리킨다.

** 첨적(stillicide)과 국왕 시해(regicide)의 각운을 의미한다.

태양은 도둑이다, 그녀는 바다를 유혹하여
강탈해간다. 달은 도둑이다,
그는 태양에게서 은빛을 훔쳐간다.
바다는 도둑이다, 그것은 달을 녹여버린다.*

콘말이 번역한 셰익스피어 작품에 신중한 평가를 내리려면 962행 주석 참조.

42행: 알아볼 수 있었는데

5월 말에 이르러 나는 그의 천재성이 형태를 부여하고 있을지 모를, 나에 대한 몇몇 이미지들의 윤곽을 알아볼 수 있었다. 6월 중순경 마침내 나는 내 머릿속에서 타오르는 찬란한 젬블라를 그가 시를 통해 재창조하리라고 확신했다. 나는 그로써 최면을 걸듯 그를 매료시켜 나의 환영에 흠뻑 빠져들게 하고, 술꾼의 무모한 호기를 부추겨서 나 자신은 도저히 시로 옮겨볼 수 없었던 모든 것을 그에게 떠넘겼다. 출생과 성장 배경, 사고의 연상 작용, 영적 어조와 심적 양상이 판이한 두 남자, 한쪽은 세계를 누빈 학자이고 한쪽은 화롯가에 앉은 시인인 두 사

* 『아테네의 타이몬』 4막 3장에 나오는 구절로 전체적인 내용은 유사하나 원문에서는 태양과 달의 성별이 반대이고, 달이 태양에게서 훔치는 빛이 '은빛(silvery light)'이 아닌 '창백한 불꽃(pale fire)'으로 표현되어 있다.

람이 이런 종류의 비밀 협정을 맺는 경우는 분명 시의 역사상 유례를 찾기 힘들 것이다. 마침내 나는 그의 안에서 나의 젬블라가 무르익어 적합한 각운들로 터질 듯하고 속눈썹 하나만 살짝 건드려도 단번에 분출될 준비가 되었다는 걸 알았다. 나는 기회가 있을 때마다 습관적인 게으름을 극복하고 집필을 시작하도록 그를 독려했다. 나의 작은 포켓 다이어리에는 이런 메모가 적혀 있다. "그에게 영웅시격을 제안함" "그 탈주 사건을 다시 이야기해줌" "내 집의 조용한 방을 쓰라고 권함" "내 육성을 녹음해두었다가 활용하는 것을 의논함", 그리고 마침내 7월 3일자 아래에는 "시를 쓰기 시작!"

나는 그 결과물이 창백하고 투명한 최종 단계에 이르러서는 내 이야기의 직접적인 반향이라 볼 수 없음을 안타깝게도 너무도 분명히 깨달았지만(말이 난 김에 말하자면, 내 주석에서는 주로 제1편의 주석에서 내 이야기 중 일부분만 거론될 뿐이다), 내 이야기의 석양빛이 셰이드가 3주 만에 천 행의 시를 쓸 수 있도록 지속적으로 창조적 활력을 발휘하는 과정에 촉매제 역할을 했음은 의심의 여지가 없다. 게다가 시와 이야기 양쪽의 배색에는 징후적인 근친적 유사성이 존재한다. 나는 그의 시행에 붙인 나의 주석을 어느 정도는 즐기면서 다시 읽어보다, 내가 여러 지점에서 내 시인의 불타는 천구에서 일종의 유백광을 빌려 무의식적으로 그만의 독특한 비평 산문체를 모방했음을 알아챘다. 그러나 그의 아내와 동료들은 이제 걱정은 접고 본인들이 사람 좋은 나의 시인에게 했다는 조언의 열매가 무엇이든 그 단물까지 쪽쪽 빨아댈 것이다. 아, 그렇다. 그 시의 최종 텍스트는 온전히 그의 것이 맞다.

내 생각엔 우리가 그래야만 할 것 같은데, 만약 왕권에 대한 세 가지 우연한 암시(605행, 822행, 894행)와 937행의 포프풍 '젬블라'를 차치한다면, 「창백한 불꽃」의 최종 텍스트는 내가 제공한 모든 재료를 그 작은 흔적까지 의도적으로 그리고 철저하게 소거해버린 것이라 결론지을 수 있다. 하지만 집안의 검열관과 그 밖에 여러 사람들에 의한 규제 조치가 시인에게 가해졌음에도, 우리는 그가 망명자 왕에게 자신이 보존해온 여러 이문의 지하실에 피난처를 마련해주었음을 알게 된다. 그의 초고에 남아 있는 총 13행의 장엄하게 노래하는 듯한 시행들(이 시행들은 모두 제1편에 속하는 70행, 79행, 130행에 대한 나의 주석에서 제시되는바, 제1편에서 그는 이후보다 더 많은 창작의 자유를 누리며 작업했던 것이 분명하다)이 내 주제에 대한 분명한 각인, 즉 젬블라와 불행한 국왕에 대한 내 이야기의 미미하지만 참된 별의 환영을 담고 있기 때문이다.

47~48행: 골즈워스와 워드스미스 사이 목조 가옥

첫번째 이름은 로마법의 권위자이자 저명한 판사인 휴 워런 골즈워스에게서 내가 세낸 덜위치 로드의 저택을 가리킨다. 나는 집주인을 만나보는 기쁨을 누린 적은 없지만, 그의 필체만큼은 셰이드의 필체만큼이나 잘 알아볼 수 있다. 두번째 이름은 물론 워드스미스대학을 의미한다. 두 건물 사이의 중간 장소를 나타내는 듯하지만, 우리 시인은 공간적인 정확성보다는 영웅시격 2행 연구에 정통한 두 거장*을 떠올리게 하는 음절을 서로 재치 있게 맞바꿔 그 둘 사이에 자기만의 뮤즈

를 숨겨놓는 데 더 관심을 기울였다. 실제로 '정사각형 녹지 위에 서 있는 목조 가옥'은 워드스미스 캠퍼스에서 서쪽으로 5마일 떨어져 있지만, 내 집 동쪽 창문에서는 고작 50야드 정도 떨어져 있을 뿐이다.

이 작품의 머리말에서 나는 내 거주지의 편의시설에 대해 좀 언급할 기회가 있었다. 미리 보지도 않고 나에게 그 풍경을 마련해준 매력적인, 맹한 구석이 있는 게 또 매력인 여인(691행 주석 참조)은 필시 좋은 의도로 그랬을 것이다. 이웃들 사이에서 그 집은 '고풍스러운 웅장함과 우아함'으로 칭송이 자자했으니 말이다. 사실 그 집은 조각된 박공지붕과 통풍이 잘되는 내닫이창 그리고 흉측한 베란다를 얹은 소위 '준準귀족적인' 현관으로 이루어진 낡고 음침한 흑백의 반 목조 가옥으로, 우리 나라에서는 *워드나겐wodnaggen***이라고 부르는 양식이었다. 골즈워스 판사에게는 아내와 네 딸이 있었다. 복도에서 나를 맞이한 가족사진은 방에서 방으로 나를 계속 따라다녔다. 알피나(Alphina, 아홉 살), 베티(Betty, 열 살), 캔디다(Candida, 열두 살), 디(Dee, 열네 살)는 분명 끔찍이도 귀엽고 자그마한 학생에서 곧 똑똑한 아가씨로, 또 장차 훌륭한 어머니로 변해갈 걸 잘 알면서도, 나는 그들의 앙증맞은 사진들에 몹시 짜증이 났다. 얼마나 짜증났는지 고백하자면, 사진들을 하나하나 챙겨서 옷장 속 셀로판 덮개를 뒤집어쓴 채 교수형을

---

* 아일랜드 출신의 영국 시인 올리버 골드스미스와 영국 낭만파 시인 윌리엄 워즈워스를 가리킨다. 참고로, 골드스미스와 달리 워즈워스는 영웅시격 2행 연구의 시 형식을 기피했다(흔히 이 시 형식의 두 거장으로 일컬어지는 시인은 포프와 존 드라이든이다).

** 고영어로 '나무(wood)'를 뜻하는 'wod'와 스웨덴어로 '구멍을 낸다'는 뜻인 'nagga'를 변형해 합성한 단어로 추정되며, 문자 그대로 해석하면 '구멍(창이나 베란다)을 많이 낸 목조 가옥'이 된다.

받은 죄인들처럼 걸린 겨울옷 아래 처박을 정도였다. 서재에서는 아이들 부모의 대형 사진을 발견했는데, 서로 성별이 바뀐 듯 G 부인은 말렌코프*, G 씨는 메두사가 연상되는 산발을 한 쭈그렁 할망구 같았다. 나는 그 사진을 떼어내고 대신 가장 아끼는, 피카소의 초기작 모사품을 걸어두었다. 비구름 색깔의 말을 몰고 가는 황토색 소년을 그린 그림**이었다. 그럼에도 집 여기저기에 널려 있는 가족의 책—종류가 다른 어린이 백과사전 네 세트라든지 층계참에 설치된 선반을 따라 순서대로 꽂아 다락에 이르면 불쑥 부록이 나타나는 무미건조한 어른용 사전 등은 내버려두었다. 골즈워스 부인의 내실에서 발견한 소설책으로 판단하건대, 그녀의 지적인 취미는 앰버Amber에서 선Zen에 이르기까지[17] 두루 계발된 듯했다. 이 알파벳 가족의 가장에게도 서재가 있었으나, 법률서적과 또박또박 쓴 글자들이 빼곡히 적힌 장부가 대부분이었다. 문외한이 지식을 얻고 유흥 삼아 볼 만한 것이라곤 모로코가죽 장정 앨범뿐이었는데, 판사는 거기에 자기가 감옥에 보냈거나 사형을 선고한 사람들의 생애 이력과 사진을 정성스레 붙여놓았다. 아둔한 불량배들의 잊지 못할 얼굴, 최후의 끽연과 이빨을 드러낸 최후의 웃음, 교살범의 지극히 평범해 보이는 두 손, 스스로 과부가 된 여자, 살인광의 미간이 좁고 무자비한 두 눈(고故 자크 다르구스도 어딘가 비슷한 데가 있음을 인정한다), 부모를 살해한 일곱 살 먹은 영리한 꼬마("자 얘야, 이제 우리에게 말해보렴"), 공갈범을 날려버린 늙고 서러운 땅딸이 남색꾼 등등. 내가 좀 놀란 점은 그의 '마나님'이 아니라 바로 그가, 나의

* 스탈린의 후계자로 유력시되었던 소련 정치가.

** 피카소의 〈말을 끌고 가는 소년〉(1905)으로 추정된다.

박식하신 집주인 양반이 집안 살림을 손수 관리했다는 것이다. 그는 새로 이주해온 사람 주위에 떼로 몰려드는 위협적인 원주민 폭도와도 같은 온갖 살림들의 세세하기 그지없는 목록을 두고 갔을 뿐 아니라, 종이 쪼가리에다 추천 사항, 설명 사항, 지시 사항 그리고 부가 목록까지 적어넣는 엄청난 수고를 했다. 이사 온 첫날에는 손에 닿는 물건마다 골즈워스의 안내지가 나왔다. 보조 욕실에 있는 약품상자를 여니, 다 쓴 면도날을 버리는 투입구가 꽉 찼으니 사용하지 말라는 충고가 적힌 쪽지가 팔랑거리며 떨어졌다. 또 냉장고를 열었더니, '냄새가 잘 빠지지 않는 외국 특산품'을 넣어서는 안 된다고 호통치는 경고문이 있었다. 서재 책상의 가운데 서랍을 열었다가 그 안의 쓸모없는 내용물에 관한 '해설이 달린 종별 목록'을 발견하기도 했다. 그중에는 여러 종류의 재떨이, 다마스쿠스 종이칼('장인어른이 동양에서 가져온 고대의 단검'이라고 적혀 있다), 세월이 흘러 달력의 날짜가 다시 맞게 되기까지 그 자리에서 만사태평하게 나이를 먹어가는, 한 번도 사용한 적이 없는 낡은 포켓 다이어리도 있었다. 식료품 저장실의 특별 게시판에 붙어 있는 갖가지 상세한 주의문, 수도 배관에 관한 지시 사항, 전기 배선에 대한 논설, 선인장에 대한 담론 그리고 기타 등등의 쪽지 사이에서 그 집에 딸린 검은 고양이의 식단도 발견했다.

월, 수, 금: 간

화, 목, 토: 생선

일: 다진 고기

(그놈이 내게 얻어먹은 것이라곤 우유와 정어리가 다였다. 제법 호감이 가는 작은 동물이었지만, 오래지 않아 그놈의 활동이 내 신경을 건드려 청소부 핀리 부인에게 맡겨버렸다.) 그러나 뭐니뭐니해도 가장 웃긴 주의문은 실내 가구에 햇볕이 안 닿도록 창문 커튼을 매시간 각기 다른 방법으로 쳐야 한다는 커튼 조작법일 것이다. 창문마다 날짜와 계절별 태양의 위치가 설명되어 있었기 때문에, 이 모든 사항에 주의를 기울였다가는 조정 선수처럼 쉴 틈 없이 바빴을 것이다. 하지만 커튼 앞에 사람을 세워두는 대신, 보다 고가의 가구(수를 놓은 안락의자 두 개와 무거운 '왕실 콘솔')를 햇볕에서 벗어나도록 위치를 옮겼다 원래대로 해놓되 벽면 쇠시리가 긁히지 않도록 주의하면 된다고 각주 하나가 관대하게 제안해주었다. 유감스럽게도 그 세심한 위치 변경 스케줄을 그대로 재현할 수는 없지만, 취침 전에는 길게 캐슬링을, 아침에는 제일 먼저 짧게 캐슬링을 해야 했던 것으로 기억한다.* 친애하는 셰이드에게 집안을 안내하며 그런 지시문을 열람하게 하고, 직접 숨은 보물을 찾아보게끔 하자 그는 크게 웃음을 터뜨렸다. 그가 들떠서 쾌활하게 떠들어준 덕분에 내내 마음이 쓰였을 '미발생 손상'**의 기운이 가셨다. 그는 판사의 딱딱한 위트, 법정에서 밴 버릇과 관련된 많은 일화로 나를 즐겁게 해주었다. 일화는 민간전승이라는 게 그렇듯 대부분 여지없이 과장이 섞이고 몇 가지는 명백한 창작이었지만 모두 악의는

---

* 캐슬링은 체스의 룰 중 킹과 룩을 한 번에 움직이는 예외적인 수로, 킹을 왼쪽으로 옮기는 것은 롱 캐슬링, 오른쪽으로 옮기는 것은 쇼트 캐슬링이라 한다.

** 아직 발생하지 않았지만 발생할 것이 우려되는 손해나 손상을 일컫는 법률 용어로 로마법에 근거한다.

없었다. 그는, 내 다정한 벗은 골즈워스 판사의 법의法衣가 지하 세계에 공포의 그림자를 드리웠다거나, 별의별 야수가 감옥에 누워 *라흐더스트ragbdirst*(복수에의 갈망)로 아주 죽어가고 있을 거라는, 말도 안 되는 이야기들을, 야비하고 매정한 놈들 사이에서 돌고 도는 거칠고 진부한 이야기들을 입에 올린 적이 없었다. 그런 놈들에게 낭만이나 적막함, 물개모피 안감 같은 진홍색 하늘이나 전설적인 왕국의 어스레한 모래 언덕은 그저 존재하지 않는 것이다. 그러나 이 얘기는 이것으로 됐다. 우리는 다시 우리 시인의 창문으로 돌아가기로 하자. 이 명확하고 분명한 비평 연구 자료*를 비비 꼬고 뭉그러뜨려 기괴한 소설 비슷한 걸로 만들고 싶은 마음은 추호도 없으니.

지금은 셰이드의 집에 대해 건축양식으로 기술하기란 불가능하고, 흘낏 엿보거나 건너다본 것, 즉 창틀을 통해 본 것 이상을 기술할 수도 없다. 앞에서 언급했듯(머리말 참조) 여름이 다가오면 시야에 문제가 생긴다. 시야를 잠식해오는 무성한 나뭇잎이 나와 항상 의견이 일치하는 것은 아니었다. 그것은 녹색 외알 안경과 불투명한 눈가리개를 혼동하고, 보호와 방해를 구별하지 못했다. 그런 와중에(내 비망록에 따르면 7월 3일에) 나는 내 친구가 장시 집필에 착수했다는 소식을 들었다—존이 아니라 시빌에게서. 그를 이삼일 못 본 나는 길가의 골즈워스네 우편함(늘 각종 전단과 지역 광고지, 판촉 전단 같은 쓰레기로 가득해 눈길도 주지 않는다) 옆에 있는 그의 우편함에서 제3등급 우편물들을 꺼내 가져다주려다 관목 한 그루에 가려 나의 매 같은 눈에 띄지

* apparatus criticus. 그가 이 주석에서 하고 있는 본문 주해를 가리킨다.

않던 시빌과 딱 마주쳤다. 그녀는 밀짚모자에 원예용 장갑을 끼고 화단 앞에 쪼그리고 앉아 가지를 치거나 뭔가를 붙잡아 매고 있었는데, 착 달라붙는 갈색 바지가 내 아내가 입던 만돌린 바지(나는 농담삼아 그렇게 불렀다)를 생각나게 했다. 그녀는 그런 광고 나부랭이로 그를 방해할 수 없다면서 그가 "정말 어마어마한 시를 쓰기 시작했다"는 소식을 덧붙였다. 나는 피가 얼굴로 쏠리는 것 같았다. 그가 나에게는 아무것도 보여주지 않았다고 중얼거리자, 그녀는 허리를 곧추세우고 희끗희끗한 머리카락을 이마 뒤로 넘기면서 나를 응시한 채 말했다. "무슨 말씀이세요, 아무것도 보여주지 않았다니요? 그이는 완성되지 않은 작품은 결코 보여주지 않는답니다. 결코, 절대로요. 작품이 완전히, 아주 완전히 끝날 때까지는 당신하고 한마디 상의조차 안 할걸요." 나는 그 말을 믿을 수 없었지만, 이상할 정도로 말을 삼가는 내 친구와 이야기하다보니 곧 그가 자기 마나님에게 지도를 제대로 받아왔음을 알게 됐다. 내가 "유리 집에 사는 사람은 시를 써선 안 되죠"*라는 등 악의 없는 야유를 던져 그의 입을 열려고 하자, 그는 그저 하품을 하고 고개를 저으며 "이방인은 옛 속담을 멀리해야 하는 법이네"라고 응수했다. 그럼에도 내가 그에게 아낌없이 제공한 생동감 넘치고 매혹적이고 가슴 두근거리고 일렁이듯 반짝이는 모든 소재로 그가 무엇을 하는지 알고 싶은 충동과 작업중인 그가 보고 싶어 달뜬 욕망(그 작업의 결실은 볼 수 없더라도)은 말도 못하게 괴롭고 통제할 수도 없어서, 나는 자존심은 생각지 않고 몰래 엿보는 데 온 정신을 쏟았다.

---

* '유리 집에 사는 사람은 돌을 던져서는 안 된다', 즉 자기 약점이 훤히 들여다보이는 사람은 남을 쉽게 비난해서는 안 된다는 뜻의 속담을 살짝 바꾼 것이다.

잘 알려졌다시피 창문은 수세대에 걸쳐 일인칭 문학의 위안이었다. 그러나 이 관찰자는 순전히 운만으로는 『우리 시대의 영웅』*의 엿듣기나 『잃어버린 시간을 찾아서』의 어디에나 존재하는 관찰자를 따라갈 수 없었다. 하지만 나에게도 이따금 탐색하다 운좋게 얻어걸린 소소한 성과들이 주어지곤 했다. 느릅나무 한 그루가 무성하게 자라 내 여닫이창이 제구실을 못하게 되었을 때, 나는 담쟁이넝쿨로 덮인 베란다 모퉁이를 발견했다. 그곳에서는 시인의 집 정면이 꽤 많이 보였다. 그 집의 남쪽 면을 보고 싶으면, 우리집 차고 뒤쪽으로 내려가 튤립나무 뒤에 서서 활 모양으로 휜 내리막길 도로 너머로 환히 불 밝힌 소중한 창문들을 바라보면 되었다. 그는 그 창문들에 블라인드를 치는 법이 없었다(그녀는 항상 가렸다). 반대편을 보고 싶으면, 나의 경호원인 검은 노간주나무들이 별과 불길한 전조, 아래쪽 도로의 외로운 가로등이 드리운 창백한 불빛 한 조각을 감시하며 서 있는 우리집 정원의 제일 높은 곳까지 오르막길을 걸어올라가면 되었다. 여기서 떠올린 그 계절이 시작될 무렵엔 나는 어딘가(62행 주석 참조)에서 논의한 바 있는 아주 특별하고도 매우 사적인 두려움을 극복하고, 잡초가 무성한 내 땅의 동쪽 바위 턱 부근을 어둠 속에서 걷길 오히려 즐겼다. 바위 턱은 시인의 집 북쪽 면보다 약간 높은 지대에 있는 아까시나무 숲속에서 끝난다.

언젠가, 한 30년 전, 연약하고 끔찍했던 소년 시절에 나는 신과 접촉하는 중이던 남자를 우연히 볼 기회가 있었다. 내 고향 온하바에 있는

---

* 19세기 러시아 소설가이자 시인 미하일 레르몬토프의 대표작.

공작령 예배당에서 성가 연습을 하다가 쉬는 시간이 되면 건물 뒤에 있는 '장미원'이라 불리던 뒤뜰을 배회했다. 그곳에서 장딴지를 교대로 들어올려 매끄러운 기둥에 맨살을 대고 열기를 식히며 얼쩡대는데, 소년 무리의 나직한 웅성거림에 섞여 달콤한 목소리들이 멀리서 들려왔으나, 그중 한 녀석에게 어쩌다 품게 된 앙심, 질투 어린 짜증 때문에 함께 어울릴 수는 없었다. 나는 생화 같은 적광석 세공의 장미꽃잎과 손이 찔릴 듯한 커다란 녹색 대리석 세공 가시로 이루어진 궁정의 모자이크를 시무룩하게 바라보다가 빠르게 움직이는 발소리에 고개를 들었다. 장미와 가시 쪽으로 검은 그림자가 다가왔다. 한두 번쯤 이 주변에서 본 적이 있는, 키가 크고 창백한 낯빛에 코가 긴 흑발의 젊은 성직자가 교회 부속실에서 성큼성큼 걸어나와 나를 못 본 채 궁정 한가운데에 멈춰 섰다. 그의 얇은 입술이 죄의식이 깃든 혐오감으로 일그러졌다. 그는 안경을 썼다. 꽉 움켜쥔 손은 눈에 보이지 않는 감옥의 창살을 잡고 있는 듯했다. 그러나 인간이 받을 수 있는 은총의 크기에는 한도가 없다. 갑자기 그의 표정이 광휘와 경외로 휩싸였다. 그때까지 나는 그러한 지복의 섬광을 한 번도 본 적이 없었지만, 이제 또다른 나라에서 늙은 존 셰이드의 주름지고 초라한 얼굴에 그 같은 광휘, 그 같은 영적인 기운과 신적인 환영이 비친 것을 보았다. 봄철 내내 불침번을 선 덕에 기적같이 한여름 작업에 착수한 그의 모습을 목격하게 되었을 때는 얼마나 기뻤던지! 나는 그의 영감의 윤곽을 추적하는 데 가장 좋은 지점이 정확히 언제 그리고 어디인지를 알아냈다. 내 쌍안경은 그를 찾아내 그가 작업하는 여러 장소를 좇아 멀리서도 그에게 초점을 맞추었다. 밤에는 보라색 불이 켜진 그의 이층 서재에서 친절하게도 거울 하나가 나를 위해 그의 구부정한 어깨와 연필로 연방 귀를 후비는(이따금 연필심을 살펴보다 맛보기도 하는) 모습을 비춰주었고, 아침나절에는 일층 서재의 파열된 그림자 속에 잠복한 그에게 초점을 맞추고, 반짝이는 술잔이 서류함에서 독서대로, 독서대에서 다시 서가로 유랑하다가 유사시에는 단테의 흉상 뒤로 숨는 걸 보여주었다. 더운 날에는 작은 정자를 닮은 주랑현관을 휘감은 포도덩굴 사이로, 그 화환 틈으로 유포를 깐 테이블과 그 위에 놓인 시인의 팔꿈치를 그리고 팔꿈치를 괴고 관자놀이에 주름을 만든 둥그스름하고 토실토실한 주먹을 언뜻언뜻 엿볼 수 있었다. 원근과 빛의 조건, 나뭇가지나 잎사귀들의 방해가 계속되는 통에 그의 얼굴을 제대로 보기는 어려웠다. 어쩌면 잠재적인 포식자에게 발생의 신비를 감추기 위해 자연이 일부러 그렇게 조정해놓았는지도 모른다. 그러나 이따금 시인이 잔디밭을 가로질러 왔다갔다 거닐거나, 잔디밭 끝에 놓인 벤치에 잠시 앉거나, 자신이 좋아하는 히커리나무 아래에 잠시 서 있을 때면 정열적인 흥미, 환희, 경외에 찬 그의 표정을 식별할 수 있었다. 그런 표정으로 그는 마음속에서 이미지가 언어화되는 추이를 좇는 것이었다. 불가지론자인 나의 친구가 뭐라고 부정하든, 그 순간만큼은 우리의 신이 그와 함께 있음을 나는 알았다.

내 시야에 유리한 세 지점에서 보이는 그 집의 세 측면에 들어오는 불이 집주인들의 평상시 취침 시간보다도 훨씬 전에 모조리 꺼지는 일이 종종 있었는데, 그런 어둠은 오히려 그들이 집에 있다고 말해주는 것만 같았다. 차가 차고 부근에 세워져 있었지만, 그들이 걸어서 외출했다고 볼 수는 없었는데, 그랬다면 현관 불을 켜놓았을 것이다. 나중에 곰곰이 따져가며 추리해보니, 큰 필요성을 느끼고 그 문제를 조사해보기로 결심한 그날 밤은 7월 11일, 즉 셰이드가 시 제2편을 완성한 날이었다. 무덥고 캄캄하고 바람이 세차게 몰아치는 밤이었다. 나는 경계를 이루는 관목을 헤치고 그 집 뒤편으로 몰래 다가갔다. 처음에는 이 네번째 면 역시 어두울 테고, 그렇게 일단락될 거라고 생각했기에, 내가 한 번도 안 가본 뒤쪽의 조그만 응접실 창문 아래 비치는 희미한 사각형 불빛을 알아보기 전까지 묘한 안도감마저 들었다. 창문은 활짝 열려 있었다. 나는 양피지 같은 갓을 씌운 기다란 전등이 응접실 바닥을 비추는 곳에 있던 시빌과 셰이드를 보았다. 그녀는 내게 등을 보인 채 긴 의자 가장자리에 두 다리를 모으고 몸을 옆으로 튼 자세로 걸터앉아 있었고, 그는 의자 가까이 무릎방석에 앉은 채 의자 위에 펼쳐놓고 혼자 하던 카드놀이를 마치고 흩어진 카드를 천천히 모아 패를 맞추는 듯 보였다. 시빌은 몸을 웅크린 채 떨다 코 풀기를 반복했고, 존의 얼굴은 눈물로 얼룩져 있었다. 그때만 해도 내 친구가 사용하는 원고지가 정확히 어떤 종류인지 몰랐기 때문에 도대체 왜 카드놀이의 결과를 두고 저렇게 눈물범벅인지 통 알 수가 없었다. 제대로 보려고 몸을 쭉 빼고 심하게 낭창거리는 회양목 산울타리에 무릎을 기댄 순간 쓰레기통 뚜껑을 건드려 쾅하는 소리가 났다. 으레 바람이 낸 소리라 여기는 듯했고, 시빌은 바람을 싫어했다. 그녀는 자리에서 벌떡 일어나 창문을 쾅 닫고 거슬리는 소리를 내며 블라인드를 끌어내렸다.

나는 침울하고도 의아한 심정으로 발소리를 죽여 음산한 내 집으로 되돌아왔다. 마음은 여전히 우울했으나 의아함은 며칠 후 풀렸다. 아마 성 스위딘 축일*이었을 텐데, 내 작은 다이어리의 그 날짜 아래에 미리 '해질 무렵 J.S.와 산책promnad vespert mid J.S.'이라 써놓고는 나중에 심술이 나서 지우려고 줄을 긋다 연필심이 부러져버린 듯한 흔적이 발견되었기 때문이다. 붉은 석양빛이 어스름한 잿빛으로 바뀔 때까지 나는 내 친구가 나를 만나러 오솔길로 나오기를 기다리고 또 기다리다, 마침내 그의 현관문까지 걸어갔고 망설이다가 어둠과 고요함을 가늠해보고는 집 주변을 돌기 시작했다. 이번에는 뒤쪽 응접실에서 한줄기 빛도 새어나오지 않았지만, 살풍경하게 훤한 부엌 불빛 덕분에 흰색 칠을 한 탁자의 한쪽 끝을 식별할 수 있었다. 시빌이 아주 황홀한 표정으로 그쪽에 앉아 있었는데, 누가 보면 막 새로운 요리법이라도 생각해낸 줄 알았을 것이다. 뒷문이 조금 열려 있어 문을 가볍게 노크한 뒤 열고 들어가며 가벼운 몇 마디 인사를 명랑하게 던지다가, 탁자의 다른 쪽에 앉아 있던 셰이드가 그녀에게 자기 시의 일부분으로 추정되는 무언가를 읽어주는 중이었음을 알아챘다. 그들은 깜짝 놀랐다. 그의 입에서 활자로 옮기기 곤란한 욕설이 터져나왔고, 손에 들고 있던 색인카드 더미를 탁자 위에 내팽개쳤다. 나중에 그는 이런 신경질적인 격노를 보인 것은 독서용 안경을 쓰고 있어서 환영해야 할 친구를 갑자기 쳐들어온 외판원으로 잘못 본 탓이라고 했지만, 정말이지 나는 그의 그런 행동에 충격을 받았고, 충격이 너무 커서 당시에는 그 일 이후에 일어난 모든 일에 추악한 의미를 부여하고 싶어졌다. "자, 앉으세요." 시빌이 말했다. "커피 한잔하세요." (승자는 관대한 법.) 나는 내가 있어도 그가 낭독을 계속할지 궁금해서 그 제안을 받아들였

---

* 7월 15일.

다. 낭독은 계속되지 않았다. 나는 내 친구에게 말했다. "나와 산책하러 나올 거라고 생각했어요." 그는 기분이 별로 좋지 않다고 핑계를 대고, 마치 내 심장을 후벼파듯 담배 파이프의 대통을 계속해서 난폭하게 파냈다.

그제야 나는 셰이드가 정기적으로 시빌에게 시를 쓴 부분까지 읽어주었음을 알았다. 그뿐 아니라 그녀 또한 정기적으로 그의 정서 원고에서 그 훌륭한 젬블라 주제와 연관된 것은 모조리 수위를 낮추거나 삭제하도록 했다는 생각이 이제야 든다! 나는 어떻게 진행되는지도 모른 채 이야기의 가장 중요한 핵심 줄거리가 될 거라 허황되게 믿으며 계속 제공해주었건만.

나무가 우거진 그 언덕의 높은 곳에는 아직도 거기 그대로 있을 듯한 서턴 박사의 오래된 참나무 판잣집이 있고, 맨 꼭대기에는 영겁의 시간도 없애지 못할 C 교수의 초현대식 대저택이 있다. 저택의 테라스에서는 오메가, 오제로, 제로라 불리는(초기 정착민이 그럴듯한 유래와 흔한 비유에 끼워맞추는 바람에 왜곡된 인디언식 명칭이다) 서로 합류하는 세 호수 중에 비교적 크고 빛깔이 칙칙한 호수가 남쪽으로 얼핏 보인다. 언덕의 북쪽으로는 덜위치 로드가 워드스미스대학으로 가는 고속도로와 연결된다. 여기서는 워드스미스대학에 대해 몇 마디만 할애하고자 하는데, 대학 홍보실에 요청하면 온갖 종류의 안내책자를 받아볼 수 있기도 하지만, 주된 이유는 워드스미스에 대한 언급을 골즈워스의 집과 셰이드의 집에 대한 주석보다 간략하게 함으로써, 우리 두 집 사이의 거리가 대학과의 거리보다 훨씬 더 가깝다는 사실을 시사하고 싶어서다. 이는 아마도 거리가 주는 둔통이 문체적 효과를 통해 전달되고, 지형학적 관념이 단축된 일련의 문장을 통해 언어적 표현을 찾은 최초의 예가 아닐까 싶다.

양측으로 경사가 진 다양한 높낮이의 잔디밭이 깔려 있고, 관개시설이 아름답게 물보라를 내뿜는 주거지역을 따라 동쪽으로 대략 4마일 정도 꾸불꾸불 돌아내려가면, 고속도로가 두 갈래로 나뉘는 지점이 나온다. 왼쪽 길은 뉴와이와 그 지역의 비행장 건설부지로 향하고, 다른 길은 대학 캠퍼스로 연결된다. 캠퍼스에는 광기 어린 거대한 건물, 흠잡을 데 없이 완벽하게 설계된 기숙사 건물—정글의 음악이 울리는 아수라장—웅장한 궁전 같은 대학 행정본부, 벽돌담, 아치형 지붕이 덮인 길, 벨벳 같은 녹색 잔디와 녹옥수綠玉髓로 둘러싸인 사각형 안뜰, 스펜서관과 그 앞의 수련 연못, 교회, 새 강당, 도서관, 우리의 강의실과 연구실이 있는 감옥 같은 건물(이제는 셰이드관이라 불린다), 셰익스피어가 언급한 바 있는 온갖 나무가 늘어선 유명한 가로숫길, 멀리서 들려오는 단조로운 저음, 어렴풋이 피어오르는 아지랑이, 천문대의 청록색 돔, 조각구름과 새털구름의 희미한 깃털 그리고 모형 모터비행기—긴 조종선 위에서 윙윙거리며 원을 그린다—를 날리는 꿈꾸는 듯한 눈망울의 젊은이를 제외하고는 여름 내내 버려져 있는, 미루나무로 장막이 쳐진 듯한 반원형 계단식 관중석이 마련된 축구장 등이 있다.

예수님, 어떻게 좀 해주세요.

49행: 히커리나무

북아메리카산 호둣과 나무의 일종. 우리 시인은 나무를 수액과 그늘까지 통째로 시 속에 옮겨 심는 고상한 비법을 영국 대시인들과 공유하고 있다. 우리 국왕의 왕비, 디사는 자카란다나무와 은행나무를 좋아해서 여러 해 전 존 셰이드의 단시 선집 『헤베의 술잔』에서 4행시 한 수를 발췌해 자신의 앨범에 베껴 쓴 적이 있다. 나는 여기서 그 시를 인용하지 않을 수 없다(내가 1959년 4월 6일에 받은 남프랑스에서 온 편지에서).

성스러운 나무

황금빛 은행잎은, 떨어지면,
　　머스캣 포도,
　　날개를 잘못 펼친, 구식의
　　나비 표본*.

뉴와이에 새 성공회교회(549행 주석 참조)가 건립될 때, 대학 캠퍼스 내 셰익스피어 애비뉴라고 불리는 길 끝에 천재 조경사(레프부르그)[18)]가 활 모양으로 심어놓은 성스러운 나무들은 불도저로 건드리지 않았다. 그것과 관련이 있는지 없는지 모르지만, 2행에는 고양이와 쥐 게임이 나오고**, 젬블라어로 '나무'는 *그라도스* *grados*다.

---

* 나비의 앞날개를 뒷날개 아래로 잡아당겨 은행잎 모양으로 표본을 만드는 방법은 과거 수집가들이 쓰던 방식이다.

** 머스캣 포도(muscat)의 철자가 쥐(mouse)와 고양이(cat)를 연상시킴을 의미한다.

55행: 내 어린 딸이 타던 그네의 환영

셰이드는 초고에서 이 행 뒤에 이어지는 다음의 시행들을 살짝 줄을 그어 지워버렸다.

불빛이 좋다. 목이 긴 독서용 램프.
모든 문엔 열쇠가 있다. 여러분의 현대적인 건축가는
정신분석학자와 공모한다.
부모의 침실을 설계할 때, 그는
자물쇠 없는 문을 주장한다. 되돌아봤을 때
미래의 돌팔이 의사를 찾아온 미래의 환자가
'원광경'을 떠올리도록 모든 것을 그에게 맞춰놓은 것.

64행: 거대한 TV 안테나[19)]

71~72행에 대한 나의 주석에 언급된, 어떻게 보면 공허한데다 상당히 어리석기까지 한 추모 평론에는 우연히 (시빌 셰이드에게 받은) 필사본 시 한 편이 다음 설명과 함께 인용되어 있다. "우리 시인이 분명 6월 말, 즉 시인이 사망하기 채 한 달도 남지 않은 시점에 창작한, 따라서 우리 시인이 쓴 최후의 단시다."

다음이 그 시다.

그네

지붕 위
거대한 TV 안테나의
끝을 비추며 저물어가는 태양,

문 위
저물어가는 태양빛에 야구방망이가 되는
문손잡이의 그림자,

나무 위
앉아서 칩-위트, 칩-위트, 칩-위트 하고
지저귀기 좋아하는 홍관조,

나무 아래
흔들리는 텅 빈 작은 그네,
이런 것들이 내 마음을 아프게 한다네.

그가 과연 제1편의 이 부분에서 축소된 주제로 반복하기 불과 며칠 전에 이것을 썼을까에 대한 판단은 내 시인의 독자들에게 맡기겠다. 내 생각엔 그보다 훨씬 이전(아무런 연도 표시도 없지만, 그의 딸이 죽은 직후로 거슬러올라가야 할 것이다)의 결실이 아닐까 싶은데, 셰이드가 「창백한 불꽃」(우리의 부고 담당자가 모르는 시)에 활용할 만한 것이 있을지 옛날 원고 뭉치를 뒤적이다 찾아낸 원고일 듯하다.

62행: 자주

자주, 거의 매일 밤, 1959년 봄 내내 나는 생명의 위협을 느꼈다. 고독은 악마의 놀이터다. 나는 내 외로움과 비탄의 깊이를 설명할 수 없다. 오솔길만 건너가면 으레 내 유명한 이웃이 있고, 한번은 젊은 난봉꾼(보통 자정이 한참 지난 후에야 집으로 돌아오던)을 세들인 적도 있다. 그러나 나는 추방된 영혼에 좋지 않은, 차갑게 굳은 그 고독의 응어리를 강조하고 싶다. 젬블라인이 시해를 얼마나 일삼아왔는가는 누구나 다 아는 사실이다. 왕비 둘, 국왕 셋 그리고 열네 명의 참주僭主들이 불과 한 세기 동안(1700~1800) 목 졸리거나 찔리거나 독살되거나 익사하는 등 비명횡사했다. 골즈워스성은 마음속의 땅거미를 쏙 빼닮은 해질녘이 지나면 특히 적막해진다. 비밀스러운 바스락 소리, 지난날 떨어진 낙엽을 밟는 발소리, 한가로운 미풍, 쓰레기통을 뒤지는 개—이 모든 것이 나에게는 피에 굶주려 배회하는 포식자가 내는 소리로 들렸다. 나는 창문에서 창문으로 계속 옮겨다녔다. 나의 실크 나이트캡은 식은땀으로 흠뻑 젖었고, 맨가슴은 해빙기의 연못 같았다. 가끔은 판사의 엽총으로 무장하고 테라스에서 암약하는 각종 공포와 감히 마주하기도 했다. 그때였던 것 같다. 나무에 새로운 생명이 움트는 소리가 내 머릿속 오랜 죽음이 내는 탁탁 소리를 잔인하게 흉내내는 가장무도회가 펼쳐지던 그 봄밤, 그 무서운 밤들이었을 것이다. 내가 한줄기 안정(47~48행 주석 참조)에 대한 희망을 품고 이웃집 창문을 엿보게 된 때가. 시인에게 심장 발작(691행과 그 주석 참조)이 또 일어나 한밤중에 창이란 창은 모조리 환하게 밝힌 그들의 집으로 불려가서, 대단히 따뜻한 동정심을 충분히 보여주고, 커피를 마시고, 전화를 걸고, 젬블라인의 약초 비법(정말 잘 듣는다!)을 알려주고, 그래서 회복한 셰이드가 내 팔에 안겨 눈물을 흘리는 일이("진정해요, 존") 일어나기를 내가 얼마나 바랐는지. 그러나 그해 3월 밤마다 그들의 집은 마치 관처럼 캄캄하기만 했다. 육체적 피로와 무덤 같은 냉기에 결국 나는, 위층에 있는 내 고독한 더블베드로 가 숨을 죽이고 뜬눈으로 누워 있곤 했다. 언제라도 신경과민에 걸린 혁명가 한 무리가 쳐들어와 달빛 비치는 담으로 나를 떠밀고 갈지도 모를 조국에서의 위험천만한 밤들을 마치 이제야 의식적으로 겪기라도 하듯이. 질주하는 자동차나 으르렁거리는 트럭 소리는 삶이 주는 친근한 안도감과 죽음의 무서운 그림자가 뒤범벅된 기묘한 조합으로 다가왔다. 저 그림자가 내 집 현관 앞에서 멈출까? 유령 같은 암살자들이 나를 잡으러 오는 걸까? 그들은 지체 없이 날 쏠까, 아니면 클로로포름으로 마취시킨 학자를 젬블라, 로드나야* 젬블라로 몰래 데리고 돌아가 재판석에 앉아 기뻐 날뛰는 판사 일당과 눈부시게 반짝이는 연단용 물병을 대면하도록 할까?

이따금 나는 내 안에서, 고막 안에서, 혈관 안에서, 두개골 안에서

---

* '고향의' '친족의' '친애하는' 등의 뜻을 지닌 러시아어.

가차없이 다가오는 암살자들을 따돌릴 유일한 길은 자살뿐이라고 생각했다. 설핏 잠이 들었다가도 잊기도 참기도 힘든 밥이 술에 취해 돌아와 전에는 캔디다나 디가 썼을 침대로 향하는 소리에 잠은 달아나버리고, 내 위로 계속 원을 그리며 심장을 결박해오는 듯한 저 끝없는 고속도로를 벗어나지 못할 바에야 말이다. 머리말에서 간단히 언급했듯 나는 결국 그를 내쫓았다. 그 일이 있고 며칠 밤은 와인도, 음악도, 기도도 내 두려움을 가라앉히지 못했다. 그에 반해 그 감미롭던 봄의 낮 시간은 꽤 견딜 만했다. 내 강의는 모두가 만족해했고, 사교모임도 가능한 한 전부 나가려고 했다. 그러나 즐거운 저녁시간이 지나고 나면 또다시 음험하게 다가오는 소리와 몰래 살금살금 걷는 소리, 기어오르는 소리 그리고 잠시 멈칫하다 또다시 타닥타닥하는 소리가 들렸다.

골즈워스성에는 바깥으로 난 문이 많아 잠들기 전에 그 문들과 아래층 창의 덧문들을 아무리 철저히 점검해도 다음날 아침이면 잠기지 않았거나, 빗장이 풀렸거나, 좀 느슨해졌거나, 살짝 열렸거나 해서 비밀스럽거나 수상해 보이는 문이나 창문이 꼭 있었다. 어느 날 밤에는 내가 멋지게 마련해준 화장실이 있는 지하실로 슬그머니 내려가는 검은 고양이를 본 지 몇 분 되지 않아, 돌연 그 녀석이 음악실 문지방에 다시 나타나더니, 잠이 안 와 바그너 음반을 듣는 내 앞에서 등을 둥글게 세우고 혼자서 맸을 리 없는 흰색 실크 나비넥타이를 갖고 놀았다. 나는 11111에 전화했고, 몇 분 후 내가 건넨 체리주를 아주 맛있게 마신 경찰관과 의심이 가는 용의자에 대해 몇 마디 나누었지만, 누가 침입했든지 간에 흔적이 전혀 남지 않았다. 잔인한 심성을 가진 사람은 교묘한 술수를 써서 쉽사리 희생자 스스로가 피해망상증에 걸렸거나, 살인자에게 정말로 쫓기거나, 환각에 시달린다고 믿게 만든다. 환각! 젊은 강사 중에는 내가 승진에 반대했다고 악의 섞인 농담을 하고 다니는 녀석이 적어도 하나쯤 있다는 걸 잘 안다. 내가 그 사실을 안 건, 매우 흥겹고 성공적이었던 학생과 교사 모임(거기서 나는 열정적으로 외투를 벗어부치고, 자발적인 몇몇 학생에게 젬블라 레슬링 선수들이 하는 재미있는 제압 기술을 선보였다)을 마치고 집에 돌아와 외투 주머니에서 "당신 hal.....s는 정말 지독하오, 친구"라고 쓰인 비열한 익명 쪽지를 발견한 다음부터였다. 'hal.....s'는 '환각hallucinations'을 의미함이 분명했다.* 심술궂은 비평가라면 생략 점의 개수가 부족한 것을 보고, 그 왜소한 익명 씨가 교양영어를 가르치면서도 철자를 제대로 못 쓴다는 결론을 내릴지도 모르겠지만.

부활절이 지나자마자 두려움이 사라졌고, 다시는 재발하지 않았다고 쓸 수 있어 다행이다. 알피나나 베티의 방이었던 곳에 또다른 사람이 세를 들었다. 내가 '양토Loam 왕자 발타자르**'라고 별명을 붙여준 사람이었다. 그는 9시에 자고 아침 6시에 일어나는 기본 규칙을 고수했고, 헬리오트로프(헬리오트로피움 투르제네비)를 키웠다. 시간에 관계없이 늘 강렬한 향기를 풍기며 먼 북쪽 나라의 황혼과 정원 벤치, 페인트칠을 한 목조 가옥을 떠올리게 하는 꽃이었다.

---

* 킨보트가 오독한 철자는 입냄새를 의미하는 'halitosis'일 듯하다.

** 예수 탄생 신화에 등장하는 동방박사 중 한 사람이 성 발타자르인데, 그는 검은 피부를 가진 아라비아의 왕이라 전해진다.

70행: 새 TV

초고(7월 3일자)에서는 이 구절 다음에 번호를 매기지 않은 시행이 몇 줄 더 이어지는데, 시의 후반부 어디쯤에 넣을 의도였던 것 같다. 그 시행들은 사실 삭제되지는 않았으나, 여백에 의문부호가 딸려 있고, 물결선을 둘러 일부 글자를 침식해버렸다.

인간의 마음에 상징적으로 와닿는
사건과 기묘한 일이 있지.
어디에도 연결되지 못하고, 끈도 없이 표류하는
잃어버린 직유같이. 그렇게 그 북쪽 나라의 왕은
감옥에서 필사의 도주를
성공적으로 해낼 수 있었지.
그날 밤 마흔 명의 추종자가
왕으로 변장하고 그의 도주를 흉내낸 덕분에.

도주하는 왕으로 변장하는 낭만적이고 영웅적이며 무모한 유행이 그의 비밀 조력자들 사이에 퍼지지 않았다면, 그는 결코 서쪽 해안에 도달하지 못했을 것이다. 그들은 왕처럼 보이기 위해 빨간 스웨터와 빨간 모자로 변장하고 여기저기서 튀어나와 혁명정부의 경찰을 완전히 혼란에 빠뜨렸다. 그 장난꾸러기 중 몇몇은 왕보다 훨씬 젊었지만, 산촌 오두막이나 촌에서 지렁이, 생강빵, 질레트카* 면도날을 파는 근시안적인 상점에 붙은 왕의 사진이 대관식 때 것이라서 상관이 없었다. 한 쾌활한 국왕 변장자가 붉은 나방처럼 날아올라 크론블리크호텔의 테라스에서 크론의 빙하지대까지 관광객을 실어나르는 체어리프트에 타자, 모자가 벗겨진 운 나쁜 경찰관이 리프트 두 대 뒤에 타서 꿈속같이 느리게 추적했다는 유명한 목격담에는 멋진 만화적 터치가 가해졌다. 그 가짜 국왕이 착륙 지점에 도달하기 전에 견인케이블을 받치고 있는 철탑 중 하나로 내려가 가까스로 도망갔다는 사실을 덧붙일 수 있어 기쁘다(149행과 170행 주석도 참조).

71행: 부모님

헐리 교수는 시인이 죽은 뒤 채 한 달도 되지 않아 기특하리만큼 민첩하게 존 셰이드의 저서에 대한 평론을 발표했다. 그 글은 내가 자동차를 몰고 뉴와이에서 시던으로 가는, 이 험한 가을 산길에서 잠시 벗어나 이틀간 머물렀던 시카고에서 발견한 보잘것없는 문예지에 실렸는데, 지금 순간적으로 그 잡지 이름이 생각나지 않는다.

침착한 학식이 주가 되어야 할 이 주석은 조촐한 추모 평론의 상식을 벗어난 결점들을 꾸짖기 위한 자리가 아니다. 나는 그저 그 평론에서 시인의 부모님과 관련된 몇 가지 사소한 사실을 얻었기에 그 글을 언급할 뿐이다. 그의 아버지 새뮤얼 셰이드는 1902년 쉰 살의 나이로 사망했는데, 젊었을 때는 의학을 공부하고 엑스턴에서 외과 의료기기

* 러시아어로 '조끼'라는 뜻. 미국의 면도용품 회사 질레트가 판매하는 면도날은 조끼 모양의 종이로 포장되어 있었다.

회사의 부사장을 지냈다. 우리의 웅변적인 추모문 필자는 그가 주로 정열을 쏟은 분야는 "깃털 달린 종에 대한 연구"이며, "그의 이름을 딴 봄비칠라 샤데이*라는 새도 있다"(이때 '샤데이'는 당연히 소문자로 써야 한다)고 덧붙였다. 시인의 어머니(결혼 전 이름은 캐럴라인 루킨)는 남편의 작업을 도왔고, 내 친구의 집에서 본 기억이 있는 셰이드의 저서 『멕시코의 새들』에서 감탄할 만한 삽화 솜씨를 선보였다. 추모 평론 필자가 몰랐던 사실은 루킨이 로코크, 룩손, 루카셰비치와 마찬가지로 루크**에서 유래한 성이라는 점이다. 이는 고정된 형태는 없어 보이지만 명맥을 유지하며 인적으로 세습되는 부계의 성이 때론 환상적인 형태를 취해 평범한 조약돌 같은 세례명 주변을 맴돌며 성장하기도 하는 다수의 사례 중 하나다. 루킨 집안은 에식스 지방의 유서 깊은 가문이다. 다른 이름, 즉 라이머***, 스크리브너****, 림너(양피지에 채색하는 사람), 보트킨(고급 신발 보테킨 제조자) 등은 직업에서 유래했고 수천 가지쯤 된다. 나의 스코틀랜드인 가정교사는 곧 무너져내릴 듯 오래된 집을 '헐리의 집'이라 부르곤 했다. 하지만 성씨에 대한 이야기는 이쯤 해두자.

셰이드의 대학 시절과 아주 평온무사했던 그의 중년기에 관한 몇 가지 이야기는 그 교수의 글을 읽는 독자들이 직접 발견할 수 있을 것이

---

* *Bombycilla Shadei*. 셰이드종의 여새라는 뜻으로, 'Bombycilla'는 여새의 속명이다. 참고로 학명 표기시 종명의 첫 문자는 소문자로 써야 한다.

** Luke. 성서에서는 '누가'라 표기한다.

*** 음유시인.

**** 공증인.

다. 그 글은 어떤 특기할 만한 특징으로, 이렇게 표현해도 된다면, 활기를 띠지 않았더라면 전체적으로 지루한 글이 되었을 것이다. 거기에는 내 친구의 걸작(내가 이 주석을 쓰는 지금, 그 원고 뭉치는 멋진 주괴처럼 햇빛을 받으며 단정하게 내 책상 위에 쌓여 있다)에 대한 암시가 딱 한 번 나온다. 나는 그 구절을 병적인 환희에 휩싸여 옮겨놓는다. "우리 시인은 때 이른 죽음을 맞기 직전까지 자전적인 시를 쓰고 있었던 것 같다." 그 죽음을 둘러싼 정황은 완전히 왜곡된 것을 보니, 교수는 일간지 양반네들의 충실한 추종자로, 그 양반들은—아마도 정치적인 이유로—공판을 기다리지도 않고 피의자의 동기와 의도를 날조했다—불행하게도 이 공판은 이 세상에서는 열리지 않게 되었다(마침내 내 최후의 주석을 참조). 그러나 무엇보다도 그 조촐한 추모 평론의 가장 놀라운 특징은, 존의 생애 마지막 몇 달을 환하게 밝혔던 거룩한 우정에 대한 언급이 단 한마디도 없다는 점이다.

내 친구는 자기 아버지의 모습을 떠올리지 못했다. 마찬가지로 부왕인 알핀왕이 사망했을 때 채 세 살도 되지 않았던 국왕 역시 부친의 얼굴을 기억하지 못했다. 기묘하게도 포동포동한 아기였을 적 찍힌 사진 속 자신의 손에 들린 작은 단엽비행기 초콜릿은 완벽에 가깝게 잘 기억하면서 말이다. 사실상 한 조종사의 마지막 사진(1918년 크리스마스)이 되고 만 그 사진에서 그는, 우수 어린 얼굴에 승마바지를 입은 조종사의 무릎에서 불편하고 싫은지 발버둥을 치고 있었다.

'얼빠진 알핀왕'(1873~1918, 재위 1900~1918. 하지만 대부분의 인명사전에는 1900~1919로 나온다. 구력을 신력으로 바꾸는 과정에서 생긴 실수다)이라는 별명은 모질지 못한 작가로 자유주의 신문에 즉흥

시를 발표하던 암피테아트리쿠스*가 지은 것이다(이 사람은 내 조국의 수도를 우라노그라드**라고 명명한 자다!). 알핀왕의 얼빠진 정신 상태는 한계를 몰랐다. 왕은 외국어가 서툴러 고작해야 프랑스어와 덴마크어 몇 마디를 구사할 뿐이나, 외진 마을에 그의 비행기가 불시착하는 걸 보고 입이 딱 벌어진 젬블라 촌놈들 무리를 포함해 백성들에게 연설할 때마다 그의 머릿속에서 어떤 통제 불능의 스위치가 작동하는지 그 몇 마디로 다시 돌아갔고, 거기다 시사성 있는 말을 한답시고 라틴어 단어를 몇 개 더 가미하곤 했다. 순간적으로 정신을 놓아버리는 그의 천진난만한 발작과 관련된 일화는 너무 바보 같고 지저분한 것들뿐이니 괜히 구구절절 늘어놓아 이 페이지를 더럽히지는 않겠다. 다만 그중에서 나는 특별히 재미있다고 생각하지 않았으나 셰이드가 듣고는 박장대소한 일화 하나(그 일화는 그후 교수회관을 경유하더니 외설적인 표현이 덧붙어 다시 내게 돌아왔다)가 있어, 여기에 일례로(그리고 바로잡는 차원에서) 소개해볼까 한다. 제1차세계대전이 일어나기 전 어느 여름, 기후가 척박한 소국인 우리 나라로서는 극히 이례적이고 우쭐해지는 외국의 어떤 대제국 황제(꼽을 수 있는 황제의 수가 얼마나 적은지를 깨닫는다)의 방문을 받게 되자, 나의 아버지는 그와 젊은 젬블라어 통역관(성별은 밝히지 않고 남겨두겠다)을 주문 제작한 새 자동차에 태우고 시골로 드라이브를 나갔다. 평소대로 알핀왕은 수행원 하나 없이 외출에 나

* 러시아 망명자 신문에 나보코프가 소설을 발표하던 1920년대와 1930년대에 암피테아트로프라는 사람이 비평가로 활발히 활동한 바 있다.

** Uranograd. '천상의 도시'라는 뜻의 조어이자 '남자동성애(uranism)'의 도시라는 뜻도 암시된다.

셨는데, 수행원이 없다는 사실과 국왕의 과격한 운전이 손님의 심기를 건드렸던 모양이다. 돌아오는 길에 알핀왕은 온하바에서 약 20마일 떨어진 곳에서 차 수리를 위해 잠시 쉬었다 가기로 했다. 그가 자동차 모터와 어설프게 씨름하는 동안 황제와 통역관은 고속도로 옆 소나무 그늘을 찾아 사라졌다. 알핀왕은 온하바로 돌아왔고, 아주 난리법석으로 질문들이 되풀이되자 그제야 누군가를 두고 왔다는 사실을 서서히 깨달았다("뭔 황제?" 이 말이 그가 유일하게 남긴 잊지 못할 명언이 되었다). 일반적으로 말해, 내가 이야기 소재로 기여한 바(혹은 내가 기여했다고 생각하는 바)와 관련해 나는 시인에게 어떻게든 글로 써서 그걸 기억해두라고, 무의미한 말로 그냥 퍼뜨려버리지 말라고 여러 번 요구했지만, 시인도 인간인 것이다.

알핀왕의 얼빠진 정신 상태는 기계적인 것, 특히 비행기구에 대한 열정과 기묘하게 연결되었다. 1912년에 그는 파브르가 제작한 우산 모양의 '수상비행기'를 타고 가까스로 떠올랐지만, 니트라와 인드라 사이 바다에서 하마터면 익사할 뻔했다. 그는 파르망제 비행기 두 대와 젬블라제 비행기 세 대 그리고 아끼던 산투스두몽제 드모아젤 한 대를 박살내버렸다. 충실한 '항공부관'이었던 표트르 구세프 대령(나중에 낙하산병의 선구적 존재가 되며, 일흔 살에는 역사상 가장 위대한 점프 선수 중 한 명이 되었다)이 1916년에 그를 위해 특제 단엽비행기 블렌다 4호를 제작해주었는데, 이 비행기는 그의 운명의 새가 되었다. 별로 춥지 않고 화창했던 어느 12월의 아침, 천사들이 그의 온화하고 순수한 영혼을 거두려고 선택한 날에 알핀왕은 러시아의 저명한 곡예비행사이자 제1차세계대전의 영웅 안드레이 카추린 공작이 가치나에서 선보인 고난도 수직 공중제비를 단독 비행으로 시도해보던 중이었다. 무언가가 잘못되어갔고, 작은 블렌다 비행기는 손쓸 새도 없이 급강하하는 듯 보였다. 블렌다의 뒤쪽 위편에서 코드롱 복엽비행기를 타고 따르던 구세프 대령(그 당시에는 랄 공작이었다)과 왕비는 처음에는 고상하고 우아해 보였으나 다음 순간 심상치 않은 선회로 바뀌고 만 그 광경을 스냅사진으로 몇 장 찍었다. 마지막 순간에 알핀왕은 가까스로 기체의 수평을 되찾고 중력을 다시 다스렸으나, 그 직후, 마치 왕의 행로를 가로막으려는 특수한 목적을 띠고 히스가 무성한 연안 황무지에 건설되는 듯한 거대한 호텔의 비계에 정면으로 충돌하고 말았다. 블렌다 왕비는 내부가 심하게 파괴된 이 완공되지 않은 건물을 철거하라고 명령했고, 그 자리에 실제로는 있을 법하지 않은 형태의 청동 항공기를 얹은 멋없는 화강암 기념비를 세우도록 했다. 어느 날 여덟 살 난 카를 크사베리는 비서의 책장 서랍에서 유광 인화지에 확대해 뽑아둔 대참사의 전과정을 찍은 사진들을 발견했다. 소름 끼치는 사진 중 몇 컷에서는 이상할 정도로 태평해 보이는 조종사의 어깨와 가죽 비행모를 알아볼 수 있었고, 연속 사진의 끝에서 두번째 컷, 뿌옇게 흐려진 충격적인 충돌 장면 바로 직전의 컷에서는 승리감과 확신에 차서 한쪽 팔을 치켜드는 알핀왕의 모습이 또렷이 보였다. 그후로 소년은 섬뜩한 꿈을 꾸곤 했지만, 그의 어머니는 그가 그런 몸서리나는 기록사진을 본 사실을 결코 알지 못했다.

그는 모친을 기억한다. 거의 다. 그녀는 키가 크고, 어깨가 넓고, 강인하고, 혈색 좋은 기수였다. 그녀는 친애하는 미스터 캠벨의 지도를 받으면 아들이 별고 없이 행복할 거라는 왕가 사촌의 말에 안심했다.

미스터 캠벨은 착실한 어린 공주들에게 나비 날개를 펴는 법과 「로널드 경의 만가」*를 음미하는 법을 가르친 바 있다. 그는 책 좀 연구부터 곰 사냥까지 다종다양한 취미로 꾸며진 휴대용 제단에 자신의 인생을 바쳤고, 하이킹을 하면서 『맥베스』를 처음부터 끝까지 막힘없이 술술 암송할 줄 알았다. 그러나 담당한 아이들의 품행에는 무관심했고, 청년보다 숙녀를 더 좋아해서 젬블라 동성애자왕국의 복잡한 관계에 끼어들지도 않았다. 그는 10년을 머물고는 우리 왕자가 열일곱 살이 되어 대학 생활과 군 생활을 병행하기 시작한 1932년에 이국적인 어떤 왕실로 떠났다. 왕자에게는 그때가 가장 좋은 시절이었다. 어느 쪽이 더 즐거운지를 —시 연구, 그중에서도 특히 영시 연구인지, 관병식 참석인지, 가면무도회에서 남장한 소녀나 여장한 소년과 춤을 추는 건지를 가름하지 못할 만큼 좋은 시절. 그의 어머니는 1936년 7월 21일, 그녀의 어머니와 외할머니도 앓았던 원인 모를 혈액병으로 급사했다. 전날 밤 그녀의 병세가 꽤 호전됐기 때문에 카를 크사베리는 그린델보드에 있는 소위 공작관이라 불리는 곳에서 열린 밤샘 무도회에 갔다. 먼저 모종의 유흥을 벌인 후에는, 일단은 이성 간의 공식적인 행사가 기분을 좀 상쾌하게 해주기 때문이다. 새벽 4시경 태양이 나무 꼭대기와 팔크산의 분홍색 봉우리를 비출 때쯤, 왕은 어느 궁문 앞에 자신의 힘 좋은 차를 세웠다. 공기가 매우 은은하고 햇빛도 아주 서정적이어서 그와 세 친구는 손님들이 묵던 파보니아 별관까지 남은 길을 피나무숲을 지나 걸어가기로 했다. 플라토닉한 친구 사이인 그와 오타르는 연미복을

* 월터 스콧의 시.

입었으나 실크해트는 고속도로에서 부는 바람에 잃어버렸다. 서로의 그림자로 요새화된 성루의 내측 사면과 외벽이 만든 가지런한 풍경 속 어린 피나무 아래에 섰을 때, 그들 넷 모두에게 기묘한 무언가가 엄습해왔다. 코가 거대하고 머리숱이 적은 유쾌한 성격의 교양 있는 귀공자 오타르는 두 애인, 즉 열여덟 살인 피팔다(그와 나중에 결혼하는)와 열일곱 살인 플뢰르(다른 두 주석에서 우리와 다시 만나게 될)와 함께 있었는데, 그들은 여왕이 가장 총애하는 시녀 필러 백작부인의 영애였다. 시간상 유리한 지점에 서서 과거를 돌아보며 자신의 삶이 곧 완전히 바뀌리라는 것을 알 때도 그러하듯, 사람은 그저 그 순간의 그림 같은 정경을 무심결에 우물쭈물 바라보고 있게 마련이다. 오타르 역시 어리둥절한 표정으로 저멀리 여왕의 내실 창문을 바라보았고, 아기 고양이 같은 분홍빛 코에 초록색 눈에는 졸음이 가득한 두 소녀도 반짝이는 숄을 두르고 귀걸이로 태양의 불꽃을 잡았다 놓쳤다 하며 가느다란 다리로 그저 나란히 서 있었다. 동부 고속도로와 연결되는 도로 쪽으로 난 이 궁문에는 밤낮없이 많은 사람이 모여 있었다. 음울한 초소에는 면도를 못해 거무스레한 젊은 *나트데트*nattdett(밤의 아이)가 있고, 아직 교대하러 오지 않은 보초병의 모친이 분명한 농가 아낙은 직접 구운 작은 케이크를 안고 튀어나온 돌 위에 앉아 여성적인 황홀감에 젖어 이 창문에서 저 창문으로 옮겨다니는 반딧불 같은 가는 양초 불빛을 바라보았다. 노동자 둘도 자전거를 붙든 채 서서 그 기묘한 불빛을 바라보았고, 콧수염을 팔자로 기른 술꾼도 비틀거리고 돌아다니며 피나무 줄기를 툭툭 쳐댔다. 삶이 그렇게 천천히 흘러가는 순간에 사람들은 사소한 것을 포착하게 마련이다. 국왕은 불그스레한 진흙덩이가 두 자전거 틀에 들러붙어 있고, 앞바퀴가 서로 평행하게 동일한 방향을 가리키고 있음을 포착했다. 불시에 백작부인이 여왕의 내실로 통하는 지름길인 라일락 관목 사이의 가파른 길을 달려내려오다 누빔 가운의 아랫단에 걸려 넘어졌다. 동시에 궁궐의 다른 쪽에서는 화려한 예복을 입은 칠 인의 고문관 전원이 갖가지 왕권 상징물의 모사품을 플럼 케이크처럼 들고, 위엄 있는 걸음걸이로 돌계단을 성큼성큼 서둘러 내려왔지만, 백작부인이 그들보다 한발 앞서 도착해 소식을 전했다. 주정뱅이가 '칼리 갈리'*에 관한 상스러운 민요를 부르기 시작하더니 반월 모양의 외호로 고꾸라졌다. 한 편의 시에 붙이는 짧은 주석에서 요새처럼 만들어진 성으로 접근하는 여러 길을 알기 쉽게 묘사하기란 여간 곤란한 일이 아니다. 이 점을 감안해 나는 존 셰이드를 위해 6월의 어느 날 시간을 내어, 내 주석 몇 군데에서(한 예로 130행 주석 참조) 간단히 언급한 사건들을 얘기해주며 온하바궁전의 각 의전실과 테라스, 보루와 유원지 등을 그린 꽤 멋진 도면을 건넸다. 파손되거나 도난당하지만 않았다면, 커다란(가로 30인치, 세로 20인치) 판지에 색색의 잉크로 세심하게 그린 이 도면은 내가 7월 중순경 마지막으로 보았던 장소, 일명 과일 보관실로 가는 작은 복도의 벽감 안, 낡은 탈수기 맞은편에 놓인 커다란 검은 트렁크 위에 아직 있을 것이다. 거기 없다면 이층 서재에서 찾을 수 있을 것이다. 나는 이런 내용을 써서 셰이드 부인에게 보냈으나, 그녀는 내 편지에 아무런 답장도 하지 않았다. 그 도면이 아직 있다면, 언성을 높이지 않고 아주 공손히, 왕의 가장

---

* Karlie-Garlie. '여자 같은 카를(Charlie-girlie)'이라는 뜻의 젬블라어로 추정된다.

비천한 신하가 자신의 권리(그 도면은 내 소유로, '킨보트'라는 이름 뒤에 검은 체스 킹 왕관 표시를 덧붙여 똑똑히 서명되어 있다)를 즉각 복권해주십사 간청할 때처럼 공손히 그녀에게 부탁하는 바인데, 그걸 잘 포장한 후 포장지에 '접지 말 것'이라고 표시해 등기우편으로 내 출판사에 부쳐주기를 바란다. 이 책의 다음 판을 찍을 때 쓸 수 있도록. 나의 모든 정력이 최근 급격히 쇠했고, 두통이 극심해 또다른 도면을 그리기 위해 기억을 되살리거나 눈을 혹사시킬 수 없는 상황이다. 그 검은 트렁크는 갈색 혹은 갈색빛이 도는 더 큰 트렁크 위에 놓여 있고, 트렁크들 옆의 어두운 구석에는 박제된 여우나 코요테가 놓여 있던 것 같다.

79행: 과거에 집착하는 자

초고 여백에는 이 구절과 대조되는 두 시행이 적혀 있는데, 그중 첫 번째 행만 판독할 수 있다. 그 행을 읽어보면, 다음과 같다.

저녁은 낮을 찬미하기 위한 시간이다

내가 마음이 가벼울 때 젬블라판 『고古 에다』*라 할 수 있는 시집에서

---

* 고대 아이슬란드어로 쓰인 고대 북유럽의 신화와 영웅 전설을 모아놓은 책.

따온 매력적인 4행시를 역자 미상(키르비*의 번역일까?)의 영역으로 읊곤 하던 것을 셰이드 부부가 들었고, 내 친구가 그중 뭔가를 이 시에 결합해보려 한 것이라고 나는 확신한다.

현자는 황혼녘에 낮을 찬미하고,
아내는 죽은 다음에,
얼음판은 건넌 다음에, 신부新婦는
잠자리에 들어본 다음에, 그리고 말은 타보고 찬미하는 법.

80행: 나의 침실

왕자는 플뢰르를 여동생처럼 좋아했지만, 거기에는 근친상간의 은은한 그림자가 드리워지지도 않았고, 간접적인 동성애 콤플렉스와도 무관했다. 그녀는 작고 창백한 얼굴에 광대뼈가 두드러지고, 눈은 반짝이고 검은 머리카락은 곱슬거렸다. 사교계의 조각가이자 시인인 아르노어가 도자기 잔과 신데렐라 슬리퍼를 가지고 몇 달을 돌아다니다 찾고자 하는 바를 그녀에게서 발견해, 그녀의 가슴과 발을 본떠 〈아담을 다시 부르는 릴리트**〉라는 작품을 만들었다는 소문도 돌았다. 그러

* 영국의 나비학자, 민속학자인 윌리엄 F. 키르비(1844~1912). 1907년, 핀란드의 신화와 영웅 전설을 모은 「칼레발라」를 영역했다.

** 유대 전설에 따르면 아담의 첫 아내였으나 아담에게 배신당한 후 악마들의 아내가 되어 뱀으로 변해 이브를 꾀었다고 한다.

나 나는 이런 미묘한 문제에는 전문가가 아니다. 그녀의 연인 오타르에 따르면, 당신이 그녀 뒤에서 걷고 그녀가 당신이 뒤에 있다는 걸 알 때, 그녀의 날씬한 엉덩이가 흔들리며 실룩이는 모습은 강렬한 예술적인 그 무엇, 마치 아랍 소녀들이 특수학교에서 교습 후 교살당할 운명인 파리 출신 전문 포주에게 배운다는 그 무엇과 같다고 한다. 그의 말에 따르면, 우아하게 물 흐르듯 걸을 때 서로 붙어 있다시피 하는 그녀의 연약한 발목은 *미라갈* *miragarl*('신기루 소녀')에 대해 쓴 아르노어의 시에서 '시간의 사막에 사는 꿈의 왕이 낙타 삼백 마리와 샘 세 곳을 주더라도 바꿀' '정교한 보석'으로 묘사된 바 있다.

On ságaren werém tremki´n tri stána
Verbálala wod gév ut tri´ phantána

(강세 기호는 내가 표시했다.)

왕자는 이 다소 저속한 실없는 말들(아마도 모두 그녀 모친의 지도를 따른 듯한)을 신경쓰지 않았고, 거듭 말하지만, 그저 그녀를 동기간처럼, 연지를 칠한 입술을 뿌루퉁히 내밀어 *시무룩하고* 모호한 프랑스식 어법을 구사하다보니 자신이 표현하고자 하는 바를 거의 아무것도 표현 못하는, 좋은 냄새를 풍기며 멋을 잘 부리는 여동생 같은 존재로 여겼다. 쉽게 흥분하는 수다스러운 백작부인을 대하는 그녀의 버릇없고 냉정한 태도는 그를 즐겁게 했다. 그는 그녀와—오직 그녀하고만—춤추기를 좋아했다. 그녀가 그의 손을 어루만지거나 무도회가 끝난 후 초췌해진 여명이 이미 그을려놓은 그의 뺨에 입술을 벌린 채 조용히 입맞출 때면 그는 거의 미동도 하지 않았다. 그녀는 그가 좀더 남성적인 쾌락을 위해 그녀를 버려두었을 때에도 개의치 않는 듯했고, 어두운 차 안이나 카바레의 희미한 조명 아래에서 다시 만나면 먼 친척이 보일 법한 은은하고 모호한 미소를 지어 보였다.

블렌다여왕의 서거와 그의 대관식 사이의 40일은 아마도 그의 인생에서 가장 견디기 어려운 시간이었을 것이다. 그는 어머니를 전혀 사랑하지 않았고, 그가 그제야 느끼게 된 절망적이고 무력한 후회의 감정도 그녀의 혼령에 대한 병적인 육체적 두려움으로 변질되었다. 항상 그 근처에 있고, 항상 그의 곁에서 바스락거리는 소리를 내는 듯했던 백작부인은 경험 많은 미국인 영매가 주재하는 테이블터닝 강신술 모임에 그를 참석시켰다. 여왕의 혼령은 살아생전에 토르모두스 토르패우스*, A. R. 월리스**와 얘기를 나누기 위해 사용했던 플랑셰트를 움직여 이번엔 영어로 쓱쓱 이렇게 썼다. "받아들여라 카를 받아들여 소중한 사랑을 꽃을 꽃을 꽃을." 백작부인에게 철저히 매수당한, 겉보기에도 썩은 배같이 생긴 늙은 정신과의사는 그의 악행이 무의식적으로 어머니를 죽음으로 몰고 갔으며, 남색질을 그만두지 않으면 계속 "마음속 어머니마저 죽이게 될 것"이라고 단언했다. 궁중의 음모는 벗어나고자 절박하게 발버둥을 칠수록 더 성가시게 옥죄어오는 무시무시한 거미줄 같다. 왕자는 어리고 미숙했으며, 불면증으로 반쯤 정신이 나간 상태였다. 그는 아무런 저항도 하지 않았다. 백작부인은 그의 *카메르그룸kamergrum*(침실 내관)과 경호원, 궁정 의전관 대부분을 매수하

---

* 17세기 아이슬란드 태생의 중세사학자.

** 19세기 영국의 박물학자, 탐험가.

느라 재산을 탕진했다. 또 왕자가 단독 침실로 쓰는, 높고 거대한 남서쪽 탑 꼭대기에 있는 화려하고 넓은 원형 방에 붙은 곁방에서 잤다. 원형 침실은 그의 아버지의 은신처였고, 벽면에는 아래층 홀에 있는 원형 수영장으로 연결되는 멋진 수로가 여전히 남아 있었다. 그래서 젊은 왕자도 아버지가 그러곤 했듯이 군대식 간이침대 옆에 있는 널빤지를 열고 활강로로 몸을 굴리며 들어가 눈부신 물속으로 곧장 붕 날아 떨어지면서 하루를 시작할 수 있었다. 카를 크사베리는 취침 이외의 용도로, 페르시아 융단을 깐 바닥 한가운데에다 소위 파티폴리아라고 하는 걸 두었다. 삼인용 침대만큼 거대하고 화려한 주름장식이 달린 타원형 백조 솜털 쿠션이었다. 플뢰르가 자는 곳도 이 널찍한 둥지였다. 그의 즉위를 기념해 아시아인 지지자들이 티베트에서 황급히 보낸, 진짜 대왕판다 모피로 만든 덮개 아래 우묵한 자리에서 웅크리고 잤다. 백작부인이 머무는 곁방은 내부에 전용 계단과 욕실을 갖추었을 뿐 아니라 미닫이문을 통해 서쪽 회랑과도 이어졌다. 플뢰르의 어머니가 그녀에게 어떤 충고나 지시를 내렸는지는 모른다. 하지만 그 조그만 계집애는 유혹자로서는 형편없었다. 살짝 미친 사람처럼 고장난 비올라다모레를 계속 고쳐보겠다고 덤비거나, 구슬픈 음조에 미약한 소리를 내는 오래된 플루트 두 개의 소리를 비교하며 서글픈 모습으로 앉아 있었다. 그녀가 그러는 동안 터키식 복장을 한 그는 아버지가 쓰던 커다란 의자에 몸을 늘어뜨리고 팔걸이에 다리를 올려놓은 채 『젬블라 역사』의 책장을 휙휙 넘기며 몇 구절을 베껴 쓰다가 이따금 의자 밑부분의 움푹 팬 곳에서 구식 운전용 보안경이나 검은색 오팔 반지, 초콜릿을 쌌던 은박지로 만든 공, 외국에서 받은 별 모양 훈장 등을 끄

집어내곤 했다.

방안은 저녁볕으로 따뜻했다. 그들의 우스꽝스러운 동거 둘째 날에 그녀는 단추도 소매도 없는 파자마 윗도리 말고는 아무것도 입지 않았다. 그녀의 벗은 사지와 세 군데의 쥐구덩이(젬블라의 해부학용어)를 보고 짜증이 난 그는 이리저리 거닐며 대관식 연설 내용을 생각하다가 쳐다보지도 않고 팬티와 테리직 가운을 그녀에게 던졌다. 이따금 편안한 낡은 의자로 돌아와보면, 그녀가 거기 앉아 역사책에서 *보그투르* *bogtur*(고대의 무사)의 사진을 슬프게 들여다보고 있었다. 그가 시선을 여전히 원고지에 두고 그녀를 의자에서 밀쳐내면, 그녀는 기지개를 켜며 먼지가 자욱한 햇빛이 비치는 창가 자리로 옮겨갔다. 그러나 얼마 안 있어 다시 그에게 달라붙으려 했고, 그는 한 손으로는 파고드는 그녀의 검은 고수머리를 밀어내고, 다른 손으로는 계속 쓰거나 아니면 그녀의 작은 분홍색 손톱을 자신의 소매나 현장懸章에서 하나하나 떼어냈다.

밤이면, 그녀의 존재가 불면증을 사라지게 해주지는 않더라도 블렌다여왕의 강력한 유령이 가까이 오는 걸 막아주기는 했다. 피로감과 졸음 사이에서 그는 일어나 플뢰르의 벗은 어깨에 유리병의 차가운 물을 조금 부어 그 위에 희미하게 비치는 한 줄기 달빛을 꺼버릴까 하는 등의 시시한 공상을 하며 시간을 보냈다. 백작부인은 잠자리에서 귀청이 떨어질 정도로 코를 골았다. (이때쯤 잠이 들기 시작하는) 불침번이 대기하는 곳 너머 어둡고 차가운 회랑의 채색된 대리석 위에 눕거나, 자물쇠를 채운 문에 서너 명씩 몸을 포갠 채 기대어 졸거나 훌쩍이는 이들은 모두 새로 온 어린 시종으로, 트로스, 토스카나 및 알바노란드에서 산더미같이 쌓여 조공으로 바쳐진 소년들이었다.

그는 잠에서 깨어 그의—아니지, 할아버지의—큰 거울 앞에 빗을 쥐고 서 있는 그녀를 발견했다. 보카이의 수다르그*, 그러니까 제작자의 이름이 다이아몬드 하나와 함께 새겨진, 깊이를 알 수 없는 불빛으로 환히 빛나는 실로 환상적인 세 폭짜리 거울이다. 그녀는 거울 앞에서 뒤돌아보았다. 비밀스러운 반사 장치가 거울 속 깊이 무수한 나체를 모았으니, 우아하고 비탄에 잠긴 일군의 소녀로 이루어진 화관이 맑은 원경 속에서 작아지거나 제각각 다른 님프로 나뉘기도 했다. 그녀는 저들 중 몇몇은 자기네 집안 선조의 젊었을 때 모습을 확실히 닮았다고 중얼거렸다—끝이 안 보이게 이어지는 얕은 여울에서 머리를 빗는 어린 시골 *소녀들garlien*, 그다음에는 옛날이야기에 등장하는 생각에 잠긴 인어 그리고 그다음에는 아무것도 비치지 않았다.

사흘째 밤, 쾅쾅 구르는 무거운 발소리와 무기들이 울리는 소리가 내부 계단에서 들려오더니 최고 고문관과 인민 대표 셋 그리고 신임 경호대장이 갑자기 나타났다. 재미있는 사실은, 바이올린 연주자의 손녀를 왕비로 삼는다는 의견에 가장 노발대발한 이들이 인민 대표들이었다는 점이다. 이로써 카를 크사베리와 어여쁜데다가 그렇게 아주 역겨운 것만도 아닌(종이 다른 동물이 풍기는 강한 악취를 잘 참는다고 알려진 선한 기질의 개에게 다른 동물보다는 고양이가 그나마 덜 역겨운 격이랄까) 플뢰르의 순결한 로맨스는 끝이 났다. 두 여인은 흰색 여행가방과 폐물이 된 악기들을 들고 다시 궁궐의 별채로 돌아갔다. 안

* Sudarg of Bokay. 이 이름을 거꾸로 읽으면 Jacob Gradus(야코프 그라두스)로 읽힌다.

도하는 듯한 달콤한 콧노래 소리가 뒤따랐고, 옆방 문이 스르르 열리면서 즐겁게 떠드는 소리와 함께 그 많은 소년*putti*이 전부 앞다투어 들어왔다.

그로부터 13년 뒤에 그는 폐인가家의 공녀 디사와 더욱 극적이고 호된 시련을 겪어야 했다. 275행과 433~435행 주석에서 서술한 것처럼, 그는 그녀와 1949년에 결혼했다. 셰이드의 시를 열심히 연구하는 독자라면 머지않아 읽게 될 것이니 서두를 필요 없다. 시원한 여름이 수년간 계속됐다. 불쌍한 플뢰르는 비록 눈에 잘 띄지는 않았지만, 여전히 그의 주변을 맴돌았다. 1950년 유리 세공 동물 박람회장의 일부가 화재로 거의 파괴되었을 때, 그 혼잡한 입구에서 늙은 백작부인이 비명횡사한 후에 디사는 플뢰르에게 친구가 되어주었다. 당시, 그라두스는 비조합원 방화범 또는 방화범으로 오인받은 사람(곤경에 빠진 두 덴마크 관광객)이라도 린치할 목적으로 광장 공간을 깨끗이 치우는 소방대원을 도왔다. 왕은 이따금 그 창백한 얼굴의 시녀가 아치형 창문으로 비스듬히 들어오는 햇빛에 음악회 프로그램을 비춰 보거나 현악 B파트에서 새된 소리를 내는 걸 힐끗거리곤 했고, 어린 왕비는 그런 그녀에게 미묘한 동정심을 느낀 모양이었다. 그가 독신 시절을 보낸 아름다운 침실은 지루하고 불필요했던 젬블라혁명 초기에 이뤄진 '호화로운 유폐 생활'의 장소로 130행 주석에서 다시 언급된다.

85행: 교황을 알현한

피우스 10세, 본명 주세페 멜키오레 사르토, 생몰년도 1835~1914, 교황 재임 기간 1903~1914.

86~90행: 모드 고모

모드 셰이드, 1869~1950, 새뮤얼 셰이드의 누이. 그녀가 사망할 당시 헤이즐(1934년 출생)은 90행에 암시된 것 같은 '아기'는 아니었다. 그녀의 그림이 좋지는 않았어도 흥미롭기는 했다. 모드 고모는 소위 노처녀와는 거리가 멀었고, 그녀의 엉뚱하고 냉소적인 사고방식에 뉴와이의 고상한 부인네들은 종종 깜짝 놀랐을 것이다.

90~93행: 그녀의 방, 등등

최종 원고가 아닌 초고에는 이렇게 나와 있다.

> ....그녀의 방을
> 우리는 손대지 않고 두었다. 그녀의 잡동사니들이 우리로 하여금
> 그녀의 스타일을 돌아보게 했다. 나뭇잎 석관
> (죽어서 쪼그라든 루나*의 누에고치)

---

* Luna. 로마신화의 달의 여신. 더불어 'luna moth(긴꼬리산누에나방의 일종)'를 지칭한다.

"크고 꼬리가 있는 연초록 나방, 모충은 히커리나무에서 먹고 산다" 라는 내 사전의 정의를 언급해둔다. 나는 셰이드가 나방 이름이 바로 다음 행의 '달moon'과 충돌해서 이 구절을 바꿨다고 생각한다.

91행: 잡동사니들

이 잡동사니 중에는 모드 고모가 수년(1937~1949) 동안 의도와 달리 우스꽝스럽거나 그로테스크해 보이는 신문 기사를 잘라 붙여놓은 스크랩북도 있었다. 어느 날 존 셰이드는 그중 가장 처음 것과 마지막 것을 내가 메모할 수 있도록 허락해주었다. 내가 보기엔 그 둘 사이에는 매우 유쾌한 상호 연관성이 있는 듯했다. 둘 다 가족용 잡지 『라이프』에서 잘라낸 것이었다. 그 잡지는 남성의 신비에 대해 너무도 당연하게 조신한 태도를 보이는 것으로 유명했으니, 잡지를 구독하는 가정에 이 두 광고가 얼마나 큰 경악과 감흥을 줬을지 짐작되고도 남는다. 첫번째 것은 1937년 5월 10일판 67쪽에서 오려낸 것으로, 탈론 바지 지퍼(그것참 꽉 움켜쥐고서는 아프게 할 듯한 제품명*이지만, 하여간) 광고였다. 사내다움을 물씬 풍기는 젊은 신사가 황홀경에 빠진 여러 여자 친구들 사이에 서 있고, "바지의 지퍼 덮개가 얼마나 극적으로 개선되었는지 놀랄 것입니다"라는 광고 문구가 적혀 있다. 두번째 것은

* 탈론은 '갈고리발톱'이라는 뜻이다.

1949년 3월 28일판 126쪽에서 오려낸 헤인즈 무화과 잎 팬티 광고였다. 현대판 이브가 화분에 심은 지혜의 나무 뒤에 서서, 다소 평범하지만 깨끗한 속옷을 입고 곁눈질하는 젊은 아담을 경건하게 바라보고 있다. 광고 대상인 짧은 팬티의 앞부분은 눈에 띌 정도로 농밀한 그늘이 졌고, 이런 문구가 첨부되어 있다. "무화과 잎만한 게 없죠."

큐피드로 가장한 특별한 전복 세력이 틀림없이 존재한다고 생각한다. 신성불가침 장소에서 역겨운 위해를 꾀하는 임무를 사탄으로부터 위임받은 털이 없고 통통한 작은 악마들이.

93행: 서진

시대에 뒤떨어진 이 같은 흉물의 이미지는 이상할 정도로 우리 시인을 계속 따라다녔다. 나는 최근 한 신문에 다시 실린 그의 옛날 시 한 편을 오려두었다. 그 시에서도 관광객이 찬미하던 풍경을 기념품가게가 보존한다.

산의 정경

산과 눈 사이에
거리를 주관하는 정령이
하늘에서 바로 엮어 만든
푸른색의 요염한 실안개를 베일처럼 드리운다.

산들바람이 솔숲에 닿고, 나도
합류해 갈채를 보낸다.

그러나 그것이 지속될 수 없음을 우리는 모두 아나니
산은 너무 약하기에 기다리지 못한다—
마치 서진 속에서처럼
내 안에서 복제되고 유리가 씌워졌다 할지라도.

97행: 채프먼의 호머로

키츠의 유명한(미국에서 자주 인용되는) 소네트*의 제목을 언급한 것으로, 식자공의 부주의로 우습게도 다른 주제의 기사에서 스포츠 경기 기사로 위치가 바뀌었다. 다른 명백한 오식의 예를 보고 싶으면 802행 주석 참조.

101행: 자유로운 인간은 신이 필요 없다

인간 창의성의 역사 속에서 정신의 자유가 신앙으로 방해받기보다는 오히려 강화되던 무수한 사상가와 시인의 예를 떠올려보면, 이 안

* 존 키츠의 소네트 「채프먼의 호메로스를 처음 읽고서」(1816)를 뜻한다.

이한 격언에 담긴 지혜에 의문을 제기하지 않을 수 없다(549행 주석 참조).

109행: 이리듈

무지갯빛 구름 조각, 젬블라어로는 *무더펄웰크muderperlwelk*라고 한다. 내 생각에 '이리듈'이라는 용어는 셰이드가 만든 조어다. 정서본(아홉번째 카드, 7월 4일)에는 그 위에 연필로 '공작새 깃가지'라고 적혀 있다. 공작새 깃가지란 '오리나무'라고도 불리는 인공 미끼의 몸통 부분이라고 낚시광인 이 모텔의 주인이 얘기해주었다(633행의 '기묘한 진줏빛 광채'도 참조).

119행: 서턴 박사

이 이름은 '서'로 시작하는 어떤 이름과 '턴'으로 끝나는 어떤 이름에서 따온 글자를 합친 것이다. 현직에서 오래전에 은퇴한 유명 의사 둘이 우리 마을 언덕에 살았다. 두 사람 모두 셰이드 부부의 아주 오랜 친구로, 그중 한 사람의 딸은 시빌이 소속된 클럽의 회장이었다. 내가 181행과 1000행에 대한 주석에서 구체적으로 형상화한 서턴 박사가 바로 이 사람이다. 그는 986행에서도 언급된다.

120~121행: 5분이 40온스와 같았지, 등등

왼쪽 여백에 이 시행들과 나란히 "중세에 한 시간은 가는 모래 480온스 또는 22,560개의 모래알과 같았다"라고 적혀 있다.

나는 이 진술이나 5분, 즉 300초에 관한 시인의 계산법을 검산해볼 수 없다. 480이 어떻게 300으로 혹은 그 역으로 나뉠 수 있는지 모르기 때문이 아니라, 아마도 그저 지쳤기 때문일 것이다. 존 셰이드가 이 구절을 쓰던 날(7월 4일), 총잡이 그라두스는 두 반구를 통과하며 끊임없이 실수를 저지르고 다니기 위해 젬블라를 떠날 준비를 했다(181행 주석 참조).

130행: 공을 바운드해본 적도 배트를 휘둘러본 적도 없었다

솔직히 말하면, 나 또한 축구나 크리켓 경기에서 뛰어났던 적이 없다. 그런대로 봐줄 만한 기수이고, 정통파는 아니지만 정열적인 스키어이자 실력 좋은 스케이터에 만만치 않은 레슬러이고, 열광적인 암벽 등반가이긴 하지만.

초고에서는 130행 뒤에 네 행이 더 이어지지만, 정서본에서는 셰이드가 연결성(131행 등)을 위해 이를 빼버렸다. 그 부정 출발은 이렇다.

성에서 놀던 아이들이

장난감으로 가득찬 낡은 벽장 속에서
동물 인형들과 가면들 뒤로 미단이문을 발견했을 때
〔네 단어가 까맣게 지워졌다〕 비밀 통로가—

비교는 일단 보류하겠다. 추측건대, 우리 시인은 소년 시절에 발작을 일으켜 졸도했을 때 우연히 뭔가 신비한 진리를 발견했던 사건을 설명하고자 이 시행을 덧붙이려 했던 것 같다. 그가 이 시행을 버리다니 얼마나 유감스러운지 말로 다 표현할 수 없다. 그 시행 고유의 아름다움 때문만이 아니라, 물론 그것도 대단하지만, 그 시행에 내포된 이미지가 셰이드가 내게서 들은 이야기에서 암시받은 것이기 때문이다. 이 주석을 쓰면서 나는 이미 젬블라의 마지막 왕 카를 크사베리의 모험과 그 왕에 대해 들려준 많은 이야기에 내 친구가 보인 기민한 관심을 언급했다. 그 다른 버전이 보존된 색인카드는 날짜가 7월 4일로 적혀 있으며, 우리가 뉴와이와 덜위치의 향기로운 오솔길에서 해질녘에 했던 산책을 직접적으로 반영한다. "더 얘기해보게." 그는 너도밤나무 줄기에 담배 파이프를 툭툭 쳐 비우면서 말하곤 했다. 하늘에는 붉게 물든 구름이 계속 머물고, 멀리 언덕 위 불이 켜진 집에서 셰이드 부인이 조용히 앉아 텔레비전 드라마를 보는 동안, 나는 흔쾌히 내 친구의 청을 들어주었다.

나는 반란이 일어나고 처음 몇 달 동안 왕이 처했던 미묘한 상황을 간단히 설명해주었다. 왕은 자신을 체스판 위의 유일한 검은 말 같은 존재로 여기며 재미있어했다. 체스 문제를 만드는 사람이라면, 왕이 구석에 몰려 대기하는 솔루스 렉스 유형*이라 이름 붙였을 것이다. 만약 왕당파가, 아니 적어도 온건파(온건한 민주당)라도 몇 해리밖에 떨어져 있지 않은 강력한 경찰국가에서 지리적 이점을 이용해 젬블라혁명에 퍼부은 부패한 금화와 인조인간 같은 군대에 맞설 수 있었더라면, 국가가 진부한 근대적 전제국가로 변질되는 상황을 계속 막아냈을지도 모른다. 가망 없는 상황이었음에도 국왕은 퇴위를 거절했다. 그는 도도하고 까다로운 포로가 되어 그의 장밋빛 석조 궁전에 수감되었는데, 모퉁이의 작은 탑에서 소형 쌍안경을 이용해 스포츠클럽 전용 야외 수영장에서 다이빙하는, 요정 이야기에 나올 법한 나긋나긋한 젊은이들을 볼 수 있는 곳이었다. 그리고 낙원만큼이나 아득해 보이는 진흙 코트에서 유행 지난 플란넬 셔츠를 입은 영국 대사가 바스크인人 코치와 테니스를 치는 모습도. 산들은 얼마나 평온했으며, 하늘의 서쪽 궁륭에 얼마나 은은하게 그려져 있던지!

안개 낀 도시의 어딘가에서는 매일같이 구역질나는 폭력 사태와 체포, 처형 등이 벌어졌지만, 거대한 도시는 여느 때처럼 순탄하게 굴러갔다. 카페는 북적대고, 왕립극장에서는 근사한 연극이 상연되었다. 사실 우울함이 가장 심하게 집적된 장소는 궁궐이었다. 돌처럼 굳은 얼굴에 어깨가 떡 벌어진 *인민위원들komizars*은 궁궐 안팎에서 근무를 서는 병사들에게 엄격한 규율을 강요했다. 청교도적인 절제를 발휘해 포도주 저장고를 폐쇄하고, 남측 부속건물에 있던 하녀를 모두 내보냈다. 시녀들은 물론 그보다 훨씬 전에, 왕이 왕비를 프랑스 리비에라에 있는 그녀 소유의 별장으로 도피시켰을 때 성을 떠났다. 하늘의 도

* Solus Rex. 라틴어에서 따온 체스 용어로, 체스판에 킹만 남은 상황을 이른다.

움으로 그녀는 오염된 궁궐의 그 끔찍한 날들을 겪지 않아도 됐던 것이다!

모든 방문에 감시병을 세웠다. 연회장에는 세 명이 보초를 섰고, 반란의 그림자를 은밀한 구석에 모두 감춘 듯 보이는 도서관에도 네 명씩이나 어슬렁댔다. 얼마 남지 않은 궁전 수행원의 침실마다 무장한 식객이 늙은 종복과 함께 금지된 럼주를 마시거나 어린 시동을 멋대로 희롱하며 놀았다. 널찍한 문장실紋章室에서는 속이 텅 빈 기사 갑옷 안에 몸을 집어넣으려는 상스러운 익살꾼을 꼭 볼 수 있었다. 그리고 한때는 카네이션과 라일락 향기로 가득했던 넓은 방들에서 풍겨오는 가죽 냄새와 염소 냄새라니!

그 대단한 집단은 크게 두 그룹으로 이루어졌다. 무식하고 사납게 생겼지만 실제로는 아무 해를 끼치지 않는 툴레 출신 징집병 그룹과 혁명의 불씨가 처음 타올랐던 유명한 그 유리공장 출신들로 구성된 과묵하고 무척이나 공손한 과격파 그룹. 이제 와 밝히는 바이지만(그 사람은 지금 안전하게 파리에 있으니까) 이 파견대 중에는 영웅적인 왕당파가 적어도 한 명은 끼어 있었다. 그는 위장의 대가나 다름없어서, 그를 전혀 의심하지 않는 동료 감시병들이 오히려 조잡한 모방자처럼 보였다. 사실 오돈은 공교롭게도 젬블라에서 가장 걸출한 배우로, 비번인 날 저녁이면 왕립극장 무대에 올라 갈채를 받곤 했다. 국왕은 그를 통해 다양한 지지자, 젊은 귀족, 예술가, 대학 운동선수, 도박꾼, 흑장미무사단, 펜싱클럽 회원, 또 그 밖의 상류층 인사 및 모험가 등과 계속 접촉했다. 풍문이 나돌았다. 유폐된 국왕이 곧 특별 법정에서 재판받을 거라고들 했다. 그러나 또다른 편에서는 다른 감옥으로 옮기는 척하다 결국 사살할 거라는 말이 돌았다. 탈출 이야기가 매일 거론되었지만, 음모자들이 짜낸 책략은 실질적인 가치보다 미학적인 가치가 더 높았다. 도시를 바다로부터 격리하며 죽 이어진 높은 산 너머 젬블라 서부에 있는 블라빅(푸른 만) 근처의 연안 동굴에 힘 좋은 모터보트 한 대가 대기한 적이 있었다. 요동치는 투명한 물결이 절벽과 보트에 반사되는 장면을 상상하며 기대를 키우면서도, 정작 왕이 어떻게 성을 빠져나와 안전하게 그 성채를 통과할지에 대해서는 책략가들 중 누구도 얘기하지 않았다.

남서쪽 탑에 갇혀 호화로운 포로 생활을 한 지 석 달째에 접어들던 8월 어느 날, 그는 멋쟁이들이 쓰는 손거울로 천장 밑 여닫이창에 비치는 태양 광선을 반사시켜 신호를 보냈다는 이유로 질책을 받았다. 또한 그 창에서 내려다보이는 광활한 전경이 반역 행위를 부추길 뿐 아니라 아래층 수감자들에 대해 공연한 우월감을 갖게 한다는 비난도 받았다. 그리하여 어느 날 저녁, 왕의 침상과 요강이 궁전의 같은 쪽이지만, 일층에 있는 음침한 고방으로 옮겨졌다. 그 방은 수년 전에 그의 할아버지 투르구스 3세가 옷을 갈아입던 방이었다. 투르구스가 서거한 후(1900년) 그의 화려한 침실은 일종의 예배당으로 변경되었고, 다각도의 전신 거울과 녹색 실크 소파를 꺼내자 그 곁방은 어언 반세기 동안 현재와 똑같은 상태, 즉 한쪽 구석에 자물쇠를 채운 트렁크가 있고 다른 쪽 구석에는 폐물 재봉틀이 있는 오래된 골방으로 곧 퇴락했다. 대리석을 깐 회랑과 통했고, 회랑은 그 방의 북쪽 면을 따라가다 서쪽 면과 만나자마자 급격히 꺾여 궁전 남서쪽 모퉁이의 현관을 이루었다. 그 방의 유일한 창문은 남쪽 안뜰을 향해 있었다. 한때 그 창문은 불새와 새에 현혹된 사냥꾼 그림이 그려진 화려하고 몽환적인 스테인드글라스로 되어 있었지만, 최근 축구공에 맞아 멋진 숲 장면이 산산조각 나버리자 평범한 창유리를 새로 끼우고 바깥쪽에 쇠창살을 달았다. 서쪽 벽에는 희게 칠한 벽장 위로 검은 벨벳 액자에 넣은 커다란 사진이 걸려 있었다. 탑에서 신호를 보낸다고 질책을 받았던 태양과 같은 태양이 비록 쏜살같이 지나가는 미약한 움직임이지만 수천 번 반복해 차츰차츰 그 사진을 바래게 했다. 사진은 잊힌 여배우 아이리스 아흐트의 몽환적인 옆모습과 훤히 드러낸 넓은 어깨를 보여주었다. 그녀는 수년간 투르구스의 정부로 살다 1888년에 갑작스럽게 생을 마감했다고 전해진다. 맞은편 동쪽 벽에는 부실해 보이는 문이 있는데, 방에 있는 유일한 다른 문(회랑으로 통하는)과 마찬가지로 청록색으로 칠해져 있었다. 한때는 그 늙은 난봉꾼의 침실로 연결되던 그 문에 지금은 단단히 걸쇠가 채워졌다. 크리스털 손잡이는 온데간데없고, 있던 곳에서 밀려나 그 방의 쇠퇴기에 속하게 된 판화 두 점이 문 양옆으로 동쪽 벽에 걸려 있었다. 판화는 실제로 감상할 만한 것이 아니라, 여느 복도나 대기실의 변변찮은 장식적 필요에 부응하는, 일반 개념으로서 존재할 뿐인 그림이다. 하나는 테니르스*풍의 초라하고 침울한 〈플랑드르의 축제〉였다. 다른 하나는 한때 육아실에 걸렸던 것으로, 졸음에 겨운 아이들은 늘 전경에 거품을 일으키는 파도를 그린 거라고 봤겠지만, 지금 보면 우울한 양떼의 흐릿한 형상을 담은 그림이었다.

국왕은 한숨을 내쉬며 옷을 벗기 시작했다. 그의 야전침대와 테이블

* 풍속화를 주로 그린 17세기 플랑드르 화가.

은 방의 북동쪽 모퉁이에 창문을 마주보게 놓여 있었다. 동쪽에는 청록색 문, 북쪽에는 회랑으로 통하는 문, 서쪽에는 벽장문, 남쪽에는 창문이 있는 셈이었다. 그의 검은 블레이저와 하얀 바지는 예전에 그를 모시던 시종의 시종이 가져가버렸다. 왕은 파자마를 입고 침대 가장자리에 앉았다. 그 시종은 갖고 온 모로코가죽으로 만든 침실용 슬리퍼를 주인의 축 늘어진 발에 신겨주고는 내팽개친 구두를 들고 다시금 물러갔다. 왕의 방황하던 눈길은 반쯤 열린 여닫이창에 머물렀다. 불빛이 어둑한 안뜰이 조금 보였는데, 병사 두 명이 울타리를 두른 미루나무 아래 돌벤치에서 랭스크네트*를 하고 있었다. 별도 없고 살랑거리는 바람도 없이 멀리서 돌연히 마른번개가 번쩍이는 여름밤이었다. 벤치에 놓인 등불 주위로 박쥐 같은 나방이 무턱대고 날아들었다가 도박꾼의 모자에 얻어맞고 떨어졌다. 왕이 하품을 하자, 빛을 받은 도박꾼들의 형상이 바르르하더니 그의 눈물이 만든 프리즘 속으로 용해되어 사라졌다. 그는 벽에서 벽으로 무료해진 시선을 옮겼다. 회랑 쪽 문이 약간 열려 있었고, 왔다갔다하는 경비병들의 발소리가 들려왔다. 벽장 위에서 아이리스 아흐트가 어깨를 똑바로 편 채 얼굴을 돌렸다. 귀뚜라미 한 마리가 귀뚤귀뚤. 침대맡에 놓인 전등 불빛은 벽장문의 자물통에 꽂힌 금박 입힌 열쇠를 번쩍이게 할 만큼은 밝았다. 그때 갑자기 열쇠에 비친 섬광이 한순간 수감자의 마음속으로 번져 굉장한 대화재를 일으켰다.

우리는 이제 1958년 8월 중순의 어느 날로부터 30년 전 5월의 어느

---

* 15세기 전후 중부 유럽에서 하던 카드놀이의 일종으로 '중세 독일의 용병'이라는 뜻이 있다.

오후로 되돌아갈 것이다. 그 당시 왕은 햇볕에 탄 손의 집게손가락에 은반지를 낀 열세 살의 거무스름하고 튼튼한 소년이었다. 모친 블렌다 여왕은 그 얼마 전 빈과 로마로 여행을 가고 없었다. 그는 가까운 놀이 친구가 몇 명 있었지만, 랄 소공작 올레그와 제일 친했다. 당시 상류층 집안에서 자란 소년들은 축제—우리 북국의 긴 봄 동안 축제를 많이 열었는데—때면 소매 없는 저지 상의에 발목까지 오는 흰 양말을 검은 버클이 달린 신발과 맞춰 신고 *호팅겐hotinguens*이라는 아주 꽉 끼는 짧은 바지를 입곤 했다. 가위를 손에 쥔 아이들이 종이인형 도안에서 오려내듯 소년들의 신체 모형과 복장의 부분부분을 잘라 독자에게 줄 수 있다면 좋을 텐데. 그러면 내 두뇌를 파괴하는 이 컴컴한 저녁을 조금이나마 밝힐 수 있을 텐데. 두 소년 다 미남이었고, 다리가 긴 바랑족* 소년의 전형이었다. 열두 살 때 올레그는 공작령 학교에서 가장 뛰어난 센터포워드였다. 목욕탕의 증기 속에서 맨몸을 반짝일 때면 그의 대담한 성기는 소녀 같은 그의 기품과 엄밀한 대조를 이루었다. 그는 어린 목양신 그 자체였다. 바로 그날 오후에 세찬 소나기가 봄날 궁전 정원의 나뭇잎들을 흠뻑 적셨고, 아, 흐드러지게 만발한 페르시아 라일락은 초록 물줄기가 흐르고 자줏빛 얼룩진 창유리 밖에서 얼마나 몸부림치며 떨어댔던가! 실내에서 놀아야겠다. 올레그가 늦네. 오긴 올까?

어린 왕자는 이전 부활제 기간에 올레그와 자신을 즐겁게 해준 귀중한 장난감 세트(최근에 암살당한 어느 외국 통치자가 준 선물)를 다시 꺼내놓고 싶은 생각이 들었다. 그 장난감은 특별하고 예술적인 여느

---

* 9세기에 발트해 연안에서 남하해 슬라브족의 통일국가를 최초로 세워 러시아 건국의 기초를 다졌다고 전해지는 고대 스칸디나비아의 호전적인 유랑 민족 중 하나.

노리개가 그렇듯 단 한번 그 본령을 다 발휘해 거품 같은 기쁨을 누리게 하고는 박물관에 처박힌 물건처럼 방치되었다. 그가 지금 특히 다시 찾고 싶은 장난감은 크로케 용구 상자만큼 큰 상자에 담긴 정교한 장난감 서커스단이었다. 그는 그 장난감이 절실해졌다. 그의 눈, 그의 뇌 그리고 엄지손가락의 불룩한 부분과 통하는 뇌 속 어떤 부분이 반짝이 장식을 엉덩이에 붙인 갈색 피부의 소년 곡예사와 주름 칼라가 달린 옷을 입은 우아하면서도 서글퍼 보이는 광대 그리고 무엇보다 윤을 낸 목재로 만든 강아지만한 코끼리 세 마리를 유독 생생하게 기억해냈다. 윤나는 코끼리들은 관절 부위의 방향을 돌릴 수 있어 한쪽 앞발로 물구나무를 세우거나 빨간색 줄무늬를 두른 작은 하얀 통 위에 뒷다리로 확실히 세울 수 있었다. 두 소년이 처음으로 한 침대를 쓰는 걸 허락받았던, 올레그의 지난 방문 이후 2주가 채 지나지 않은 시점이라 비행을 저지르는 짜릿함과 그런 밤을 다시 기대하는 때 이른 환희가 이제 어린 왕자의 마음속에서 당혹감과 뒤섞여 이전의 더 순수했던 놀이로의 도피를 떠올리게끔 했다.

왕자의 영국인 가정교사는 '맨데빌 숲'으로 소풍을 갔다가 발목을 삐어 누워 있었는데, 서커스단이 어디 있는지 알지 못했다. 그는 서쪽 회랑 끝에 있는 낡은 잡동사니 창고에서 찾아보라고 조언했다. 왕자는 그쪽으로 몸소 가보았다. 저 더러운 검은 트렁크일까? 결코 그 속에 있을 것 같지 않았다. 가늘고 긴 홈통이 창고 가까이에 있어서 빗소리가 더 잘 들렸다. 혹시 벽장 속일까? 금박 입힌 벽장 열쇠는 마지못해 겨우 돌아갔다. 벽장 선반 세 칸과 그 아래 공간은 다양한 물건들로 가득했다. 수많은 일몰의 앙금이 낀 팔레트, 한 컵 가득 담긴 동전, 상아 등

긁이, 여왕의 오빠이자 그의 외숙부인 콘말이 젬블라어로 번역한 『아테네의 타이몬』 32절판 책 한 권, 해변용 *시툴라situla*(장난감 양동이), 그가 유년 시절에 실수로 선왕의 자잘한 패물 사이에 있던 걸 그 양동이로 옮겨 담는 바람에 조약돌이랑 조개껍데기와 섞인 65캐럿짜리 푸른 다이아몬드, 손가락 길이의 분필, 오래전에 잊힌 어떤 게임에 쓰이는 서로 얽혀 있는 형상이 도안된 사각형 판. 그는 벽장 속 다른 공간을 둘러보기 위해 한 장의 검은 벨벳을 치우려다가, 벨벳 한쪽 귀퉁이가 어찌된 영문인지 선반 뒤로 말려들어간 것을 발견했다. 뭔가 휘는 것 같아 선반을 조금 움직여보니 떼어낼 수 있는 선반이었고, 그 선반의 안쪽 모서리 바로 아래 부분의 벽장 안쪽 면에 열쇠 구멍이 보였다. 벽장의 금박 열쇠가 그 구멍에도 꼭 맞았다.

그는 서둘러 나머지 두 칸에 있는 것들(주로 낡은 옷과 신발)을 모두 치우고 중간 선반처럼 선반을 다 빼낸 다음, 벽장 안쪽 미닫이문을 열었다. 코끼리는 까맣게 잊은 채 비밀 통로 입구에 섰다. 그곳은 깊은 어둠뿐 아무것도 보이지 않았지만, 동굴에서나 들릴 법한 음향이 공허하게 목청을 가다듬으며 뭔가 대단한 모험을 예고했다. 그는 손전등 두어 개와 만보기를 가지러 자기 방으로 급히 갔다. 방으로 돌아가보니 올레그가 와 있었다. 튤립 한 송이를 들고. 그는 지난번 궁전을 방문한 이후 부드러운 금발을 짧게 깎았다. 어린 왕자는 생각했다. 그래, 난 저애가 변할 줄 알았어. 하지만 올레그가 금빛 눈썹을 찌푸리며 발견 얘기를 들으려고 몸을 가까이 기울였을 때, 솜털이 보송보송한 선홍색의 따스해 보이는 귀와 탐험 제안에 명랑하게 고개를 끄덕이는 모습에, 어린 왕자는 자신의 사랑하는 잠자리 친구에게 아무런 변화도 일어나지 않았음을 알았다.

므시외 보상이 체스 게임을 하려고 미스터 캠벨의 침대 곁에 앉아 말을 정하기 위해 두 주먹을 들어올리기가 무섭게 어린 왕자는 올레그를 그 마법의 벽장으로 데려갔다. 소리를 죽이고 조심스럽게 녹색 카펫이 깔린 *비밀 계단*을 내려가자 돌로 포장된 지하 통로가 나왔다. 엄밀히 말해 그곳은 잠깐 동안만 '지하'였다. 즉, 잡동사니 창고 옆의 남서쪽 현관 아래로 파고들어간 후 일련의 테라스 밑을 지나 왕립공원의 자작나무 길 아래를 거쳐 세 개의 횡단도로, 여전히 그 최종 목적지하고는 거리가 있는 아카데미 불러바드, 코리올라누스 레인, 타이몬 앨리 밑을 지나는 동안만. 그 외의 부분에서는 꺾어지는 각이 많은 비밀 통로가 같은 진로에 있는 다양한 구조물에 적응해, 여기서는 성의 방벽을 이용해 그 측면에 마치 포켓 다이어리의 연필꽂이에 꽂힌 연필처럼 꼭 맞게 가고, 또 저기서는 어두운 통로가 워낙 많아서 몰래 잠입해도 들키지 않는 대저택의 지하 저장고들을 그냥 통과했다. 아마도 그간에 주위의 석조 층에 임의로 가해진 공사 진동이나 시간 자체의 맹목적인 우비적거림으로 인해, 그 버려진 통로와 외부 세계 사이에 어떤 비밀스러운 모종의 관계가 성립된 듯하다. 해자를 시사하는 단내 나고 불결한 도랑물이 고인 웅덩이에서, 또는 머리 위에 완만한 경사면이 가까움을 나타내는 흙과 잔디의 탁한 냄새에서, 너무 좁고 깊어 사람을 미치게 하는 마법의 구멍과 침입구가 여기저기 있음을 추측할 수 있기 때문이다. 그리고 사막식물 수집으로 유명한 온실을 소유한 거대한 공작령 대저택의 지하실을 통과하는 한 지점에서는 얇게 깔린 모래가 발소리를 잠시 동안 바꾸어버렸다. 올레그가 앞장서 걸었다.

착 달라붙는 남색 면으로 싸인 그의 맵시 있는 엉덩이가 민첩하게 움직였고, 그가 든 횃불보다는 꼿꼿이 선 그의 몸에서 나오는 광채가 낮은 천장과 폭 좁은 벽을 환히 비추는 듯했다. 그의 뒤에서 어린 왕자의 손전등은 땅 위를 어른거리다, 올레그의 맨 허벅지 뒤쪽에 밀가루를 얇게 입히듯 빛을 비췄다. 공기는 곰팡내가 진동했고 차가웠다. 이 기이한 굴이 계속 이어졌다. 길은 완만한 오르막이 되어갔다. 그들이 마침내 끝에 다다랐을 때, 만보기는 1,888야드를 가리켰다. 그들을 맞이한 녹색 문의 열쇠 구멍에 창고 벽장의 마법 열쇠를 꽂으니 흡족하게도 쉽사리 들어가서, 갑자기 문 뒤에서 들려온 이상한 소리에 우리 탐험대가 멈추지 않았다면, 그 매끄러운 투입이 약속하는 작동이 이루어졌을 것이다. 남자와 여자, 두 사람의 무시무시한 목소리가 열정적으로 높아지다 다시 쉰 목소리로 낮게 가라앉았고, 서부 젬블라의 어부나 쓰는 고트어로 욕설이 오갔다. 지독한 협박을 당하자 여자는 겁에 질려 날카로운 비명을 질렀다. 갑자기 침묵이 이어지더니, 이내 남자가 몇 마디 되는대로 수긍하는 말을 중얼거렸다("완벽해, 내 사랑" 혹은 "더 바랄 게 없지"). 이전의 어떤 말보다 더 소름 끼치는 말이었다.

서로 상의할 것도 없이 어린 왕자와 그의 친구가 어이없이 공포에 휩싸여 우왕좌왕 방향을 바꾸자 만보기가 미친듯이 흔들렸고, 그들은 왔던 길을 되돌아 뛰어갔다. "어휴." 마지막 선반을 제자리에 놓자마자 올레그가 내뱉었다. 몸을 획 돌려 위층으로 오르며 어린 왕자가 말했다. "네 뒤에 온통 분필가루 같은 게 묻었어." 그들은 보샹과 캠벨이 무승부로 게임을 끝내는 것을 보았다. 거의 저녁 먹을 시간이 다 되었다. 두 소년은 손을 씻으라는 말을 들었다. 방금까지 느꼈던 모험의 전율은 벌써 또다른 종류의 흥분으로 바뀌었다. 그들은 문을 걸어 잠갔다. 수도꼭지에서는 물이 무시당한 채 계속 흘렀다. 둘 다 사내다운 상태로 비둘기처럼 신음했다.

이 주석에서 얼마간 시간을 들여 골격과 반점까지 묘사한 이 자세한 회상은 사실 왕의 기억을 한순간 스치고 지나간 것이다. 이런 게 바로 그중 하나인데, 과거의 어떤 산물은 본래 거주지가 비참한 변경을 겪는 동안, 이렇듯 30년간 잠복해 있을 수 있다. 비밀 통로를 발견하고 얼마 지나지 않아 그는 폐렴으로 거의 죽을 뻔했다. 그는 정신착란 상태에서 일순간 끝이 없는 터널의 안쪽을 살피는 빛나는 원반을 따라가려 애쓰다, 다음 순간 아름다운 애인의 녹는 듯한 엉덩이를 잡으려 했다. 그는 요양차 두 계절 동안 남부 유럽으로 보내졌다. 올레그가 썰매 사고로 열다섯 나이에 요절한 것이 그 모험의 현실성을 지워버리는 데 영향을 미쳤다. 비밀 통로가 다시 현실이 되는 데에는 국가적 혁명이 필요했다.

왕은 경비병의 삐걱거리는 발소리가 멀어지는 것을 확인하고는 벽장을 열었다. 한쪽 구석에 여전히 놓여 있는 작은 판형의 『타이몬 아핀스켄*Timon Afinsken*』과 바닥 칸에 쑤셔넣은 낡은 운동복 몇 벌과 운동화를 제외하고 벽장은 이제 텅 비어 있었다. 발소리가 다시 이쪽으로 다가왔다. 왕은 섣불리 조사를 감행하지 않고 벽장문을 다시 잠갔다.

최소한의 소음만 내면서 일련의 작은 행동을 수행하기 위해서는 분명 완벽한 보안이 유지되는 몇 분이 필요했다. 벽장에 들어가 안에서 잠그고, 선반을 제거하고, 비밀 문을 열고, 선반을 원래대로 해놓고, 아가리를 떡 벌린 어둠 속으로 미끄러져 들어가 비밀 문을 닫고 잠근다. 대략 90초.

그가 회랑으로 걸어나오자, 꽤 잘생긴 편이지만 믿을 수 없을 정도로 멍청한 과격파 소속 경비병이 즉시 그의 앞을 가로막았다. "절박한 바람이 하나 있네." 왕이 말했다. "할, 자기 전에 피아노를 꼭 치고 싶어." 할(그게 그의 이름이었다면)은 음악실로 데려다주었다. 왕이 알기로 그곳은 오돈이 덮개를 씌운 하프를 지키며 밤을 새우는 곳이었다. 그는 눈썹이 붉고 건장한 아일랜드인이었는데, 분홍색 머리가 이제는 비스듬히 쓴 러시아 공장 노동자의 모자로 가려져 있었다. 왕은 베히슈타인 피아노 앞에 앉았고, 단둘이 남게 되자 한 손으로 또르르 건반을 치며 상황을 간단하게 설명했다. "그런 통로 얘기는 처음 듣습니다." 오돈은 패한 경기를 어떻게 하면 이길 수 있었는지를 복기하는 체스 선수처럼 곤혹스러워하며 중얼거렸다. 폐하는 절대적으로 확신하십니까? 그렇네. 궁궐 밖으로 나가는 길이라 생각하신다고요? 분명히 궁궐 밖으로 나가는 길이라네.

어쨌든 그날 밤 오돈은, 그의 말에 따르면 적어도 30년 동안은 공연된 적 없는 훌륭한 옛 멜로드라마 〈남자 인어〉에 출연하러 잠시 후 떠나야 했다. "나는 나 자신의 멜로드라마만으로도 충분하다네." 왕이 말했다. "아아, 슬프도다." 오돈이 탄식했다. 그는 미간을 찌푸리며 천천히 가죽 외투를 입었다. 오늘밤은 아무 일도 할 수 없다. 만약 지휘관에게 오늘 보초를 서겠다고 청하면, 그저 의심만 불러일으킬 것이다. 지금은 아주 하찮은 의심도 치명적일 수 있다. 내일 그는 새로운 탈출로가 막다른 길이 아니라 진짜 탈출을 위한 길이 맞는지 기회를 봐서 확인해볼 것이다. 찰리(폐하)는 그때까지 아무것도 시도하지 않겠노라고 약속하시겠습니까? "하지만 그들은 점점 더 가까이 다가오고 있네." 화랑에서 들려오는 톡톡 두들기고 파내는 소리를 넌지시 암시하며 왕이 말했다. "꼭 그렇지만은 않습니다." 오돈이 말했다. "한 시간에 1인치, 어쩌면 2인치 정도죠. 저는 이제 가봐야겠습니다." 그는 눈꺼풀을 깜빡여 그와 교대하기 위해 다가오는 심각한 표정의 뚱뚱한 경비병을 가리키며 덧붙였다.

새로 들어선 내각은 대관식 보석이 궁궐 내부 어딘가에 숨겨져 있다는 확고하지만 아주 잘못된 믿음으로 외국인 전문가 두 명(681행 주석 참조)을 고용해 소재를 파악하도록 했다. 한 달 동안 그 작업은 훌륭히 진행되었다. 두 러시아인은 회의실과 다른 국정실 몇 곳을 사실상 분해한 후, 대대로 젬블라의 왕자들과 공주들을 매혹해왔던 에이슈타인의 거대한 유화들이 걸린 화랑으로 작업 공간을 옮겼다. 실물과 닮게 그리지 못했던 에이슈타인은 현명하게도 경의를 표하는 초상화의 관습적인 화법만 구사하는 한편, 모델이 된 위엄 있는 사자死者를 둘러싼 여러 사물을 묘사할 때에는 자신이 비범한 착시화의 대가임을 과시했고, 그토록 애정과 기술을 들여 표현한 떨어진 꽃잎이나 광택이 흐르는 화판에 죽은 사람을 대조시켜 훨씬 더 죽은 사람처럼 보이게 했다. 그러나 몇 점의 초상화에서는 에이슈타인도 기묘한 형태의 속임수에 의존했다. 목재나 모직, 금세공이나 벨벳 장식 사이에 다른 그림에서는 물감으로 모사했던 장식 하나를 실제 소재로 끼워넣었던 것이다. 이런 기법은 분명히 질감과 색조의 표현 효과를 높이려는 의도였겠지만 어쩐지 조악한 느낌을 주었고, 에이슈타인의 재능에 내재한 본질적인 결점을 드러냈을 뿐 아니라 '사실성'은 참된 예술의 주제도 목적도 될 수 없다는 기본적인 사실을 보여주는 결과를 낳았다. 참된 예술은 일반인의 눈으로 지각되는 보통의 '사실성'과는 아무런 관계가 없는, 그것만의 특별한 사실성을 창조하는 법이다. 그러나 여기서 이야기를 다시, 왕과 오돈이 막 헤어질 채비를 하고 서 있는 모퉁이 쪽으로 다가오며 화랑을 따라 톡톡 두드리는 소리를 내는 우리의 기술자들에게로 돌려보기로 하자. 이 지점에는 예전 보물 보관관이었던 노쇠한 커넬 백작의 초상화가 걸려 있다. 백작은 돋을새김무늬로 장식된 문장이 그려진 상자에 손가락을 가볍게 올려놓은 모습이었다. 관람자를 향해 놓인 상자의 측면은 진짜 청동으로 만든 직사각형 삽입판으로 되어 있는 한편, 원근법이 적용되어 그늘진 상자 뚜껑 위에 화가는 훌륭하게 처형된 쌍잎으로 나뉘어 두개골같이 생긴 호두 반 알이 놓인 접시를 하나 그려넣었다.

"그들은 놀라게 될 겁니다." 오돈이 모국어로 중얼거렸다. 한쪽 구석에서는 뚱뚱한 경비병이 받들어총 자세로 다소 외로운 의무적인 의례를 수행중이었다.

소비에트 출신의 두 전문가가 그 진짜 금속 아래 감춰진 진짜 저장소를 찾아낼 수 있으리라고 가정했대도 무리는 아니었다. 목하 그들은 그 삽입판을 캐내봐야 할지 그림을 떼어내야 할지 결정하려는 참이었다. 그러나 우리가 조금 선수를 쳐서 독자에게 보증할 수 있는 건 그 저장소가, 벽에 직사각형으로 난 구멍이 바로 거기 있었다는 점이다. 하지만 구멍 안에는 아무것도 없었다. 견과 껍데기의 부서진 조각밖에는.

어디선가 철로 된 장막을 걷어올리자 요정과 수련이 그려진 오색 장막이 드러났다. "내일 폐하의 플루트를 가져다드리겠습니다." 오돈이 방언으로 의미심장하게 소리치고는 미소를 짓고 손을 흔들더니, 어느 새 안개에 휩싸여 머나먼 자신의 비극 세계 속으로 저만치 물러났다.

뚱뚱한 경비병은 왕을 다시 방으로 데려가 잘생긴 할에게 넘겼다. 9시 30분이었다. 왕은 침대로 갔다. 뚱한 건달 같은 시종 녀석이 그에게 평소 취침 전에 마시는 코냑 섞은 우유를 가져다주고는 그의 슬리퍼와 잠옷 위에 걸쳤던 가운을 가지고 나갔다. 왕이 불을 끄라고 명했을 때 그 녀석은 거의 방을 나간 뒤였다. 팔 하나가 다시 들어오더니 장갑 낀 손이 스위치를 찾아 껐다. 여전히 멀리서 간간이 번개가 쳐 창문이 흔들렸다. 왕이 어둠 속에서 마실 것을 다 마시고 빈 잔을 침실 탁자 위에 놓는데, 최근 들어 간간이 전기가 나가는 것에 대비해 사려 깊은 당국이 준비해준 철제 손전등에 부딪히는 바람에 나지막이 울리는 소리가 났다.

잠을 잘 수 없었다. 고개를 돌려 문 밑으로 새어드는 한 줄기 빛을 보았다. 이윽고 문이 살며시 열리더니 젊고 잘생긴 경비병이 살짝 들여다보았다. 이상야릇한 짧은 생각이 왕의 마음속에서 춤을 췄다. 그러나 젊은이는 가까운 안뜰에 있는 동료에게 다녀올 동안 문을 잠가놓겠다고 죄수에게 경고하고자 했을 뿐이었다. 하지만 만약 폐왕께서 필요한 게 있으시면, 창문으로 부르라고 덧붙였다. “얼마나 있다 올 건가?” 왕이 물었다. “*예그 베드 익*Yeg ved ik[모르겠어요].” 경비병이 대답했다. “좋은 밤 보내게, 꾸러기.” 왕이 말했다.

그는 경비병의 실루엣이 안뜰의 불빛 속으로 들어가고 다른 툴레인들이 그를 맞이해 게임에 합류시킬 때까지 기다렸다. 그런 다음 안전한 어둠 속에서 벽장 바닥에 있는 옷가지를 뒤져 스키바지 같은 아래

옷, 낡은 스웨터 냄새를 풍기는 윗옷을 파자마 위에 입었다. 좀더 더듬어보니 운동화 한 켤레와 귀덮개가 달린 양모 모자가 나왔다. 왕은 전에 마음속으로 연습해둔 행동을 차례대로 해나갔다. 두번째 선반을 치우는데 물건 하나가 작게 털썩 소리를 내며 떨어졌다. 뭐가 떨어졌을까 생각해보다 일종의 부적 삼아 그것을 몸에 지녔다.

그는 동굴 안에 완전히 들어설 때까지 감히 손전등의 버튼을 누르지도 못했고, 발을 헛디뎌 소리를 낼 형편도 아니라 마치 크론산의 이끼 낀 암벽을 궁둥이로 스치며 엉거주춤 내려가는 소심한 초행자처럼 거의 앉은 자세로 보이지 않는 열여덟 개의 계단을 미끄러지듯 내려갔다. 마침내 손전등을 켜자, 이제 희미한 불빛은 그가 가장 사랑했던 동행 올레그의 유령이자 자유의 환영같이 보였다. 그는 고통과 환희가 뒤범벅된 감정을, 대관식 날 왕좌로 걸어갈 때 놀랍도록 충만하고 깊고 풍부한 음악(작곡가나 구체적인 출처를 결코 확인해볼 수 없었던)의 몇 소절이 그의 귀에 울리고, 발판에서 장미 꽃잎을 쓸어내느라 몸을 굽힌 아름다운 시종들의 머릿기름 냄새가 코를 자극하던 순간에 마지막으로 느꼈던 일종의 호색적인 기쁨을 맛보았다. 손전등 불빛 덕분에 이제 왕은 자신이 흉하게도 진홍색 옷을 입었다는 것을 알았다.

비밀 통로는 더 황폐해진 듯했다. 주변의 침식 흔적이 두 소년이 얇은 저지에 짧은 바지를 입고 오들오들 떨면서 탐험했던 그날보다 한층 더 두드러졌다. 우윳빛을 띤 도랑물 웅덩이는 더 길게 이어졌고, 그 가장자리를 따라 고장난 우산을 든 불구자처럼 병든 박쥐 한 마리가 돌아다녔다. 본 기억이 나는 색모래가 펼쳐진 곳에 30년 전 올레그의 신발 자국이 그대로 있었다. 3천 년 전 푸른 나일강 유역에서 햇빛에 말리던 벽돌 위에 이집트 아이가 길들이던 가젤이 남긴 흔적처럼 영원히 지워지지 않을 자국이었다. 비밀 통로가 박물관의 초석을 통과하는 지점에는 추방되어 폐기된 것인지 저승으로 가는 영혼의 안내자인 머큐리 신의 머리 없는 조각상과 시커먼 종려나무 아래에서 주사위놀이를 하는 시커먼 사람 둘이 그려진 금이 간 고대 그리스 술항아리가 나뒹굴고 있었다.

녹색 문으로 막힌 통로의 마지막 굽이에 판자가 마구 쌓여 있어 탈주자는 걸려 넘어질 뻔하면서 겨우 지나갔다. 열쇠로 문을 열고 잡아당기자 육중한 검은 장막이 그를 막아 세웠다. 입구 비슷한 걸 찾아보려고 세로주름을 더듬기 시작했을 때, 손전등의 약한 불빛이 가망 없는 눈망울을 굴리더니만 나가버렸다. 손전등을 놓자, 그것은 소리가 사라진 공허 속으로 추락했다. 왕은 초콜릿 냄새를 풍기는 깊숙이 접힌 천의 주름 속으로 두 팔을 밀어넣었고, 불안하고 위험한 순간임에도 이런 자신의 희극적인 동작에서 긴장한 배우가 뚫고 나오려 애쓰는 통에 애초 잠잠하던 무대 휘장이 점차 광적으로 요동치는 상황이, 말하자면 몸으로 상기되었다. 이런 악몽 같은 순간에 느낀 그런 그로테스크한 감각이 그가 마침내 휘장을 헤치고 희미한 불빛이 비치는 방으로 나오기도 전에 이미 그 통로의 신비를 풀어주었다. 어질러진 게 어렴풋이 보이는 그 방은 예전에 왕립극장에서 아이리스 아흐트의 분장실로 쓰였던 *룸바카메르lumbarkamer**였다. 그곳은 여전히 그녀가 세상을 떠나던 때 그대로였다. 연기자들이 리허설 도중에 때때로 배회하곤

* 영어로 잡동사니를 뜻하는 'lumber'와 독일어로 방을 뜻하는 'Kammer'를 조합한 단어로 추정된다.

했을 복도와 이 방은 먼지 낀 구멍 하나로 연결되었다. 벽에 기대어놓은 신화 속 장면을 그린 그림들이 먼지투성이 벨벳 액자에 담긴 투르구스 국왕의 대형 사진—덥수룩한 콧수염, 코안경, 훈장들—을 반쯤 가리고 있었다. 1마일에 이르는 그 통로를 아이리스와의 화려한 밀회 수단으로 사용하던 때의 사진이었다.

진홍색 옷을 입은 탈주자는 눈을 껌뻑이며 복도 쪽으로 나아갔다. 분장실이 여러 개 이어졌다. 그 너머 어딘가에서 우레 같은 박수 소리가 점점 커졌다 잦아들었다. 멀리서 들리는 또다른 소리가 쉬는 시간을 알렸다. 무대의상을 입은 연기자 몇이 국왕 옆을 지나갔고, 그는 그들 중에서 오돈을 알아보았다. 오돈은 황동 단추가 달린 벨벳 재킷, 니커보커 바지에 줄무늬 양말을 신은 고트족 어부의 일요일 차림새를 하고 있었다. 그리고 방금 연인을 해치워버린 마분지 칼을 여전히 꼭 쥐고 있었다. "오 하느님." 그는 왕을 보더니 말했다.

오돈은 환상적인 의상 더미에서 망토 두 벌을 끄집어내고는, 거리로 나가는 계단 쪽으로 왕을 밀어붙였다. 이와 동시에 층계참에서 담배를 피우던 한 무리의 사람들 사이에서 동요가 일었다. 과격파 관리 여럿에게 아첨한 덕분에 무대감독 자리를 꿰찬 늙은 반역자가 갑자기 떨리는 손가락으로 왕을 가리켰으나, 지독한 말더듬증 때문에 괴로워하며 틀니만 딱딱거릴 뿐 그를 알아봤다는 격분에 찬 말은 한마디도 뱉어내지 못했다. 왕은 모자의 챙을 당겨 얼굴을 가리려다가 하마터면 좁은 계단의 맨 아래 칸에서 발을 헛디딜 뻔했다. 밖에는 비가 오고 있었다. 물웅덩이에 그의 진홍색 실루엣이 비쳤다. 차 몇 대가 가로놓인 도로에 서 있었다. 오돈이 자신의 경주용 차를 곧잘 세워놓는 곳이었다. 자기 차가 사라진 줄 알고 한순간 공포에 휩싸였던 그는 곧 그날 밤에는 옆 골목에 주차했다는 사실을 기억해내고 안도의 숨을 크게 내쉬었다(흥미진진한 149행 주석 참조).

131~132행: 나는 죽은 여새의 그림자 창유리에 비친 허위의 먼 풍경에 속은

이 시 첫 두 행의 더없이 훌륭한 운율을 여기서 다시 만난다. 길게 늘어지는 그 선율의 반복은 131행에 나타난 미묘한 변화 덕분에 단조로움을 피할 수 있었다. 131행의 네번째 단어와 각운 사이의 유사음* 은 가사보다 선율이 갖는 의미가 더 큰, 반 정도만 기억나는 서글픈 노래의 메아리처럼 우리 귀에 일종의 나른한 즐거움을 선사한다. '허위의 먼 풍경'이 무시무시한 의무를 정말 수행하고, 우리 손에 놓인 시는 그저 남겨진 '그림자'뿐인 오늘날, 우리는 이 시행 속에서 거울의 유희와 가물거리는 신기루 이상의 무언가를 읽어내지 않을 수 없다. 우리는 숙명이 그라두스의 이미지를 통해 그와 불쌍한 셰이드 사이에 존재하는 '허위의 먼 풍경'을 몇 마일 몇 마일씩 점점 잠식해감을 느낀다. 그라두스 역시 다급하고 맹목적인 비행중에 그를 산산이 부수어버릴 반사상과 마주치게 될 것이다.

그라두스는 온갖 종류의 이동수단—렌터카, 완행열차, 에스컬레이

* '허위의(feigned)'와 '창유리(windowpane)'의 유사한 음운([ein]) 간 호응을 뜻한다.

터, 비행기 등—을 다 이용했는데, 어째선지 항상 한 손에는 검은 여행가방을, 다른 손에는 건성으로 접은 우산을 든 채 육지와 바다 위로 높이 활강해 창공을 가로질러 질주하는 모습으로 마음의 눈은 그를 보고, 마음의 근육은 그를 느낀다. 그를 전진시키는 힘은 셰이드의 시 자체의 마술적인 작용, 시의 기제와 시구의 휘몰아치는 전개, 강력한 약강격 모터였다. 가차없는 운명의 전진에 이렇게 감각적인 형식을 부여한 경우는 이전에 결코 없었다(그 초월적인 방랑자의 접근과 관련한 다른 이미지를 보려면 18행 주석 참조).

139행: 렘니스케이트 곡선

낡고 오래된 내 사전은 "붓을 떼지 않고 한번에 그릴 수 있는 이중 원형 곡선의 4차 방정식"이라고 뜻풀이하고 있다. 나는 이것이 자전거와 무슨 상관이 있는지 이해할 수 없고 셰이드가 쓴 구절에 별다른 의미가 있는 건 아니라고 생각한다. 이전의 다른 시인들과 마찬가지로, 그는 여기서 마음을 현혹하는 활음조*의 마법에 굴복한 듯 보인다.

인상적인 예를 하나 들면, *코라멘coramen*이라는 단어보다 더 소리가 울리고 눈부시게 빛나며 합창곡과 조각상의 아름다움을 연상시키는 단어가 과연 있을까? 그러나 사실 이 단어는 젬블라 목동이 소를 *베보*

---

* 듣기 좋고 발음하기도 쉬운 음조. 한 단어 안에서나 두 단어 사이에서 인접한 음소들 사이에 일어나는 모음조화나 자음동화 현상으로, 영어에서는 m, n, l, r 등이 인접할 때 발생한다.

다르vebodar(고지대의 목초지)로 몰고 갈 때, 가장 순한 놈에게 자신의 초라한 식량이나 누더기 모포를 동여매는 데 쓰는 허름한 가죽끈을 의미할 뿐이다.

143행: 태엽장치가 달린 장난감

나는 뜻밖의 행운으로 그 장난감을 본 적이 있다! 5월인가 6월의 어느 저녁 나는 내 친구 집에 들러, 언젠가 그가 지하실에 두었다고 말한, 그의 별난 성직자 할아버지가 수집해둔 팸플릿을 그에게 상기시켜 주었다. 그는 정식 만찬에 오기로 한 사람들(아마도 그의 학과 동료들과 그 부인들)을 우울하게 기다리는 중이었다. 그는 흔쾌히 나를 데리고 지하실로 내려갔지만, 먼지 낀 책과 잡지 더미를 좀 뒤져보더니 나중에 다시 찾아보겠다고 했다. 바로 그때 나는 선반 위 촛대와 바늘 없는 자명종 시계 사이에 놓인 그 장난감을 보았다. 죽은 딸이 갖고 놀던 것이라고 여길 거라 생각했는지 그는 황급히 그 장난감이 자기만큼 나이를 먹었다고 설명했다. 도색된 양철로 만든 작은 흑인 소년의 옆구리에 열쇠 구멍이 뚫려 있고, 양철판 두 장을 대강 맞붙여 만든 터라 너비랄 것도 없었다. 소년의 외바퀴 손수레는 이제 온통 찌그러지고 망가졌다. 그는 소매에 묻은 먼지를 털며 죽음을 기억하는 일종의 징표로 간직하고 있다고, 유년 시절에 그 장난감을 가지고 놀다가 이상한 졸도 상태에 빠진 적이 있다고 말했다. 위에서 부르는 시빌의 목소리에 이야기가 끊겼다. 그러나 걱정 마시라. 녹슨 태엽장치는 이제 다시 작동하게 될 것이다. 열쇠를 내가 갖고 있으니까.

149행: 한 발은 산꼭대기에

베라산맥은 (통행할 수 없는 운하에 의해 광기 어린 본토에서 뿌리째 절단되어 떨어져나간) 젬블라반도의 북단까지는 살짝 못 미치지만 험준한 산이 200마일쯤 이어지며 젬블라반도를 두 지대로 나눈다. 한쪽은 온하바를 비롯해 아로스, 그린델보드 같은 중소 도시가 발달한 동부 지대이고, 다른 한쪽은 훨씬 좁지만 예스러운 어촌 마을과 쾌적한 해변 휴양지가 있는 서부 지대다. 양쪽 해안은 아스팔트가 깔린 두 고속도로로 연결된다. 구도로는 일단 험한 지형을 피해 오데발라, 예슬로브, 엠블라 등 북쪽으로 가는 동쪽 경사를 따라 달리다 반도의 최북단 지점에 가서야 서쪽으로 꺾이고, 정교하게 잘 닦인 구불구불한 신도로는 놀랄 만큼 완만한 경사로로 온하바 바로 북쪽에서 브레그베르그까지 산맥을 서쪽 방향으로 횡단하는데, 관광안내서에는 '경치 좋은 드라이브 코스'라고 소개되어 있다. 등산로 몇 개가 여러 지점에서 산들을 가로질러, 그 어느 것도 해발 5천 피트를 넘지 않는 고갯길로 이어졌다. 몇몇 봉우리는 그 고개들보다 2천 피트쯤 더 높게 솟아올라 한여름에도 눈이 녹지 않는다. 그중 가장 높고 험준한 글리턴틴산*에 맑은 날 올라 보면 동쪽 멀리 '경이의 만' 너머로 혹자는 '러시아'라고 부

* 실제로 노르웨이에서 두번째로 높은 산의 이름이 글리테르틴덴산(Glittertinden)으로 노르웨이어로 'glitter'는 반짝임을 뜻하고 'tind'는 산봉우리를 뜻한다.

르는 희미한 무지갯빛을 알아볼 수 있다.

극장에서 도망쳐나온 후 우리 친구들은 구도로를 따라 북쪽으로 20마일가량 달리다 인적이 드문 비포장도로로 좌회전할 계획을 세웠다. 그 길로 죽 가면 왕당파의 주요 은신처에 이르게 될 것이었다. 베라산맥 동쪽 경사면의 전나무숲에 있는 어느 남작의 성이었다. 그러나 눈치 빠른 말더듬이의 말문이 마침내 발작적으로 터졌고, 전화벨이 미친 듯이 울려대기 시작했다. 탈주자들은 채 12마일도 못 가 전방의 어둠을 밝히는 어수선한 불빛을 발견했는데, 신구도로의 교차점에 최소한 양방향 통행을 일거에 막을 수 있는 장점을 가진 바리케이드가 세워져 있었다.

오돈은 차를 돌려 첫번째 샛길에서 서쪽으로 방향을 홱 틀어 산속으로 들어갔다. 그들을 삼켜버린 좁고 울퉁불퉁한 샛길은 장작 헛간 한 채를 지나 급류로 이어졌다. 크게 달각거리는 소리를 내며 판자 다리를 건넌 그들은 이윽고 벌채된 나무 그루터기가 어지러이 흩어진 곳에 다다랐다. 맨데빌 숲의 가장자리였다. 소름 끼치는 갈색 하늘에서 천둥이 우르르 울렸다.

몇 초간 두 남자는 위를 올려다보며 서 있었다. 야음과 나무 때문에 경사가 어느 정도인지 보이지 않았다. 숙련된 등산가라면 이 지점에서 브레그베르그 고개까지 새벽이면 도착할 것이다. 숲의 검은 벽을 뚫고 나가 맞는 길로 용케 빠질 수 있다면. 헤어지기로 결정한 뒤, 찰리는 바다 동굴 속 아득한 보물을 향해 나아가고, 오돈은 추적자들을 유인하기 위해 남기로 했다. 그는 흥겨운 추격 소동을 벌이고 깜짝 놀랄 변장을 한 다음 나머지 무리와 접촉할 거라고 했다. 그의 어머니는 뉴잉

글랜드에 있는 뉴와이 출신의 미국인이었다. 항간에는 그녀가 비행기를 타고 가며 늑대를 쏴 죽인 세계 최초의 여인이라고 전해진다. 내 생각엔 다른 동물도 쐈을 것 같다.

악수, 번쩍이는 번개. 왕은 어둡고 습한 고사리숲으로 걸어들어갔고 고사리의 향내와 레이스 같은 탄력, 웃자란 부드러운 수풀과 가파른 지면이 합쳐지자 이 부근으로 소풍 왔던 때가 떠올랐다. 어렸을 때인데, 다른 숲이긴 하지만 같은 산기슭의 조금 더 높은 곳에 있는 돌무지였고, 거기서 한번은 미스터 캠벨이 발목을 삐어 건장한 수행원 둘에게 들려 파이프 담배를 피우며 내려간 적이 있었다. 대체로 좀 흐릿한 기억들이다. 근처에 사냥꾼의 움막이 있지 않았던가—실파르 폭포 바로 너머에? 멋진 큰뇌조와 도요새 사냥은 야외 활동을 즐기고 말을 잘 탔던 돌아가신 그의 어머니 블렌다여왕이 무척 좋아하던 스포츠였다. 지금도 그때처럼 비가 검은 나무들을 흠뻑 적셨고, 발걸음을 멈추면 두근거리는 심장 소리와 함께 멀리서 요란하게 흐르는 급류 소리가 들렸다. 몇시일까, *코트 오르kot or*? 리피터 시계*를 눌렀더니, 한가하게 쉬익 하는 소리를 내다 딩동대며 10시 21분을 알렸다.

어두운 밤에 적의를 보이는 식물이 뒤엉킨 수풀을 헤치며 가파른 경사를 올라가려 애써본 사람이라면 누구나 우리 등산가 앞에 얼마나 만만찮은 고생길이 펼쳐졌을지 알 것이다. 그는 나뭇등걸에 걸려 넘어지고, 골짜기에 빠지고, 보이지 않는 덤불을 부여잡고, 침엽수 군단과 싸우며 두 시간 넘게 버텼다. 망토는 잃어버렸다. 덤불 속에서 몸을 웅크

---

* 버튼을 누르면 1시간, 15분, 1분 간격으로 각기 다른 높낮이의 벨소리로 시간을 알려주는 시계.

리고 동이 틀 때까지 기다리는 게 낫지 않을까 생각했다. 그때 갑자기 아주 작은 불빛 하나가 앞에서 반짝였고, 이윽고 그는 자신이 최근에 베어진 매끄러운 목초지를 비틀거리며 걷고 있음을 느꼈다. 개가 짖어 댔다. 발아래로 돌멩이가 굴러갔다. 그는 산중턱의 *보르bore*(농가)에 가까이 왔음을 깨달았다. 또한 자신이 깊은 진흙탕 도랑에 고꾸라졌음을 깨달았다.

따분한 옛날이야기에 나오는 인물처럼, 비에 흠뻑 젖은 탈주자에게 친절히 쉴 곳을 마련해준 뼈마디가 굵은 농부와 그의 뚱뚱한 아내는 그를 일행과 떨어진 괴짜 야영꾼쯤으로 여겼다. 그는 따뜻한 부엌에서 몸을 말릴 수 있었고, 요정 이야기에 나올 법한 식사인 빵과 치즈 그리고 산에서 채취한 벌꿀술 한 사발을 대접받았다. 그가 느낀 감정(고마움과 피로감, 기분좋은 따스함, 졸음 등등)은 따로 묘사할 필요 없이 능히 짐작하고도 남을 것이다. 낙엽송 뿌리가 화로에서 탁탁거리며 탔다. 로마풍 램프처럼 부리가 달린 작은 기름 토기에 담겨 흔들리는 불빛과 화롯불 사이에서 졸고 있는데, 그의 흔들의자 주변으로 잃어버린 왕국의 그림자들이 모여들어 맴돌았다. 천장에 매달린 토기 밑 선반 위에서 싸구려 구슬을 단 잡동사니와 진주층 조각들은 초소형 병정이 되어 떼를 지어다니며 치열한 전투를 벌였다. 그는 새벽에 울리는 첫 워낭소리에 목이 뻐근함을 느끼며 잠을 깼고, 집밖에서 집주인을 발견했다. 볼일 보는 곳으로 쓰이는 눅눅한 구석에 서 있던 그 선량한 *그룬터grunter*(산골 농부)에게 고갯길로 나가는 지름길을 가르쳐달라고 했다. "게을러터진 가르를 깨워드립죠." 농부가 말했다.

다락으로 올라가는 허술한 계단이 있었다. 농부는 마디가 불거진 손으로 울퉁불퉁한 난간을 짚고 컴컴한 위쪽을 향해 쉰 목소리로 "가르! 가르!" 하고 불러댔다. 남자든 여자든 쓸 수 있는 이름이지만, 엄밀히 말해 가르는 남자 이름이라, 왕은 다락에서 무릎을 드러낸 산골 소년이 황갈색 천사처럼 내려오기를 기대했다. 그러나 그 대신 분홍빛 정강이까지 내려오는 남자 셔츠를 입고 터무니없이 크고 투박한 가죽신을 신은 단정치 못한 말괄량이 계집애가 나타났다. 얼마 후 그녀는 변신 연기를 선보이듯 재등장했다. 뻗치고 헝클어진 노랑머리를 늘어뜨린 채로, 더러운 셔츠는 더러운 풀오버 스웨터로 바뀌었고, 아랫도리에는 코르덴 바지를 걸쳤다. 그녀는 고갯길을 쉽게 찾을 수 있는 지점까지 행인을 안내하라는 지시를 받았다. 졸음 섞인 뚱한 표정 탓에 들창코에 둥그런 얼굴일지라도 동네 양치기들이 혹시라도 이끌렸을 매력마저 흐릿해졌다. 그러나 그녀는 부친의 지시에 제법 순순히 응했다. 농부의 아내는 냄비와 팬으로 분주하게 요리하면서 옛날 노래를 흥얼거렸다.

떠나기 전에 왕은 집주인(그의 이름은 그리프였다)에게 주머니 안에 우연히 들어 있던 자신의 유일한 돈인 오래된 금화 하나를 받으라고 건넸다. 그리프는 완강히 거절했고, 계속 제안을 거부하며 무거운 문 두세 개의 자물쇠를 열고 빗장을 벗기는 힘겨운 작업을 시작했다. 왕은 나이든 부인 쪽을 바라보았고, 그녀는 받겠다는 눈짓을 했다. 왕은 더컷 금화*를 벽난로 선반 위 보라색 조가비 옆에 소리 없이 놓았다. 조가비에 기대어놓은 컬러 사진 속에는 우아한 근위병과 어깨를 드러

* 과거 유럽 국가들에서 사용된 금화.

낸 그의 부인—20여 년 전 친애왕 카를과 석탄같이 까만 머리카락과 얼음같이 푸른 눈을 가진 화난 표정의 젊은 처녀, 그러니까 그의 어린 왕비가 있었다.

별들이 막 희미해져가던 참이었다. 그는 소녀와 행복한 양치기 개를 따라 고산지대의 연극 조명 같은 새벽빛을 받아 이슬이 루비같이 반짝이는 숲속 오솔길을 올라갔다. 공기 자체가 엷게 빛나며 윤기가 흐르는 것 같았다. 음산한 냉기가 퍼져나오는 가파른 듯한 절벽 옆으로 올라가는 오솔길이었다. 그러나 깎아지른 듯한 반대쪽 벼랑에는 벼랑 아래서부터 자란 전나무 끄트머리 사이로 여기저기 쳐 있는 거미줄에 햇살이 비쳐 따뜻한 대기를 엮어내기 시작했다. 다시 방향을 꺾자 따뜻한 햇볕이 탈주자를 감쌌고, 검은 나비가 자갈투성이 경사를 따라 춤추며 내려왔다. 길이 점점 좁아지더니 한복판에 큰 돌이 마구 쌓인 데서 끊겼다. 소녀는 그 너머 비탈길을 가리켰다. 그는 고개를 끄덕였다.
"이제 집에 가렴. 난 여기서 좀 쉬다 혼자 계속 갈 테니."

그는 가지가 뒤엉킨 요정숲* 옆 풀밭에 털썩 주저앉아 맑은 공기를 흠뻑 들이마셨다. 개가 헐떡거리며 그의 발치에 누웠다. 가르는 처음으로 미소를 지었다. 대체로 젬블라의 산처녀들은 아무때나 욕망을 분출하는 단순한 기계 같은데 가르도 예외가 아니었다. 그녀는 그의 옆에 주저앉기 무섭게 몸을 숙여 두꺼운 회색 스웨터를 헝클어진 머리 위로 끌어당겨 벗고는 맨등과 블랑망제** 같은 가슴을 드러냈고, 당황한

* 고산지대의 수림한계선 근방에 보이는 위축 성장된 숲으로, 땅을 구불구불 기는 가지를 가진 작은 관목들이 주를 이룬다.

** 전분, 우유, 설탕에 과일 향을 첨가한 푸딩.

동행에게 다듬어지지 않은 여성성으로 온갖 자극을 퍼부었다. 그녀는 다 벗어버리려 했으나 그가 몸짓으로 저지하고는 일어섰다. 그는 그녀가 베풀어준 친절에 감사를 표했다. 그리고 순진한 개를 쓰다듬고는 한 번도 돌아보지 않고 빠른 걸음으로 풀 덮인 비탈길을 걸어올라가기 시작했다.

그는 수년 전에 바위산인 크론베르그 쪽에서 한두 번 와본 적 있는, 거대한 바위가 쌓인 작은 호숫가에 도착할 때까지 계속 그 촌년이 당한 낭패를 생각하며 킬킬거렸다. 이제 그는 침식작용의 걸작품이라 할 수 있는 천연 동굴의 틈을 통해 호수의 빛을 엿보고 있었다. 동굴 높이가 낮아 머리를 수그리고 물 쪽으로 걸어내려갔다. 맑디맑은 *틴타론 tintarron* 속에서 자신의 진홍색 반사상을 보았는데, 매우 기묘하게도 언뜻 보아서는 착시인 듯 발밑이 아니라 굉장히 멀리 있었다. 게다가 지금 서 있는 곳 위쪽에 높이 솟은 바위도 물결에 뒤틀린 형태로 함께 비쳤다. 그러다 마침내 그 상像의 마법 위에 펴지던 팽팽한 긴장이 툭하고 풀리면서 붉은 스웨터에 붉은 모자를 쓴 그의 분신도 뒤돌아 사라졌다. 관찰자인 그는 여전히 미동도 않은 채 가만히 있는데. 이제 그는 호수의 가장자리에 이르렀고, 거기서 좀전에 그를 속였던 것보다 훨씬 더 크고 명료한 진짜 반사상과 만났다. 그는 호숫가를 따라 걸었다. 저 깊고 푸른 하늘 높이에는 가짜 왕이 방금 서 있던 텅 빈 바위가 불쑥 튀어나와 있었다. *앨피어alfear*(요정이 불러일으키는 제어하기 어려운 두려움)로 어깨가 오싹 떨렸다. 그는 익숙한 기도문을 중얼거리며 성호를 긋고는 결연히 고갯길 쪽으로 나아갔다. 인접한 봉우리 꼭대기에 쌓인 *슈타인만steinmann*(등정 기념으로 쌓아올린 돌무더기)에 그에게 경의를 표하는 빨간 양털 모자가 씌워져 있었다. 그는 터벅터벅 계속 걸었다. 그런데 가슴이 목 아래부터 원추 모양으로 콕콕 찌르는 듯 아파왔다. 잠시 후 몸 상태를 찬찬히 살펴볼 겸, 또 앞에 보이는 가파른 바위투성이 비탈길을 기어올라가야 할지 아니면 이끼 낀 암벽 사이로 굽이도는 용담초가 화려하게 핀 좁다란 풀밭 길을 따라 오른쪽으로 벗어나야 할지 결정할 겸 다시 멈춰 섰다. 두번째 길을 택했고, 어느 정도 걷자 고갯길에 이르렀다.

커다란 낙석이 길가 풍경에 다채로움을 더했다. 남쪽의 *니페른* *nippern*(반구형 언덕이나 '퇴적층')은 바위와 비탈진 풀밭 때문에 빛 부분과 그림자 부분으로 나뉘었다. 북쪽에는 녹색과 회색과 푸른빛이 감도는 산들이 멀리서 흐릿하게 보였다. 봉우리에 눈이 쌓인 팔크베르그, 눈사태로 부채꼴 모양이 된 무트라베르그, 파베르그(공작새 산) 그리고 다른 산들은 각각 어렴풋이 보이는 좁은 계곡으로 분리됐는데, 계곡에는 경사가 점점 완만해지는 산등성이의 옆구리가 서로 스치지 않도록 끼워놓은 듯한 솜뭉치처럼 흰구름 조각이 떠 있었다. 그 너머 가장 멀리로 창공에 솟은 금박같이 빛나는 글리터틴산의 톱니 모양 윤곽이 희미하게 보였다. 남쪽에는 저멀리까지 끝없이 서로 이어지며 점점 낮아지다 스르르 소실되는 산등성이를 연한 안개가 감쌌다.

고갯길에 다다르며 화강암과 중력을 극복한 셈이었지만, 가장 위험한 직선 주로가 눈앞에 펼쳐졌다. 서쪽으로는 히스가 무성한 경사면이 반짝이는 바다까지 이어져 내려갔다. 이 순간까지는 산이 그와 만 사이에 서 있었던 것으로, 이제 그는 아치를 그리며 눈부시게 빛나는 태양빛에 그대로 노출됐다. 그는 하산하기 시작했다.

세 시간 후 평지를 밟았다. 과수원에서 일하던 늙은 여인 둘이 느린 동작으로 허리를 펴고 그를 바라보았다. 보스코벨[20]의 소나무숲을 지나 블라빅 부둣가에 다다랐을 때, 검은색 경찰차 한 대가 횡단도로에서 돌아 나와 그의 옆에 멈춰 섰다. "장난도 정도껏 해야지." 운전석에 앉은 경찰이 말했다. "광대 백 명이 온하바 감옥에 갇혔다는군. 폐왕도 그들 중에 끼어 있을걸. 우리 지방의 감옥은 왕들을 더 집어넣기에는 턱없이 좁아. 앞으로 가장무도회를 벌이는 자들은 보는 즉시 사살될 거야. 자넨 실명이 뭔가, 찰리?" "저는 영국인입니다. 관광객이죠." 왕이 말했다. "뭐, 어쨌든 그 빨간 *푸파fufa**는 벗어버리라고. 그 모자도. 여기다 놓고 가게나." 경찰은 그것들을 차 뒷좌석에 던져넣고는 떠났다.

왕은 계속 걸었다. 스키바지에 쑤셔넣은 파란 잠옷 상의는 멋진 셔츠로 무난히 통할 것이다. 왼쪽 신발에 조약돌이 하나 들어갔지만, 너무 기진맥진해 그걸 어찌해볼 기력조차 없었다.

그는 수년 전에 신분을 숨기고 재미있는, 무척 재미있는 선원 둘과 점심을 먹었던 해변 식당을 알아보았다. 중무장한 과격파 대원 몇이 제라늄이 늘어선 베란다에서 일상적인 휴가객들과 섞여 맥주를 마시고 있었다. 멀리 사는 친구에게 편지를 쓰느라 바쁜 휴가객도 있었다. 제라늄 사이로 장갑 낀 손 하나가 왕에게 "R. C.로 전진, 즐거운 여행 하시길!"이라고 갈겨쓴 그림엽서를 건넸다. 그는 태연하게 산책하는 시늉을 하며 둑 끝까지 갔다.

미풍이 부는 화창한 오후였고, 서쪽 수평선은 설레는 마음을 빨아들

---

* 러시아어로 모직 저지가 '푸파이카(fufaika)'이다.

이는 빛나는 진공 같았다. 이제 여정에서 가장 아슬아슬한 지점에 다다른 왕은 주위를 둘러보았다. 산책하는 몇몇 사람들을 뚫어지게 바라보며, 그들 중 누가 자신이 난간을 뛰어넘어 리플슨 동굴로 달려가는 순간 와락 덤벼들어 체포할 위장 경찰인지를 가려보려 애썼다. 왕실에서 쓰는 붉은색으로 돛을 염색한 범선 한 척만이 속세의 흥밋거리로 넓디넓은 바다를 망쳐놓고 있었다. 몰래 대화를 나누는 듯 보이는 검은 소도 니트라와 인드라('안'과 '밖'이라는 뜻)를 땅딸막하고 장군같이 목덜미가 두툼하고 턱이 여러 겹인 러시아인 관광객이 난간에서 사진기로 찍고 있었다. 꽃무늬 에샤르프를 우아하게 두른 시들시들한 아내가 단조로운 모스크바 말투로 말했다. "저렇게 무시무시하게 망가진 얼굴을 볼 때마다 꼭 니나의 아들이 생각나. 전쟁은 끔찍한 일이야." "전쟁이라니?" 남편이 의문을 표했다. "1951년에 유리공장에서 일어난 폭발 때문일걸. 전쟁이 아니라." 부부는 왕 옆을 지나 그가 오던 방향으로 천천히 걸어갔다. 바다 쪽으로 놓인 인도의 벤치에 한 남자가 목발을 옆에 두고 앉아 〈온하바 포스트〉를 읽고 있었다. 1면에 과격파 대원 제복을 입은 오돈과 남자 인어 분장을 한 오돈 사진이 크게 실렸다. 놀랍게도, 궁전 경비대에서는 그때까지 오돈의 정체를 까맣게 몰랐던 것 같다. 이제 그에게는 상당한 액수의 현상금이 걸렸다. 파도가 해변의 자갈을 리드미컬하게 감쌌다. 신문을 읽던 사람의 얼굴은 좀전에 언급된 폭발로 심하게 상처를 입어, 온갖 성형외과 기술을 동원했지만 결국 소름 끼치는 바둑판무늬 피부가 되었고, 그 형태와 윤곽의 부분 부분이 일그러진 거울에 비친 흔들리는 뺨과 턱처럼 변하거나 합쳐지거나 분해된 듯 보였다.

산책로 초입의 식당과 산책로 끝의 화강암 바위 사이에 펼쳐진 짧은 해변은 한산했다. 왼쪽으로 멀리 어부 셋이 갈조류의 갈빛 그물을 매단 보트에 짐을 싣고 있었고, 인도 바로 아래에는 물방울무늬 옷을 입고 신문("폐왕 목격")을 삼각모처럼 접어 머리에 쓴 노부인이 거리 쪽을 등지고 해변의 자갈밭에 앉아 뜨개질을 하고 있었다. 그녀는 붕대를 감은 두 다리를 모래 위에 쭉 뻗었다. 한쪽에는 모직 슬리퍼 한 켤레가, 다른 쪽에는 빨간 털실 뭉치가 놓여 있었다. 그녀는 실꾸리를 굴려 실을 느슨하게 풀려고 태곳적 젬블라 뜨개장이들이 그랬듯 이따금 팔꿈치를 갑자기 잡아당겨 실 가닥을 끌어오곤 했다. 마지막으로 인도에는 부푼 치마를 입은 어린 소녀가 서투르지만 힘차게 롤러스케이트를 달가닥거리며 타고 있었다. 혹시 난쟁이 경찰관이 머리를 땋아내린 아이로 변장한 것은 아닐까?

러시아인 부부가 멀어지기를 기다리며 왕은 벤치 옆에 서 있었다. 얼굴이 바둑판처럼 얽은 남자가 신문을 접고 입을 열기 몇 초 전(담배 연기를 들이마셨다 내뱉은 그 어정쩡한 사이)에 왕은 그가 오돈임을 알아봤다. "당장 해보일 수 있는 게 뭐 이 정돕니다." 오돈이 뺨을 잡아당겨 다채로운 반투명 필름이 어떻게 얼굴에 붙어 압박에 따라 윤곽을 달리하는지 보여주었다. 그가 덧붙였다. "예의가 있는 사람이라면 대개는 이런 불쌍한 친구의 결점을 너무 가까이 들여다보지 않는 법이죠." 왕이 말했다. "난 *슈피크shpik*〔사복 경찰〕를 살피는 중이었네." "그들은 온종일 부둣가를 순찰합니다. 지금은 저녁을 먹고 있지만." 오돈이 말했다. "목이 마르고 배가 고프군." 왕이 말했다. "보트 안에 먹을 게 좀 있습니다. 저 러시아인들이 사라지길 기다리지요. 저 아이는 신경쓸 필요 없습니다." "해변에 있는 저 여인은?" "저 사람은 젊은 맨데빌 남작입니다. 작년에 그 결투를 벌였던 자요. 이제 가시죠." "그도 데려가면 어떻겠나?" "안 갈 겁니다. 부인과 아기가 있거든요. 자, 가시죠, 찰리. 어서요, 폐하." "그는 대관식 날 내 왕관을 들었네." 그렇게 잡담하면서 그들은 리플슨 동굴에 도달했다. 독자 여러분이 이 주석을 재미있게 읽었을 줄로 믿는다.

161행: 순결한 혀로, 등등

이 시행은 시골 소녀의 수줍은 키스를 묘사하기 위한 시인 특유의 우회적 표현이다. 하지만 구절 전체가 지나치게 장식적이다. 나의 소년 시절은 너무나 행복하고 혈기왕성해, 셰이드가 경험한 발작 졸도 같은 건 생각도 못했다. 그는 가벼운 간질 증세가 있었는지 선로의 특정 커브에서 탈선이 일어나듯 몇 주 동안 매일같이 특정 부위에서 신경 탈선 증세가 나타났다가 자연히 치유된 것이 틀림없다. 삽에 몸을 기댄 채 미끄러지듯 지나가는 거대한 급행열차의 차창을 눈으로 좇는, 구릿빛 가슴을 가진 철도 노동자들의 땀으로 번들거리는 순한 얼굴들을 누가 잊을 수 있겠는가?

167행: 한때, 등등

시인은 제2편을 (열네번째 카드에) 7월 5일, 즉 그의 예순 살 생일에 (181행 '오늘' 주석 참조) 쓰기 시작했다. 나의 실수—예순하나로 고침.

168행: 사후 생존

549행 주석 참조.

170행: 거대한 음모

왕이 탈주한 지 거의 1년이 다 되도록 과격파는 그와 오돈이 젬블라를 떠나지 않았으리라고 여전히 확신했다. 지극히 유능한 전제국가라 해도 어리석음은 숙명적으로 퍼지기 마련이니 그런 착각을 하게 됐으리라. 우리 새 통치자들의 사고는 하늘을 나는 기계와 그와 연관된 모든 것에 진정으로 매료되어 있었는데, 사려 깊은 역사에게 갑자기 핑핑 붕붕 날아오르는 기구를 상자 가득 받아서 갖고 놀게 된 것이다. 그들은 그 거물급 탈주자가 공중으로 도망가지 않을 가능성은 상상조차 못했다. 왕과 배우가 왕립극장의 뒷계단을 우당탕대며 내려온 지 얼마 지나지 않아, 상공과 지상의 비행단이 일제히 상황 보고를 했다—그 정도로 유능한 정부였다. 그다음주에는 민간기뿐 아니라 상용기까지 단 한 대도 이륙이 허가되지 않았고, 단기 체류 항공기에 대한 조사도 너무 엄격하고 오래 걸려 국제선들은 온하바에 중간 기착하지 않기로 결정했다. 불의의 사상자도 발생했다. 진홍색 열기구 하나가 열광적으로 갈겨댄 총격을 받고 추락해 조종사(유명한 기상학자)가 '경이의 만'에 떨어져 익사했다. 라플란드 기지에서 자선단체의 사명을 띠고 날아온 비행기 조종사는 안개 속에서 길을 잃었다가 젬블라 전투기의 모진 공격을 받고 산꼭대기에 불시착했다. 이런 모든 사건에 변명거리 몇 개쯤 마련하는 건 일도 아니었다. 젬블라의 황무지에 왕이 출몰한다는 왕당파 전략가들의 연막작전에 군부대 전체가 우리의 바위투성이 반도의 산과 숲을 뒤지는 소동이 벌어졌다. 정부는 지방 감옥을 가득 채운 가짜 왕 수백 명을 본격적으로 취조하느라 터무니없이 많은 에너지를 소모했다. 그들 중 대부분은 나름대로 어릿광대짓을 해서 풀려났지만, 몇몇은 안타깝게도 죽임을 당했다. 그러고 난 후, 다음해 봄에 외국에서 놀라운 소식이 들려왔다. 젬블라의 배우 오돈이 파리에서 영화를 제작하고 있다는 것이었다!

오돈이 탈출했다면 왕 또한 탈출했으리라는 점은 이제 충분히 짐작되고도 남았다. 과격파 정부가 소집한 특별회의의 소름 끼치는 침묵 속에서 '*젬블라의 폐왕이 파리에?*'라는 머리기사가 박힌 프랑스 신문의 복사본이 손에서 손으로 전달되었다. 그라두스가 무명의 일원으로 있던 비밀 조직이 탈주 왕 시해를 도모하게 된 것은 정부 차원의 전략보다는 복수심에 불탄 분노에서 촉발된 것이었다. 앙심을 품은 암살단이라! 그의 증언 탓에 평생을 감옥에서 썩게 되었는데, 도무지 그 신사를 따끔하게 손볼 수가 없어 안달난 불한당에 그들을 비유할 수 있으리라. 교묘히 도망다니는 피해자의 불알을 맨손으로 비틀어 뜯어내겠다고 벼르는 그런 기결수들은 피해자가 햇볕이 내리쬐는 섬의 포도덩굴 정자에서 벌어지는 연회에 참석하거나, 평온무사하게 무릎 사이에 어여쁜 젊은 애들을 앉히고 자기들을 비웃을 거라는 생각만 해도 광포해지기 마련이다! 그런 가없는 달콤한 환희에 대한 자각이 그들에게 영향을 미쳐 의식을 뒤덮고 천천히 야수 같은 뇌를 파괴할 때, 그들이 경험하는 주체할 수 없는 분노보다 더한 지옥도 없지 않을까 하는 생각이 들 정도다. 자칭 '그림자단'이라는 유난히 열렬한 과격파 일당은 모임을 갖고, 왕이 어디 있든 반드시 잡아 죽여버리자고 맹세까지 했다. 그들은 어떤 면에서는 카를파의 그림자 같은 쌍둥이였고, 실제로 몇몇은 사촌이나 형제가 왕의 추종자이기도 했다. 아마도 그 두 그룹의 기원은 학창 시절 사교클럽과 군대 모임의 무분별한 연례행사에서 찾을 수 있으며, 그 발전 과정은 유행과 반유행이라는 용어로 고찰해 볼 수 있을 것이다. 하지만 객관적인 역사가라면 카를파로부터는 낭만적이고 고상한 매력의 요소를 떠올리는 반면, 그림자단으로부터는 말할 필요도 없이 무언가 고딕풍의 추잡함을 느낄 것이다. 박쥐와 게의 잡종같이 생긴 그라두스의 그로테스크한 외모조차 다른 많은 그림자단의 단원, 예를 들어 카드놀이에서 속임수를 쓰는, 오돈의 배다른 형제인 간질병자 노도나 반물질을 만들어내려다 한쪽 다리를 잃은 미치광이 맨데빌에 비하면 그다지 기괴하지 않았다. 그라두스는 오랫동안 각종 유치한 좌파 조직의 일원으로 활동해왔다. 암울한 인생에서 한 번도 살인을 한 적은 없었다. 몇 번 그러기 직전까지 가기는 했지만. 훗날 그는 왕을 추적해 살해하라는 지령을 받았을 때, 자신이 선택된 것은 카드뽑기로 결정된 일이었다고 주장했다. 하지만 카드를 섞고 배열한 자가 바로 노도였음을 잊지 말자. 아마도 우리 인물이 외국

태생이라는 사실이 이 선택을 은밀히 부추겼을 것이며, 그로써 젬블라의 후예에게 실제 시해라는 불명예를 지우는 걸 피하려 했을 것이다. 우리는 그 장면을 눈앞에 그리듯 상상해볼 수 있다. 그림자단의 모임이 열린 그날 밤, 유리공장 별관에 딸린 실험실을 비추던 소름 끼치는 네온 불빛, 타일 바닥에 놓인 스페이드 에이스, 시험관에 따라 꿀꺽꿀꺽 들이마신 보드카, 그라두스의 굽은 등을 툭툭 쳐주던 많은 손 그리고 다소 표리부동한 축하를 받을 때 그 남자가 느낀 어두운 환희. 우리는 이 예언적 순간을 1959년 7월 2일 0시 5분으로 상정한다. 그때는 공교롭게도 아무것도 모르는 시인이 마지막 시의 첫 행을 쓴 바로 그날이기도 하다.

그라두스는 정말 그 일에 적당한 인물이었을까? 그렇기도 하고 아니기도 하다. 마분지 상자를 제조하는 억압적인 대기업에서 사환으로 일하던 청년 시절 어느 날, 그는 축제에서 오토바이를 따냈다는 이유로 동네 청년 하나를 잠복해 기습하려는 세 친구를 말없이 도와준 적이 있었다. 젊은 그라두스는 도끼 하나를 손에 넣어 나무 한 그루를 쓰러뜨렸다. 나무는 엉뚱하게 쓰러져서는, 땅거미가 질 무렵 그들의 태평한 희생양이 오토바이를 타고 달려가는 시골길을 제대로 막지 못했다. 불량배들이 쪼그려 앉은 지점을 향해 쌩하니 달려오는 불쌍한 청년은 날씬하고 섬세한 외모의 로렌 지방 사람으로, 천진난만하게 즐거워하는 그를 시기하다니 참으로 비열한들이었다. 신기한 일이지만, 미래의 우리 국왕 시해자는 도랑에 누워서 대기하는 동안 잠이 드는 바람에 짧게 끝난 난투극을 놓치고 말았다. 그 로렌의 용자勇者가 공격자 둘을 때려눕혔고, 세번째는 오토바이에 치여 평생 장애를 안고 살았다.

그라두스는 포도주 판매업과 팸플릿 인쇄업 사이사이에 유리 사업에 여러 번 손을 댔지만 한 번도 진정한 성공을 거두지 못했다. 그는 데카르트의 악마—가로숫길에서 열리는 꽃놀이 주간 동안 팔고 다니는, 메틸알코올을 채운 유리관 속에서 아래위로 까딱까딱 자맥질하는 병유리로 만든 부침자浮沈子— 제작자로 출발했다. 또한 정부 산하의 공장에서 화부로, 나중에는 판유리공으로 일한 적도 있었다. 선원들이 모여 시끌벅적하지만 다채로운 매력이 있던 칼릭스하벤의 거대한 공중변소에 달린 유난히 흉했던 붉은색과 호박색 창문에 그 역시 어느 정도 책임이 있었으리라 믿는다. 그는 포도 재배 농부와 과수원 주인이 새를 쫓는 데 쓰는 소위 '나뭇잎 모양 경보기'의 반사경과 덜걱거리는 소리를 내는 장치를 자신이 개량했다고 주장했다. 그에 대해 언급한 내 주석은 서로 시차를 두고 집필되었기 때문에, 첫번째 주석(그의 몇 가지 다른 활동의 윤곽이 막연히 드러난 18행 주석 참조)은 가장 애매한 반면, 그다음 이어지는 주석은 점진적인 그라두스가 시간적, 공간적으로 접근해옴에 따라 점점 분명해진다.

우리의 인물은 단순한 형태의 스프링과 코일로 내부가 작동하는 태엽장치 같은 인간이었다. 어쩌면 청교도라고 부를 만도 했다. 몸서리쳐질 정도로 단순한 어떤 근본적인 혐오감이 그의 둔감한 영혼에 스며들어 있었다. 그가 혐오한 것은 불의와 기만이었다. 그는 언어로 표현할 길이 없고, 또 표현할 필요도 없을 만큼 무모하게 온 정열을 다해 둘의 조합—그 둘은 항상 붙어다니기 마련이지만—을 혐오했다. 그 자의 어쩔 수 없는 어리석음에서 비롯된 부산물만 아니었다면, 그러한 혐오는 칭찬받아 마땅했다. 그는 자신이 이해할 수 있는 범위를 넘어서는 모든 것을 부정하고 기만적이라고 단정했다. 그는 통념을 숭배했는데, 자못 현학적인 침착함을 발휘한 숭배였다. 일반성은 신성하고, 특수성은 악마적이다. 만약 한 사람은 가난하고 다른 한 사람은 부자라면, 문제는 대체 무엇이 한 사람은 빈곤하게 하고 다른 한 사람은 부유하게 했는지가 아니었다. 그 차이 자체가 불공평하며, 따라서 차이를 비난하지 않는 가난한 사람은 차이를 무시하는 부자만큼이나 사악하다는 식이었다. 너무 많이 아는 사람, 즉 과학자, 작가, 수학자, 결정학자結晶學者 등은 모두 왕이나 사제보다 나을 게 없었다. 타인을 속여서 권력을 부당하게 나눠 가졌으니까. 그러므로 평범하고 겸손한 동지들은 자연과 이웃의 편에 서서, 교활한 부정행위가 일어나는지 끊임없이 감시해야 했다.

그라두스는 젬블라혁명에 만족한 동시에 좌절감도 맛보았다. 상당히 비위에 거슬리는 일화가 있는데, 돌이켜 생각해보면 그라두스가 과거의 경험에서 배워 당연히 예상해야 했지만 결코 그러지 못했던 일련의 연속된 사건 중에서도 가장 의미심장한 사건으로 여겨진다. 왕을 흉내내는 솜씨가 특출났던 테니스의 명수 율리우스 슈타인만(유명 자선가의 아들)은 정부를 조롱하는 지하 라디오 연설 시리즈에서 친애왕 카를의 목소리를 완벽하게 모방해, 화가 머리끝까지 난 경찰을 몇 달 동안이나 피해다녀야 했다. 그러다 끝내 붙잡혀 그라두스가 속한 특별위원회에 의해 기소되어 사형선고를 받았다. 하지만 사격수들이 일을 제대로 해치우지 못한 바람에 얼마 후 지방 병원에서 그 용감한 젊은이는 상처를 회복했다. 그라두스는 이 사실을 알고, 그로서는 보기 드문 격분에 휩싸였다. 왕당파의 음모로 사건이 그렇게 되었기 때문이 아니었다. 깨끗하고 정직하며 질서 있는 죽음의 판결이 불결하고 부정하며 무질서한 방식으로 방해받았기 때문이었다. 그는 그 누구와도 상의하지 않고 병원으로 달려가 미친듯이 날뛰며 혼잡한 병실에서 율리우스를 찾아내 가까스로 두 번 발포했으나 전부 빗나가고, 이후 기골이 장대한 남자 간호사들에게 총을 빼앗겼다. 그는 다시 본부로 달려가 졸개 열두 명을 데리고 돌아왔으나 환자는 이미 사라져버린 뒤였다.

그 같은 일이 마음에 사무쳤지만, 그라두스가 뭘 할 수 있었겠는가? 밀담을 나눈 운명의 여신들이 그라두스에 맞서 거대한 음모를 짠다. 그와 같은 사람들에겐 제 희생자의 숨통을 손수 끊는 궁극의 전율이 결코 주어지지 않는다며 기뻐하는 이가 있어도 납득할 만한 일이다. 아, 확실히 그라두스는 활동적이고 유능하고 도움이 되며 때로는 없어서는 안 될 사람이기는 하다. 단두대 발치의 좁은 계단에 밤새 쌓인 눈을 으스스한 잿빛 아침에 쓸어내는 사람이 바로 그라두스다. 그러나 그 계단을 올라가야만 하는 사람이 이 세상에서 보게 될 마지막 얼굴이 그의 긴 가죽빛 얼굴은 아닐 것이다. 그보다 더 운좋은 사내가 시한폭탄을 넣어 예전 공범의 침대 밑에 둘 값싼 천 가방을 사다주는 사람이 바로 그라두스다. 가짜 광고를 이용해 덫을 놓는 법을 그라두스보다 더 잘 아는 사람은 없지만, 그 광고에 속은 부유한 늙은 과부는 그녀에게 구애한 다른 남자에게 살해당한다. 사람들이 실각한 전제군주를 광장에서 널빤지에 묶어 알몸으로 울부짖게 하고, 조각조각 난도질해 천천히 죽이면서 그 조각을 먹고, 아직 살아 있는 육체를 서로 나눠가질 때(나는 어느 이탈리아 폭군의 이야기를 어렸을 때 읽고 평생 채식주의자로 살게 되었다) 그라두스는 그 극악무도한 성찬식에 참여하지 않는다. 적합한 도구를 지목하고, 난도질을 감독한다.

이 모든 것이 부득이한 일 같다. 세상은 그라두스를 필요로 한다. 하지만 그라두스는 국왕을 죽여서는 안 된다. 비노그라두스는 절대로, 절대로 신을 노하게 해서는 안 된다. 레닌그라두스는 행여 꿈에서라도 사람들에게 장난감총조차 겨누어서는 안 된다. 만약 그가 그런다면, 어마어마하게 굵고 기이하게 털이 무성한 두 팔이 뒤에서 그를 안아서 조이고, 조이고, 또 조일 것이다.

171행: 책들과 사람들

다행히 지금도 지니고 있는 검은 포켓 다이어리 여기저기에 메모해놓은, 마음에 들어 발췌해둔 여러 문장들(보즈웰의 『새뮤얼 존슨전』에서 인용한 각주와 워드스미스 내 유명한 대로에 있던 가로수들에 새겨진 문구, 성 아우구스티누스의 어록에서 뽑은 인용구 등등) 사이로 존 셰이드와 나눈 대화의 몇 가지 실례가 보인다. 이 대화들은 나와 시인의 우정에 관심이 있거나 시기하는 사람들 눈앞에 참고자료로 제시하기 위해 모아둔 것이다. 그와 나의 독자들은 내가 이 주석의 정연한 진행을 깨고 내 걸출한 벗이 자기 생각을 말하게 하는 것을 양해해주리라 믿는다.

서평가에 대해 언급하면서 그는 말했다. "나는 이따금 귀감이 될 만한 이런저런 식견의 빛나는 이미지를 포착하고자 갈망하는데, 인쇄된 상찬에서는 그런 예를 한 번도 본 적이 없다네. 그렇다고 창문으로 몸을 내밀어 어떤 불쌍한 삼류 문사 골통에 내 요강[21]을 비우려 한 적도 없다네. 험담이든 격찬이든 모두 거리를 두고 관망하는 편이지." 킨보트: "전자는 멍청이가 떠벌리는 수다로, 후자는 친절한 마음에서 우러나온 우정 어린 행동으로 치부하시는군요." 셰이드: "바로 그렇다네."

비대해진 러시아문학과의 학과장으로, 아랫사람들에게 언제나 엄격하기 짝이 없는(다행히도 다른 과에서 강의하는 보트킨 교수는 그 기괴한 '완벽주의자'의 부하 직원이 아니었다) 프닌 교수[22]에 대해서는 "고골, 도스토옙스키, 체호프, 조셴코 그리고 천재적인 공저자 일프와 페트로프 같은 탁월한 유머 작가가 러시아에는 수두룩한데, 지식인은 그토록 하나같이 유머 감각이 없으니 참으로 기묘한 일이야"라고 말했다.

우리 둘 다 알고 있는 어떤 통명스러운 사람의 음란함에 대한 대화: "그치는 야외 요리사의 앞치마처럼 뿔이 튀어나와 있지." 킨보트(웃음을 터뜨리며): "기막힌 표현입니다!"

대학에서 일반교양 수준으로 셰익스피어를 가르치는 일이 화제가 되었을 때: "사상과 사회적 배경 따위는 무시해버리고 신입생이 『햄릿』과 『리어왕』의 시구에 전율을 느끼고 취하도록, 머리가 아니라 등골로 읽도록 훈련시켜야 해." 킨보트: "그 미문들을 특별히 높이 평가하시는군요?" 셰이드: "그렇다네, 친애하는 찰스. 나는 그레이트데인* 이 더럽혀놓은 잔디밭 한구석에서 감사해 마지않는 잡종개마냥 그 구절들 위에서 뒹구는 셈이지."

마르크스주의와 프로이트주의의 영향력과 침투력을 논하면서 내가

---

* 독일 원산의 초대형 사냥개. 단어 자체는 '커다란 덴마크 사람'을 뜻해 여기서는 덴마크의 왕자 '햄릿'을 암시한다.

말했다: "이 그릇된 두 주의 중에 최악은 무조건 뿌리 뽑기 더 어려운 쪽이죠." 셰이드: "아니지, 찰리. 더 단순한 기준이 있네. 마르크스주의에는 독재자가 필요하고, 독재자에게는 비밀경찰이 필요하지. 근데 그게 바로 세상의 종말이거든. 하지만 프로이트주의자는 아무리 어리석을지라도 최소한 투표함에 투표는 할 수 있잖나. 그는 그 행위를 [웃으면서] 정치적 수분 작용political pollination이라고 기꺼이 부를 테지만."

학생들의 과제물에 대해: "나는 대개 아주 너그러운 편이라네[셰이드가 말했다]. 하지만 용서하지 않는 몇 가지 사소한 것들이 있지." 킨보트: "예를 들면요?" "읽으라는 책을 읽지 않는 것. 읽긴 읽되 바보천치같이 읽은 것. 그 책에서 상징, 예를 들어 '작가는 녹색이 행복과 좌절의 상징이기 때문에 녹색 잎이라는 뚜렷한 이미지를 사용했다' 따위나 찾는 것 말일세. 또 학생이 '단순하다' '진실하다'라는 표현을 칭찬의 의미로 사용하면 점수를 파국적으로 깎아버리곤 하지. 예를 들면 '셸리의 문체는 매우 단순하고 훌륭하다'라든지 '예이츠는 항상 진실하다' 같은 해석 말이지. 이런 해석은 아주 만연해 있어서, 어떤 비평가가 어떤 작자의 진정성에 대해 얘기한다면, 그 비평가나 작자 모두 바보란 걸 알 수 있어." 킨보트: "하지만 전 고등학교에서 그런 식으로 생각하는 법을 배운다고 들었는데요?" "바로 거기부터 빗자루로 쓸어버리듯 뜯어고쳐야 해. 한 아이에게 서른 과목을 가르치려면 서른 명의 전문가가 있어야 한다네. 중국이나 그 밖의 다른 것에 대해 아무것도 모르고, 경도와 위도 차이도 설명할 수 없어 달랑 논畓 사진 한 장 보여주며 그게 중국이라고 귀찮은 듯 말하는 여선생은 없어야지." 킨보트: "예, 동감합니다."[23)]

181행: 오늘

즉 1959년 7월 5일, 삼위일체 대축일 이후 여섯번째 일요일. 셰이드는 '이른 아침'(열네번째 카드 맨 위에 그렇게 적혀 있다)에 제2편을 쓰기 시작했다. 그는 하루종일 띄엄띄엄 써내려갔다(208행까지). 저녁시간 대부분과 밤시간 일부는 그가 좋아하는 18세기 작가들이 '세상의 야단법석과 허영'이라고 이름 붙인 일*을 하는 데 소요됐다. 마지막 손님이 (자전거를 타고) 떠난 뒤 재떨이가 비워졌고, 모든 창문의 불이 두세 시간 동안 꺼졌다. 하지만 새벽 3시쯤 서재의 연보라색 불빛 속에서 그가 책상에 다시 앉는 모습을 내 위층 욕실에서 보았다. 이 밤샘 작업은 230행(열여덟번째 카드)까지 계속됐다. 한 시간 반이 지난 후, 그러니까 동이 터올 무렵 나는 욕실로 다시 행차해 불빛이 침실로 옮겨간 걸 발견하고 관대하게 미소를 지었다. 내 계산에 따르면 삼천구백구십번째로 엿본 지 아직 이틀 밤밖에 지나지 않았다—하지만 그런 건 아무래도 상관없다. 몇 분 후 사방은 다시 완전한 어둠에 휩싸였고, 나는 침대로 돌아갔다.

7월 5일 정오, 다른 반구에서는 비에 젖은 온하바 비행장의 포장 활주로를 따라 프랑스 여권을 든 그라두스가 코펜하겐행 러시아 상용기를 향해 걸어갔다. 이 일은 셰이드가 그날 아침 일찍(미국 대서양 연안

* '사교모임'을 뜻한다.

시간으로) 제2편 도입부를 구상하거나, 침대에서 구상한 후 쓰기 시작한 일과 동시에 일어났다. 대략 스물네 시간이 흐른 뒤 그는 230행에 다다랐고, 그라두스는 그림자단의 간부인 코펜하겐 주재 영사가 소유한 여름별장에서 하룻밤 휴식을 취했다. 그런 뒤 나중에 다른 주석(285행과 408행 주석)에 나오는 그의 진술에 맞추어 영사와 함께 옷가게로 들어갔다. 편두통이 오늘 다시 악화됐다.

나 자신의 활동에 대해 말하자면, 모든 관점, 즉 감정적, 창조적, 사회적 관점에서 볼 때 안타깝게도 대단히 불만스러운 날이었다. 불운은 내가 어떤 젊은 친구 — 내 세번째 탁구 상대 후보로, 세간이 떠들썩하게 교통법규를 연달아 위반해 운전면허증을 압수당했다 — 에게 그의 부모님 집까지 200마일밖에 안 되니 문제없다고, 힘 좋은 내 크램러로 데려다주겠다고 호의를 베푼 그 전날 밤부터 시작되었다. 그 밤샘 파티 내내 나는 낯선 무리 — 젊은이들, 늙은이들, 향수 냄새로 넌더리나는 여자애들 — 틈에 끼어 불꽃놀이와 바비큐 연기, 소란스러운 장난, 재즈 음악 그리고 새벽빛 아래에서 즐기는 수영 등의 분위기에 휩쓸리는 바람에 그 멍청한 녀석을 완전히 놓쳐버렸다. 억지로 춤을 추다, 노래를 부르다, 그 아이의 이런저런 친척과 상상할 수 있는 가장 지루한 왁자지껄 수다를 떨다, 마침내 정신을 차리고 보니 도무지 알 수 없는 방법으로 다른 사유지에서 벌어진 다른 파티로 옮겨가 있었다. 거기서 나는 턱수염이 댕강 잘릴 뻔한, 뭐라 묘사할 수 없는 실내 게임을 하고 난 뒤 과일과 쌀밥 등으로 아침식사를 했다. 그런 다음 이름도 모르는 집주인, 턱시도에 승마바지를 입은 술 취한 노인네에게 이끌려 비틀거리며 그의 마구간을 한 바퀴 돌았다. 나는 내 차를 찾아 (도로 밖 소나무숲에 있었다) 운전석에 널브러진 흠뻑 젖은 수영팬티 두 장과 여성용 은색 슬리퍼 한 짝을 밖으로 내던졌다. 브레이크는 밤새 낡아버렸고, 황량하게 뻗은 대로로 나오자마자 휘발유가 떨어졌다. 이런 일에 다시는 휘말리지 않겠다고 스스로 다짐하면서, 나의 시인과 조용히 저녁시간을 보내며 위안을 얻기를 순진하게 기대하면서 아르카디아에 도착했을 때 워드스미스대학의 시계가 6시를 쳤다. 내가 현관 의자에 올려두었던, 리본으로 장식한 납작한 상자를 보고서야 그의 생일을 그냥 넘길 뻔했다는 것을 깨달았다.

언젠가 나는 그의 어떤 책 표지에서 그 날짜를 발견했고, 그의 아침 식사 복장이 심히 낡았다는 생각을 했다. 그래서 장난스레 내 팔을 그에게 대보아 치수를 재고는 그에게 줄 아주 멋진 비단 실내복을 워싱턴에서 사왔다. 사무라이가 입을 법한 진짜 용가죽 같은 동양풍 색조의 옷이었다. 상자에 든 게 바로 그 실내복이었다.

나는 서둘러 옷을 벗고 좋아하는 성가를 목청껏 불러대며 샤워를 했다. 재주가 많은 나의 정원사는 나에게 몹시 필요했던 안마를 해주면서, 셰이드 부부가 오늘밤 성대한 '뷔페식' 만찬을 베푸는데 블랙크 상원의원(솔직담백한 화술로 뉴스에 자주 나오는 정치인으로, 존의 사촌이다)도 올 거라고 알려주었다.

즉석 생일 파티만큼 외로운 사람을 즐겁게 해주는 일도 없으니 내가 집을 비운 사이에 전화가 온종일 울려댔을 생각에, 아니 그랬을 것만 같아 유쾌한 기분으로 셰이드의 집에 전화를 걸었다. 전화를 받은 사람은 물론 시빌이었다.

"봉 수아, 시빌."

"아, 안녕하세요, 찰스. 여행은 잘 하셨어요?"

"글쎄요, 사실은……"

"저기, 존을 찾으시는 건 아는데, 그 양반이 지금 휴식을 취하고 있거든요. 저는 죽도록 바쁘고요. 그이가 나중에 다시 전화 드릴 거예요, 괜찮죠?"

"나중 언제요, 오늘밤에요?"

"아니요. 아마 내일쯤. 초인종이 울리네요. 그럼 안녕히."

이상도 하다. 하녀와 조리사 말고도 흰 상의를 입은 임시 고용인이 둘이나 되는데 왜 시빌이 초인종에 귀를 기울여야 했을까? 그릇된 자존심 때문에 나는 했어야만 하는 일을 하지 않았다. 내 고귀한 선물을 옆구리에 끼고 손님을 박대하는 그 집으로 침착하게 걸어갔어야 했는데. 누가 알랴, 뒷문에서 조리용 셰리주 한 모금을 보답으로 받았을지. 나는 뭔가 착오가 있으리라는 희망을 여전히 품고, 셰이드가 전화해주기를 기다렸다. 쓰디쓴 기다림이었다. 혼자서 이 창문 저 창문으로 옮겨다니며 마셔댄 샴페인은 심한 *크라풀라crapula*(숙취)를 안겨주었을 뿐이다.

두꺼운 커튼 뒤에서, 회양목 뒤에서, 석양의 황금색 베일과 밤의 검은색 레이스를 통해 나는 그 집 잔디밭과 진입로와 부채꼴 채광창과 보석처럼 빛나는 창문들을 계속 바라보았다. 첫 손님의 차 소리를 들은 7시 15분경에는 아직 해가 지지 않았다. 아, 나는 그들을 모두 보았다. 완전한 계란형 얼굴에 키가 작고 백발이 성성한 노령의 서턴 박사가 털털거리는 포드를 타고 전쟁미망인인 키 큰 딸 스타르 부인과 함께 도착하는 것을 보았다. 또 커플이 탄 캐딜락이 서투른 운전으로 내 집 진입로로 반쯤 들어왔다가 허둥지둥 불빛을 깜박거리며 후진하는 것을 보았는데, 나중에야 그 커플이 지역 변호사인 콜트 씨와 그 부인인 걸 알아봤다. 나는 문학적 명성이 주는 부담과 평범한 작품의 다작으로 등이 굽은 세계적으로 유명한 노작가가, 셰이드와 함께 어느 소박한 서평지의 공동 편집자로 있던 먼 옛날 희미한 시대로부터 택시를 타고 도착하는 것을 보았다. 셰이드가의 잡역부 프랭크가 스테이션왜건을 타고 떠나는 것을 보았다. 은퇴한 조류학 교수가 큰길에 불법 주차를 하고는 걸어올라오는 것을 보았다. 모드 고모의 마지막 전시회를 후원했던 예술계의 여성 후원가가 소년같이 잘생긴 외모에 머리가 헝클어진 여자친구를 대동하고 소형 풀렉스 안에 편안히 앉아 있는 것을 보았다. 프랭크가 뉴와이의 골동품 수집가인 반쯤 눈이 먼 캐플런 씨와 노쇠한 독수리 같은 그 부인을 모시고 돌아오는 것을 보았다. 연회복을 입은 한국인 대학원생이 자전거를 타고 오는 것을, 헐렁한 정장을 입은 대학 총장이 걸어서 오는 것을 보았다. 나는 그 의식에서 임무를 수행하는, 호텔학교에서 온 흰 상의를 입은 두 젊은이를 빛과 그림자 속에서, 마치 화성인처럼 이 창문에서 저 창문으로 순항하는 마티니와 하이볼 사이로 보았고, 둘 중 호리호리한 젊은이는 내가 잘, 아주 잘 아는 사람임을 깨달았다. 마침내 8시 30분이 되자(내가 상상하기로 이 시간쯤 되면 여주인이 초조할 때 항상 그러듯이 뚝뚝 소리를 내며 손가락 마디를 꺾기 시작할 것이다) 겉보기는 번지르르하지만 운구차 같은 검고 긴 리무진이 진입로의 묘한 기운 속으로 미끄러지듯 들어왔다. 뚱뚱한 흑인 운전사가 서둘러 차문을 여는데, 나의 시인이 단춧구멍에 흰 꽃을 꽂고 술에 취해 홍조 띤 얼굴로 환영하는 미소를 지으며 집에서 나왔다. 나는 그 모습을 측은한 마음으로 바라보았다.

다음날 아침 나는, 시빌이 그 집에서 자지 않은 하녀 루비를 데려오기 위해 차를 몰고 나가는 것을 보자마자 원망하듯 곱게 포장된 상자를 들고 길을 건너갔다. 그들의 차고 앞 땅바닥에서 *부흐만buchmann*, 즉 시빌이 잊어버리고 놓고 간 게 틀림없는 도서관 책 한 묶음을 발견했다. 나는 호기심의 악령에 씌어 그쪽으로 몸을 숙였다. 대부분 포크너 씨의 책이었다. 다음 순간 시빌이 돌아왔고, 그녀의 자동차 타이어가 자갈 밟는 소리를 내며 내 바로 뒤에서 멈췄다. 나는 내 선물에다 그 책들을 합친 짐더미를 그녀의 무릎 위에 놓았다. 친절하기도 하셔라. 근데 이 상자는 뭐죠? 뭐 그냥 존에게 주는 선물입니다. 선물이요? 예, 어제가 그의 생일 아니었나요? 네, 생일이었죠, 하지만 결국 생일이란 관습에 불과한 것 아닌가요? 관습이든 아니든, 어제는 내 생일이기도 했답니다—16년이라는 근소한 차이[24]가 있지만, 뭐 그게 그거죠. 어머! 축하해요. 근데 파티는 잘 하셨나요? 뭐, 그런 파티가 어떤지 아시잖아요(이 시점에서 나는 주머니에 있는 다른 책에 손을 뻗었다—그녀는 예상도 못할 책). 그렇죠, 근데 그 사람들은 다 뭐죠? 아, 평생 알고 지내서 그저 일 년에 한 번은 초대해야만 하는 사람들 있잖아요. 우리하고 같이 학교를 다닌 벤 캐플런과 딕 콜트, 워싱턴에 사는 사촌, 당신과 존이 너무 졸렬한 소설을 쓴다고 얘기한 적 있는 동료 작가 같은 이들 말이에요. 당신이 얼마나 그런 일을 지겨워하는지 알기 때문에 초대하지 않았어요. 이 말이 내 큐 사인이었다.

"소설에 대해 말이 나왔으니," 내가 말했다. "당신도 기억할 겁니다. 언젠가 우리, 그러니까 당신이랑 당신 남편과 제가 이런 결론을 내렸었죠. 프루스트의 그 다듬어지지 않은 걸작은 거대하고 병적인 동화이고, 아스파라거스에 대한 꿈*이며, 프랑스 역사에서 실재했을 법한 사람들과는 전혀 무관하고, 성적 위장극**이자 대규모 소극笑劇이며, 천재적인 어휘와 시적 표현으로 이루어져 있지만 딱 그뿐이라고요. 가당치도 않게 무례하기 그지없는 마나님들과, 제발 제가 얘기 좀 할게요, 그 마나님들보다 더 무례한 손님들, 반복되며 참을 수 없이 길게 늘어지는 기계적인 도스토옙스키식 언쟁과 톨스토이적 뉘앙스를 띤 속물근성, 경탄할 만한 바다 경치, 감상적인 가로숫길, 아니, 말 좀 끊지 마세요, 최고로 위대한 영국 시인들에 필적할 만한 빛과 그림자 효과, 은유로 만발한 식물군, 콕토가 그랬던가요, '공중정원의 신기루'라고. 아직 안 끝났어요, 인조 가슴에 브론스키의(그리고 료빈의)*** 두꺼운 목과 큐피드의 엉덩이같이 통통한 볼을 가진 이 세상에 있을 법하지 않은 *젊은 처녀*와 젊은 금발 머리 악한(허구 인물 마르셀) 사이에 벌어지는 밀고 당기는 어이없는 로맨스 따위는 이제 질색이라고요. 하지만 자, 이제 다정하게 끝을 맺도록 하죠, 우리가 틀렸어요, 시빌. 우리는 우리의 아이 같은 침울한 미남자****에게 '인간적 관심'을 불러일으킬 수 있는 능

---

* 『잃어버린 시간을 찾아서』의 첫 권 『스완네 집 쪽으로』의 「콩브레」에 나오는 일화. 콩브레에서의 식사 때 먹었던 아스파라거스가 서정적으로 묘사된다.

** 『잃어버린 시간을 찾아서』는 동성애가 이성애의 맥락으로 바뀌어 기술된 대목이 많다고 해석되기도 한다.

*** 톨스토이의 소설 『안나 카레니나』에 나오는 두 남자 주인공. 참고로 나보코프는 영어권의 통상적인 표기인 레빈(Levin) 대신 료빈(Lyovin)으로 표기한다.

**** beau ténébreux. 바이런풍의 침울한 주인공을 가리키는 용어로, 여기서는 『잃어버린 시간을 찾아서』의 주인공 마르셀을 가리킨다.

력이 있다는 걸 인정하지 않는 우를 범했어요. 그럴 능력이 있어요, 있고말고요. 아마도 약간은 18세기적인, 아니 심지어 17세기적인 흔적이 남아 있긴 하지만, 그런 능력이 있단 말이죠. 바라건대, 이 책을 〔책을 건네며〕 한번 대충 훑어보고 거꾸로 다시 봐보세요, 거미처럼.* 그러면 아마도 이 책에서 프랑스에서 산 예쁜 책갈피를 발견하게 될 겁니다. 존이 그걸 가졌으면 해요. 오 르부아, 시빌. 이제 가봐야겠네요. 전화벨이 울리는 것 같아서요."

나는 아주 교활한 젬블라인이다. 만일을 대비해 1954년 파리에서 플레이아드 총서 세 권짜리로 출판된 프루스트 작품의 마지막 권을 주머니에 넣어가지고 왔다. 나는 그 책 269쪽에서 271쪽 사이에 있는 어떤 대목에 표시를 해놓았다. 마담 드 모르트마르는 마담 드 발쿠르를 그녀의 저녁 파티에 참석하는 '선택된 사람들' 사이에 포함시키지 않기로 마음을 정하고, 다음날 그녀에게 이런 전언을 보내려 한다. "에디트에게, 보고 싶네요. 어젯밤에 난 당신을 그다지 기다리진 않았어요(에디트는 의아하리라: 초대도 하지 않고선 대체 어떻게 기다릴 수 있단 말인가?). 당신이 이런 종류의 파티를 그다지 좋아하지 않는다는 걸, 아니 오히려 지루해한다는 걸 알기 때문이죠."**

존 셰이드의 마지막 생일에 대해서는 이쯤 해두기로 한다.

181~182행: 여새들…… 매미 한 마리

* 원문은 'dip or redip, spider'로 회문 유희를 하고 있다.

** 『잃어버린 시간을 찾아서』 중 「갇힌 여인」 편에 나오는 에피소드.

1~4행과 132행에 나오는 새가 우리 앞에 다시 나타났다. 이 새는 최종 행에서 재등장할 것이다. 껍질을 남기고 떠난 또다른 매미는 236~244행에서 의기양양하게 노래할 것이다.

189행: 스타오버 블루

627행 주석 참조. 이러다보니, 왕실 거위 게임*이 생각나는데, 여기서는 착색한 양철로 만든 작은 비행기들을 가지고 노는 것이니 차라리 야생 거위 게임이라고나 할까(209번 칸으로 가시오).

209행: 차츰차츰 파멸되는

시공時空 그 자체가 파멸이다. 그라두스는 서쪽으로 날아가고 있다. 그는 회청색 코펜하겐에 도착했다(181행 주석 참조). 내일(7월 7일)이 지나면 그는 파리로 향할 것이다. 속력을 내 이 시를 통과해 사라져버렸던 그가 지금 다시 우리의 주석 페이지를 어둡게 하고 있다.

---

* 16세기에 시작된 보드게임의 일종으로, 나선형으로 배열된 63칸 중에 거위가 그려진 칸에 주사위가 떨어지면 주사위 눈의 2배수만큼 이동할 수 있다. 여기서는 주석 참조 지시를 게임의 명령어에, 그라두스가 탄 비행기가 주석 안에서 이동하는 것을 칸을 이동하는 게임의 말에 비유하고 있다. 참고로, '야생 거위 추격(wild goose chase)'은 헛수고, 부질없는 시도를 뜻한다.

213~214행: 삼단논법

소년이라면 이 삼단논법에 기뻐할지도 모른다. 나중에 인생을 더 살아가다보면, 우리가 바로 그 '다른 사람들'임을 배우게 된다.

230행: 길들여진 유령

나는 최근에 셰이드의 전 비서였던 제인 프로보스트를 시카고로 찾아가 만났는데, 그녀는 헤이즐에 대해 헤이즐의 아버지보다 훨씬 더 많은 이야기를 해주었다. 그는 죽은 딸에 대해 얘기하지 않으려 했고, 나도 이런 조사와 비평 작업을 하게 될 거라고는 예측하지 못했기 때문에 그 문제를 얘기하거나 비밀을 털어놓으라고 재촉하지 않았다. 사실 그는 여기 제2편에서 속마음을 아주 적나라하게 털어놓았고, 헤이즐에 대한 그의 묘사는 꽤 명료하고 완벽하다. 어쩌면 구성상 좀 너무 완벽한지도 모르겠다. 독자는 그 묘사가 확장되고 정교해지면서 그것이 배제해버린, 일부 더 풍부하고 진귀한 다른 사안들이 결국 손상을 입은 게 아닌가 하는 느낌을 지울 수 없기 때문이다. 그러나 비평가는 의무를 회피할 수 없으며, 아무리 따분한 정보라 할지라도 수집해 전달해야 한다. 그래서 이 주석을 쓴다.

창고 사건(346행 주석 참조)이 일어나기 훨씬 전인 1950년 초, 열여섯 살이던 헤이즐은 거의 한 달 동안 지속된 다소 소름 돋는 '염력念力' 현상에 연루됐던 것 같다. 초반에는 집안에 숨어든 폴터가이스트가 얼마 전에 죽은 모드 고모의 유령이라는 인상을 주며 소동을 일으킬 의도였던 것 같다. 염력이 작동한 첫번째 물건이 바로 모드 고모가 자신이 키우던 스카이 테리어종(우리 나라에서는 이 종자를 '수양버들 개'라고 불렀다)인 반신불수의 개를 한때 담아두었던 바구니였던 것이다. 시빌은 그 여주인이 입원하자마자 그 동물을 처리해버렸고, 이는 비탄에 빠져 제정신이 아니던 헤이즐의 분노를 부추기는 결과를 가져왔다. 어느 날 아침 이 바구니는 '손대지 않은' 성소(90~98행 참조)에서 튀어나와 복도를 따라 셰이드가 작업중인 서재의 열린 문을 지나갔다. 그는 바구니가 윙 지나가며 그 안에 들어 있던 누덕누덕해진 덮개와 고무 뼈다귀, 군데군데 색이 바랜 쿠션 등 초라한 물건들을 흘리는 광경을 보았다. 다음날 염력 현상의 현장은 식당으로 바뀌어, 모드 고모의 유화 중 하나(〈사이프러스와 박쥐〉)가 벽 쪽으로 뒤집힌 것이 발견됐다. 그녀의 스크랩북(91행 주석 참조)이 짧은 비행을 하는 등 다른 사건도 잇따랐고, 당연히 온갖 노크 소리가, 특히 그 성소에서 들려와 옆 침실에서 분명히 평화로운 잠에 빠져 있었을 헤이즐을 깨우곤 했다. 하지만 모드 고모와 관계된 소동거리가 바닥나자 폴터가이스트는 말하자면 뭐랄까 제법 절충적이 됐다. 대상이 제한되어 있던 먼젓번의 진부한 움직임들을 일일이 다 선보였다. 스튜 냄비가 부엌에서 와르르 떨어졌다. 눈덩이가(아마도 때 이르게) 냉장고에서 발견되었다. 시빌은 접시가 원반처럼 날아 소파 위에 무사히 착륙하는 것을 한두 번 보았다. 전등불이 집 여기저기에서 계속 켜졌다. 의자가 뒤뚱거리며 통행이 불가능한 식료품 저장실에 모여들었다. 불가사의한 끈 조각이 바닥에서 발견되었다. 한밤중에 얼굴을 분간하기 어려운 취객이 비틀거리며 층계를 내려갔다. 그리고 어느 겨울날 아침에 셰이드는 잠자리에서 일어나 날씨를 살피려다가 성경처럼 생긴 웹스터 사전을 M에서 펼쳐 올려두었던 작은 탁자가 서재에서 나와 충격을 먹은 듯 바깥의 눈위에 서 있는 걸 보았다(잠재의식적으로 이 사건은 5~12행을 구상하는 데 영향을 미쳤을 것이다).

내가 짐작건대 이 기간에 셰이드 부부, 아니 적어도 존 셰이드는 매일매일 부드럽게 잘 굴러가던 세계가 군데군데 나사가 빠져버린 듯한 기묘한 불안감을 경험했다. 타고 있던 차의 바퀴 하나가 자기 옆으로 굴러가고, 조종하던 핸들이 빠져버린 걸 깨달을 때 느끼는 그런 감정을. 불쌍한 내 친구는 어린 소년 시절에 경험한 극적인 발작을 회고하지 않을 수 없었고, 생식을 통해 보존된 같은 계통 유전자의 새로운 변이가 아닐까 의심하지 않을 수 없었다. 이웃에게 이런 끔찍하고 수치스러운 현상을 숨기려 했던 것은 셰이드의 근심거리 중에서 결코 작은 부분이 아니었다. 그는 겁에 질렸고, 연민으로 가슴이 찢어졌다. 그와 시빌은 그애에게, 두려워하기보다는 흥미를 느끼는 듯 보이는 무기력하고 연약하고 매사가 서툴고 엄숙한 분위기의 소녀에게 결코 따져볼 수 없었음에도, 그애가 어떤 심상치 않은 방식으로 그 소란을 주도했다는 점을 굳게 믿었다. 부부는 그 소란을 (여기서 제인 P 양의 말을 인용하자면) '광기의 외부 확장 내지는 유출'의 전형을 나타낸다고 봤다. 그들이 그 일을 특별히 어쩌지 못했던 것은 부분적으로 현대의 부두교적 정신치료법을 혐오했기 때문이기도 했지만, 헤이즐을 두려워하고 또, 그애를 다치게 할까봐 두려워한 이유가 컸다. 그러나 그들은 비밀리에 구식 학자인 서턴 박사와 상담을 했고, 이 상담이 그들의 기운을 북돋워주었다. 그들은 다른 집으로 이사가는 것을 고려했고, 아니 더 정확히 말하면 귀기울이는 누군가가 있다면 그들이 이사갈 생각을 한다는 걸 엿들을 수 있도록 큰 소리로 떠들곤 했다. 그러자 갑자기 악귀가 사라져버렸다. *모스코벳moskovett*, 즉 우리의 동부 해안에 3월 내내 휘몰아치는 거대한 냉기를 품은 지독한 돌풍과 함께. 그후 어느 날 아침 새소리가 들리고, 깃발이 축 처지더니 세상의 윤곽이 다시 제자리를 찾았다. 그 현상들은 완전히 없어졌고, 망각된 것은 아니지만 적어도 화제로 떠오르지는 않았다. 그래도 참 이상한 게, 신경과민인 아이의 허약한 신체에서 튀어나온 헤라클레스와 모드 고모의 소란스러운 유령 사이의 동일성을 암시하는 신비한 징조를 눈치채지 못한다는 것이다. 또 참 이상한 게, 우리가 첫번째 설명을 선택했을 때 우리의 이성이 그저 만족을 느낀다는 것이다. 사실 과학적인 것과 초자연적인 것, 근육의 기적과 마음의 기적, 이것들은 양쪽 다 주님의 모든 조화가 그렇듯 설명할 수 없는 것인데.

232행: 얼마나 우스꽝스러운지, 등등

초고에는 이 부분(7월 6일자)에 기묘한 공백이 한 군데 있지만 아름다운 이문이 가지를 뻗고 있다.

우리의 모든 사산아가 살고 있는 기이한 다른 세계,
애완동물도 다시 살아나고, 병자도 완쾌되는.
그리고 거기에 다다르기도 전에 죽어버린 지성들이여,
불쌍한 스위프트 영감, 불쌍한——, 불쌍한 보들레르

저 줄표는 뭘 의미하는 것일까? 나는 그가 영어로 쓴 시에서는 결코 그런 적이 없다고 확신하는데(501행의 '라블레'와 비교), 만일 '보들레르Baudelaire'의 묵음 e에 운율적 가치를 부여하지 않았다면 여기에 필요한 이름은 강약격 운각에 맞는 것이어야 한다. 미쳐버리거나 노망난 바보가 되었다고 알려진 유명한 시인, 화가, 철학자 등등에서 우리는 적당한 인물을 상당수 찾을 수 있다. 셰이드는 너무 많은 가능성에 부딪혀 논리적인 선택을 전혀 할 수 없게 되어 그냥 빈칸으로 남겨두고, 아무때고 빈칸을 채워 시인을 구원해주는 신비한 유기적 힘에 의지했던 것은 아닐까? 아니면 뭔가 다른 것, 우연히 그의 친밀한 친구가 된 훌륭한 남자의 이름을 쓰지 못하게 한 어떤 막연한 직관이나 뭔가 예언적인 망설임 같은 것이 있었던 걸까? 혹시 그의 집에 있는 한 명의 독자가 그 특정 이름을 언급하는 걸 반대할지도 모르니 신중을 기한 걸까? 만약 그런 거라면, 애초에 왜 이런 비극적인 문맥에서 그 이름을 언급하려 했던 걸까? 암울하고 심란한 생각들이 든다.

239행: 텅 빈 에메랄드 상자

내가 이해하기로 이것은 나무줄기를 타고 올라가 성체가 된 매미가 나무줄기에 벗어놓고 간 반투명의 허물을 말한다. 셰이드는 언젠가 수강생이 300명이나 되는 수업에서 물어보니, 매미가 어떻게 생겼는지 아는 학생이 겨우 셋뿐이더라고 했다. 무지한 개척자들은 매미에 '로커스트locust'라는 별명을 붙였는데, 이는 물론 메뚜기를 뜻한다. 라퐁텐의 「매미와 개미」(243~244행 참조)의 역자들이 대대로 똑같은 어이없는 실수를 저질렀다. 매미의 짝꿍인 개미는 호박 속에서 미라가 될 판이다.

6월에는 꽤 자주, 적어도 아홉 번(내 메모에 따르면) 넘게 했지만, 7월 처음 3주 동안에는 두 번으로 줄어든(어딘가 다른 곳에서 재개될지어다!) 우리의 해질녘 산책 동안, 내 친구는 지팡이 끝으로 여러 신기한 자연물을 뭔가 변죽을 울리듯 가리키곤 했다. 그는 이렇게 실례들을 보여주며, 해발 약 1천5백 피트에 북방종의 새와 곤충과 식물이 남쪽의 대표종과 한데 섞인 애팔래치아의 특정 지점에서 그의 표현으로는 '획득되는' 캐나다 지대와 남쪽 지대의 특이한 혼합을 지칠 줄 모르고 설명했다. 여느 문학계 명사와 마찬가지로 셰이드는 가까이하기 어려운 천재를 마침내 붙잡은, 그것도 독점한 겸손한 찬미자가 그와 문학과 인생에 대해 토론하는 데 훨씬 더 관심이 있다는 점을 깨닫지 못한 듯했다. 뉴와이에 '다이애나'(추측건대 꽃 이름)가 '애틀랜티스'(추측건대 또다른 꽃 이름)*와 함께 서식한다거나 하는 얘기를 듣기보다는 말이다. 분통이 터졌던 어느 저녁 산책(7월 6일)이 특히 기억난다. 나의 시인이 위엄 있게 호의를 베풀어 심히 상처 입은 마음(181행 주석

* 둘 다 네발나빗과에 속하는 나비로, 전자는 북미 남부, 후자는 북미 북부에서 주로 번식한다.

참조, 틈틈이 계속 참조할 것)에 대한 보상으로, 나의 작은 선물(그가 입어봤을 것 같지는 않지만)에 대한 보답으로 그리고 덜위치 숲으로 가는 산책로 일부 구간을 우리와 늘 동행하던 부인의 허락으로 이루어진 산책이었다. 셰이드는 교묘하게 박물학이라는 샛길로 빠지면서 계속 나를, 지난 너댓새 동안 그가 젬블라 왕의 모험을 정확히 어느 부분까지 집필했는지 신경질적으로 집요하게 통제 불능으로 궁금해하는 나를 피했다. 평소 나의 결점이기도 한 자존심 때문에 단도직입적으로 캐물어 압박하지는 못했으나, 그에게서 어떤 고백을 이끌어내고자 끊임없이 나의 이전 주제, 궁에서의 탈출, 산속에서의 모험으로 화제를 돌렸다. 길고 어려운 작품을 집필하는 시인이라면, 자신이 겪은 승리와 고난을 얘기할 기회에 냉큼 달려들 거라고 흔히들 상상할 것이다. 하지만 그는 한 번도 그러는 일이 없었다! 몹시도 은근하고 조심스럽게 물어보아도 돌아오는 대답은 고작 "응, 잘돼가네" 내지 "아니, 얘기하지 않겠네" 같은 몇 마디뿐이었다. 그러다 마침내 셰이드는 앨프리드왕에 대한 다소 불쾌한 일화를 꺼내 내 입을 다물게 했는데, 전해지는 바로, 왕은 노르웨이인 측근이 들려주는 이야기를 좋아하면서도, 다른 일에 몰두할 때마다 측근을 쫓아냈다고 한다: "아, 거기 있었나!" 무례한 왕은 전에 이미 얘기한 적이 있는 옛 노르웨이 신화를 미묘하게 다른 식으로 엮어 들려주려던 그 온화한 노르웨이인에게 말하곤 했다지: "아 거기 또 있었나!" 그리하여 독자여, 그 전설적인 추방자, 하느님께서 영감을 하사한 북부의 음유시인이 오늘날 영국의 어린 학생들에게 시시한 별명으로 알려지게 되었지: 아거기.[25)]

그렇지만! 변덕이 심하고 공처가인 내 친구는 나중에 한 번은 훨씬 더 친절해졌다(802행 주석 참조).

240행: 니스의 그 영국인

1933년의 그 갈매기는 물론 모두 죽었다. 하지만 〈런던 타임스〉에 광고를 내면, 그 자비로운 영국인의 이름을 알아낼 수 있을 것이다—셰이드가 만들어낸 인물이 아닌 한. 사반세기 후 내가 니스에 방문했을 때에는, 눈요깃거리로 눈감아줬거나 방조된 듯한 그 지역 명물인 턱수염을 기른 늙은 부랑자가 저 영국인 대신 있었다. 그는 헝클어진 머리 위에 옆모습이 보이게끔 순한 갈매기 한 마리를 앉힌 채로 마치 베를렌*의 동상처럼 서 있거나, 산책로 벤치에서 달래듯 넘실대는 바다를 등진 채 몸을 웅크리고 기분좋게 누워 공공의 햇빛을 받으며 낮잠을 자곤 했다. 벤치 밑에는 그가 말리거나 발효시킬 요량으로 늘어놓은 듯한 뭐가 뭔지 분간하기 어려운 갖가지 색깔의 음식 쪼가리가 신문지 위에 가지런히 배열되어 있었다. 어쨌든 거기에는 영국인이 그다지 많지 않았다. 망통의 정동쪽에서는 꽤 여러 명을 보았지만. 그곳 방파제에는 독일인이 가져간 기념비를 대신해 세운, 아직 휘장을 쳐둔 거대한 빅토리아여왕 기념비를 미풍이 가까스로 감싸안고 있었다. 여왕의 애완동물인 일각수의 뿔이 열망하듯 휘장을 뚫고 튀어나와 살짝 처량해 보였다.

* 프랑스의 상징주의 시인 폴 베를렌.

246행: …… 여보

시인이 아내에게 말을 건넨다. 그녀에게 바친 시행(246~292행)은 딸에 관한 주제로 이행하는 구조적인 역할을 맡는다. 그러나 단언컨대, 위층에 있는 사랑하는 시빌의 발소리가 거칠고 날카롭게 우리의 머리 위에서 들려올 때 모든 일이 항상 "다 잘돼가"는 것은 아니었다!

247행: 시빌

존 셰이드의 부인, 원래 성은 이론델(철광석을 생산하는 작은 골짜기에서 유래한 성이 아니라 '제비'를 뜻하는 프랑스어에서 유래한 성)*. 그녀는 그보다 몇 달 연상이었다. 나는 그녀가 셰이드의 외할머니(내가 심각한 착오를 한 게 아니라면 시빌의 할아버지의 친사촌)와 마찬가지로 캐나다 혈통인 걸로 알고 있다.

맨 처음부터 나는 최대한 예의를 갖춰 내 친구의 부인을 대하려고 했고, 맨 처음부터 그녀는 나를 싫어하고 불신했다. 나중에 안 사실이지만, 그녀는 사람들 앞에서 나를 가리켜 "코끼리만한 진드기, 킹사이즈 말파리, 남미종 말파리 유충, 천재에 붙어먹는 괴물 같은 기생충"이

---

* '이론델(Irondell)'은 'iron(철)'과 'dell(작은 골짜기)'로 나뉠 수 있고, 프랑스어 'hirondelle(제비)'과 발음이 같다.

라 부르곤 했다. 나는 그녀를 용서하는 바다—그녀와 모든 사람을.

270행: 나의 검은 바네사

좋은 이름을 찾고자 에스터 판홈리*를 암시하는 게 틀림없는 이름에 드리운 오르페우스의 신성 위로 나비의 종명을 포개다니, 참으로 학자의 마음답다! 이와 관련해 스위프트의 시 한 편(이런 벽촌에서는 그 출전을 확인할 수 없는데)에 나오는 두 행이 내 기억 속에 박혀 있다.

> 그때, 보라! 활짝 핀 꽃 같은 바네사가
> 아탈란타의 별처럼 나아갔다**

바네사 나비는 993~995행에 다시 나타난다(해당 주석 참조). 셰이드는 그것의 옛날 영어식 이름은 레드 애드미러블The Red Admirable이었는데, 후에 레드 애드미럴The Red Admiral[26)]로 비속화되었다고 말하곤 했다. 이 나비는 마침 나에게 친숙한 몇 안 되는 나비 가운데 하나였다. 젬블라인은 이 나비를 *하르발다harvalda*(문장 나비)라고 불렀는데, 아마도 그것과 닮은 형상이 페인 공작 가문의 방패 모양 문장에 그려

---

* *Van*homrigh, *Es*ther. 조너선 스위프트의 연인으로, 이름을 재조합해 'Vanessa'라는 애칭으로 불렸다.

** 스위프트의 이야기시 「카데누스와 바네사」(1713)의 한 구절로 아탈란타는 그리스신화에 나오는 발빠르기로 유명한 여자 사냥꾼이다.

져 있었기 때문일 것이다. 이 나비는 어떤 해의 가을이면 궁궐 정원에 빈번하게 나타나 주행성 나방을 대동하고 갯개미취 꽃밭에서 놀다 가곤 했다. 나는 레드 애드미러블이 즙이 줄줄 흘러나오는 자두 위에 앉아 포식하는 모습을 본 적도 있고, 한번은 죽은 토끼에 앉은 걸 본 적도 있다. 아주 까불거리며 날아다니는 곤충인 것이다. 셰이드가 운명의 순간을 향해 걸어가면서 내게 보라고 가리켰던 최후의 자연물은 사람 손을 탄 표본과도 같은 그 나비였다(993~995행에 대한 나의 주석 참조, 지금 바로 참조하라).

나도 내가 쓴 주석에서 군데군데 스위프트풍의 냄새를 맡는다. 나 역시 기질상 잘 낙담하는 사람*이며, 불안정하고 까다롭고 의심이 많은 인간이지만, 변덕스럽게 *미친듯이 웃는* 순간도 있다.

275행: 우리가 결혼한 지 40년이 되었소

존 셰이드와 시빌 제비 씨(247행 주석 참조)는 카를왕이 폐인의 공녀 디사와 결혼하기 정확히 30년 전인 1919년에 결혼했다. 왕의 치세(1936~1958) 초기부터 의원들, 연어 낚시꾼들, 비조합 유리공들, 군인단체들, 걱정하는 친척들 등의 사람들, 그중에서도 특히 다혈질에 신앙심이 깊은 노인인 예슬로브의 주교는 수없이 거듭해도 아무 결실을 맺지 못하는 향락을 버리고 아내를 맞으라고 왕을 설득하기 위해 갖은

---

* 스위프트가 「더블린 전교구의 걸인들에게 휘장을 수여할 것을 제안함」(1737)이라는 글을 끝맺으면서 쓴 표현이다.

애를 썼다. 윤리 때문이 아니라 왕위 계승 때문이었다. 선대의 몇몇 왕, 소년에게 욕망을 불태웠던 난폭한 오리나무왕*들의 경우와 마찬가지로, 주교는 우리 젊은 독신자의 이교적 취향을 담백하게 묵인해주었지만, 그보다 더 내켜하지 않던 예전의 찰스**가 했던 일을 하기를, 즉 하룻밤이라도 짬을 내서 적자를 얻기 원했다.

그는 1947년 7월 5일 축젯날 밤에 외숙부네 대저택에서 열린 가면 무도회에서 열아홉 살의 디사를 처음 보았다. 살짝 안짱다리인 그녀는 용감하고 사랑스러운 작은 티롤의 소년처럼 남장을 하고 왔다. 무도회 뒤에 그는 그녀와 그녀의 사촌들(꽃 파는 소녀로 변장한 두 근위병)을 지붕이 접히는 자신의 멋진 새 컨버터블에 태우고 거리로 나가, 엄청나게 큰 생일 축하 전등, 공원에서 벌어진 횃불 춤, 그리고 불꽃놀이와 하늘을 올려다보는 창백한 얼굴들을 구경했다. 거의 2년간 늑장을 부리며 미뤄왔건만, 그는 비인간적이고 언변이 좋은 고문관들에게 선동당해 마침내 굴복하고 말았다. 결혼식 전날 밤, 그는 넓고 추운 온하바 대성당 안에 문을 잠그고 홀로 앉아 밤새도록 기도했다. 의기양양한 표정의 오리나무왕들이 루비와 자수정으로 장식된 창문에서 그를 바라보았다. 그는 신의 인도와 힘을 그렇게 열렬히 갈구해본 적이 한 번도 없었다(더 자세한 건 433~435행에 대한 내 주석을 참조할 것).

초고에는 274행 다음에 이렇게 잘못 시작했다가 그만둔 시행이 있다.

---

* 독일어의 '마왕(Erlkönig)'을 원뜻 그대로 번역한 표현이다.

** 청교도혁명 당시 처형당한 영국의 찰스 1세. 왕에게 정치적으로 강력한 영향력을 행사한 버킹엄 공작과 동성애 관계를 맺었다고 전해진다.

나는 내 이름을 좋아한다. 셰이드, 그림자, 스페인어로는
거의 '인간'에 가까운*……

시인이 이 주제를 더 끌고 가지 않은 것이 유감스럽다. 그에 따르는 당혹스러울 만큼 내밀한 관계를 독자와 맺지 않은 것도.

285행: 저녁노을의 불꽃 위로 제트기가 남긴 분홍색 꼬리

나 역시 저녁 하늘을 날아가는 비행기의 목가적인 아름다움에 대해 나의 시인의 주의를 환기시키곤 했다. 셰이드가 이 부드럽게 빛나는 시행(스물세번째 카드에 적힌 마지막 행)을 쓴 바로 그날(7월 7일), 일명 드그레라고 불리는 그라두스가 코펜하겐에서 파리로 날아감으로써 음흉한 의도를 가진 여정의 두번째 단계를 완수했다는 걸 누가 상상이나 할 수 있었겠는가! 묘비명 속에서 죽음은 말하니 '나는 아르카디아에도 있노라'.**

파리에서 그라두스의 활동은 그림자단에 의해 상당히 주도면밀하게 짜인 계획에 따른 것이었다. 왕의 행방을 오돈은 물론이고 전 파리 주재 영사 고 오스윈 브레트위트도 알 거라는 그림자단의 가정은 전적으

---

* 프랑스어에서 그림자를 뜻하는 'ombre'와 스페인어에서 인간을 뜻하는 'hombre'의 철자가 유사한 점을 이용한 언어유희.

** '아르카디아'는 '이상향'을 뜻하는 단어로, 17세기 이탈리아 바로크 회화의 대표 화가 구에르치노가 그린 묘지 그림에 이 묘비명이 처음 등장했다. 이후 많은 화가의 묘지 그림에 차용됐다.

로 옮았다. 그들은 그라두스가 먼저 브레트위트부터 접촉해보게 하기로 결정했다. 그 신사는 뫼동에 있는 아파트에서 혼자 살았고, 국립도서관(거기서 신지학 관련 서적을 읽고 옛날 신문에 실린 체스 문제를 풀곤 했다)에 가는 것 말고는 거의 외출을 하지 않았으며, 방문객도 받지 않았다. 그림자단이 짠 깔끔한 계획은 일말의 행운에서 비롯된 것이었다. 그들은 그라두스에게는 열성적인 왕당파 당원을 연기하는 데 꼭 필요한 정신적 소양과 모방 재능이 없다고 보고, 정치와는 완전히 무관한 중개인으로, 젬블라에서 빼낸 각종 서류들을 정당한 소유자에게 전달해줄 것을 민간단체로부터 부탁받았으나 단지 이 일로 쏠쏠한 금액을 받아내는 데에만 관심이 있는 이쪽도 저쪽도 아닌 하찮은 인물로 위장하는 게 좋겠다고 제안했다. 반카를파 분위기 속에서 우연이 도움을 주었다. B 남작이라 불리는 괴짜 노인은 우리가 A 남작이라 부를 그림자단 소수파 중 한 사람의 장인이었는데, 그 무해한 노인은 오래전에 공직에서 은퇴해 새 체제의 르네상스적인 측면을 전혀 이해하지 못했다. B 남작은 외무장관을 역임했던, 오스윈 브레트위트의 선친과 가까운 친구였거나 혹은 그랬다고 믿었다(회고로 말미암은 시간적 거리 때문에 사실은 확대되기 마련이니까). 아무튼 이 늙디늙은 남작은 정부 행정실 서류함에서 우연히 발견한 한 뭉치의 귀중한 가족 서류를 '젊은' 오스윈(그는 이 오스윈이 새 체제에서 딱히 신임받는 인사persona grata는 아니라고 이해했다)에게 전해줄 날을 고대하던 중이었다. 갑자기 그에게 그날이 이제 도래했다는 기별이 왔다. 그 문서는 즉시 파리로 전달될 것이다. 또한 다음의 짧은 메모를 앞에 덧붙이는 것도 허가되었다.

이것은 자네 가족의 귀중한 서류라네. 하이델베르크에서는 나의 동창생이었고, 외교라는 공직에서는 나의 스승이었던 훌륭한 분의 자제 손에 이것을 넘기는 게 나로선 최선일 듯하네. 말은 사라져도 문서는 남는 법Verba volant, scripta manent.

문제의 그 *문서*는 70년 전에 오스윈의 종조부이자 오데발라시의 시장이었던 줄 브레트위트와 그의 사촌이자 아로스시의 시장이었던 페르츠 브레트위트 사이에 오간 213통에 이르는 장문의 편지들이었다. 관료적 고리타분함과 과장된 농담이 우울하게 오가는 이 서신은, 지방 역사 전문가의 눈길을 끌 만한 지방색을 띤 흥밋거리조차 담고 있지 않았다. 하지만 물론 감상적인 조상 숭배자가 그 무엇에 역겨워하거나 매혹될지는 가늠할 길이 없고, 바로 그런 조상 숭배자의 면모야말로 오스윈 브레트위트의 예전 동료들이 항상 거론하던 그의 특징이었다. 여기서 잠깐 나는 이 무미건조한 주석을 중단하고, 오스윈 브레트위트에게 짧게나마 헌사를 바치고자 한다.

신체적으로, 그는 머리가 벗어진 병약한 남자로, 뭔가 상태가 안 좋은 분비샘을 닮았다. 그의 얼굴은 유난히도 아무런 특색이 없었다. 눈은 카페오레 색이었다. 언제나 상장喪章을 두르고 있던 모습이 사람들의 기억에 남아 있다. 그러나 이런 활력 없는 외관은 그가 가진 자질과 모순된다. 반짝이는 대서양 물결 너머에서 나는 여기 용감한 브레트위트에게 경의를 표하노니! 잠깐이라도 좋으니 그의 손이 나타나 바다 건너 표상적인 태양의 황금빛 자취 너머로 내 손과 굳게 맞잡고 악수를 나눌 수 있다면 좋으련만. 보험회사나 항공사가 이 휘장徽章을 잡지의 번들거리는 페이지에 광고용 표장으로 이용하지 못하게 하자. 스튜어디스가 줄 수 있는 다른 모든 것과 함께 제공되는 총천연색 과자에 취한 듯 감격해하는 은퇴한 사업가의 사진 밑에 나오는 휘장 말이다. 아니 차라리 이 고상한 악수를 열광적인 이성애가 판치는 냉소적인 우리 시대에 잔존하는 용맹과 자기헌신에 대한 최후의, 하지만 영구불변의 상징으로 여기도록 하자. 이 같은 상징이 언어의 형태로 고인이 된 또다른 친구의 시에 듬뿍 스며들기를 얼마나 열렬히 꿈꿨던가. 하지만 그렇게 되지 않았으니…… 그대 손을 잡은 내 손의 온기를 「창백한 불꽃」(아, 창백하도다, 그야말로!)에서 헛되이 찾고 있도다, 불쌍한 셰이드여!

하지만 이제 그만 파리의 지붕으로 돌아가자. 오스윈 브레트위트가 지닌 용기는 고결함과 상냥함, 위엄 그리고 사람의 마음을 끄는 소박함이라고 완곡하게 부를 수 있는 것과 결합해 있었다. 그라두스가 공항에서 전화를 걸어 그의 호기심을 자극하기 위해 B 남작의 편지를 (라틴어 인용구는 제외하고) 읽어주었을 때 브레트위트의 머릿속은 자신을 위해 준비된 깜짝 선물에 대한 생각으로 꽉 찼다. 그라두스는 그 '귀중한 서류'가 정확히 무엇인지 전화로 얘기하지 않겠다고 했다. 하지만 공교롭게도 최근 들어 전 영사는 수년 전에 아버지가 지금은 세상을 떠난 사촌에게 유품으로 남긴 귀중한 우표 수집품을 되돌려받기를 원하고 있었다. 당시 사촌은 B 남작과 한집에 살았다. 이 모든 복잡하고 황홀한 사안을 최우선으로 마음에 두고 있던 전 영사가 방문객을 기다리며 계속 궁금해한 것은, 젬블라에서 왔다는 그 사람이 위험한 사기꾼인가 아닌가가 아니라, 우표 앨범을 한 번에 다 가져올 것인가 아니면 수고의 대가를 살피기 위해 조금씩 조금씩 가져올 것인가 하는 점이었다. 브레트위트는 다음날 아침 입원해 수술을 받을 예정이었기 때문에(그는 수술을 받았고, 수술 도중에 죽었다) 바로 그날 저녁에 만나 일을 마치려 했다.

경쟁관계에 있는 당파에 속한 두 비밀요원이 재치 대결을 벌이게 되었는데 한 사람이 재치가 전혀 없다면, 그 결과는 익살스러울 것이다. 만약 둘 다 멍청이라면 지루하기 그지없을 것이고. 계략과 그 대항책의 역사에서 이 성실한 주석의 나머지 부분을 차지하는 광경보다 더 어리석고 지루한 건 누구도 못 찾을 것이다.

그라두스는 소파(지친 왕이 이 소파에 몸을 기댄 지 1년도 채 지나지 않았다) 끝에 불편하게 앉아 서류가방에 손을 집어넣어 묵직한 갈색 서류 꾸러미를 꺼내 주인에게 건네고, 그가 끙끙대며 노끈을 푸는 모습을 편안하게 보려고 브레트위트의 가까이에 있는 의자로 궁둥이를 옮겼다. 브레트위트는 마침내 풀어헤친 것을 보고는 어이가 없어 침묵했다가 말했다.

"자, 이렇게 내 꿈이 날아가버렸소. 이 서신은 1906년인가 1907년인가—아니 역시 1906년이오—페르츠 브레트위트의 미망인이 출판한 바 있소. 내 책들 사이 어딘가에 복사본이 있을 거요. 게다가 이건 자필 원본도 아닌 사본이오. 인쇄업자를 위해 필경사가 만든 거요. 두 시장의 필체가 같음을 알아볼 수 있을 거요."

"그것참, 흥미롭군요." 그라두스가 서류를 주시하며 말했다.

"물론 나는 여기에 담긴 친절한 선의에는 감사하는 바요." 브레트위트가 말했다.

"그러실 줄 알았습니다." 그라두스가 흐뭇해하며 말했다.

"B 남작께서 노망기가 있으시군요." 브레트위트가 계속 말을 이었다. "그렇지만 다시 말하건대, 그의 친절한 의도는 감동적이오. 이 보물을 가져온 대가로 약간의 돈을 원하리라 생각하는데?"

"당신을 기쁘게 했다면, 그게 바로 우리가 바라던 보상이 되었겠지요." 그라두스가 말했다. "하나 당신에게는 솔직해지기로 하죠. 우리는 이 일을 적절히 처리하느라 많은 고생을 했어요. 저는 꽤 먼길을 왔고요. 하지만 그저 당신께 작은 거래 하나를 제안하고 싶습니다. 우리에게 잘해주시면 우리도 당신에게 잘해드리죠. 제가 알기론 당신의 재정 상태가 좀……" (작은 물고기 모양을 그리고는 윙크.)

"사실 그렇소." 브레트위트는 한숨을 내쉬었다.

"우리에게 협조하시면 돈 한 푼 안 들이실 수 있습니다."

"아, 나도 어느 정도는 대가를 치를 수 있소." (입을 삐죽 내밀고 어깨를 으쓱.)

"당신 돈은 필요 없습니다." (교통정리를 하는 순경의 손짓.) "대신 우리 계획은 이렇습니다. 저는 다른 탈주자들에게 보내는 다른 남작들의 전언을 갖고 있습니다. 실은 그중에서도 가장 비밀에 싸인 탈주자를 위한 편지를 갖고 있지요."

"뭣이!" 브레트위트는 숨김없이 깜짝 놀라며 소리쳤다. "전하가 젬블라를 떠났다는 걸 본국에서 알았소?" (내가 그 자리에 있었다면 이 친구의 엉덩이를 후려쳤을 텐데.)

"실은 그렇습니다." 그라두스는 손을 주물럭댔고, 동물적인 기쁨에 가슴이 마구 두근거렸다—의심할 바 없이 본능에서 나온 반응으로, 전 영사의 실책으로 왕이 외국에 있다는 사실이 최초로 확인된 것과 다름없다는 점을 보나마나 아직 머리로는 깨닫지 못했을 테니 말이다. "실은 그렇죠." 그는 의미심장한 곁눈질을 하며 반복해 말했다. "그러니 당신께서 나를 X 씨에게 추천해주시면 마음 깊이 감사드리겠습니다."

이 말에 오스윈 브레트위트는 엉뚱하게 넘겨짚고는 내심 한탄했다. 당연히 그렇지! 난 얼마나 우둔한가! 이 사람은 우리 편이었구나! 킥카푸 손가락 꼭두각시 인형을 끼고 있는 것처럼 그의 왼손가락이 무심결에 씰룩쌜룩 움직였고, 그의 눈은 만족하는 상대방의 저열한 몸짓을 주의깊게 따라갔다. 카를파 요원이 상관에게 자신의 정체를 밝히려면 청각장애인의 한 손 수화법으로 (크사베리의) X자에 해당하는 수신호를 보여줘야 했다. 손을 수평으로 하고, 집게손가락은 좀 맥없이 꺾고 나머지 손가락은 한데 모으는 동작이었다(너무 축 늘어져 보인다는 지적이 많았던 터라, 지금은 좀더 남성적인 동작의 조합으로 바뀌었다). 브레트위트는 그 사인을 받았던 몇 번의 경우 의심하는 찰나에—실제로 지체하는 시간이라기보다는 시간의 결에 생긴 틈이랄까—자기가 먼저 그 표시를 해버리곤 했다. 내과의사들이 전조라고 부르는 것과도 유사한 긴장되면서도 공허한 기묘한 느낌, 발작이 일어나기 전에 온 신경계로 퍼지는 뜨거우면서도 차갑고 말로 표현할 수 없는 격정에 의해서. 이번에도 브레트위트는 마법의 포도주가 머리로 솟구쳐오르는 듯한 느낌을 받았다.

"좋소, 난 준비됐소. 사인을 보여주시오." 그는 안달하며 말했다.

그라두스는 모험을 해보기로 하고 브레트위트의 무릎에 놓인 그의 손을 바라보았다. 그 손이 주인 몰래 그라두스에게 무언가를 속삭이는 프롬프터처럼 보였다. 그는 그것이 온 힘을 다해 전달하려는 바를 따라해보려고 애썼다. 요구되는 사인의 기초단계에 불과했지만.

"아니지, 아니지." 브레트위트는 서툰 풋내기에게 관대한 미소를 지으며 말했다. "다른 쪽 손이지, 이 친구야. 전하는 자네도 알다시피 왼손잡이이시지 않나."

그라두스는 다시 해보았다. 그러나 마치 추방당한 꼭두각시 인형처럼 그 제멋대로 구는 작은 프롬프터도 사라져버렸다. 당황한 표정으로 다섯 개의 짧고 굵은 손가락을 응시하던 그는 힘이 모자라는 반신불수 그림자놀이자의 동작을 해보이다 결국 승리를 나타내는 불분명한 V자를 그리고 말았다. 브레트위트의 미소가 희미해지기 시작했다.

미소가 사라지고, 브레트위트(이 이름은 체스의 묘수를 뜻한다)는 의자에서 일어났다. 좀더 큰 방이었다면 걸어다녔을 텐데, 이 어수선한 서재에서는 그러지 못했다. 실수쟁이 그라두스는 몸에 딱 맞는 갈색 외투의 단추 세 개를 모두 잠그고 고개를 몇 번이나 저었다.

"제 생각에는," 그가 뿌루퉁하게 말했다. "공평해야 할 것 같은데요. 제가 이 귀중한 서류를 당신께 가져다주었으니, 보답으로 면담을 주선해주시든지, 아니면 그의 주소라도 알려주셔야 하지 않겠습니까."

"난 당신이 누군지 알아." 브레트위트는 손가락으로 그를 가리키며 외쳤다. "당신은 기자야! 당신 주머니에서 삐져나온 그 싸구려 덴마크 신문의 기자라고." (그라두스는 기계적으로 그것을 더듬어 찾으며 이맛살을 찌푸렸다.) "날 더는 들볶아대지 않기를 바랐는데! 지긋지긋한 속물들! 당신들한테 신성한 거라곤 눈곱만큼도 없지, 암도, 추방도, 국왕의 자존심도." (애석하게도 이 말은 그라두스에게만 해당하는 말이 아니다 — 그의 동료들은 아르카디아에도 있다.)

그라두스는 앉아서 자신의 새 신발을 내려다보았다. 신발 코가 체처럼 구멍이 송송 난 적갈색 신발. 구급차가 사이렌을 울리며 세 층 아래 어두운 거리를 급히 지나갔다. 브레트위트는 탁자에 놓인 조상의 편지에 화풀이를 했다. 깔끔하게 묶인 뭉치를 풀어헤친 포장과 함께 잡아채 휴지통에 몽땅 던져넣었다. 그라두스는 휴지통을 벗어나 발치에 떨어진 노끈을 집어들어 *문서* 위에 버렸다.

"제발 가주시오." 불쌍한 브레트위트가 말했다. "사타구니 통증 때문에 미칠 지경이오. 사흘 밤을 한잠도 못 잤소. 당신네 기자 양반들도 고집불통이지만 내 고집도 만만치 않소. 나에게서 우리 국왕에 대해 아무것도 알아내지 못할 거요. 그럼 잘 가시오."

그는 방문객의 발소리가 계단을 내려가 현관에 이를 때까지 층계참에서 기다렸다. 문이 열렸다 닫혔고, 이윽고 문을 걷어차는 소리와 함께 계단의 자동 조명이 꺼졌다.

289행: 싸며 콧노래를 부르는

이 대목(287~299행)이 적혀 있는 카드(그의 스물네번째 카드)에는 날짜가 7월 7일로 표시되어 있으며, 내 작은 비망록에는 그 날짜 아래 '알러트 박사, 3시 30분'이라고 휘갈긴 메모가 있다. 의사를 만날 약속을 잡은 사람들이 대부분 그렇듯 신경이 살짝 날카로워진 나는 가는 길에 긴장을 풀어줄 무언가를 사서, 어수룩한 의학이 빨라진 맥박에 속아넘어가지 않도록 해야겠다고 생각했다. 약국에서 내가 원하던 안정제를 발견해 향이 강한 그 약을 단숨에 들이켜고 나오는데, 바로 옆 가게에서 셰이드 부부가 나오는 것이 보였다. 그녀는 새 여행용 가방을 들었다. 그들이 여름휴가를 맞아 어디론가 떠나버릴지 모른다는 두려운 생각이 방금 마신 약을 중화시켜버렸다. 자신의 삶 옆에서 영위되는 또하나의 삶에 너무 익숙해져버린 경우, 그 평행 위성 쪽에서 갑자기 방향을 틀면 마비된 것 같은 공허한 감정과 부당한 느낌이 들게 마련이다. 게다가 그는 아직 '나의' 시를 다 끝내지도 않았다!

"여행 가시려고요?" 나는 미소 띤 얼굴로 가방을 가리키며 물었다.

시빌은 토끼처럼 귀를 잡아 들어올리듯 가방을 들어 내 눈에 어떻게 보였을지를 살폈다.

"네, 월말에요." 그녀가 말했다. "존이 작업을 끝마친 다음에요."

(그 시다!)

"그럼 어디로 가시는지 가르쳐줄 수 있나요?" (존을 향해.)

셰이드 씨는 셰이드 부인을 쳐다보았고, 그녀는 그를 대신해 평소 습관대로 빠르고 무뚝뚝한 말투로 대꾸했다. 아직 확실히 모른다고, 와이오밍이 될지 유타 혹은 몬태나가 될지. 어쩌면 6천 피트나 7천 피트쯤 되는 어딘가에 오두막을 빌릴지도 모르겠다고.

"층층이부채꽃과 사시나무 사이에." 근엄한 말투로 시인이 말했다 (그 풍경을 마법처럼 눈앞에 나타나게 하면서).

나는 존의 심장 상태로 볼 때 너무 높은 게 아닌가 싶어 그 고도를 소리 내어 미터로 환산하기 시작했지만, 시빌은 셰이드에게 쇼핑할 게 더 남았음을 환기시키면서 그의 소매를 잡아끌었다. 나는 대략 2천 미터라는 환산 결과와 쥐오줌풀* 향이 풍기는 트림과 함께 홀로 남겨졌다.

그러나 때때로 검은 날개를 단 운명이 더없이 절묘한 배려를 베풀기도 하나니! 10분 후, 셰이드 역시 진료한 A 의사가 무심코 내게 자세히 얘기해주기를, 셰이드 부부에게 아이도밍과 맞닿은 유타나의 시던**에서 작은 농장을 하는 친구들이 있는데, 그들이 어디를 가게 되어 부부가 그 목장을 빌렸다는 것이다. 병원에서 나와 여행사로 훨훨 날듯이 가서 지도와 소책자를 얻어다 연구해본 결과, 시던 위쪽 산기슭에 두세 군데 오두막촌이 있다는 것을 알아냈다. 나는 시던 우체국에 우편환을 급히 보냈고, 며칠 후에는 8월 한 달간 세들 집을 구했다. 그들이 내게 보내온 스냅사진으로 보건대, 그 집은 작고 둥근 러시아 농가와 '대피소 Z'***를 이종교배한 것처럼 생겼지만, 타일 깔린 욕실이 있어 나의 애팔래치아 성보다 값이 더 나갔다. 셰이드 부부도 나도 우리가 여름을 보내게 될 집 주소에 대해 한마디도 하지 않았지만, 그 주소가 같다는 걸 나는 알고, 그들은 몰랐다. 나한테 주소를 숨기려는 시빌의 분명한 의도에 약이 오르면 오를수록, 내가 티롤인 복장으로 바위 뒤에서 갑자기 나타났을 때 셰이드가 당황스러운 한편 기뻐하는 미소를 싱긋 지을 광경이 눈앞에 더욱 달콤하게 그려졌다. 나의 악마들로 하여금 내 주술 거울을 분홍빛과 담자색 절벽과 노간주나무와 구불구불한

* 정신안정제의 원료.

** 모두 가공의 지명으로 '아이도밍(Idoming)'은 아이다호(Idaho)와 와이오밍(Wyoming)의 합성어, '유타나(Utana)'는 유타(Utah)와 몬태나(Montana)의 합성어, '시던(Cedarn)'은 삼나무를 뜻하는 'Cedar'에서 파생된 조어인 듯하다.

*** 마터호른의 체어마트 산악마을에 형성된 대피소 겸 숙소.

길과 잔디로 변해가는 쑥과 무성한 푸른 꽃과 주검처럼 창백한 사시나무로, 한 권의 선집처럼 모인 시인들과 브로켄*의 마녀 같은 그 아내들을 만나고 다니는 키 작은 초록빛 킨보트들의 무한한 연쇄로 흘러넘치게 했던 2주 동안, 내 마법의 주문에 뭔가 지독한 실수가 있었던 게 틀림없다. 산비탈은 메마르고 황량하고, 헐리의 다 쓰러져가는 농장에는 생명체의 흔적조차 없으니.

293행: 그애

시인의 딸 헤이즐 셰이드는 1934년에 태어나 1957년에 죽었다(230행과 346행 주석 참조).

316행: 5월에는 투스워트 화이트가 우리 숲속에 출몰했다

솔직히 나는 이것이 뭘 의미하는지 잘 모르겠다. 내 사전에 '투스워트'는 '다닥냉이의 일종'으로, 명사 '화이트'는 '순백색의 농장 가축류 혹은 나비류와 나방류의 일종'으로 정의되어 있다. 여백에 적힌 이문도 별 도움이 되지 않는다.

---

* 독일 중부에 위치한 하르츠산지의 최고봉으로, 마녀들이 이곳에 모여 밤의 축제를 벌인다는 전설이 있다.

5월 숲속에 버지니아 화이트가 나타났다

민담의 등장인물이 아닐까? 요정? 아니면 배추흰나비?*

319행: 아메리카원앙

귀여운 착상이다. 에메랄드, 자수정, 홍옥수 빛을 띠며 검고 흰 반점이 있는 다채로운 색의 아메리카원앙은 너무 과대평가된 백조와, 누런 플러시 천 같은 더러운 목과 잠수부의 검은 고무 물갈퀴를 가진 뱀같이 생긴 거위 따위와는 견줄 수 없을 만큼 더 아름답다.

그건 그렇고, 아메리카 동물군의 속칭은 무지한 개척자들의 단순한 실용주의 정신을 반영할 뿐 유럽 동물군의 이름이 갖는 고색창연함을 아직 얻지 못했다.

334행: 그애에게 오는 일은 결코 없을 테고

'그가 제 발로 나에게 오는 일이 한 번이라도 있을까?' 나는 호박빛과 장밋빛으로 물든 어느 황혼 무렵, 내 탁구 친구나 존 셰이드를 기다리고 또 기다리며 궁금해하곤 했다.

---

* 투스워트 화이트(*Pieris virginiensis*)는 흔히 '웨스트 버지니아 화이트'로 불리며, 배추흰나비(*Pieris rapae*)와 함께 흰나비속(屬)에 속하지만 줄흰나비에 보다 가깝다.

346행: 낡은 창고

1956년 10월(헤이즐 셰이드가 죽기 몇 달 전)에 '어떤 현상'이 일어났던, 차라리 헛간에 가까운 이 창고는 박제나 약초 채집 같은 구식 취미를 가진 독일계 괴짜 농부 폴 헨츠너의 소유였다. 격세유전의 기묘한 장난으로 그는 (그 사람에 대해 얘기하기를 좋아했던 셰이드에 따르면—덧붙여 말하자면 내 다정한 오랜 친구가 좀 지루한 사람으로 여겨진 유일한 경우였다!) 3세기 전에 살았던 위대한 최초 자연주의자들의 선조인 '호기심 가득한 독일인'*으로 퇴행한 모습이었다. 학계 기준에서 봤을 때 교육을 받지 못한 편이고, 공간이나 시간상 멀리 떨어져 있는 것에 대해 실제적인 지식을 거의 갖지 못한 사람임에도 그가 지닌 다채롭고 흙내 나는 무언가는 셰이드에게 영문학과의 도외都外적인 세련됨보다 훨씬 더 큰 기쁨을 선사하곤 했다. 같이 어슬렁거릴 사람도 까다롭게 고르는 그가 야위고 엄숙한 표정의 독일인과는 이틀에 한 번꼴로 저녁때면 덜위치로 가는 숲길을 따라 올라가 지인들의 밭 주변을 쭉 돌면서 터벅터벅 걸어다니기를 즐겼다. 정확한 명칭을 알게 되면 기뻐하는 그였기에, '온갖 것의 명칭'을 안다는 이유로 헨츠너를 높이 평가했다. 그 명칭 중 어떤 것은 틀림없이 기묘한 방언이거나, 독일어 표현이거나, 그 늙은이가 제멋대로 지어낸 순수 창작이었을 텐데도 말이다.

---

* 알렉산더 포프의 시 「프리네」(1709)에 나오는 표현이다.

이제 그는 또다른 동행과 함께 걸었다. 내 친구가 생기 넘치게 재치 있는 경구와 두음 전환과 이런저런 일화를 언급하면, 내가 젬블라에 대한 이야기와 위기일발[27]의 도주 이야기로 당당하게 응수하곤 했던 어느 완벽한 저녁시간이 내 기억 속에 얼마나 생생한지! 덜위치 숲 언저리를 따라 걷고 있을 때였는데, 그가 내 이야기를 끊고 길옆의 미국 산딸나무 아래 이끼 낀 바위에 생긴 천연 동굴을 가리켰다. 이곳은 그 훌륭한 농부가 늘 멈춰 서는 지점인데, 언젠가 그들이 우연히 농부의 어린 아들과 동행했을 때 그 꼬마 녀석이 그들 사이에서 종종걸음으로 걷다 그곳을 가리키며 무슨 대단한 정보라도 주듯 외쳤다는 것이다. "여기서 아빠가 쉬야 했어."[28] 언덕 꼭대기에서는 그보다는 덜 무의미한 이야기가 날 기다렸다. 분홍바늘꽃, 금관화, 수레국화에 점령당하고 수많은 나비가 바글거리는 네모진 작은 땅이 그 주위를 둘러싼 미역취와 선명한 대조를 이루는 곳이었다. 헨츠너의 아내가 아이를 데리고 그를 떠났을 때(1950년경) 그는 농가를 팔고(지금은 그 노지에 자동차 영화관이 들어섰다) 마을로 내려와 살았다. 그러나 여름밤이면 여전히 그의 소유인 토지 끝자락에 서 있는 창고로 침낭을 가져가곤 했고, 어느 날 밤 그곳에서 죽었다고 한다.

그 창고는 모드 고모가 애용하던 지팡이로 셰이드가 쿡쿡 찌르던 잡초가 무성한 지점에 서 있었다. 어느 토요일 저녁, 대학 교내 호텔에서 일하는 젊은 학생과 이 지역의 말괄량이 아가씨가 모종의 목적으로 그곳에 가서 잡담도 하고 졸기도 하다 덜걱거리는 소리와 날아다니는 불빛에 혼비백산해 줄행랑을 친 사건이 있었다. 무엇이—분노한 유령이었는지 퇴짜 맞은 시골 청년이었는지—그들을 쫓아버렸는지 진심으로 신경쓰는 사람은 아무도 없었다. 그러나 〈워드스미스 가제트〉('미합중국에서 가장 오래된 학생 신문')는 이 사건을 장난기 많은 강아지처럼 속속들이 캐내려고 물고 늘어지기 시작했다. 자칭 심령연구가 몇몇이 그 장소를 방문하고 대학에서 최고로 악명 높은 장난꾸러기들도 가담하자 사건 전체가 너무 떠들썩한 난리법석이 되었다. 셰이드가 대학 당국에 불만을 토로했더니 오히려 화재 위험이 있다는 이유로 그 쓸모없는 창고가 헐리는 결과를 낳았단다.

나는 제인 P 양에게서 상당히 다른 얘기지만 훨씬 더 애처로운 정보를 얻어냈다. 그 정보를 듣고 나니, 내 친구가 왜 흔해빠진 학생들 소동을 나에게 들려주었는지 이해가 갔다. 하지만 한편으론 그가 남의 이목을 의식해 혼란스러워하면서도(왜냐하면 내가 주석 앞부분에서 얘기했듯 그는 죽은 아이에 대한 언급을 결코 좋아하지 않았기 때문에) 본론으로 들어가려던 걸 내가 왜 막았는지 후회가 밀려왔다. 온하바대학의 역사에 나오는 기괴한 일화로 이야기 사이의 반가운 짬을 채우면서까지 말이다. 그 일화는 서기 1876년에 일어난 일이었다. 하지만 다시 헤이즐 셰이드의 이야기로 돌아가자. 그녀는 '미국의 대학생 사이에서 나타나는 자기최면 형태'에 관한 자료를 수집하던 교활한 교수가 강의하는 심리학 수업에 제출할 논문('아무 주제나 상관없음')을 위해 그 '현상'을 직접 조사해보기로 했다. 그녀의 부모는 제인 P 양—기댈 수 있는 기둥으로 여겨지던—이 그녀와 동행한다는 조건으로 그녀가 야밤에 창고에 가는 걸 허락했다. 두 여자가 그곳에 도착하자마자 밤새 계속된 심한 뇌우로 그들의 은신처는 일부러 꾸민 듯한 포효와 번갯불에 휩싸였다. 따라서 내부의 어떤 소리나 빛에 주의를 기울이기란 불가능했다. 헤이즐은 포기하지 않았고 며칠 후 제인에게 다시 동행해 달라고 부탁했지만 제인은 그럴 수 없었다. 그녀의 말에 따르면, 그녀는 백인 쌍둥이 형제(셰이드 부부가 인정한 대학생 사교클럽 소속의 멋진 남학생들)가 대신 가주면 어떻겠느냐고 제안했다. 하지만 헤이즐은 이 새로운 협의안을 단호히 거절하고, 부모와 크게 싸운 후 손전등과 공책을 들고 혼자 떠나버렸다. 폴터가이스트가 소란을 피우는 사건이 재발할까봐 셰이드 부부가 얼마나 두려워했을지 누구나 쉽게 상상할 수 있으리라. 그러나 언제나 현명한 서턴 박사는—무슨 근거로 그런 말을 했는지 알 길이 없지만—동일인이 6년이라는 시간이 흐른 뒤에 같은 종류의 소동에 휘말리는 예는 실제로 들어본 적이 없다고 단언했다.

제인은 헤이즐이 현장에서 대충 적어둔 메모를 바탕으로 타이핑해 둔 문건에서 일부를 베껴 쓰도록 해주었다.

밤 10시 14분 조사 시작.

10시 23분 단속적으로 들리는 긁는 소리.

10시 25분 작은 원형의 창백한 빛. 작은 그릇 깔개 크기인데, 검은 벽과 판자를 댄 창문과 바닥을 가로질러 휙휙 날아다님. 자리를 옮겼음. 위아래로 춤을 추며 여기저기서 꾸물거림. 교묘히 피할 수 있는 급습을 기다리며 약오르게 장난을 치는 듯 보임. 사라짐.

10시 37분 다시 나타남.

메모는 몇 페이지에 걸쳐 계속되지만, 명백한 몇 가지 이유로 나는 이 주석에서 그걸 글자 그대로 전하는 일을 단념할 수밖에 없다. 긴 정적이 흐른 후 '할퀴고 긁는' 소리가 다시 들렸고, 빛나는 원이 다시 나타났다. 그녀는 그것에게 말을 걸어보았다. 익살스러울 정도로 바보 같은 질문("당신은 도깨비불인가요?")이다 싶으면 그것은 무아경에 빠진 듯 이리저리 튀어오르며 부정했고, 엄숙한 질문("당신은 죽었나요?")에 엄숙한 대답을 하고 싶을 땐 무게 있는 긍정의 낙하를 하기 위한 고도를 확보할 기세로 천천히 올라가곤 했다. 잠깐 동안 그것은 그녀가 불러주는 알파벳에 응답했는데, 올바른 글자가 나올 때까지 가만있다가 그 글자가 나오면 승인하듯 살짝 뛰어올랐다. 그러나 이 점프는 점점 미약해졌고, 두서너 단어의 철자를 천천히 알려주고 나서 원형 불빛은 지친 아이처럼 흐느적거리다 마침내는 좁은 틈 사이로 기어들어가버렸다. 그러더니 갑자기 엄청난 생기를 띠고 다시 튀어나와 벽 주위를 맴돌며 게임을 다시 시작하자고 안달했다. 그녀가 마침내 가까스로 취합할 수 있었던 띄엄띄엄 제시된 단어들과 의미 없는 음절들의 뒤범벅이 단순한 글자 모음에 지나지 않는 짧은 한 행의 형태로 그녀의 노트에 충실히 기록되었다. 그걸 그대로 옮겨적는다.

pada ata lane pad not ogo old wart alan ther tale feur far rant lant tal told.[29)]

그녀의 「소견서」에서 기록자는 자신이 알파벳을 죽 나열해야 했고, 적어도 여든 번은 처음부터 다시 나열해야 했지만(자비롭게도 a가 많아서 그나마 다행이었다) 그중 열일곱 번은 아무 결과도 얻지 못했다고 보고한다. 가변적인 시간 간극에 근거를 둔 단어 구분은 어느 정도

자의적일 수밖에 없다. 몇몇 말이 안 되는 부분의 어휘 단위를 다르게 재조합해본들 뜻이 더 잘 통하는 것도 아니다(예를 들어 'war' 'talant' 'her' 'arrant' 등). 창고 유령은 뇌졸중이라든가, 아니면 반쯤 꿈나라에 있다 천장 전등불의 칼날, 즉 마지못해 움직이는 두꺼운 혀로는 명확히 옮길 수 없는 전 우주적 영향력을 가진 군사적 참화를 당해서 반쯤 깨어난 상태라, 입이 안 떨어지는 어려움을 안고 의사표시를 한 듯하다. 그리고 이런 경우엔 우리 역시 망각의 지복에 다시 빠져들어가 독자 혹은 동침자가 던지는 질문을 단칼에 잘라버리고 싶어질지도 모른다. 악마적인 힘이 주문에 숨겨진 비밀스러운 의도를 밝혀내라고 우리를 재촉하지 않는 한.

812 사슬 고리와 쌀먹이새 같은 일종의 유음어 유희를
813 게임에서 상호 연관된 패턴을.

나는 그런 게임을 몹시 싫어한다. 그런 것만 보면 관자놀이가 지끈거리는 지독한 통증에 시달린다. 그러나 나는 용감히 맞서 주석자의 무한한 인내심으로 혐오감을 누르며 헤이즐의 보고서에 나온 불구 같은 음절들을 끊임없이 연구하여 그 불쌍한 소녀의 운명에 대한 최소한의 암시라도 찾아보려 했다. 하지만 아무런 힌트도 찾지 못했다. 늙은 헨츠너의 혼령도, 매복하고 있던 장난꾸러기의 장난감 손전등 불빛도, 그녀 자신의 상상력 풍부한 히스테리도, 곧 다가올 그녀의 죽음이라는 상황에 간접적으로나마 어떤 의미를 부여하거나 경고를 포함하는 것으로 추정할 만한 어떤 것도 여기에 표현되지 않았다.

헤이즐이 제인에게 얘기해준 대로, 다시 시작된 '긁는 소리'가 갑자기 그녀의 지친 신경에 거슬리지 않았다면 그녀의 기록은 좀더 길어졌을지 모른다. 그때까지만 해도 거리를 유지하던 작은 원형 불빛이 호전적으로 그녀의 발에 달려들어, 그녀는 의자 노릇을 하던 나무토막에서 거의 나동그라질 뻔했다. 그녀는 설명할 수도 없는, 아마도 매우 악한 것일지도 모를 존재와 단둘이 있다는 점을 강렬히 의식하게 되었고, 어깨뼈가 탈골되다시피 몸을 떨며 별이 빛나는 밤의 천국과도 같은 은신처로 되돌아가기 위해 급히 서둘렀다. 익숙한 산길이 달래는 듯한 몸짓과 위안을 주는 다른 자잘한 징조(외로운 귀뚜라미, 외로운 가로등)를 보이며 그녀를 집까지 인도했다. 그녀는 멈춰 서서 공포의 비명을 내질렀다. 유령 같은 형체로 응고된 어둡고 창백한 반점 덩어리가 현관 불빛이 가까스로 미치는 정원 벤치에서 몸을 일으켰던 것이다. 나는 10월 밤 뉴와이의 평균 기온이 어떤지 전혀 모른다. 그러나 아버지의 걱정이 대단해서 후에 내가 준 생일선물(181행 주석 참조)이 대체하게 될 형언하기 어려운 '실내 가운'과 파자마만 입은 채 야외에서 불침번을 섰다니 좀 놀랍다.

동화 같은 이야기에는 항상 '사흘 밤'이 등장하는 법이니, 이 슬픈 동화에도 사흘째 밤이 있었다. 그 밤에 헤이즐은 부모가 그녀와 함께 '말하는 빛'을 목격해주기를 원했다. 창고에서의 사흘째 밤은 상세한 기록이 남아 있지 않지만, 나는 다음과 같은 장면을 독자에게 제시하는 바다. 이 장면이 실제와 그다지 동떨어졌을 리 없을 것 같다.

유령이 나타나는 창고

칠흑 같은 어둠. 아버지, 어머니, 그리고 딸의 나직한 숨소리가 각기 다른 구석에서 들린다. 3분이 지난다.

아버지 〔어머니에게〕 거기 자리 편해?

어머니 흐음. 이 감자 자루들이 완벽하게……

딸 〔증기기관차처럼 세차게〕 쉬, 쉬, 쉬!

침묵 속에 15분이 흐른다. 어둠 속 여기저기서 밤의 푸른 틈새와 별 하나가 눈에 보이기 시작한다.

어머니 저건 아버지 배야, 내 생각엔. 유령이 아니고.

딸 〔큰 소리로〕 아주 재미있네요!

또다시 15분이 경과한다. 업무 고민에 골몰하던 아버지, 뜻 모를 한숨을 내쉰다.

딸 계속 그렇게 한숨만 쉬실 거예요?

15분 경과.

어머니 내가 코를 골기 시작하면 유령보고 날 꼬집으라고 해.

딸 〔자제하고 있음을 지나치게 티 내며〕 어머니! 제발! 제발 좀 어머니!

아버지가 헛기침을 하지만 아무 말 않기로 한다. 12분이 더 지난다.

어머니 냉장고에 아직 슈크림이 꽤 남아 있는 거 아무도 모르지?

이제 다 틀렸다.

딸 〔폭발하며〕 왜 어머니는 모든 걸 꼭 망쳐버리죠? 왜 모든 걸 항상 망쳐놓고야 마는 거죠? 왜 사람을 혼자 내버려두질 않죠? 날 건드리지 말아요!

아버지 자, 헤이즐, 어머니는 이제 한마디도 더 하지 않을 거야. 우린 이 일을 계속할 거다. 근데 우리 여기에 한 시간쯤 앉아 있었잖니. 너무 늦어지는구나.

2분이 지났다. 인생은 절망적이고 사후의 삶이란 무정한 것. 헤이즐이 어둠 속에서 조용히 우는 소리가 들린다. 존 셰이드는 손전등을 켠다. 시빌은 담배에 불을 붙인다. 만남은 연기되었다.

그 불빛은 다시는 돌아오지 않았지만, 「전기의 본질」이라는 짧은 시에서 다시 그 빛을 발한다. 이 시는 존 셰이드가 1958년 언젠가 뉴욕의 잡지 『멋쟁이와 나비』[30]에 보냈지만, 그의 사후에 게재되었다.

사자死者가, 상냥한 사자가
텅스텐 필라멘트 속에 머물지 누가 알랴?
내 침대 옆 테이블 위에는
또다른 남자의 죽은 신부가 빛나고.

어쩌면 셰익스피어는 무수한 빛으로
마을을 온통 채우고,
셸리의 백열등 영혼은
별 없는 밤의 창백한 나방들을 유혹하겠지.

가로등에는 번호가 붙어 있으니, 어쩌면

구백아흔아홉번째는
(짙푸른 나무 사이로
저토록 환하게 빛나는) 옛친구일지도.

그리고 납빛 평원 위로
끝이 갈라진 번개가 노닐 때, 그 안에 존재할지도 모른다
티무르왕의 번뇌가,
지옥에서 찢긴 폭군의 포효가.

어쨌든 과학이 우리에게 말해주기를, 만약 전기가 세계에서 갑자기 제거되면 지구는 그냥 산산조각날 뿐 아니라 유령처럼 사라져버릴 것이다.

347~348행: 그애는 단어를 거꾸로 말하곤 했다

그녀의 아버지가 제시하는 예 가운데 하나가 수상쩍다. 내가 분명히 확신하건대, 언젠가 우리가 '거울 단어'에 대해 토론할 때 '거미'를 거꾸로 하면 '다시 훑어보다'가 되고, 'T. S. 엘리엇Eliot'을 거꾸로 하면 '땀흘려 일하는 사람toilest'[31]이 된다는 걸 발견해낸 (시인의 깜짝 놀란 표정 또한 기억한다) 사람은 바로 나였다. 그렇다고 해도 헤이즐 셰이드가 어떤 면에서는 나와 닮은 것도 사실이니까.

367~370행: 이따금then- 펜pen, 다시again- 설명해준다explain

훌륭한 미국인인 존 셰이드는 말을 할 때는 'again'의 운을 'explain'에 맞추지 않고 'pen'에 맞춘다. 이 운들이 가까이 인접해 있는 게 흥미롭다.[32)]

376행: 시

나는 무슨 시를 의미하는지 추측할 수 있다고(책 한 권 없는 나의 산속 동굴에서도) 믿지만, 조사해보지도 않고 저자 이름을 대고 싶지는 않다. 어쨌든 나는 내 친구가 가장 뛰어난 동시대 시인들에게 악의적인 비난을 퍼부은 것이 안타까울 뿐이다.

376~377행: 영문학과에서 얘기하기를

초고에는 이 행이 좀더 의미심장한—그리고 좀더 운율이 아름다운—다음의 이문으로 대체되어 있다.

우리 학과장이 생각하기를

비록 '학과장'이라는 표현은 헤이즐 셰이드가 학생이었을 당시 이 직책을 맡고 있던 사람(그게 누구든)을 언급하려는 것일 수 있지만, 독자가 그 당사자를 1957년부터 워드스미스대학의 영문학과 학과장을 지낸 훌륭한 행정가이자 어리석은 학자 폴 H. 2세로 생각한다 해도 뭐라 할 수는 없다. 그와 나는 이따금(머리말과 894행 주석 참조) 만났지만 그리 자주는 아니었다. 내가 소속되어 있던 학과의 학과장은 나토츠다그 박사로 우리는 친애하는 그를 '네토츠카'라고 불렀다. 한번은 음악회에서 우연히 폴 H. 2세 옆자리에 앉았다가 최근까지도 나를 괴롭히는 편두통이 너무 심해져 중간에 자리를 떠야 했는데, 그런 편두통 같은 건 확실히 남이 상관할 일이 아니었을 것이다. 하지만 보아하니 그에게는 내 편두통이 아주 자기 소관의 일 같았다. 그는 나를 계속 감시했고, 존 셰이드가 서거하자 곧바로 다음과 같이 시작되는 편지를 등사판으로 인쇄해 배포했다.

> 영문학과의 몇몇 구성원은 고 존 셰이드가 남긴 시 원고 혹은 그 일부의 운명을 몹시 근심하는 바입니다. 다른 학과에 속해 있어 그것을 편집할 자격이 없을 뿐 아니라 정신이 온전치 못하다고 알려진 인물의 수중에 원고가 들어갔기 때문입니다. 생각하건대, 여기에 어떤 법적 조치가, 운운.

물론 그 '법적 조치'라는 것을 다른 누군가가 강구했을지도 모를 일이다. 그러나 상관없다. 나의 정당한 분노는 사회참여적인 신사분께서 여기 내가 쓴 주석을 읽고 내 친구의 시가 맞이한 운명에 대해 근심을 덜게 되리라는 예감에 만족하며 어느 정도 누그러지기 때문이다. 사우디는 저녁식사로 구운 쥐를 즐겨 먹었는데, 이는 그의 주교를 잡아먹은 쥐들*을 떠올려보면 아주 배꼽 잡을 일이다.

384행: 포프에 대한 저서

어느 대학 도서관에서나 열람할 수 있는 이 저서의 제목은 '최고로 축복받은 자'로, 기억에는 있지만 정확히 인용할 수는 없는 포프의 어느 시행에서 따온 것이다.** 그 저서는 주로 포프의 기법을 다루고 있지만, '그 시대의 양식화된 도덕률'의 핵심을 간파한 관찰도 눈에 띈다.

385~386행: 제인 딘, 피트 딘

무고한 두 사람을 지칭하는 뻔한 가명이다. 나는 8월에 시카고를 거쳐오면서 제인 프로보스트를 방문했다. 그녀는 아직 미혼이었다. 그녀는 내게 사촌 피터와 그 친구들을 찍은 유쾌한 사진 몇 장을 보여주었다. 그녀의 말에 따르면—그리고 그녀 얘기를 믿지 않을 이유도 없

* 로버트 사우디가 1799년 발표한 시 「사악한 주교에게 내려진 주님의 심판」에서 쥐에게 잡아먹힌 주교가 언급된다.

** Supremely Blest. 포프의 『인간론』 제2서 270행에 나오는 표현이다. 이후 417~421행 주석에서 언급될 포프의 시행('눈먼 거지가~왕이라니')과 인접해 있다.

다—피터 프로보스트(나는 정말이지 그를 몹시 만나고 싶었지만, 안타깝게도 그는 디트로이트에서 자동차 판매상으로 일했다)가 그의 절친한 사교클럽 친구 중 하나인 훌륭하고 젊은 운동선수—부디 그의 '명예의 화환'이 '소녀의 머리카락보다 짧지' 않기를 바란다*—와의 약속을 지켜야 한다고 설명했을 때, 아주 약간 과장했을 수는 있으나 악의를 가지고 거짓말을 한 것은 확실히 아니었다. 그런 의무를 가볍게 취급하거나 무시해서는 안 되는 법이다. 제인은 그 비극이 일어난 후 셰이드 부부에게 얘기해보려고 했고, 나중에는 시빌에게 장문의 편지를 보냈으나 어떠한 회신도 받지 못했다고 말했다. 나는 최근에 익힌 속어를 살짝 구사해 맞장구쳤다. "내 말이!"

403~404행: 8시 15분이야〔여기서 시간이 갈라졌다〕

여기서부터 474행까지는 두 가지 주제가 동시에 진행되며 번갈아 나타난다. 셰이드네 집 거실에 있는 TV 주제와 피터가 소개 상대를 만나고는(406~407행) 급히 자리를 뜰 일이 있다고 양해를 구하는(426~428행) 순간부터 헤이즐이 버스를 타고(445~447행과 457~459행) 야경꾼이 그녀의 시신을 발견하며 끝나는(475~477행) 순간까지, 이를테면 헤이즐의 (이미 예정된) 행동을 재연하는 주제가. 나는 헤이

* 하우스먼의 시 「요절한 젊은 운동선수에게」(1896)에 나오는 시구를 인용한 표현이다. 학생들의 풍자극에서 '끝도 없이 하우스먼을 인용하는 여성 혐오자'로 묘사된 킨보트의 면모가 엿보인다.

즐 주제를 고딕체로 표현했다.

이 전체가 내게는 너무 부자연스럽고 길다는 인상을 주는데, 동시 진행 기법을 플로베르와 조이스가 아주 알차게 써먹었기 때문에 더욱 그렇다. 달리 보면 그 패턴은 절묘하다.

408행: 한 남자의 손

존 셰이드가 이 구절을 쓴 7월 10일에, 아마도 406~416행을 쓰기 위해 서른세번째 색인카드를 사용하기 시작한 바로 그 순간에 그라두스는 차를 빌려 타고 제네바에서 렉스로 가고 있었다. 오돈이 영화 촬영을 끝마치고 미국인인 옛 친구 조지프 S. 라벤더Lavender(이 성은 숲속의 빈터laund가 아니라 세탁소laundry에서 온 성*이다)의 별장에서 휴식을 취하고 있다고 알려진 곳이었다. 우리의 명석한 책략가는 조 라벤더가 프랑스어로 '옹브리올'**이라고 불리는 예술사진을 수집한다는 얘기를 들었다. 그 사진이 정확히 어떤 것인지 들어본 바가 없는 그는 마음속으로 그냥 '풍경이 그려진 전등갓' 정도로 치부했다. 바보 같은 그의 계획은 일단 자신을 스트라스부르의 미술상으로 소개한 다음, 라벤더 그리고 그의 집에 있는 손님과 취하도록 술을 마신 뒤 국왕의 소재에 대한 실마리를 잡는 것이었다. 그런데 그가 고려하지 못한 사실

* 라벤더는 라틴어로 세탁을 뜻하는 'lavare'에서 유래했다는 설이 있다.

** ombriole. 프랑스어로 그늘을 뜻하는 'ombre'와 후광을 뜻하는 'auréole'의 합성어로 나보코프가 만든 조어이다.

이 있었다. 그런 일에 절대감각을 가진 도널드 오돈이 악수하기 전에 빈 손바닥을 보이는 그라두스의 태도나 한 모금 마실 때마다 가볍게 절을 하는 태도, 또 (그라두스 자신은 타인에게서 그런 점을 알아채지 못하지만, 그들에게서 자연스럽게 배운) 여러 처신 요령을 보고 그가 어디 태생이든 상당 기간 젬블라 하층계급의 환경에서 생활했으며, 따라서 첩자 혹은 그보다 더 해로운 존재임을 즉각 추론해내리라는 점이다. 그라두스는 또한 라벤더가 수집한 옹브리올이 (이렇게 비밀을 누설한다고 해서 조가 분개하지는 않을 거라고 확신한다) 상당히 외설적인 주제와 절묘한 아름다움이 조합된, 무화과나무와 함께 어우러진 나체, 애욕으로 비대해진 음부, 부드럽게 그늘이 진 볼기, 얼룩덜룩한 여성적 매력 등이 담긴 사진이라는 것도 몰랐다.

그라두스는 묵고 있던 제네바의 호텔에서 라벤더와 전화 통화를 시도해보았으나 정오는 되어야 통화할 수 있을 거라는 답변만 들었다. 정오가 되었을 때 그라두스는 이미 그쪽으로 가는 중이었고, 이번에는 몽트뢰에서 다시 전화를 걸었다. 라벤더는 전갈을 받고, 드그레 씨에게 티타임 즈음에 들르라고 했다. 그라두스는 호숫가 카페에서 점심을 먹고 산책을 하며 기념품가게에 들어가 크리스털로 만든 작은 기린의 가격을 묻고는 신문을 사가지고 나와 벤치에 앉아 읽다가, 이윽고 차를 몰아 렉스로 향했다. 렉스 부근에 도착해서는 경사지고 구불구불한 골목 사이에서 길을 잃었다. 포도밭 위쪽에 있는 아직 다 짓지 못한 집의 엉성한 입구에 차를 세우고 세 명의 벽돌공에게 물었더니, 집게손가락 세 개가 일제히 길 건너 오르막길에 늘어선 푸른 나무들 너머 보이는, 라벤더가 소유한 별장의 붉은 지붕을 가리켰다. 그는 차를 거기

놔두고 편한 지름길로 보이는 돌계단을 올라가기로 마음먹었다. 오르막길 끝에 있는 붉은 지붕을 가렸다 드러냈다 하는 미루나무의 토끼발* 같은 잎사귀에 눈길을 주면서 담으로 둘러싸인 길을 터벅터벅 걷는데, 태양이 비구름의 허약한 부위를 찾아내자, 다음 순간 누덕누덕하던 푸른 구멍이 점점 커지며 구멍의 테두리가 밝은 빛으로 물들기 시작했다. 코펜하겐 상점에서 샀으나 벌써 주름이 간 새 갈색 양복이 냄새나는 무거운 짐처럼 느껴졌다. 숨을 헐떡이고, 손목시계를 들여다보고, 역시 새것인 중절모로 부채질을 해가면서 마침내 저 아래 차를 세워둔 순환도로에서 이어진 횡단도로까지 올라갔다. 길을 건너 쪽문으로 들어가 구부러진 자갈길을 따라가니 라벤더의 별장 앞이었다. 창살이 달린 북쪽 창문 중 하나에 별장 이름 리비티나Libitina**가 필기체로 적혀 있었다. 글자는 검은색 철사를 구부려 만들었고, 세 번 나오는 i의 위쪽 점은 영리하게도 하얀 건물 정면에 박힌 석회 입힌 못의 못대가리에 타르를 칠해 꾸몄다. 그라두스는 이런 장치와 북향의 격자창을 이전에 스위스 별장들에서 보았다. 하지만 고전적인 암시에는 불감증이 있어서, 라벤더의 유쾌하고 기괴한 취미가 로마신화에 나오는 시체와 무덤의 여신에게 바치는 경의에서 느낄 수 있었을지도 모를 희열을 전혀 느끼지 못했다. 그의 주의를 끈 건 다른 것이었는데, 한쪽 모퉁이의 여닫이창에서 피아노 소리가 들려왔다. 나중에 그가 내게 얘기해준 바로는 그 시끄럽고 격정적인 음악소리는 어떤 기묘한 이유로 그가 생각지도 않던 어떤 가능성을 그에게 제시했고, 저절로 그의 손이 뒷주

---

* 토끼 발(rabbit foot)은 속어로 '도망자'를 뜻하기도 한다.

** 로마신화에 나오는 죽음과 장례의 여신.

머니로 가게 만들었다. 그는 라벤더도 오돈도 아닌 저 재능 넘치는 찬송가 작곡가, 즉 친애왕 카를을 만날 준비를 했다. 별장의 기묘한 모습에 얼이 빠진 그라두스가 유리를 씌운 현관 앞에서 망설이고 있을 때 음악소리가 멎었다. 녹색 옷을 입은 나이 지긋한 하인이 녹색 옆문에서 나타나더니 그를 또다른 입구로 안내했다. 그라두스는 고생을 하고 또 해도 나아질 기미가 여전히 없는 경솔함으로 하인에게 처음에는 수준 낮은 프랑스어로, 그다음에는 더 형편없는 영어로 그리고 결국엔 어지간한 독일어로 그 집에 머무는 손님이 많냐고 물었다. 하지만 하인은 그저 미소 지으며 인사를 하고는 그를 음악실로 안내했다. 연주자는 자리를 뜨고 없었다. 그랜드피아노에는 여전히 하프 비슷한 울림이 남아 있었고, 그 위에 수련이 핀 연못가인 양 비치샌들 한 켤레가 놓여 있었다. 번쩍거리는 흑옥 장신구를 단 비쩍 마른 부인이 창가 의자에서 뻿뻿하게 일어나 라벤더 씨의 조카를 돌보는 가정교사라고 자기소개를 했다. 그라두스는 경천동지할 라벤더의 수집품을 보고 싶다는 열망을 언급했다. 과수원에서 사랑을 나누는 장면을 그린 그림에 적절한 표현이었음에도 가정교사(왕은 언제나 그녀의 기뻐하는 면전에 대고 그녀를 마드무아젤 보 대신 마드무아젤 벨이라 부르곤 했다*)는 서둘러 고용주의 취미나 보물에 대해서는 아는 바가 전혀 없다고 고백하고, 방문객에게 정원을 둘러보라고 제안했다. "고든이 좋아하는 꽃을 보여드릴 거예요." 그러고는 옆방에 대고 "고든!" 하고 외쳤다. 그러자 햇볕에 복숭앗빛으로 물든, 말랐지만 강해 보이는 열네 살이나

* 가정교사의 성인 'Baud'가 프랑스어로는 '아름답다'의 남성형인 'beau'와 발음이 같아서 이를 여성형인 'Belle'로 바꿔 부른 것이다.

열다섯 살쯤 된 소년이 내키지 않는 듯 나왔다. 그는 허리에 두른 레오파드 얼룩무늬 천 말고는 아무것도 걸치지 않았다. 바짝 깎은 머리는 피부색보다 옅은 빛깔이었다. 사랑스럽고도 야만적인 얼굴은 음침하고 교활한 표정을 띠었다. 다른 것에 정신이 팔린 우리의 음모자는 이런 세부적인 것을 하나도 파악하지 못하고 막연히 전체적으로 외설적이라는 인상만 받았을 뿐이다. "고든은 음악의 귀재예요." 보 양이 말하자 소년이 몸을 움츠렸다. "고든, 이 신사분께 정원을 보여드리겠니?" 소년은 마지못해 동의하고, 두 분 다 상관없다면 멱도 감고 오겠다고 덧붙였다. 그는 자기 샌들을 신고 앞장서 나갔다. 기묘한 한 쌍이 빛과 그늘을 지나 걸어갔다. 허리 주위에 담쟁이를 두른 우아한 소년과 상의 왼쪽 주머니에 신문지가 삐져나온 싸구려 갈색 양복을 입은 남루한 살인자.

"저건 그로토*예요." 고든이 말했다. "언젠가 친구하고 여기서 밤을 보낸 적이 있어요." 그라두스는 관심 없는 듯한 눈초리로 이끼 낀 구석을 들여다보았다. 검은 얼룩이 묻은 오렌지색 나일론 접이식 매트리스가 언뜻 보였다. 소년은 대롱에 탐욕스러운 입술을 갖다대면서 검은 수영복에 젖은 손을 닦았다. 그라두스는 시계를 쳐다보았다. 그들은 계속 걸어갔다. "아직 볼 게 많아요." 고든이 말했다.

그 집에는 수세식 변소가 적어도 여섯 개는 있었지만, 할아버지의 델라웨어 농장에 대한 좋은 추억 때문에 라벤더 씨는 그의 아름다운 정원에서 가장 키가 큰 미루나무 아래에다 시골풍의 옥외변소를 설치

---

* 정원을 장식하거나 피서용으로 만드는 인공 석굴로, 고대 로마 때부터 썼다. '그로테스크'의 어원이기도 하다.

해놓았다. 그러고는 그걸 견딜 수 있는 유머 감각을 가진 선택된 손님이 그 왕좌에 갈 때, 당구실 벽난로 옆 아늑한 자리에서 예쁘게 수가 놓인 하트 모양 쿠션을 떼어내 가져가도록 했다.

변소 문이 열리자, 안쪽 면을 가로질러 목탄으로 갈겨쓴 남자애 글씨체의 낙서가 보였다. 국왕이 다녀가다.

"멋진 방명록이군." 그라두스가 억지웃음을 지으며 말했다. "근데 그는 지금 어디 있지, 그 왕은?"

"누가 알겠어요." 하얀 테니스 반바지를 입은 소년이 옆구리를 짚으며 말했다. "작년이었죠. 코트다쥐르로 가는 것 같던데요. 하지만 확실하진 않아요."

고든 녀석은 거짓말을 한 건데, 그로서는 잘한다고 한 일이었다. 그는 자신의 위대한 친구가 이제는 유럽에 없다는 걸 너무나도 잘 알았다. 하지만 고든 녀석은 리비에라 얘기는 들먹거리지 말았어야 했다. 우연하게도 그건 사실이었고, 그곳이 언급되자 디사 왕비의 궁전이 거기 있다는 걸 알고 있던 그라두스는 내심 이마를 쳤다.

그들은 이제 수영장에 다다랐다. 그라두스는 깊은 생각에 잠겨 캔버스 천으로 된 스툴에 맥없이 주저앉았다. 즉시 본부에 전보를 쳐야 했다. 이 집에 계속 있을 필요가 없었다. 한편으론, 갑자기 떠나면 의심을 살 것 같았다. 걸터앉은 스툴이 삐걱거려 다른 자리를 찾으려 주위를 둘러보았다. 어린 목신은 이제 수영장의 대리석 가장자리에 눈을 감은 채 손을 위로 쭉 뻗고 드러누워 있었다. 그의 타잔 팬츠는 잔디밭에 내던져졌다. 그라두스는 혐오감에 침을 뱉고 집 쪽으로 다시 걸어갔다. 그와 동시에 나이 지긋한 하인이 테라스 계단에서 뛰어내려와 그에게 전화가 왔다고 3개 국어로 전해주었다. 라벤더 씨는 결국 올 수 없지만 드그레 씨와 얘기를 하고 싶다는 거였다. 정중한 대화가 몇 마디 오가고 침묵이 흐른 뒤 라벤더가 물었다. "그 프랑스 넝마 신문이 보낸 쓰레기 같은 염탐꾼은 절대 아니지?" "뭐라고요A what?" 마지막 단어를 거의 '봇vot'이라 발음하며 그라두스가 말했다. "쓰레기 같은 염탐꾼 개새끼냐고?" 그라두스는 전화를 끊었다.

그는 다시 주차해둔 곳으로 가 언덕 위의 좀더 높은 지대로 차를 몰고 올라갔다. 대기가 촉촉하게 빛나던 9월 어느 날, 가느다란 은백색의 첫 거미줄이 두 난간 사이 공간을 비스듬히 가로지르던 바로 그 후미진 길에서 국왕은 제네바 호수의 반짝이는 잔물결을 바라보고, 언덕 중턱 포도밭의 은박지 허수아비가 호수의 노래에 화답하듯 반짝이는 걸 응시했다. 바로 그곳에 서서 보호수림에 바짝 둘러싸인 라벤더 별장의 붉은 기왓장을 우울하게 내려다보던 그라두스는 그보다 우월한 사람들의 도움으로 잔디밭 일부와 수영장의 한 귀퉁이를 볼 수 있었고, 대리석 가장자리에 놓인 샌들 한 켤레—나르키소스가 남긴 전부다—까지 알아볼 수 있었다. 그는 감쪽같이 속아넘어간 게 아니라는 걸 확인하기 위해 잠시 그 주변을 어슬렁거려야 할지 고민했으리라. 저멀리 아래쪽 석공장에서 딱딱거리고 쨍그랑거리는 소리가 들려오더니, 갑작스러운 행렬이 정원 사이로 지나고, 검은색 바탕에 붉은 줄무늬를 사선으로 두른, 문장 나비 한 마리가 날개를 활짝 펴고 뒷모습을 보여주며 돌난간을 넘어갔다. 그리고 존 셰이드는 새 카드를 집었다.

414행: 님프가 발끝으로 돌면서

초고에는 더 가볍고 음악적인 구절이 쓰여 있다.

414 님펫이 발끝으로 돌았다*

417~421행: 나는 위층으로 올라가, 등등.

초고에는 흥미로운 이문이 제시되어 있다.

417 나는 재즈의 째지는 첫 음을 듣고 위층으로 도망쳐
교정쇄를 읽었다. "'눈먼 거지가
춤추고, 절름발이가 노래하는 것을 보라,
주정뱅이 영웅에 미치광이 왕이라니' 같은 시구는
무자비한 그들 시대의 향취를 풍긴다." 그때 당신이 부르는
소리가 들려왔다.

이 시구는 물론 포프의 『인간론』**에서 따온 것이다. 뭐를 더 이상하게 여겨야 할지 모르겠다. 포프가 다음 단어 앞에 정관사를 붙이기 위

* A nymphet pirouetted. 나보코프의 『롤리타』에서 화자 험버트는 롤리타 같은 매력을 지닌 소녀를 '님펫'이라 칭한다.

** 『인간론』 제2서 267~68행.

해 '영웅hero' 대신 단음절 단어(예를 들어 '남자man' 같은)를 찾지 않은 게 이상한 건지, 셰이드가 이 경탄할 만한 구절을 훨씬 더 맥빠진 최종본으로 바꿔버린 게 이상한 건지. 혹시 진짜 왕을 화나게 하는 게 두려웠던 것일까? 가까운 과거를 떠올려볼 때 그가 언젠가 말한 대로(991행 주석 참조) 정말 '내 비밀을 알아맞힌' 것인지 돌이켜봐도 결코 확신할 수가 없다.

426행: 프로스트의 (질퍽한 한 발자국) 바로 뒤였다

물론 로버트 프로스트(1874년 출생)를 말한다. 이 시행은 우리 시인의 특기인 동음이의어 유희와 은유의 조합을 보여주는 하나의 예시다. 시의 온도계에서는 높은 게 낮은 거고 낮은 게 높은 것이기에, 완전한 결정은 미적지근하고 평온한 온도를 넘어설 때 나타난다. 사실 이것은 우리의 겸손한 시인께서 당신 명성의 분위기에 관해 하는 말이다.

프로스트는 영어로 쓰인 가장 위대한 단시들 중 하나를 썼고, 미국 소년이라면 누구나 외우는 그 시는 겨울의 숲과 황량한 땅거미와 음울하게 어두워지는 대기 속에서 넌지시 나무라는 작은 말방울 소리에 관한 것으로, 종결부는 경이롭고도 통렬한 아픔을 전한다—마지막 두 행은 모든 음절이 같지만, 한 행은 개인적이고 물질적이며 다른 행은 형이상학적이고 보편적이다. 나는 작고 귀중한 단어 하나도 바꿔 쓰는 일이 없도록 섣불리 기억을 떠올려 인용하기를 삼가겠다.*

존 셰이드는 뛰어난 재능에도 불구하고, 그만의 눈송이를 결코 그런

방식으로 내려앉히지는 못했다.

431~432행: 헤드라이트가 멀리서 다가와…… 3월의 밤

여기서 TV 주제가 얼마나 섬세하게 소녀 주제와 합류하는지 주목하라(445행 참조, 안개 속에 더 많아진 헤드라이트다……).

433~435행: ……바다로…… 우리가 1933년에…… 놀러갔던

1933년에 카를 왕자는 열여덟 살이었고, 페인의 공녀 디사는 다섯 살이었다. 여기서 말하는 바다는 셰이드 부부가 그해 전반을 보낸 니스(240행도 참조할 것)를 암시한다. 그러나 여기서 나는 또다시 내 친구가 살아온 삶의 매우 많은 매혹적인 면면에 관한 구체적인 사항을 파악하지 못하고 만다(누구의 잘못이죠, 친애하는 S. S?). 또한 그들이 해안선을 따라 여행하다 튀르크곶에 도착해 협죽도가 이어지는 오솔길에 서서 평상시 관광객에게 개방하는 이탈리아풍 별장을 보았는지 못 보았는지도 얘기할 입장이 아니다. 그 별장은 디사 왕비의 조부가 1908년에 세웠다. 당시에는 '파라디소 별장' 또는 젬블라어로 '파라디사 별장'이라고 불리다 후에 가장 아끼던 손녀를 기념하는 뜻에서 파

---

* 여기서 언급한 프로스트의 시는 「눈 내리는 밤 숲가에 서서」(1923)로, "잠들기 전에 가야 할 먼 길이 있네"라는 구절이 두 번 반복되며 끝난다.

라디사의 앞쪽 반을 없앤 이름으로 불렸다. 디사 왕비는 열다섯 살 때까지 그곳에서 여름을 보냈고, 1953년에 (국민에게 준 인상으로는) '건강상의 이유'였지만 사실은 폐비가 되어 지금까지도 그곳에 살고 있다.

젬블라혁명이 일어났을 때(1958년 5월 1일), 그녀는 왕에게 자신에게로 와서 사태가 해결될 때까지 함께 있자고 간청하는 열띤 편지를 가정교사에게서 배운 영어로 써서 보냈다. 그 편지는 온하바 경찰에게 가로채였고, 과격파의 일원인 한 힌두교도가 이를 조야한 젬블라어로 번역해서는 몰상식한 궁전 사령관이 짐짓 야유를 담은 큰 목소리로 포로인 왕 앞에서 낭독했다. 편지에는 우연히 감상적인 문장이 하나—유일하게 하나, 고맙기도 하지—들어가 있었다. "당신이 아무리 내게 상처를 줘도 내 사랑에는 결코 상처줄 수 없음을 알아줬으면 해요." 그리고 이 문장은 (젬블라어로 번역된 걸 다시 영어로 옮겨보면) 이렇게 되고 만다. "당신이 내게 채찍질해줄 때면 난 당신을 원하고 사랑하게 돼요." 왕은 사령관의 말을 가로막으며 어릿광대니 악당이니 하고 악을 썼고, 주위에 있는 모든 사람에게도 심하게 욕설을 퍼부었다. 그래서 과격파들은 즉시 그를 쏴버려야 할지, 아니면 편지 원본을 그에게 주어야 할지 양단간에 빨리 결정해야 했다.

결국 그는 가까스로 자신이 궁전에 감금됐다는 걸 그녀에게 알릴 수 있었다. 용감한 디사는 서둘러 리비에라를 떠나 젬블라로 돌아가려는 낭만적인 시도를 했으나 다행히 무산되었다. 그녀의 상륙이 묵인된다 해도 그 즉시 투옥될 것이고, 그러면 탈출은 두 배로 어려워져 왕이 탈출하는 데 영향을 줄 것이다. 이런 간단한 우려가 담긴 카를파의 전갈

탓에 그녀는 스톡홀름에서 더 나아가지 못하고, 좌절과 분노에 휩싸여 (내 생각에 그 주된 원인은 그녀가 그토록 혐오했던 사촌, 왕년의 그 커디 버프가 그 메시지를 전했기 때문일 것이다) 자신의 저택으로 다시 날아갔다. 몇 주가 더 흘렀고, 남편이 사형선고를 받을지도 모른다는 소문이 들리자 그녀는 즉각 더 크게 동요했다. 그녀는 다시 튀르크 곶을 떠났다. 그녀가 브뤼셀로 가서 북쪽으로 가는 비행기를 전세 냈을 때, 이번에는 오돈이 보낸 또다른 전갈이 왔다. 왕과 함께 젬블라를 떠났으니, 조용히 디사 별장으로 되돌아가 다음 소식을 기다리라는 내용이었다. 같은 해 가을, 그녀는 남편의 대리인이 부부 공동 소유의 국외 재산에 대한 용무를 의논하기 위해 방문할 것이라는 소식을 라벤더로부터 전해들었다. 그녀가 테라스의 자카란다나무 아래에서 라벤더에게 서글픈 편지를 쓰고 있는데, 머리를 짧게 깎고 턱수염을 기른 키 큰 방문객이 멀리서 그녀를 지켜보다가 신들의 꽃* 한 다발을 들고 그늘이 엮은 화환 속을 빠져나와 그녀에게 다가왔다. 그녀는 고개를 들었다. 물론 선글라스나 분장으로는 그녀를 잠깐도 속일 수 없었다.

그녀가 마지막으로 젬블라를 떠난 이래 그는 두 번 그녀를 방문했는데, 2년 전이 마지막 방문이었다. 그사이 세월의 흐름에 피부가 창백하고 머리가 새까만 그녀의 미모는 신선하고 성숙하고 우수에 찬 광휘를 발하게 되었다. 여성 대부분이 주근깨투성이에 금발머리인 젬블라에는 이런 속담이 있다. *벨위프 인부르쿰프 위드 스뉴 에바눔프belwif invurkumpf wid snew ebanumf*, "미녀는 네 군데에 흑단을 박은 상아 나침

* 디사 속의 난초(*Disa uniflora*).

도羅針圖같아야 한다". 이것이 바로 자연이 디사를 만들 때 기초한 간략한 설계도였다. 또한 다른 뭔가, 내가 「창백한 불꽃」을 읽고, 아니 처음 맛본 쓰디쓴 실망의 후텁지근한 안개가 눈앞에서 깨끗이 걷힌 후 다시 한번 읽고 나서야 깨달은 무엇이 있었다. 내가 생각하고 있는 것은 261행에서 267행까지 셰이드가 자기 아내를 묘사한 대목이다. 그가 그 시적 초상화를 그릴 당시 해당 모델의 나이는 디사 왕비보다 두 배 많았다. 나는 이런 미묘한 문제를 통속적으로 다루고 싶지 않지만, 여기서 예순 살의 셰이드가 친절하고 고상한 그의 마음속에서 아내가 보존하는 혹은 보존해야 하는 영묘하고 영원불변한 면모를 자신과 동년배인 현재의 아내에게 부여하고 있음은 엄연한 사실이다. 그런데 흥미로운 점은 1958년 9월에 마지막으로 본 서른 살의 디사가, 내가 처음 만났을 때의 셰이드 부인은 당연히 아니고, 「창백한 불꽃」의 그 시행에서 시인이 그린 이상화되고 양식화된 초상과 유례없이 닮았다는 사실이다. 사실 그 초상은 보다 연배가 있는 그 부인을 묘사했다고 보았을 때에나 이상화되고 양식화된 것이지, 그날 오후 그 파란 테라스에서 만난 디사와 비교하면 더 손볼 데가 없을 만큼 명백한 그녀의 초상이다. 나는 독자들이 이런 상황의 기묘함을 충분히 인지하리라 믿는다. 만약 그렇지 못한 독자라면 시 작업에 대해서나 시의 주석 혹은 그 밖의 모든 것에 대해 감각이 없는 거다.

그녀는 전보다 더 차분해진 듯했다. 자제심이 나아진 것이다. 이전에 만났을 때나 젬블라에서 결혼생활을 하는 동안에는 그녀 쪽에서 신경질을 심하게 부리는 일이 심심찮게 있었다. 신혼 때 그는 그녀가 자신에게 닥친 불행에 대해 이성적인 견해를 갖게 함으로써 그 불길을 뿜는 듯한 신경질에 어떻게든 대처해보고 싶었으나, 그 신경질은 너무나도 짜증스러웠다. 하지만 점차로 그는 왕비의 신경질을 이용하는 법을 배웠고, 이를 핑계로 왕비를 내칠 수 있으니 오히려 달가웠다. 연달아 문을 쾅쾅 닫는 소리가 멀어져간 후 한참 동안 그녀를 부르지 않거나 아예 자기가 궁전을 나와 시골 은신처로 숨어버렸다. 그렇게 그녀와 떨어져 지내는 시간이 점점 길어졌다.

비참한 결혼 초기에 그는 기를 쓰고 그녀를 품어보려 해봤으나 아무 소용이 없었다. 그는 그녀에게 자기는 전에 한 번도 사랑을 나누어본 적이 없다고 말했다(여기에 함축된 사랑의 대상이 그녀에게 한쪽만을 뜻하는 한 이 말은 완벽한 진실이었다). 그 때문에 그는 본분을 지키는 그녀의 순결함에서 비롯된, 너무 어리거나 너무 늙은 고객을 상대하는 고급 매춘부의 방식을 본의 아니게 따라 한 우롱을 참아내야 했다. 그가 그런 취지의 말을 좀 하면(대개는 그에 따른 시련을 줄여볼 셈이었으나) 그녀는 한바탕 극악스러운 소란을 피우곤 했다. 그는 최음제를 잔뜩 먹어보기도 했지만, 그녀의 불운한 성이 지닌 신체 앞부분의 특징이 치명적으로 그의 의욕을 계속 꺾어버렸다. 호랑이 차를 마시고 희망이 솟구친 어느 날 밤, 그는 그녀에게 어떤 편법에 응해달라고 간청하는 실수를 범했는데, 그녀도 그것이 부자연스럽고 구역질나는 행위라고 비난하는 우를 범하고 말았다. 결국 그는 그녀에게 예전에 말을 타다가 사고를 당해 불능이 되었지만, 친구들과 유람선을 타고 해수욕을 많이 하면 확실히 원기를 회복할 것 같다고 말했다.

당시 그녀는 양친과 사별한 지 얼마 안 됐고, 피할 수 없는 그 소문이 귀에 들어올 때 설명이나 조언을 구할 진정한 친구도 하나 없었다.

또한 자존심이 너무 강해 소문에 대해 시녀들과 의논하는 대신 책에서 우리 젬블라 남자들의 관습을 알아냈고, 세련된 냉소적 태도를 과시하며 자신의 순진한 고민을 숨겼다. 그는 그녀의 태도를 치하하며 어린 시절에 저지른 행각은 그만두었다고, 아니 적어도 그만두려 한다고 엄숙히 맹세했다. 그러나 길을 가노라면 어디에나 강력한 유혹이 도사리고 있었다. 그는 때때로, 그다음에는 하루걸러, 또 그다음에는 하루에도 몇 번이나 그런 유혹에 굴복했다. 경이적인 일물을 지닌 젊은 야수 하파르 셕스보어 남작('악당의 농장'을 뜻하는 그의 성은 틀림없이 '셰익스피어'에서 파생된 것이다)이 난폭하게 군림하던 시기에는 특히 그랬다. 커디 버프*—그의 추종자들이 붙인 하파르의 별명—는 곡예사와 안장 없이 말을 타는 이들로 구성된 큰 무리의 호위대를 데리고 다녔기 때문에 상황이 전반적으로 더 걷잡을 수 없었다. 그래서 스웨덴 여행을 갔다 예고도 없이 돌아온 디사는 서커스장으로 바뀐 궁전을 목격하기도 했다. 그는 다시 약속하고는 그 약속을 또 어겼고, 특별히 조심했음에도 다시 들키곤 했다. 마침내 그녀는 폭이 넓은 이튼 칼라를 달고 목소리가 달콤한, 영국에서 넘어온 미동들을 데리고 노는 그를 그냥 내버려둔 채 리비에라로 떠나버렸다.

그가 디사에게 품었던 감정은 어느 정도였을까? 친근한 무관심과 차가운 존중. 신혼 초에도 어떤 감미로움이나 흥분을 느낀 적이 없었다. 연민이라든지 마음의 고통 또한 느낄 리 없었다. 그는 그저 무심하고 매정했으며, 언제나 그런 식이었다. 그러나 꿈속에서는 내심 사이

---

* Curdy Buff. 프랑스어로 황소 심장을 뜻하는 'cœur de bœuf'와 발음이 같다.

가 틀어지기 전이나 후나 똑같이 대단한 보상을 해주곤 했다.

그는 표면적인 삶에서 분명하게 드러나는 그녀에 대한 감정이 보증하는 것보다 훨씬 자주, 또 비교할 수 없을 정도로 통렬하게 그녀의 꿈을 꾸었다. 주로 그녀 생각을 거의 하지 않을 때 꾸었는데, 그녀와 아무 관계 없는 근심이 잠재의식의 세계에서 그녀의 이미지를 띠고 나타났다. 전쟁이나 개혁이 동화 속에서 불사조가 되어 등장하듯이. 가슴이 찢어질 것 같은 이 꿈은 그녀에 대한 칙칙한 산문 같은 그의 감정을 강렬하고 특이한 시로 탈바꿈시켰고, 꿈을 깬 후 잦아든 그 시의 파동은 하루종일 눈이 부시도록 번쩍이며 그를 괴롭혀서 에는 듯한 그 격통과 찬란함을—다음엔 격통만을, 그다음엔 그 번뜩이는 반사상만을—다시 떠올리게 했지만, 살아 있는 실제 디사를 대하는 그의 모든 태도에는 아무런 영향을 미치지 않았다.

멀리 떨어진 소파에서 불안한 듯 일어나거나, 방금 커튼을 뚫고 나갔다는 심부름꾼을 찾으러 가는 그녀의 이미지는 그의 잠 속으로 들어오고 또 들어올 때마다 유행의 변화를 반영했다. 그러나 유리공장 폭발 사건이 일어난 여름이나 혹은 지난주 일요일에 혹은 또다른 시간의 대기실에서 그가 본 적 있는 드레스를 입은 디사는, 그가 처음으로 그녀에게 사랑하지 않노라고 말한 그날과 정확히 똑같은 모습 그대로 영원히 변하지 않았다. 그는 절망적인 이탈리아 여행을 하던 중 구름 한 점 없는 어느 저녁에 호숫가 호텔의 정원—장미, 검은 남양삼나무, 연녹색 수국이 피어 있던—에서 그 말을 했다. 저멀리 해가 지는 연무 속에서 넘실대는 호숫가의 산이 보이고, 복숭아시럽 빛깔의 물결이 창백한 푸른빛에 섞여 끊임없이 찰랑거렸고, 돌 제방 근처의 더러운 호수

바닥에 쫙 펼쳐진 신문의 기사 제목은 반투명한 얕은 오수 아래로 온전히 다 읽혔다. 그의 말을 다 듣고 난 그녀가 불편한 자세로 잔디밭에 맥없이 주저앉아 풀줄기를 만지작거리며 얼굴을 찡그렸기 때문에 그는 자기가 한 말을 즉시 취소했다. 그러나 그 충격으로 거울에는 치명적인 금이 갔고, 그때 이후로 그의 꿈속에 나타난 그녀의 이미지는 어떤 질병에 걸리거나 차마 입에 올리기에는 너무 내밀한 외과 수술의 비밀스러운 후유증에 시달리듯 그 고백의 기억에 감염되었다.

그 꿈의 실제 줄거리라기보다는 요점이라 할 수 있는 것은 그녀를 사랑하지 않는다는 사실에 대한 그의 끊임없는 반박이었다. 그녀에 대한 꿈속의 사랑은 감정적인 색조와 영적인 열정, 깊이라는 측면에서 그가 표면적인 삶에서 경험했던 모든 걸 능가했다. 이 사랑은 비통한 나머지 자기 손을 한없이 꽉 쥐고 비트는 것 같고, 자포자기 심정과 후회의 감정이 끝없이 교차하는 미로에서 헤매는 영혼의 방황 같았다. 그 꿈은 어떤 의미에서는 연모의 꿈으로 다정함이 속속들이 배어 있었고, 그녀의 무릎에 머리를 파묻고 흐느끼며 끔찍한 과거를 지우고픈 갈망에 차 있었다. 또한 너무 어리고 너무 무력한 그녀의 존재에 대한 통렬한 인식으로 가득했다. 그 꿈은 그의 삶보다 순수했다. 그 속에 담긴 육욕적 분위기는 그녀에게서 비롯된 게 아니라 그녀를 배신할 때 그와 있었던 이들—털이 꺼끌꺼끌한 프리니아, 앞치마 아래가 불룩한 어여쁜 티만드라*—에게서 비롯됐다. 이런 성적인 찌꺼기도 가라앉은 보물보다 훨씬 위의 어딘가에 남아 있을 뿐 하찮기 그지없었다. 어렴

* 『아테네의 타이몬』에 등장하는 두 창녀.

풋이 알아볼 수 있는 친척이 그녀에게 말을 거는 모습이 형체를 분간하기 어려울 정도로 멀리서 보였다. 그녀는 갖고 있던 무언가를 재빨리 숨기더니 손을 아치 형태로 뻗어 키스를 받았다. 그는 그녀가 그의 부정不貞을 여지없이 입증해줄 증거물—침대 속에 있는 승마용 부츠—을 조금 전에 우연히 발견했다는 걸 알았다. 그녀의 창백한 맨이마에 땀방울이 구슬처럼 맺혔다. 그러나 그녀는 우연히 들른 방문객의 수다를 들어주거나, 사다리를 양팔에 안고 망가진 창문까지 옮기면서 고개를 까딱하고 위를 올려다보는 인부의 작업을 지시해야 했다. 그녀의 비애와 자존심은 알고도 참을 만하지만—꿈꾸는 자가 강인하고 무자비한 자라면 참을 수 있다—그녀가 비밀을 알게 된 고통을 외면하고 자신에게 요구되는 의례적인 태도로 돌아와 기계적인 미소를 짓는 광경을 견딜 수 있는 자는 없을 것이다. 그녀가 주문한 조명기구를 취소하거나, 병원 침대에 대해 수간호사와 의논하거나 아니면 그저 바다동굴로 2인분의 아침식사를 주문하고 있을 뿐이라도, 그런 일상적인 평범한 대화를 통해, 또 그녀가 진부한 특정 문구를 말할 때면 항상 따르던 매혹적인 몸놀림을 통해 꿈꾸는 자, 즉 그는 신음하며 그녀의 영혼이 맞이한 혼란을 감지했다. 그리고 어떤 불쾌하고 부당하고 모욕적인 재난이 그녀에게 닥쳤으며, 오직 예의를 차리고 무고한 제삼자에게는 변함없이 친절해야 한다는 의무감 때문에 그녀가 억지 미소를 짓는다는 것을 깨달았다. 그녀의 얼굴에 떠오른 빛을 보고 있으면, 그 빛은 즉각 희미해져—방문객이 떠나자마자—꿈꾸는 자가 결코 잊을 수 없는 그 난감한 작은 찡그림으로 바뀌리라는 예감이 들었다. 난간의 세로 기둥 사이 틈새까지 호수의 일부가 흘러들어오는 호숫가 잔디밭에서 그는 그녀가 다시 일어서도록 도왔고, 이윽고 그와 그녀는 이름 모를 오솔길을 나란히 걸었다. 그는 그녀가 희미한 미소를 지으며 곁눈질하는 걸 느꼈으나, 질문을 던지는 듯한 그 희미한 빛에 직면해보기로 마음을 먹었을 때 그녀는 이미 거기에 없었다. 모든 것이 변했고, 모두가 행복했다. 그는 당장에 그녀를 숭배한다고 말하기 위해 그녀를 반드시 찾아야 했지만, 그의 앞에서 많은 청중이 그를 문에서 떼어놓았다. 여러 사람의 손을 거쳐 그에게 전달된 쪽지들에는 이제 그녀를 만날 수 없다고, 그녀는 개회식의 불을 점화하고 있다고, 미국인 사업가와 결혼했다고, 소설 속 인물이 되어버렸다고, 그녀는 죽었다고 적혀 있었다.

이제 그는 그녀의 별장 테라스에 앉아 궁전에서 어떻게 운좋게 도망쳤는지를 설명하며 그런 꺼림칙함을 조금도 느끼지 않았다. 그녀는 극장과 연결된 지하 통로의 묘사에 즐거워했고 기다시피 해서 산을 넘어가는 유쾌한 모습을 눈앞에 그려보려고도 했다. 하지만 가르와 관련된 부분은 그녀를 불쾌하게 했다. 역설적이지만 그 촌년과 건전한 밀통이라도 좀 하고 놀았다면 차라리 나았겠다는 생각을 하는 것도 같았다. 그녀가 그런 막간극은 건너뛰라고 날카롭게 말하자, 그는 익살을 떨며 가볍게 절했다. 그러나 그가 정치적인 상황(두 소비에트 장군이 외국인 고문관으로 과격파 정부에 배속되었다)을 거론하기 시작하자 그녀 특유의 낯익은 공허한 표정이 눈에 비쳤다. 이제 그가 그 나라에서 안전하게 빠져나왔으니 젬블라의 푸른 땅덩어리 전체, 엠블라곶에서 엠블렘만까지 전부 바다에 가라앉아도 그녀가 알 바 아니었다. 그가 왕국을 잃은 것보다 그의 몸무게가 준 것이 그녀는 더 걱정되었다. 마지

못해 대관식 보석에 대해 묻자 그는 그것을 숨겨둔 기상천외한 은닉처를 알려주었고, 그녀는 오랜만에 소녀처럼 즐거워했다. "의논해야 할 사안들이 있소." 그는 말했다. "서명해줘야 할 서류가 좀 있는데." 격자 울타리를 타고 전화선이 장미넝쿨과 함께 올라가고 있었다. 그녀의 예전 시녀 중 하나인, 활기는 없지만 우아한 플뢰르 드 필러(이제 마흔줄에 들어서서 시들어버린)가 여전히 칠흑 같은 머리를 진주로 장식하고 전통적인 하얀 베일을 쓴 모습으로 디사의 내실에서 어떤 서류를 가지고 나왔다. 월계수 잎 뒤에서 왕의 달콤한 목소리를 들은 플뢰르는 그의 뛰어난 변장술에 속아넘어가기 전에 이미 그 목소리를 알아챘다. 전형적인 라틴계로, 처음 보는 젊고 잘생긴 하인 둘이 차를 가지고 왔다가 플뢰르가 때마침 절하는 광경을 목격했다. 갑작스러운 미풍이 담쟁이덩굴을 더듬었다. 꽃을 훼손하는 바람.* 그는 플뢰르가 디사 속屬의 난초를 가져가려고 몸을 돌렸을 때, 아직도 비올라를 연주하느냐고 물었다. 플뢰르는 그의 경칭을 말하지 않으려고 그저 고개만 몇 번 저었다. 하인들이 들을 수 있는 거리에서 감히 그의 경칭을 부를 수는 없었다.

그들은 다시 단둘이 남았다. 디사는 그에게 필요한 서류를 재빨리 찾았다. 서류 작업을 다 마친 후 그들은 오돈이 프랑스나 로마에서 제작하고 싶어했던 젬블라 전설에 기초한 영화 얘기 등 유쾌하고 사소한 대화를 잠시 나눴다. 안개가 자욱한 둥근 천장에서 해충의 독즙이 부슬비처럼 계속 내리는 가운데 살인자의 영혼이 고문당하는 지옥 같은

* Defiler of flowers. 플뢰르 드 필러(Fleur de Fyler)와 유사한 발음을 이용한 언어유희.

홀 *나르스트란narstran*[33]을 그가 어떻게 재현할까 궁금해하면서. 전반적으로 면담은 아주 만족스러운 방식으로 진행되었다. 그녀의 손이 그가 앉은 의자 팔걸이에 닿았을 때 그 손가락이 조금 떨리기는 했지만. 이제부터는 신중해야 한다.

"앞으로 어떻게 할 계획이에요?" 그녀가 물었다. "원하는 만큼 여기 머무는 건 어때요? 그렇게 해요. 나는 곧 로마로 떠날 테니까. 집 전체를 당신 혼자 쓸 수 있을 거예요. 상상해봐요. 여기라면 손님을 마흔 명은 재울 수 있어요, 마흔 명의 아라비아 도적을." (정원에 놓인 거대한 테라코타 꽃병의 영향.)

그는 다음달 중에 미국으로 갈 것이고 내일 파리에서 볼일이 있다고 대답했다.

왜 미국이죠? 거기서 뭘 하려고요?

가르치는 일. 훌륭하고 매력적인 젊은이들과 문학을 연구하는 일이라오. 이젠 자유롭게 탐닉할 수 있을 취미지.

"예, 물론 나는 잘 몰라요." 그녀는 먼 곳을 바라보며 중얼거렸다. "잘 모르지만 아마도 당신이 반대하지만 않으면 뉴욕을 방문할지도 모르겠어요. 그러니까 올해가 아니라 내년에 1주나 2주 정도."

그는 그녀가 입은 은제 스팽글로 반짝이는 재킷을 칭찬했다. "그래서요?" 그녀가 다그쳤다. "머리 모양도 진짜 잘 어울리는군." "아, 그게 대체 무슨 상관이죠." 그녀는 흐느꼈다. "도대체 그딴 게 무슨 상관이냔 말이에요!" "이제 그만 가봐야겠소." 그는 미소를 지으며 속삭이고 일어났다. "키스해줘요." 그녀는 흐느적거리고 몸을 떠는 봉제 인형처럼 그의 팔에 잠시 안겼다.

그는 대문 쪽으로 걸어갔다. 길이 꺾이는 곳에서 뒤를 돌아보았다. 말로 표현할 수 없는 슬픔이 배어든 맥 풀린 우아한 자세로 정원 탁자에 엎드린 그녀의 하얀 자태가 멀리서 보였다. 그리고 오래 못 가 부서지고 말 다리가 생시의 무관심과 꿈속의 사랑 사이 허공에 홀연히 걸렸다. 그러나 그녀가 움직였고, 그는 그것이 그녀가 아니라 찻잔을 비롯한 다른 물건 사이에 남겨진 서류를 모으는 불쌍한 플뢰르 드 필러일 뿐이라는 걸 깨달았다(80행 주석 참조).

1959년 5월엔가 6월에 저녁 산책을 하다 나는 셰이드에게 이 경이로운 소재를 다 제공해주었고, 그는 나를 짓궂게 쳐다보며 말했다. "아주 좋네, 찰스. 하지만 딱 두 가지 의문점이 남는군. 자네의 다소 소름끼치는 왕에 관한 이런 내밀한 사실들이 모두 진실이라는 걸 자네가 어떻게 알지? 그리고 진실이라 하더라도, 아직 살아 있을지 모를 그 사람들의 그런 개인적인 일을 어떻게 출판할 생각을 할 수 있겠나?"

"친애하는 존." 나는 다정하게 그리고 황급히 대답했다. "사소한 일은 걱정하지 마세요. 일단 당신이 시로 변형하면, 사료는 정말 진실이 될 것이고, 그 사람들도 정말 살아 있는 게 될 테니까요. 시인에 의해 정화된 진실은 아무런 고통도, 아무런 해악도 끼치지 않아요. 진정한 예술은 거짓된 명예를 넘어서지요."

"그럼, 그럼." 셰이드가 말했다. "재주 부리는 벼룩처럼 언어를 이용해 다른 벼룩들을 몰아낼 수 있지. 암, 그렇고말고."

"그뿐 아니라," 나는 광막한 석양을 향해 오른쪽으로 난 길을 따라 그와 함께 걸어내려가며 계속 말했다. "당신의 시가 완성되자마자, 젬블라의 영광이 당신이 쓴 운문의 영광과 합쳐지자마자 나는 당신에게 궁극의 진실, 아주 특별한 비밀을 밝힐 텐데, 듣고 나면 마음이 아주 평온해질 겁니다."

469행: 총

그라두스는 차를 몰아 제네바로 되돌아가면서 그것, 즉 그 총을 언제 사용할 수 있을까 생각했다. 그날 오후는 견딜 수 없을 만큼 뜨거웠다. 호수는 은빛 물비늘을 펼쳐 그 위에 적란운을 비췄다. 그 역시 노회한 유리공들처럼 물의 광택과 파동의 정도를 보고 수온을 거의 정확하게 측정할 줄 알았다. 지금은 23도는 넘을 것 같았다. 호텔로 돌아오자마자 그는 본부로 장거리전화를 걸었다. 끔찍한 경험이었다. BIC* 언어보다 주의를 덜 끌리라는 가정 아래 음모자들은 영어로 전화 통화를 했다. 정확히 말하자면 시제는 하나뿐이고, 관사도 없고, 발음법이 두 종류이나 다 안 맞는 엉터리 영어였다. 게다가 (BIC의 주요 국가에서 발명된) 교묘한 체계에 따라 서로 다른 두 종류의 암호 계열을 사용했다. 예를 들어 본부에서는 '왕'을 '사무실'이라고 부르고, 그라두스는 '편지'라고 부르는 식이었다. 그 때문에 의사소통의 어려움이 더욱 심해졌다. 결국 양측 모두 상대의 어휘 체계에 따른 특정 어절의 뜻을 까먹는 바람에 엉클어져 통화료가 많이 드는 그들의 대화는 제스처게임과 어둠 속의 장애물경주를 합친 꼴이었다. 본부에서는 자신의 소재

* 'Behind the Iron Curtain'의 약자로 '철의 장막'을 친 구소련권을 가리킨다.

지를 누설한 왕의 편지들을 입수하려면 디사 별장에 쳐들어가 왕비의 집무실을 샅샅이 뒤져야 한다는 말을 알아들었으리라 여겼고, 그라두스는 그런 얘기는 입도 뻥긋하지 않고 그저 렉스 방문 결과를 보고하려 했을 뿐인데, 니스에서 왕을 찾는 대신 제네바에서 위탁판매할 연어통조림을 기다리라고 하니 억울했다. 어쨌든 한 가지는 분명해졌다. 다음에는 전화 말고, 전보를 치거나 편지를 써야 한다는 것.

470행: 깜둥이

우리는 어느 날 편견에 대해 얘기한 적이 있다. 그전에 교수회관 오찬 모임에서 H 교수의 손님으로 보스턴에서 온 연로한 명예교수—그를 초대한 이는 깊은 존경심을 가지고 그를 '진정한 귀족이자 순수한 귀족 혈통의 명문가 자제'(그 명문가의 조상은 벨파스트에서 멜빵 장사를 했다)로 묘사했다—가 대학도서관에 새로 온 그다지 매력적이지는 않은 남자의 혈통을 우연히 언급하며 "내가 알기론 선민選民 가운데 한 명"이라고 아주 자연스럽고 정중하게 말했다(만족스러운 기분으로 코웃음도 살짝 치면서). 거기에 대해 빨강 머리 음악가 미샤 고든 조교수가 딱 잘라 논평했다. "물론 신이 자신의 민족을 선택하실지는 모르겠지만 인간은 말을 가려 해야죠."

내 친구와 내가 그의 서정시 가운데 하나에서 그가

재빨리 연필로 그린 봄의 스케치

라고 부른 바 있는 4월의 보슬비 같은 비를 맞으며 산책을 하고 서로 이웃해 있는 우리의 성으로 돌아올 때, 그는 어느 것보다도 '통속성'과 '야만성'을 혐오하는데 인종 편견에서 이 두 가지가 이상적으로 결합한 걸 볼 수 있다고 말했다. 그는 한 사람의 문학가로서 "유대계이다is Jewish"보다는 "유대인이다is a Jew"를, "유색인종이다is colored"보다는 "깜둥이다is a Negro"를 더 선호할 수밖에 없다고 했다. 그러나 이처럼 두 가지 편견을 동시에 언급하는 방식은 부주의하거나 선동적인(좌익이 많이 악용하는) 획일화의 좋은 예라고 곧바로 덧붙였다. 극악무도한 박해와 야만적인 노예제 전통이라는, 역사적으로 존재해온 두 지옥 사이의 구분을 지워버리기 때문이다. 반면에 희망 없는 모든 시대를 거쳐 가혹한 취급을 받은 모든 인류의 눈물은 수학적으로 동량이며(그는 그렇게 인정했다), 어쩌면 황토색 가죽 혁대로 린치를 가하는 사람과 신비주의적 반유대주의자 사이에서 이를테면 가장 집착하는 강박관념의 지배를 받을 때 보이는 한 핏줄 같은 유사성(원숭이처럼 벌렁벌렁하는 콧구멍, 넌더리날 정도로 흐릿한 두 눈)을 찾아보는 일도 그리 큰 오류는 아닐 것이다(그는 그렇게 생각한다). 나는 최근에 ―잊을 수 없는 그 동거인을 퇴거시키자마자(머리말 참조)―고용한 젊은 흑인 정원사(997행 주석 참조)가 늘 '유색인'이라는 단어를 쓰더라고 말했다. 오래되거나 새로운 단어를 다루는 사람으로서(셰이드의 말이다) 그는 그런 통칭에 강력히 반대했다. 예술적으로 오해의 소지가 있기 때문만이 아니라 적용되는 상황과 적용하는 사람에 따라 의미가 너무 달라지기 때문이었다. 많은 유능한 흑인이 그 통칭을 정서적으로 중립이며 윤리적으로도 해를 끼치지 않는, 유일하게 위엄 있는 단어로 여긴다(는 데 그도 동의했다). 그들의 이런 승인은 점잖은 비非흑인이라면 그들의 모범을 따르도록 했지만, 시인들은 그에 이끌리길 싫어했다. 그러나 지체 있는 분들은 이런 흑인의 보증을 매우 반기면서 '알몸' 대신 '나신'을, '땀' 대신 '발한發汗'을 쓰는 식으로 '깜둥이' 대신 '유색인'이라는 말을 사용한다. 물론 (그도 인정하기를) 시인도 '나신'이라는 말에 함축된 대리석 엉덩이가 옴폭 파인 모습과 '발한'이라는 말에서 연상되는 적당히 구슬땀이 송송 맺힌 모습을 좋게 받아들이는 때가 있지만. (그가 계속 말하기를) 편견에 사로잡힌 이들이 흑인이 어쨌다는 일화를 얘기하면서 '그 유색인 신사분'(여기서 갑자기 빅토리아 시대의 중편소설에 나오는 '히브리 신사'와 형제관계를 맺게 된)이 웃기는 말을 하거나 행동을 했다는 식으로, 일종의 익살스러운 완곡 표현으로 이런 단어를 사용하는 사례도 있다고 했다.

나는 그가 '유색인'이라는 말을 예술적인 입장에서 반대한다는 점이 잘 이해되지 않았다. 그는 이렇게 설명했다. 꽃, 새, 나비, 기타 등등에 관한 최초의 과학적 연구에서 관찰된 형상은 부지런한 수채화가의 손으로 그려졌다. 서둘러 냈거나 부실하게 만든 출판물에서는 그런 형상이 도판에 공백으로 남곤 했다. '백인'과 '유색인'이라는 표현의 병치는 일반적으로 용인된 두 표현의 의미가 불식될 만큼 기세가 등등해서 나의 시인에게, 합당한 빛깔—이국적 식물에는 초록과 자주색, 깃털에는 짙은 푸른색, 부채꼴 모양 날개에는 제라늄 빛깔의 줄무늬—을 채워넣고 싶게 만드는 그런 윤곽을 항상 떠올리게 했다. "게다가 〔그가 말했다〕 우리 백인은 전혀 하얗지 않아. 우린 태어날 땐 연한 자줏빛이었다가 장밋빛이 되고, 나중에는 온갖 역겨운 빛깔을 띠게 되지."

475행: 야경꾼, '시간 아범'

독자는 312행에 대한 이 훌륭한 응답에 주목할 필요가 있다.

489행: 엑스

엑스는 분명 오메가 호수의 남쪽 호반에 있는 공업도시 엑스턴을 의미한다. 그곳에 있는 꽤 유명한 자연사박물관에서는 새뮤얼 셰이드가 수집해 박제한 새들이 보관된 상당수의 유리 진열장을 볼 수 있다.

493행: 가엾은 어린 목숨을 스스로 끊어버린

다음에 이어지는 주는 자살에 대한 변론이 아니다. 영적인 상황에 대한 단순하고 소박한 기술이다.

신의 섭리에 대한 믿음이 보다 분명하고 압도적일수록, 이승의 일 따위, 당장에 집어치우고 싶은 유혹도 더욱 커지지만, 자살에 내재한 끔찍한 죄에 대한 두려움 역시 커지는 법이다. 먼저 유혹에 대해 생각해보자. 이 주석의 다른 곳에서 더 철저히 논의되듯이(551행 주석 참조)[34] 모든 사후 삶의 형태에 담긴 심각한 개념은 불가피하게 그리고 필연적으로 어느 정도 섭리에 대한 믿음을 전제하기 마련이다. 거꾸로 깊은 기독교 신앙은 모종의 영적 생존에 대한 어느 정도의 믿음을 전제한다. 그런 생존에 대한 환상이 꼭 논리적일 필요는 없다. 다시 말해 개인적 공상의 정확한 특징이나 아열대의 동양풍 공원의 일반적인 분위기를 제시할 필요가 없는 것이다. 실제로 선량한 젬블라 기독교도는 진정한 믿음이란 그림이나 지도를 제공하는 데 있지 않고, 흐뭇한 기대감의 따뜻한 연무 속에서 조용히 자족해야 하는 것이라고 배운다. 소박한 예를 하나 들면, 어린 크리스토퍼의 가족은 부친이 종신직에 봉직된 먼 식민지로 이주할 참이었다. 아홉 살이나 열 살쯤 된 연약한 소년이던 어린 크리스토퍼는 어른들이 짜준 출발, 여행, 도착 일정에 전적으로(실은 의존한다는 사실 자체도 지워버릴 만큼 완전히) 의존했다. 그는 그를 기다리는 새로운 곳의 구체적인 모습을 상상할 수 없을 뿐더러 상상해보려고 하지도 않았다. 그러나 큰 떡갈나무와 산이 있고, 그의 조랑말과 공원과 마구간이 있고, 또 아무도 없을 때마다 버릇처럼 그를 주물러대는 늙은 마부 그림Grimm이 있는 자기 고향보다 그곳이 훨씬 더 좋을 거라고 막연하지만 기분좋게 확신했다.

우리도 이런 단순한 믿음 같은 것을 가져야 한다. 이런 전적인 의존의 신성한 안개가 존재의 면면에 스민 인간이 유혹을 받는 건 어찌 보면 당연하고, 꿈꾸는 듯한 미소를 지으며 성문 열쇠나 소년의 쌈지[35]보다 크지 않은 스웨이드가죽 케이스에 든 아담한 권총을 손바닥에 올려놓고 무게를 재보는 것도, 난간에 매달려 매력적인 심연을 들여다보는 것도 놀랄 일만은 아니다.

나는 이런 이미지들을 어느 정도 무작위로 선택하고 있다. 신사는 좌우 관자놀이에 한쌍의 권총을 대고 방아쇠를 당기거나 칼집을 벗긴 단검(정확한 철자에 주의하라)*을 이용해야 하고, 숙녀는 치사량의 독약을 마시거나 어설픈 오필리아와 함께 익사해야 한다고 주장하는 순수주의자들이 있다. 좀더 겸손한 사람들은 갖가지 잡스러운 질식 방법을 선호하고, 삼류 시인은 외풍이 부는 하숙집 욕실의 네발 달린 욕조에서 정맥을 칼로 긋는 등 멋들어진 탈출법을 쓰곤 한다. 이 모든 방법은 확실하지 않고 구접스럽다. 인간이 육신을 벗는 방법으로 알려진 것이 그리 많지 않은데 그중 최상의 방법은 추락, 추락, 추락이다. 그러나 자신이나 다른 사람들을 다치게 하지 않으려면 뛰어내릴 창문턱이나 암벽을 매우 신중히 골라야 한다. 높은 다리에서 뛰어내리는 것은 수영을 못한다 해도 그리 추천할 만한 방법이 아니다. 불가사의한 우발적 사건에 빈번히 등장하는 바람과 물 때문에 비극이 다이빙 기록으로 남거나 경찰의 승진으로 끝나서는 안 되기 때문이다. 형형히 빛나는 격자무늬 속 객실 하나, 별무리에 이마를 맞댄 번화가 고층 호텔의 1915호나 1959호를 빌려 창문을 올리고 부드럽게—떨어지는 것도 뛰어내리는 것도 아닌—바람을 쐬러 가는 듯 몸을 굴려 나온다 해도, 개와 함께 산책하는 태평한 몽유병자와 충돌해 그를 당신과 함께 지옥에 정통으로 처박을 가능성이 항상 있다. 이런 점을 고려하면, 차라리 뒷방이 훨씬 안전하다. 특히 저 아래에 고양이 한 마리가 순간적으로 휙 비켜 지나갈 것 같은 낡고 튼튼하고 평범한 집의 지붕 위로 난 방이

* botkin. 『햄릿』 3막 1장 "사느냐, 죽느냐"로 시작되는 햄릿의 유명한 독백에서는 단검의 철자가 'botkin'이 아니라 'bodkin'이다.

라면 말이다. 또 하나 인기 있는 추락 장소는 약 500미터쯤 되는 가파른 절벽이 있는 산꼭대기이지만, 그런 곳은 잘 찾아봐야 한다. 그러지 않으면 경로 탈선의 오차를 줄이려던 계산이 얼마나 쉽게 틀릴 수 있는지에 놀랄 것이고, 숨은 돌출부나 울퉁불퉁한 바위에 바보같이 걸려 덤불에 튕기며 떨어지는 바람에 뒤틀리고 망가진 상태로 쓸모없이 목숨만 붙어 있는 신세가 될 것이기 때문이다. 이상적인 추락은 항공기에서 떨어지는 것이다. 근육의 긴장을 풀고, 조종사가 당황해도, 어깨에 지고 있던 낙하산은 훌렁, 벗어던져버리는 것이다—안녕, *슈트카* *shootka**(작은 낙하산)! 낙하하라. 하지만 당신은 졸음에 겨운 공중제비 비둘기처럼 느린 동작으로 재주넘기를 하는 내내 공중에 매달려 둥둥 뜬 듯한 기분을 느끼고, 또 공기 중의 깃털 이불에 팔다리를 쭉 펴고 편안히 눕거나 게으르게 옆으로 돌아누워 베개를 안을 것이다. 죽음으로 속이 가득찬 부드럽고 깊은 생의 마지막 한 순간 한 순간을 만끽하노라면 지상이 풀색 시소인 듯 위로 보였다가 아래로 보이고, 낙하 속도가 점점 빨라지며 쉭쉭 소리가 가까이서 들려오는 와중에 기지개를 켜고 관능적인 십자가형에 몸을 맡기자면 마침내 사랑받던 몸은 주님의 무릎에서 소멸해버린다. 내가 만일 시인이라면, 분명 눈을 감고 간절히 원하던 죽음의 완벽한 안정성에 전적으로 굴복해버리는 그런 달콤한 충동을 기리는 송시를 지을 것이다. 황홀경에 빠져 예감되는 것은, 자신의 해방된 영혼을 감싸는 신의 포옹의 광대함, 따뜻한 목욕 같은 육체의 용해, 찰나의 인격에서 유일한 실체였던 극미한 미지를 빨아들이는 우

---

* 제2차세계대전 때 사용된 독일의 급강하 폭격기 '슈투카'를 연상시키는 단어인 동시에 러시아어로는 '농담'을 뜻하기도 한다.

주적 미지이다.

영혼이 필멸의 삶을 인도하는 '그분'을 경애할 때, 산길을 걷다 마주친 모퉁이마다 바위에 그려지고 전나무 줄기에 새겨진 '그분'의 징표를 발견할 때, 개인의 운명이 적힌 책의 모든 페이지에 찍힌 '그분'의 워터마크를 볼 때, '그분'이 영원토록 우리를 보호하리라는 걸 그 누가 의심할 수 있겠는가?

과연 무엇이 이런 죽음으로의 이행을 멈출 수 있을까? 참기 어려운 유혹을 물리칠 수 있도록 우리를 도와줄 수 있을까? 신과 하나가 되고자 하는 불타는 욕망에 무릎 꿇지 않도록 우리를 막아줄 수 있을까?

매일 도덕적 타락에 파묻혀 사는 우리는 아마도 모든 죄를 종결시키는 한 가지 죄만큼은 용서받을 것이다.

501행: 리프

프랑스어로 주목朱木*을 뜻한다. 수양버들을 뜻하는 젬블라 단어도 '*이프 if*'(주목은 *타스 tas*)이니 흥미로운 일이다.

502행: 거대한 감자

* 흔히 묘지에 심는 상록수로 죽음, 슬픔, 부활을 상징한다.

죽음에 대한 불경심을 강조하기 위해 제사題詞가 있을 자리에 의도적으로 집어넣은 서투른 말장난. 나는 학창 시절에 보던 프랑스어 입문서에 나오는 다른 재치 있는 문구 중에 라블레의 이른바 '최후의 말'을 기억한다. *나는 가장 위대한 '가능성'을 찾으러 갈 것이다.**

502행: IPH

내 선한 취향과 명예훼손법 탓에 제3편에서 우리 시인이 아주 기상천외한 농담으로 슬쩍 조롱하고 있는 이 훌륭한 고등철학 연구기관의 실명을 밝히지는 못하겠다. 그 마지막 두 머리글자가 HP라서 그곳의 학생들에게는 '하이-파이Hi-Phi'라는 약어가 제공되었는데, 셰이드는 이 약어를 IPH나 If의 조합 속에서 맵시 있게 풍자한다. 그 기관은 여기서는 이름을 밝힐 수 없지만, 그림같이 아름다운 남서부의 어느 주에 있다.

또한 나는 종교만이 충족시켜줄 수 있는 영적 희망의 특정 측면을 우리 시인이 제3편에서 너무 경솔하게 다루는 데 대해 강력한 반대 의사를 부득이 밝혀두지 않을 수 없다(549행 주석도 참조).

549행: 대문자 G까지 포함해 모든 신을 무시하면서

---

* 라블레는 "나는 가장 위대한 가능성을 찾으러 갈 것이다. 막을 올려라. 소극이 상연된다"는 유언을 남긴 것으로 전해진다.

그야말로 바로 여기에 문제의 요점Gist이 있다. 그리고 내 생각에 이 요점은 그 기관뿐 아니라(517행 참조) 우리 시인도 놓쳤던 것 같다. 기독교인은 우리의 영원한 운명에 참여하는 신을 전제하지 않고는 내세를 받아들일 수도, 상상할 수도 없다. 또 이 내세 개념은 크건 작건 모든 죄에 대한 합당한 처벌을 암시한다. 내 작은 다이어리에 우연히도 나와 시인이 6월 23일에 '체스 게임 한 판을 비긴 후 우리집 테라스에서' 나눈 대화를 언급한 메모가 몇 개 적혀 있다. 나는 단지 그 메모가 당면 주제에 대한 그의 태도에 매혹적인 빛을 던져주기 때문에 여기에 옮겨 적는 바다.

맥락은 기억나지 않지만, 나는 나의 교파와 그의 교파 사이의 어떤 차이점을 언급한 적이 있다. 개신교에 속한 우리 젬블라 종파가 성공회의 고교회파와 다소 밀접한 연관이 있으면서도 그 나름대로 장엄한 모종의 특징을 보인다는 점은 주목할 만하다. 우리가 종교개혁을 할 때는 천재 작곡가가 선봉에 섰다. 우리의 예배는 풍부한 음악으로 넘쳐났고, 우리의 소년 성가대는 세계에서 가장 달콤한 목소리를 자랑했다. 시빌 셰이드는 가톨릭 집안 출신이지만, 그녀가 내게 한 말에 따르면 아주 어린 시절부터 '그녀만의 종교'를 발전시켜왔다. 일반적으로 그런 종교란 잘해야 반半이교도적 분파에 대한 어정쩡한 애착과 같고, 최악의 경우에는 미온적인 무신론과 같은 의미다. 그녀는 남편을 그의 선조 때부터 믿어온 성공회뿐만 아니라 모든 형태의 성사 예배로부터 떼어놓으려 했다.

우리는 '죄악'의 관념이 오늘날 일반화되면서 애매해져, 훨씬 더 세속적으로 물든 '범죄'의 개념과 혼동된다는 얘기를 우연히 나누기 시작했다. 나는 소년 시절 우리 교회의 어떤 종교의식에 참석했던 경험을 짧게 언급했다. 우리의 고해성사는 호화롭게 장식된 벽감 속에서 비밀 참회로 진행됐다. 고해자는 불붙인 초를 쥐고, 스코틀랜드 왕의 대관식 의자와 흡사한 목사의 등 높은 의자 옆에 선다. 작고 예의바른 아이였던 나는 손가락 관절에 계속 떨어져 작은 조각을 이루며 딱딱하게 굳는 뜨거운 촛농으로 목사의 흑자색 소매를 더럽힐까봐 항상 전전긍긍했다. 그리고 빛에 비친 그의 귀의 오목한 부분에 매혹되었다. 어떻게 보면 조가비 같고 어떻게 보면 화려한 난초를 닮은, 또 소용돌이 무늬가 있는 그릇 같기도 한 그 부분은 나의 작은 과오를 담아 처리하기에는 너무 커 보였다.

셰이드: 칠죄종도 모두 작은 과오에 불과하네. 그 가운데 세 가지 죄, 즉 자만, 색욕, 나태가 없었다면 시는 결코 탄생할 수 없었겠지.

킨보트: 구태의연한 용어를 바탕으로 비판하는 게 공정한 걸까요?

셰이드: 모든 종교는 구태의연한 용어에 의거한다네.

킨보트: 우리가 '원죄'라고 부르는 것은 결코 구태의연해질 수 없죠.

셰이드: 그 문제라면 아는 바 없네. 사실 어렸을 땐 그것이 카인이 아벨을 죽인 것을 의미한다고 생각했지. 개인적으로 난 코담배를 맡는 옛날 양반들과 뜻을 같이하네, *인간의 본성은 선하다.*

킨보트: 그렇지만 신의 의지에 불복종하는 것이 죄의 기본 정의죠.

셰이드: 내가 모르고, 그 실재를 부정할 권리가 내게 있는 것, 그런 것에 불복종한다는 게 애초에 가능하지가 않다네.

킨보트: 쯧쯧. 그럼 죄라는 것이 있다는 점도 부정합니까?

셰이드: 나는 오직 두 가지 죄의 이름만 들 수 있네. 살인 그리고 고의적으로 고통을 가하는 것.

킨보트: 그럼 평생을 절대 고독 속에서 보낸 사람은 죄인이 될 수 없겠군요?

셰이드: 그도 동물을 고문할 수 있지. 자기 섬의 샘에 독약을 풀 수도 있고. 사후 발표될 그의 담화문에서 무고한 사람을 비난할 수도 있지 않겠나.

킨보트: 그렇다면 암호는?

셰이드: 연민.

킨보트: 하지만 누가 그 암호를 우리에게 주입했지요, 존? 누가 인생의 심판자이고, 또 누가 죽음의 고안자일까요?

셰이드: 삶은 커다란 경이라네. 죽음이 더 위대한 경이가 아니라는 법은 어디 있겠나.

킨보트: 무슨 말씀인지 이제 알겠어요, 존. 하지만 일단 우리가 우리 개개인의 내세를 계획하고 주관하는 '더 높은 지성'을 부정한다면, 우리는 '영원에까지 미치는 우연'이라는 말할 수 없이 끔찍한 개념을 받아들여야 해요. 상황을 잘 생각해보세요. 영겁의 시간 동안 우리의 불쌍한 영혼은 형언하기 어려운 변화에 처하게 되죠. 거기에는 항소도, 충고도, 지지도, 보호도, 아무것도 없어요. 불쌍한 킨보트의 유령, 불쌍한 셰이드의 영혼은 우물쭈물하다 어디선가 잘못된 길로 들어설지도 몰라요. 뭐, 그냥 방심하거나 자연의 터무니없는 게임에서 사소한 규칙 하나를 몰라서요. 규칙이란 게 있다면요.

셰이드: 체스 문제에는 그런 규칙이 있지. 예를 들면 이중 해결 금

지 같은.

킨보트: 나는 우리가 이해하자마자 상대 쪽에서 깨버릴 것 같은 악마적인 규칙을 염두에 두었어요. 그 때문에 흑마술도 늘 통하는 건 아니고요. 프리즘처럼 다채로운 악의를 품은 악마가 우리와 맺은 협정을 배반하고, 우리는 다시 우연의 혼란 속에 빠지죠. 설령 '우연'을 '필연'으로 알맞게 누그러뜨리고, 신의 존재를 부인하는 결정론과 인과관계의 메커니즘을 받아들여 우리의 사후 영혼에 메타통계학이라는 미심쩍은 위안을 준다고 해도, 우리는 여전히 개인적인 변고, 저승의 독립기념일에 맞춰 일정이 정해진 천두번째 고속도로 사고 같은 것을 셈해두어야 합니다. 아니, 아니죠. 내세를 진지하게 생각해보고 싶다면, 과학소설에 나오는 모험담이나 심령술 사례 연구 수준으로 격하시켜놓고 시작해서는 안 되죠. 우리 영혼이 무한하고 혼란스러운 사후 세계에 자신을 인도해줄 섭리도 없이 뛰어든다는 생각은……

셰이드: 모퉁이를 돌면 언제나 영혼을 지하 세계로 인도하는 안내자가 있지. 그렇지 않나?

킨보트: 그 모퉁이 주변엔 없어요, 존. '섭리'가 없다면 영혼은 자기 껍질에 묻은 먼지, 즉 육신에 감금된 동안 얻은 경험에 의존할 수밖에 없어서 소도시의 원칙과 지방 조례 그리고 주로 자신의 감옥 창살 그림자로 이루어진 개별성에 유치하게 집착하게 되죠. 신앙심이 깊은 사람은 그런 생각을 한순간도 품지 않아요. 처음에는 희미한 인광燐光, 어두침침한 육신의 삶에 비치는 창백한 빛이 그다음에는 휘황찬란한 광채로 드러나는 신의 현존을 받아들이는 게—교만

한 불신자의 관점에서라도 말이죠!—얼마나 더 지성적입니까? 나 역시, 나도 말이죠, 친애하는 존, 한때 종교적 회의로 괴로워한 적이 있어요. 내가 그것과 싸워 물리칠 수 있도록 교회가 도와주었어요. 또 내가 너무 많이 질문하지 않도록, 상상할 수 없는 존재의 형상을 지나치게 또렷이 보게 해달라고 요구하지 않도록 해주었고요. 성 아우구스티누스가 말했죠……

셰이드: 왜 항상 사람들은 내게 성 아우구스티누스를 인용하지 않고는 못 배길까?

킨보트: "무엇이 신이 아닌지는 알 수 있지만, 무엇이 신인지는 알 수 없다"고 성 아우구스티누스가 말했듯, 나도 무엇이 신이 아닌지는 압니다. 그는 절망이 아닙니다. 공포도 아니고요. 그는 목에서 캑캑 막히는 흙도 아니고, 무에서 무로 소멸해가는, 귓속에서 불길하게 윙윙거리는 소리도 아닙니다. 또한 세계가 우발적으로 생겨날 수 없다는 것과 어쨌든 '정신'이라는 것이 우주가 생성되는 데 주요 요인으로 작용했음을 알지요. 그런 '우주정신'이든 '제1원인'이든 '절대'든 '자연'이든, 그에 맞는 이름을 찾으려 할 때 신의 이름이 우선권을 가진다는 것이 나의 소견입니다.[36]

551행: 파편

전반부에 쓴 (12행에 대한) 주에 대해 하고 싶은 말이 몇 마디 있다. 양심과 학식으로 그 문제를 논의했는데, 지금 생각해보니 그 주석에서 인용한 두 시행은 아쉽다는 생각 탓에 왜곡되고 오염되었다. 이렇게 힘겨운 주석을 써가는 과정에서 절망과 실의에 빠져 거의 위조 직전까지 가서 어물거린 경우는 그때 한 번뿐이었다. 나는 그 두 행(운율을 제대로 맞추지도 않았던 것 같아 걱정되는데)을 무시해줄 것을 독자에게 요청하지 않을 수 없다. 두 행을 출판 전에 삭제할 수도 있지만, 그러면 주석 전체를 다시 쓰거나 적어도 상당 부분을 고쳐야 한다. 그런 어리석은 짓을 할 시간은 없다.

557~558행: 어둠 속에서 헐떡이며 어떻게 하면 '미의 대지'와 벽옥 구슬을 찾을 수 있는가

제3편에서 가장 사랑스러운 2행 연구다.

577행: 다른 아내

나는 내 친구의 인생에 있었던 다른 어떤 여자의 존재를 암시할 생각은 추호도 없다. 그는 그가 거주하는 소도시의 찬미자들이 지정해준 모범적인 남편 역할을 묵묵히 해냈을 뿐 아니라 아내를 극도로 두려워했다. 그의 이름을 그의 학생 하나와 연루시켜 떠벌리는 수다쟁이들을 내가 말린 적도 여러 번 있었다(머리말 참조). 최근, 이런저런 이유로 그 어떤 나라보다 문학적 재능이라든가, 프로이트적 환상이라든가, 저

열한 이성애적 정욕 따위에 더 흠뻑 젖어 있는 게 틀림없는 미국 대학의 영문과에 대부분 소속된 미국 소설가들은 그러한 화제를 씨가 마를 정도로 소진해왔다. 그러므로 나는 여기서 그 젊은 여성을 소개하는 지루함을 참을 수 없다. 어쨌든 그 여자에 대해 아는 것도 없으니까. 어느 날 저녁 나는 그 소문의 진상을 밝히겠다는 분명한 목적으로 그 여성을 셰이드 부부와 함께하는 작은 파티에 초대했다. 그때 일을 떠올리니, 황량한 뉴와이에서 초대하고 초대에 응하는 기묘한 의식에 대해 뭔가 말해야겠다는 생각이 든다.

나의 작은 다이어리를 들춰보면, 내가 셰이드 부부와 왕래하며 지낸 다섯 달 동안 그 집 식사에 정확히 세 번 초대받았다는 것을 알 수 있다. 시작은 3월 14일 토요일로, 나는 그 집에서 다음 사람들과 함께 저녁식사를 했다. 나토츠다그(나는 그를 그의 사무실에서 매일 본다), 음악과 고든 조교수(그가 대화를 완전히 장악했다), 러시아문학과 학과장(웃음거리가 되는 현학자로 차라리 입을 다무는 게 나은 사람이다), 그리고 엇비슷한 여자 서너 명이 있었는데, 그들 중 한 명은(내 생각엔 고든 부인 같다) 임신중이었고, 생전 처음 보는 또다른 여자는 식후 자리 배치운이 없던 내게 8시부터 11시까지 쉬지 않고 말을 건넨다기보다 아예 퍼붓다시피 했다. 다음 초대는 더 적게 모였지만 결코 더 오붓하지는 않았던 5월 23일 토요일의 만찬모임으로, 이런 사람들이 참석했다. 밀턴 스톤(도서관 신입 사서로 셰이드는 그와 함께 자정까지 어떤 워드스미스 관련 자료의 분류에 대해 토론했다), 사람 좋은 노인네 나토츠다그(나는 그를 계속 매일 보고 있었다), 방취제를 안 쓴 어떤 프랑스 여자(내게 캘리포니아대학의 언어교육 실태에 대한 완벽한 청

사진을 제공해주었다). 셰이드의 집에서 세번째이자 마지막 식사를 한 날짜는 내 작은 다이어리에 적혀 있지 않지만, 나는 그날이 6월의 어느 아침이었다는 걸 알고 있다. 그때 나는 문장의 온갖 세부를 꼼꼼하게 살리고, 어렵사리 구한 금색 물감까지 칠하며 직접 그린 온하바 왕궁의 아름다운 도면을 그에게 가져다주었고, 급히 점심을 차릴 테니 먹고 가라는 정중한 제안도 받았다. 이 대목에서 나는 내가 항의를 했음에도 세 번의 식사 모두 나의 채식주의 식단이 전혀 고려되지 않았고, 그래서 어쩌면 시식해볼 마음이 들었을지도 모를 오염된 채소의 속이나 그 주위에 곁들인 육류에 노출되었다는 점을 부언해야겠다. 이에 대해서는 나름대로 꽤 깔끔하게 복수해주었다. 내가 열두 번도 넘게 초대했으나 셰이드 부부는 오직 세 번만 응했는데, 세 번의 식사 때마다 나는 파르망티에*가 애지중지하던 감자에 그랬듯이 다양하게 절묘한 변형을 가한 각종 야채로 식사를 차렸다. 매번 나는 셰이드 부인(괜찮으시다면 목소리를 가늘게 해서 여성 음조로 말씀드리겠는데, 이분은 아티초크, 아보카도, 아프리카 아콘에 알레르기가 있으셔요. 사실 '아'로 시작하는 모든 것에 그렇지요)을 즐겁게 해주기 위해 손님을 더도 말고 딱 한 명만 더 초대했다. 나는 식탁에 둘러앉은 노인네들이 흐트러진 화장으로 냅킨을 더럽히고, 애매한 미소로 가리고는 가짜 잇몸과 죽은 잇몸 사이에서 시뻘겋게 달궈진 고문점으로 변한 라즈베리 씨를 제거하려고 은밀히 안간힘을 쓰는 모습보다 사람 입맛을 싹 가시게 하는 걸 보지 못했다. 그래서 젊은이들, 즉 학생들을 초대했다. 첫번째

---

* 프랑스의 생화학자로, 감자가 프랑스의 주식이 되는 데 이바지했다.

식사 때에는 이란 황제의 자제를, 두번째 식사에는 나의 정원사를, 세번째 식사에는 바로 그 기름한 흰 얼굴에 귀신같이 눈꺼풀을 푸르게 칠하고 검은 레오타드를 입은 여학생을. 그러나 그녀는 아주 늦게 왔고 셰이드 부부는 아주 일찍 떠났다. 사실 그들이 마주한 시간이 10분은 될까 싶다. 그리하여 나는 이 여학생을 축음기로 즐겁게 해주는 임무를 밤늦게까지 떠맡게 되었고, 그제야 그녀도 덜위치에 있는 '간이식당'으로 자신을 태워다줄 사람을 불렀다.

583행: 어머니와 아이

*그것은 아이와 함께 있는 어머니**(662행 주석 참조).

596행: 그 집 지하실에 있는 웅덩이를 가리킨다

부실한 배관을 통해 저승의 스틱스강이 스며들고 레테의 물이 음울하게 새어나오는 그런 꿈을 우리는 모두 알고 있다. 초고에는 이 행에 이어지는 잘못 시작된 구절이 다음과 같이 남아 있다. 그 시행을 발견했을 때 나의 길고 유연한 척추를 따라 흘러내리던 오한을 조금이나마 독자도 느껴보길 바란다.

---

* 원문은 독일어로 다음과 같다. 'Es ist die Mutter mit ihrem Kind'.

죽은 살인자는 포옹하려 애써야 하는가,
그가 이제 대면해야 하는 성난 희생자를?
표적에게도 영혼이 있는가? 아니면 거대한 신전과
타나그라*의 먼지처럼 사라져버려야만 하는가?

'타나그라Tanagra'의 끝음절과 '먼지dust'의 첫 세 글자를 합치면, *샤르가르shargar*(보잘것없는 유령)가 된 모습으로 내 시인의 찬란한 영혼과 곧 대면하는 살인자의 이름이 된다. 상상력이 없는 독자는 "단순한 우연일 뿐!"이라고 외칠 것이다. 그러나 그런 조합이 얼마나 많이 가능하고 개연성이 있는지를 그런 독자에게 내가 해본 것처럼 한번 찾아보라고 하고 싶다. "Lenin*grad us*ed to be Petrograd?(레닌그라드가 한때 페트로그라드였지?)" "A prig *rad*(폐어. 읽다read의 과거형) *us*?(그 도덕군자가 우리의 마음을 읽었을까?)"

이 이문이 너무 경이적이라 나의 학자적 수련과 진리에 대한 성실한 천착이 아니었다면 여기에 이 이문을 삽입하고, 시의 길이를 유지하기 위해 다른 곳에서(예를 들어 엉성한 627~630행) 네 행을 삭제했을 것이다.

셰이드는 이 시행을 7월 14일 화요일에 썼다. 그날 그라두스는 뭘 하고 있었을까? 아무 일도 하지 않았다. 짜맞추어진 운명은 그것이 이미 거둔 승리에 안주하는 법. 우리가 그를 마지막으로 본 건 7월 10일

* 기원전 5세기부터 기원전 4세기까지 고대 그리스 보이오티아 지방에서 번영한 도시.

늦은 오후, 그가 렉스에서 제네바의 호텔로 돌아온 때였다. 그리고 우리는 거기에 그를 두고 떠났다.

그때부터 나흘 동안 그라두스는 제네바에서 노심초사하며 지냈다. 그 같은 행동가들에게는 재미있는 역설이, 아무것으로나 채울 수 없는 모험심을 충족시켜줄 거리가 전무한 채로 긴 기간을 기지개나 켜며 줄곧 견뎌내야만 한다는 것이다. 교양이 부족한 많은 사람이 그러하듯 그라두스도 신문과 소책자와 우연히 손에 들어온 전단과 코감기약이나 소화제에 딸린 여러 나라 말로 된 복약 방법을 게걸스럽게 읽는 열혈 독자였다. 그러나 그가 지적 호기심에 굴복하는 일은 그 정도가 다였다. 어차피 시력도 그다지 좋지 않았고 볼만한 지역 뉴스도 한정되어 있어서 노천카페에서 무기력하게 오랜 시간을 보내거나 선잠으로 때울 수밖에 없었다.

그에 비하면 말똥말똥 깨어 있는 게으름뱅이, 사람들 사이에 섞인 군주들, 터무니없이 비상한 두뇌의 소유자들은 얼마나 더 행복한가. 석양 무렵 테라스 난간에서, 저 아래 불빛과 호수에서, 짙은 살굿빛 저녁놀로 녹아드는 먼 산의 형상에서, 엷은 잉크빛 창공을 배경으로 검게 윤곽선을 그린 침엽수들에서, 조용하고 슬프고 금지된 해안선을 따라 몸부림치는 심홍색과 초록색 물결에서 강렬한 희열과 황홀한 마음의 격통을 느끼는 이들은. 오, 내 그리운 보스코벨이여! 감미롭고도 두려운 기억, 부끄러움, 영광, 미칠 것 같은 암시, 어떤 당원도 도달할 수 없는 별이여.

수요일 아침, 아직까지 아무런 소식도 받지 못한 그라두스는 더 기다리는 건 현명치 못하니 니스의 라줄리호텔에 머물겠다는 내용의 전보를 본부에 보냈다.

597~608행: 우리가 점호하듯 불러내야 하는 생각, 등등

이 구절은 분명 독자의 마음속에서 바로 앞 주석에서 제시된 비범한 이문과 연결될 것이다. '타나그라의 먼지*Tanagra dust*'와 '왕족인 우리의 양손'이 불과 일주일 후에 실제 삶과 실제 죽음에서 하나로 결합할 것이기 때문이다.

도망가지 않았다면 우리의 카를 2세는 아마 처형당했을 것이다. 궁전과 리플슨 동굴 사이에서 체포됐다면 틀림없이 그런 일이 벌어졌을 것이다. 그러나 도주중에 그는 그러한 운명의 굵은 손가락을 아주 간혹 느낄 뿐이었다. 그가 그 감촉을(딸이 처녀인지 검사하기 위해 더듬는 냉혹한 늙은 양치기의 손길처럼) 느낀 순간은, 그날 밤 축축한 양치식물이 무성한 맨데빌 산기슭(149행 주석 참조)에서 미끄러졌을 때와 그다음날, 등골이 오싹할 정도로 높은 고도에 올라 머리가 어질어질해지는 창공 한복판에서 유령이 따라온다고 느끼며 산을 탈 때였다. 그날 밤, 우리 왕은 몇 번이고 땅에 드러누워 그대로 새벽까지 잠들었다가 어떤 위험을 감수하게 된다 해도 고통을 덜 받으며 갈 수 있다면, 하는 자포자기한 결의를 다지곤 했다(나는 또 한 명의 찰스, 역시나 키가 2야드도 넘고 검은 머리를 길게 기른 남자를 생각하고 있다[37]). 그러나 그건 모두 다소 육체적이거나 신경증적 측면에서 그랬다는 거고, 나의 왕이 잡혀 유죄판결을 받고 사형을 당하러 끌려갔다면, 606~608행에

서 그가 한 것처럼 행동했으리라는 걸 너무도 잘 안다. 그러니까 건방질 정도로 침착하게 제 주위를 둘러보고는, 이를테면 그는

아랫사람들을 비웃고, 헌신적인 백치들을
신나게 놀려대고,
그저 재미로 그들의 눈에 침을 뱉는다.

다소 반反다원적인 경구를 소개하면서 이 중요한 주석을 마무리짓기로 하자. 죽이는 쪽은 언제나 그 희생자보다 열등하다.

603행: 멀리서 수탉이 우는 소리에 귀를 기울이고

에드설 포드*가 최근 발표한 시에 나오는 훌륭한 이미지가 떠오른다.

그리고 수탉이 울어 아침이면 피어오르는 불과
안개 낀 건초밭을 뒤흔들 때면 종종

건초밭(젬블라어로는 *무완muwan*)이란 헛간 옆에 있는 밭을 말한다.

---

* 미국 시인으로 주로 아칸소 지방의 목가적 풍경을 주제로 삼았다. 킨보트가 인용한 시는 『하늘의 덤불』(1961)에 실린 소네트 「욕망의 화신」이다.

609~614행: 망명자를 누구도 도울 수 없으니, 등등.

이 구절은 초고와 다르다.

609 누구도 도울 수 없다, 이 미국 땅
습기 찬 밤의 뜨거운 숨결에 방치된 채
우연히 들른 여관에서 죽음에 붙들린 망명자를.
베니션 블라인드 사이로 이런저런 색조를 띤 빛의 띠들이
그의 침대를 어루만진다—미약 담긴 보석을 지닌
옛 마법사들처럼—그리고 삶이 빠르게 저물어간다.

타일 깔린 욕실이 딸린 이 통나무집, 즉 '우연히 들른 여관'의 모습이 여기에 제법 잘 묘사되어 있다. 이곳에서 나는 이 주석을 조율하느라 애쓰고 있다. 처음에는 길 건너 유원지에서 들려온다고 생각했던, 쾅쾅 울려퍼지는 악마 같은 라디오 음악에 심히 고통받았다—나중에 알고 보니 야영하던 관광객들이었다—그래서 다른 곳으로 옮길까 생각하던 차에 그들이 선수를 쳤다. 이제는 시들어버린 사시나무를 요란하게 흔들고 지나가는 성가신 바람소리 말고는 조용해졌고, 시던은 다시 유령 마을이 됐다. 여름의 바보들이나 나를 노려보는 스파이도 없고, 청바지를 입은 나의 어린 낚시꾼도 이제는 냇돌 위에 서 있지 않는데, 아마도 그게 더 나은 듯하다.

616행: 두 가지 언어

영어와 젬블라어, 영어와 러시아어, 영어와 레트어, 영어와 에스토니아어, 영어와 리투아니아어, 영어와 러시아어, 영어와 우크라이나어, 영어와 폴란드어, 영어와 체코어, 영어와 러시아어, 영어와 헝가리어, 영어와 루마니아어, 영어와 알바니아어, 영어와 불가리아어, 영어와 세르보크로아트어, 영어와 러시아어, 미국 영어와 유럽어.

619행: 덩이줄기의 눈

말장난의 싹이 트다(502행 참조).

627행: 위대한 스타오버 블루

아마도 블루 교수의 허락을 받았겠지만, 그렇다 해도 창작된 대로 연기해야 하는 가공의 환경에, 아무리 장난을 좋아하고 꺼릴 리 없다고 해도 실존 인물을 집어넣다니 대단히 품위 없는 장치다. 특히 가족 구성원을 제외한 다른 실존 인물은 시에서 당연히 가명으로 등장하기에 더욱 그러하다.

이 이름은 확실히 매우 구미가 당기는 이름이다. 푸른 하늘 위에 빛나는 별은 천문학자에게 너무도 딱 들어맞는다. 실상 그의 성이나 이름이나 창공과는 아무런 상관이 없지만. 그의 할아버지 이름을 따서 지은 이름으로, 러시아어로 '스타라베르'(말이 나온 김에 덧붙이자면, 강세가 마지막 음절에 온다)는 구교도(분리파의 한 종파)를 뜻하고, 할아버지의 성 시냐빈은 러시아어의 '블루'에 해당하는 '시니이'에서 파생되었다. 이 시냐빈은 사라토프에서 시애틀로 이민 와 아들을 낳았는데, 그 아들이 결국 자신의 성을 블루로 바꾸고 카슈비아계* 미국인 스텔라 라주르치크**와 결혼했다. 뭐 그렇게 되었단다. 정직한 스타오버 블루는 아마도 익살꾼 셰이드가 자신에게 하사한 형용사에 놀랐을 것이다. 교내의 모든 이에게 존경받고, 유난히 연회를 즐기는 습관 덕에 학생들에게 '스타보틀 대령***'이라는 별명으로 불리는 마음씨 좋은 늙은 괴짜에게 저자는 여기서 소소한 경의를 표하고 싶었던 듯하다. 하지만 뭐니뭐니해도 우리 시인의 측근 중에는 다른 위대한 사람들이 있었다. 예를 들어 저명한 젬블라 학자인 오스카 나토츠다그 같은 사람.

629행: 야수의 운명

이 구절 위에 시인은 다음과 같이 썼다 삭제해버렸다.

---

* 폴란드 북중부 지방에 주로 거주했던 서슬라브계 민족.

** 스텔라(stella)는 별을 의미하고, 라주르치크(Lazurchik)에는 푸른 하늘을 뜻하는 'azur(e)'가 들어 있다.

*** 미국 서부 소설가 브렛 하트(1836~1902)의 소설 속 주인공인 괴짜 변호사의 호칭이기도 하다.

그 광인의 운명

많은 젬블라 신학자들이 광인의 영혼이 최종적으로 처하는 운명을 탐구해왔다. 신학자들이 일반적으로 지지하는 견해는 정신이상을 가장 심하게 보이는 두뇌도 병든 뇌수 안에 여전히 정상적인 기본 물질을 담고 있다는 것이다. 그 기본 물질은 사후에도 살아남을 뿐 아니라 갑자기 팽창해, 이를테면 왁자지껄하게 울리는 건강한 승리의 웃음소리와 함께 터져나오는 한편, 겁쟁이 바보와 말쑥한 얼간이 들의 세계는 멀리 뒤쪽으로 사라져간다. 나는 개인적으로 미치광이를 한 명도 알지 못하지만, 뉴와이에서 몇 가지 재미있는 경우를 들은 적은 있다 (광기Dementia가 회색 기둥에 사슬로 묶인 채 "나는 아르카디아에도 있노라"라고 말한다). 신들린 듯 광포해진 학생의 사례가 있었다. 또 대단히 신임을 받는 나이든 대학 수위가 어느 날 영사실에서 결벽증이 있는 여학생에게 틀림없이 그보다 더 나은 표본을 본 적이 없었을 어떤 것을 보여준 일도 있었다. 그러나 내가 가장 좋아하는 사례는 하고 많은 사람 가운데 하필 H 부인이 얘기해준 엑스턴 철도 직원의 망상이다. 헐리의 집에서 여름학기 파티가 성대하게 열렸는데, 나의 시인이 거기서 무언가를 암송할 예정임을 듣고는 그것이 나의 젬블라에 관한 시일지도 모른다는 생각에 심란했다(그 시는 그의 무명 친구가 지은 신통치 않은 시로 밝혀졌다—나의 셰이드는 성공하지 못한 사람에게는 매우 친절했다). 그래서 나의 두번째 탁구 파트너 중 한 명이자 헐리 교수 아들들의 친구인 청년을 대동하고 파티에 참석했다. 내 키쯤 되면 군중 속에서 '길 잃은' 느낌이 절대 들지 않는다고 말하면 독자는 이해할 테지만, H가의 파티에 내가 아는 사람이 그다지 많지 않았다는 것 또한 사실이다. 얼굴에는 미소를 띠고 손에는 칵테일을 들고 군중 사이를 돌아다니다 마침내 나란히 놓인 두 의자의 등받이 위로 내 시인의 정수리와 H 부인의 뒤로 땋아 쪽을 진 연갈색 머리를 찾아냈다. 곧바로 나는 그들 뒤로 다가가 그가 방금 전에 H 부인이 한 발언에 대해 반대하는 말을 들었다.

"그건 잘못된 말이에요." 그가 말했다. "우중충하고 불행한 과거의 껍질을 찬찬히 벗겨내고, 눈부신 창작물로 과거를 대체하는 사람에 대해 그런 말을 하면 안 됩니다. 그건 그저 왼손으로 새로운 페이지를 넘기는 것에 불과한 일인데."

나는 내 친구의 머리를 가볍게 쓰다듬고 에버셀라* H에게 가볍게 인사했다. 시인이 멀건 눈으로 나를 쳐다봤다. 그녀가 말했다.

"우릴 좀 도와주셔야겠어요, 킨보트 씨. 내가 방금 주장하기를, 그 사람 이름이 뭐죠, 그 왜 늙은, 당신도 알죠, 엑스턴 철도역에 있는 늙은이. 자기를 신이라 생각하고 기차의 행선지를 이곳저곳 바꾸기 시작한 사람 말이에요. 내가 그 늙은이는 의학적으로 미치광이라고 했더니 존이 그를 동료 시인이라고 부르지 않겠어요."

"우리는 어떤 의미에선 모두 시인입니다, 부인." 나는 이렇게 대답하고, 잇새에 파이프를 물고는 상체 여기저기를 양손으로 더듬는 나의 친구에게 성냥불을 건넸다.

나는 이 평범한 이문에 주석을 붙일 가치가 있는지 잘 모르겠다. 사

---

* 박테리아의 일종으로 장티푸스를 일으키는 균.

실 IPH의 활동에 관한 구절 전체도 그 단조로운 운문이 운각韻脚 하나만 짧았어도 휴디브라스풍의 풍자시[*]가 됐을 것이다.

662행: 이렇게 바람 부는 한밤중에 누가 말을 타고 달리는가

이 행은, 그리고 사실 그 전체 구절(653~664행)은 밤늦게 길 떠난 나그네의 연약한 어린 아들에게 매혹된 마왕, 즉 요정이 출몰하는 오리나무숲에 사는 백발 마법사에 대한 괴테의 유명한 시를 암시한다.[**] 그 발라드(중심은 3음절의 보격인데)의 변칙적인 리듬을 어느 정도 자신의 약강격 운문으로 옮겨보려 한 그의 정묘한 기법은 아무리 찬탄해도 부족할 것이다.

662 Who rídes so láte in the níght and the wínd
663 . . . .
664 . . . . Ít is the fáther wíth his chíld

괴테 시의 첫 두 행은 나의 모국어로 옮기면 아주 정확하고 아름답게

---

* 17세기 영국 시인 새뮤얼 버틀러의 장편 풍자시 「휴디브라스」에서 유래한 형식으로, 8음절 2행 연구의 약강4보격 운율을 이루고 있어 10음절 2행 연구의 약강5보격 운율인 「창백한 불꽃」보다 1운각 짧다.

** 괴테의 시 「마왕(Erlkönig)」을 뜻한다. 독일어에서 'Erle'는 '오리나무'를 지칭하는데, 덴마크의 '요정 왕(ellekonge)' 민담을 독일어로 번역하는 과정에서 'elle'를 잘못 옮긴 탓이라는 설이 있다.

번역되며 예상치 못한 각운(프랑스어로도 된다. 바람vent-아이enfant)이 보너스로 나타난다.

Ret wóren ok spóz on nátt ut vétt?
Éto est vótchez ut míd ik détt.

또 한 명의 전설적 통치자인 젬블라의 마지막 왕은 자유를 얻기 위해 가로질러야 했던 어두운 산의 고사리숲을 기어오르면서, 둥둥거리는 북소리처럼 엄습해오는 피로와 불안에 우연히 동반한 이 잊히지 않는 시행을 젬블라어와 독일어로 계속 암송하고 또 암송했다.

671행: 길들지 않은 해마

브라우닝의 「나의 전처 공작부인」 참조.

참조해보고 에세이집이나 시집—혹은 애석하게도 장편시—의 표제를 과거에 제법 유명했던 시 작품에서 따오는 최근의 유행을 꾸짖으라. 그런 표제는 고급 포도주나 포동포동한 고급 창부의 이름으로 무난해 보이는 그럴듯한 매력을 풍기지만, 독창적인 상상 대신 학식을 손쉽게 드러낼 수 있는 쪽을 택하고, 반신 초상화*의 어깨에 수사적 표

* 「나의 전처 공작부인」은 시적 화자가 죽은 전처의 반신 초상화를 중매인에게 보여주며 그녀 이야기를 하는 극적독백 양식의 시로, 마지막 부분에 "저기 해마를 길들이는 넵튠 상을 좀 보시오"라는 시행이 나온다.

현의 책임을 전가하는 수완이라는 점에서 품위를 떨어뜨리는 짓일 뿐이다. 누구든지 『한여름밤의 꿈』이나 『로미오와 줄리엣』, 또 어쩌면 『소네트』를 넘기다 마음에 드는 구절을 뽑아낼 수 있으니까.

678행: 프랑스어로

이 번역 작품 중 두 편이 『캐나다 신 평론』 8월호에 발표되어, 그 평론지가 대학가 서점에 입고된 것이 7월 마지막 주, 즉 내가 정신적으로 혼란스럽고 슬펐던 시기였는데, 포켓 다이어리에 적어놓은 몇 가지 비판적 메모를 시빌 셰이드에게 보여주는 것은 내 고상한 취향이 삼가게 했다.

존 던이 홀아비 시절에 쓴 유명한 「거룩한 소네트 10」에는 이런 구절이 있다.

> 죽음이여, 자만하지 마라. 그대를 힘이 세고
> 무시무시하다고 칭하는 자도 있지만, 그대는 그렇지 않으니
> Death be not proud, though some have calléd thee
> Mighty and dreadful, for, thou art not so

개탄스럽게도 그녀의 번역에는 두번째 행에 불필요한 절규가 그저 중간 휴지를 응고시키기 위해 삽입되었다.*

Ne soit pas fière, Mort! Quoique certains te disent

Et puissante et terrible, ah, Mort, tu ne l'es pas

그리고 폐쇄운인 'so-overthrow'(2~3행)**는 *pas-bas*라는 쉬운 대응부를 찾아 다행이지만, 1617년경의 프랑스 소네트에서라면 시각적 법칙에 있을 수 없는 위배가 되었을 *disent-prise* 폐쇄운(1~4행)은 동의를 얻기 어렵다.

성 바울 대성당 주임사제***가 죽음, 즉 '운명'과 '우연'의 노예일 뿐 아니라 우리("왕들과 자포자기한 자들")의 노예이기도 한 죽음을 고발하는 행[38]의 이 캐나다 판본에 나타난 다른 여러 불명확한 표현과 실수를 열거하려면 이 지면이 부족할 것이다.

또 다른 시, 앤드루 마벌의 「새끼 사슴의 죽음을 맞이한 님프」****는 프랑스어 운문 안에 쑤셔넣기가 기교적으로 한층 더 곤란해 보인다. 존 던 작품의 번역에서 이론델 양이 영시의 약강5보격을 프랑스 시의 알렉상드랭*****에 대응시킨 것은 완벽히 이해가 가지만, 마벌이 8음절에 맞춰놓은 걸 여기서 그녀가 기수각奇數脚******을 더 선호해 9음절로 조정한 것은 아닌지 의심스럽다. 원본은 이렇다.

---

* 두번째 행에 'ah, Mort(아, 죽음이여)'가 삽입된 것을 의미한다.

** 이 시의 3행 마지막 단어가 '쓰러뜨리다(overthrow)'로, 2행의 마지막 단어 'so'와 호응하여 1~4행 간의 각운 호응과 함께 'abba'의 폐쇄운(enclosed rhyme)을 이룬다.

*** 존 던을 의미한다.

**** 원제는 「새끼 사슴의 죽음에 항의하는 님프」(1681)이다.

***** 프랑스 시의 대표적 시행인 12음절 약강격 시행.

****** l'impair. 홀수나 비대칭의 운각을 말한다.

그리고 나의 비통함은 전혀 아랑곳하지 않고,
새끼 사슴을 두고 갔으나, 심장은 가져가버렸네
And, quite regardless of my smart,
Left me his fawn but took his heart

번역본은 다음과 같다.

Et se moquant bien de ma douleur
Me laissa son faon, mais pris son coeur

역자가 보다 풍부한 운율 자궁의 원조를 받고도 그녀의 프랑스 새끼 사슴의 긴 다리를 다 거두지 못한 것 그리고 '전혀 아랑곳하지 않고'를 '*sans le moindre égard pour*'나 그와 비슷한 표현으로 번역하지 못한 것은 유감스러운 일이다.

그뒤에 나오는 다음 2행 연구를

그대의 사랑이 훨씬 더 나으니
거짓되고 잔인한 사람의 사랑보다는
Thy love was far more better than
The love of false and cruel man

다음과 같이 직역했음에도,

Que ton amour était fort meilleur
Qu'amour d'homme cruel et trompeur

첫눈에도 그렇게 보일 만큼 관용어법적으로 순수하지 않다. 그리고 마침내 아름다운 종결구는 다음과 같다.

오래 살았더라면 그것은
밖으로는 백합, 안으로는 장미였을 텐데
Had it lived long it would have been
Lilies without, roses within

우리 숙녀분의 프랑스어본에서는 어법 파괴뿐 아니라 휴지 신호를 그냥 통과하고 행을 이어가는 번역자의 불법 행위도 나타난다.*

Il aurait été, s'il eut longtemps
Vécu, lys dehors, roses dedans.

우리의 마술적인 젬블라어(위대한 콘말이 '거울의 언어'라 칭한 바 있는)로는 이 시행이 얼마나 장엄하게 모방되며 운이 잘 맞는지!

---

* 'vécu'('살다'의 과거분사형)를 첫 행이 아니라 두번째 행으로 넘긴 것, 어순을 바꿔 조건절을 중간에 삽입한 것 등을 지적하는 듯하나, 시 번역에서 통용되는 수준의 변경으로 볼 수 있어 시빌 셰이드의 번역에 대한 킨보트의 편견을 드러낸다.

Id wodo bin, war id lev lan,
Indran iz lil ut roz nitran.

680행: 롤리타

미국에서는 주요 태풍에 여성 이름을 붙인다. 복수의 여신과 마귀할멈의 성이 여성이라서가 아니라 일반적이고 전문적인 적용일 뿐이다. 열정적인 배관공에게 물이 그녀가 되듯 기계를 애지중지하는 사용자에게는 모든 기계가 그녀이고, 소방수에게는 모든 불('창백한' 불조차도!)이 그녀다. 우리 시인이 왜 1958년의 태풍에 린다나 로이스 대신 잘 쓰지 않는 스페인어 이름(간혹 앵무새에게나 붙이던 이름인데)을 붙이기로 했는지는 분명하지 않다.

681행: 음울한 러시아인들은 정탐했다

이 음울함은 형이상학적이거나 인종적인 것이 전혀 아니다. 그저 정체된 국가주의와 변방 특유의 열등감이 외부로 드러난 징후에 불과하다. 이 끔찍한 조합은 과격파 정부 지배하의 젬블라인과 소비에트 체제하의 러시아인에게 유난히 전형적으로 나타난다. 현대 러시아에서 사상이란 기계로 잘라낸 색깔이 균일한 벽돌 같다. 미묘한 차이는 추방되고, 간격은 벽으로 막히고, 굴곡은 심하게 층이 져 있다.

그러나 모든 러시아인이 음울한 것은 아니니, 우리의 새 정부가 젬블라 왕 대관식 보석의 소재를 파악하기 위해 고용한 모스크바에서 온 두 젊은 전문가는 알고 보니 두말할 것 없이 쾌활한 친구들이었다. 왕실 재무관리관 블랜드 남작이 북쪽 탑에서 뛰어내리거나 혹은 떨어지기 전에 보석을 숨겨놓았다고 믿은 과격파의 생각은 옳았다. 하지만 남작에게 협조자가 있었다는 사실을 몰라서 백발이 성성한 점잖은 양반 블랜드가 죽기 전까지 궁전을 벗어나본 적이 없으니 보석은 반드시 궁 안에 있으리라는 잘못된 판단을 했다. 이 기회에 이렇게 덧붙이고 만족감을 느껴도 용서가 될 텐데, 그 보석은 전혀 다른—거의 상상도 못할—젬블라의 한구석에 은닉되었고, 여전히 그곳에 있다.

이전 주석(130행 주석)에서 독자는 수색 작업에 착수한 두 보물 사냥꾼을 미리 힐끗 보았다. 왕이 도주하고 비밀 통로가 뒤늦게 발견된 후 그들은 궁전이 완전히 벌집이 되고 일부분은 붕괴될 때까지 정밀한 발굴 작업을 이어나갔다. 어느 날 밤에는 어떤 방의 한쪽 벽이 완전히 무너졌는데, 거기 있으리라고는 아무도 생각지 못했던 벽감 속에서 고대 청동 소금단지와 위그베르트왕의 뿔잔이 나왔다. 하지만 너희는 우리의 왕관과 목걸이와 홀笏을 결코 찾지 못하리라.

이 모든 상황은 천상의 게임 규칙에 따라 일어난 일이자 운명에 관한 만고불변의 우화로 봐야지, 두 소비에트 전문가의 능력에 대한 평가로 해석해서는 안 된다. 어쨌든 그들은 나중에 다른 일과 관련해 놀랄 만한 성과를 거둘 것이기 때문이다(741행 주석 참조). 두 사람의 이름은 (아마도 가명이겠지만) 안드로니코프와 니아가린이었다. 적어도 밀랍인형들 사이에 놓고 보면, 그 이인조만큼 유쾌하고 풍채 좋은 녀석들이 없었다. 말끔히 면도한 턱과 단순한 얼굴 표정, 하늘거리는 머리카락, 완벽한 치아는 만인의 칭송을 받았다. 키가 크고 잘생긴 안드로니코프는 좀처럼 웃지 않았지만, 물결처럼 일렁이는 눈가의 작은 주름살은 무한한 유머의 증거를 보여주었고, 균형 잡힌 양쪽 콧구멍 옆에 쌍으로 내려온 주름살은 하늘을 비행하는 명조종사와 서부극의 영웅을 멋들어지게 연상시켰다. 반면에 니아가린은 비교적 작은 편이나 뭔가 더 원숙하고, 꽤 남성적인 용모임에도 이따금 무언가 숨기는 게 있는 소년단의 대장이나 텔레비전 퀴즈프로그램에서 교묘히 규칙을 어기는 신사를 연상시키는 천진난만한 함박웃음을 만면에 띠었다. 근사한 두 소비에트 녀석이 뜰에서 이리저리 뛰어다니며 하얀 먼지투성이의 팡팡 소리 나는 팽팽한 축구공(이런 환경에서는 유난히 크고 반들반들해 보이는)을 차는 모습을 보는 건 즐거운 일이었다. 안드로니코프는 공을 발끝으로 열 번 넘게 툭툭 쳐올렸다 받는 놀이를 하다 공이 땅에 떨어지기 전에, 우울하게 있다 깜짝 놀란 듯한 표백된 무해한 하늘을 향해 로켓처럼 곧게 뻥 차올릴 수 있었다. 니아가린은 디나모* 소속인 굉장한 골키퍼의 독특한 버릇을 완벽에 가깝게 따라 할 수 있었다. 두 사람은 부엌에서 일하는 소년들에게 러시아제 캐러멜을 나눠주곤 했는데, 자두나 체리 그림이 그려진 달콤한 향이 나는 육각형의 포장지를 열면, 더 얇은 종이로 한 겹 더 싸인 연보라색 미라가 나왔

* 모스크바의 전설적인 축구클럽. 여기서 '굉장한 골키퍼'는 1956년 올림픽에서 소련팀 골키퍼로 맹활약해 금메달을 획득하는 데 기여한, 일명 '흑거미' 레프 야신을 가리킨다.

다. 그리고 황혼 무렵에 장밋빛으로 물든 하늘을 배경으로 두 그림자가 성벽에 서서 아름답고 감상적인 듀엣곡으로 된 군가를 부르면, 음탕한 시골 소녀들이 *드룬젠drungen*(가시나무가 빽빽한 오솔길)을 따라 성채 바로 밑까지 살금살금 기어올라온다는 말도 돌았다. 니아가린은 감정이 충만한 테너 목소리를, 안드로니코프는 속에서 우러나오는 바리톤 목소리를 구사했고, 두 사람 다 부드러운 검은 가죽으로 만든 우아한 군화를 신었으며, 그리고 하늘은 천상의 척추를 드러내며 등을 돌렸다.[39]

캐나다에서 산 적이 있는 니아가린은 영어와 프랑스어를 했고, 안드로니코프는 독일어를 조금 했다. 그들은 알고 있는 얼마 안 되는 젬블라어를 모음에 일종의 설교적인 울림을 충만하게 부여하는 우스꽝스러운 러시아식 강세를 붙여 발음했다. 그들은 과격파 경비병들에게 위풍당당한 기세의 모범으로 여겨졌고, 나의 친애하는 오도넬로는 그들의 걸음걸이를 흉내내고 싶은 유혹을 이겨내지 못해 상관으로부터 심한 질책을 받기도 했다. 두 사람 다 똑같이 살짝 거들먹거리며 걸었고, 눈에 띌 정도로 안짱다리였다.

내가 어렸을 때 러시아는 젬블라 왕궁에서 꽤 유행했지만, 그때의 러시아는 지금과 다른—독재자와 속물, 불의와 잔혹함을 증오했던 러시아로, 숙녀와 신사 그리고 자유주의에 대한 열망을 가진 이들이 사는 러시아였다. 친애왕 카를이 자신의 러시아 혈통을 자랑스럽게 여길 수 있었던 시대였다는 말을 덧붙일 수 있겠다. 중세에 그의 선조 두 명이 노브고로드의 공주들과 결혼했던 것이다. 그의 고조할머니 야루가 여왕(1799~1800년 재위)은 반半러시아인이었고, 대부분의 역사가는 야루가여왕의 독자 이고르가 최후의 왕 우란(1798~1799년 재위)의 아들이 아니라 러시아인 모험가 호딘스키와의 정사에서 얻은 결실이라고 믿는다. 호딘스키는 여왕의 *골리아트goliart*(궁정의 어릿광대)이자 천재 시인으로, 12세기 무명 음유시인이 지었다고 세간에 알려진 유명한 러시아 고전 무훈시*를 위조하며 여가를 보냈다고 전해진다.

682행: 랭

틀림없이 근대의 수사 판돌프**를 의미한다. 그런 그림을 그 집에서 본 기억은 없다. 아니면 셰이드는 초상 사진을 염두에 둔 걸까? 피아노 위에 그런 초상 사진이 있기는 했다. 셰이드의 서재에도 하나 더 있었고. 만약 부인이 이런 나의 다급한 의문점에 답변을 하사해주셨다면 셰이드의 독자나 그 친구의 독자에게 얼마나 더 합당한 일이었겠는가?

691행: 발작

존 셰이드가 심장 발작을 일으킨 때(1958년 10월 17일)는 변장한 왕

---

* 「이고르 원정기」. 12세기 말 러시아의 남방 초원지대를 침공한 동방 유목민족 폴로베츠인에 맞서 싸운 키예프 이고르 공의 애국적 원정기로, 진위 논란이 있는 작품이다. 나보코프가 영어로 번역해 머리말과 주석을 붙여 『창백한 불꽃』 출간 2년 전인 1960년에 발표했다.

** 「나의 전처 공작부인」에 나오는 가공의 화승(畫僧).

이 미국에 도착한 때와 거의 일치했다. 왕은 몬태큐트 대령이 조종하는 전세 비행기에서 낙하산을 타고 볼티모어 근처의 건초열을 일으키는 잡초가 무성한 들판에 내렸다. 볼티모어의 꾀꼬리는 꾀꼬리가 아니다.* 모든 때가 딱 들어맞았다. 왕이 익숙하지 않은 프랑스제 낙하산 장치와 씨름하고 있을 때, 실비아 오도넬의 저택에서 출발한 롤스로이스 한 대가 도로에서 그의 녹색 낙하산 쪽으로 방향을 돌려 *모운트로프 mowntrop***를 따라 다가왔다. 뚱뚱한 바퀴들은 못마땅한 듯 튀어올랐고, 반짝이는 검은 차체는 느리게 미끄러지듯 움직였다. 나는 낙하산을 타고 내려올 때의 상황을 기꺼이 설명하고 싶지만(유용한 운송법에 대한 얘기라기보다는 그저 감상적인 전통에 대한 얘기가 될 텐데) 엄격히 말해 「창백한 불꽃」에 대한 주석에서 꼭 해야 할 설명은 아니다. 전적으로 신뢰할 만한 늙은 영국인 운전사 킹슬리가 제대로 접히지 않은 거대한 낙하산을 있는 힘껏 트렁크에 쑤셔넣는 동안, 나는 그가 건네준 사냥용 지팡이에 기대 차 안의 바에서 입맛에 맞는 물 탄 스카치를 꺼내 홀짝이며, (귀뚜라미의 박수갈채와 미국에 도착한 샤토브리앙***을 그토록 기쁘게 했던 노란색과 고동색 나비의 소용돌이 속에서) 〈뉴욕 타임스〉에 난 기사를 흘긋거렸다. 실비아가 붉은 색연필로 거칠고 지저분하게 표시를 해둔 그 기사는 뉴와이의 통신원이 '한 저명한 시인'

---

* 미국을 비롯한 신대륙에 사는 꾀꼬리는 참새목 꾀꼬릿과에 속하는 구대륙의 꾀꼬리와 달리 참새목 찌르레기 흉내쟁잇과에 속한다.

** 'mown'은 영어로 '풀베기를 한 초원'을 뜻하고, 러시아어로 'tropa'가 샛길을 뜻해, '풀을 벤 샛길' 정도로 추정된다.

*** 프랑스 낭만파 문학의 선구자. 1791년 미국을 여행하고 『무덤 너머의 회상』을 썼다. 이 여행기에는 그가 미국에서 본 나비들에 대한 묘사가 나온다.

의 입원 소식을 전하는 내용이었다. 나는 내가 가장 좋아하는 미국 시인을 꼭 만나보고 싶었는데, 그 순간에는 그가 봄학기가 시작되기도 전에 죽을 것만 같았다. 그러나 그 실망감은 애석함을 받아들이며 마음속으로 어깨를 으쓱하는 정도에 지나지 않았기에 신문을 치우고는, 코를 훌쩍이며 일종의 황홀함과 육체적인 안락함에 젖어 주위를 둘러보았다. 들판 너머로 거대한 푸른 잔디밭이 계단을 이루며 다양한 색깔의 잡목숲까지 뻗어 올라갔다. 그 위로 장원 저택의 흰 지붕과 푸른 하늘로 녹아드는 구름이 보였다. 갑자기 나는 재채기를 했고, 다시 한 번 더 했다. 킹슬리가 술 한 잔을 더 권했지만 사양했고, 민주적으로 그와 동석해 앞좌석에 앉았다. 안주인은 아프리카의 어느 특별한 장소로 여행을 가기 위해 맞은 특별한 예방주사의 후유증으로 고통스러워하며 침대에 누워 있었다. "그래, 잘 지냈어요?" 나의 물음에 대한 대답으로 그녀는 안데스산맥은 그저 경탄밖에 안 나온다고 중얼거리더니 조금 덜 나태한 어조로 그녀의 아들과 동거한다는 소문이 도는 악명 높은 여배우에 대해 물었다. 나는 오돈이 그 여배우와 결혼하지 않겠노라고 내게 약속했다고 말했다. 그녀는 비행기 여행은 좋았느냐고 묻고는 청동 종을 흔들었다. 선량한 실비아여! 그녀는 플뢰르 드 필러와 마찬가지로 태도가 모호하고 몸가짐이 굼떴다. 그녀의 행동거지는 반은 타고나고, 반은 취했을 때 편리한 알리바이 노릇을 하도록 일부러 습관을 들인 것이었다. 또한 그녀는 놀라운 방법으로 용케 그런 나태함을 유창한 언변과 조합시키곤 했다. 마치 수다스러운 자신의 인형에 말문이 막힌 말이 느린 복화술사 같다고나 할까. 변함없는 실비아여! 나는 30년 동안 이따금 이 궁전 저 궁전에서 그녀의 변함없이 납작한 호두색 단발머리와 아이 같은 담청색 눈, 공허한 미소, 맵시 있는 긴 다리, 호리호리한 몸을 비비꼬며 멈칫거리는 모습 등을 보아왔다.

과일과 음료가 담긴 쟁반을, 친애하는 마르셀의 표현을 따르자면 *젊은 미남*이 들고 들어왔다. 이 대목에서 우리는 또다른 작가, 명민한 사람 지드*를 떠올리지 않을 수 없는데, 그는 아프리카 일기에서 검은 장난꾸러기들의 매끈한 피부를 매우 열렬히 찬양한 바 있다.

"우리의 가장 밝은 별을 만날 기회를 하마터면 놓칠 뻔하셨어요." 워드스미스대학의 상임이사로 있는 실비아가 말했다(사실상 그녀는 거기서 내가 맡을 즐거운 강사직을 수배하는 책임을 진 유일한 사람이었다). "방금 제가 학교에 전화를 해봤어요—예, 그 발판을 쓰세요—그가 많이 호전됐대요. 이 마스카나** 열매 좀 드셔보세요. 전하를 위해 특별히 가져온 거랍니다. 그렇지만 저 소년은 완전히 이성애자예요. 감히 말씀드리자면, 전하는 이제부터 아주 조심하셔야 해요. 그 대학은 전하 마음에 드실 겁니다. 저로서는 젬블라어를 가르치는 데 왜 그렇게 열심이어야 하는지 도무지 그 이유를 생각해낼 수 없었지만요. 저는 디사도 이곳에 와야 한다고 생각합니다. 사람들 말로 최고라는 집도 전하를 위해 빌려놓았습니다. 셰이드 댁과 가까운 집이에요."

그녀는 그들을 조금 아는 정도였지만, 빌리 리딩("라틴어를 아는 극소수의 미국 대학 총장 가운데 한 명이지요")에게서 시인에 대한 애정

---

* Gide the Lucid. 토머스 하디의 『미천한 사람 주드*Jude the Obscure*』의 제목을 염두에 둔 언어유희로, 앙드레 지드를 가리킨다.

** mascana. 나보코프의 조어로, 안데스산맥 고지에서 자라는, 천연 정력제로 알려진 안데스마카를 연상시킨다.

어린 이야기를 많이 들어왔다. 여기에 덧붙여 말해두자면, 논쟁이 오가는 회의장 같은 두뇌가 아니라 도서관 같은 두뇌를 가진, 기운 없고 얼빠진 듯 보이는 허름한 차림새의 그 훌륭한 미국 신사를 나는 2주 후에 워싱턴에서 만날 수 있었으니 얼마나 큰 영광이었는지 모른다. 다음 월요일, 실비아는 아프리카로 날아갔지만, 나는 얼마간 그 집에 머물며 명상에 잠기거나 책을 읽거나 뭔가를 끼적거리거나 매력적인 두 숙녀 그리고 그들의 부끄럼을 잘 타는 어린 마부와 함께 아름다운 전원에서 긴 시간 승마를 즐기면서 그동안의 모험에서 쌓인 피로를 풀었다. 이제까지 여러 번 느껴봤던 건데, 나는 즐겁게 지냈던 장소를 떠날 때면 뭔가 단단한 코르크를 잡아 빼서 색이 짙은 달콤한 와인을 따라 마신 뒤, 새로운 포도원과 점령지를 찾아 떠나버리는 것 같은 기분이 들곤 했다. 나는 뉴욕과 워싱턴의 도서관을 방문하며 즐겁게 두 달을 보낸 다음 크리스마스를 보내기 위해 플로리다로 날아갔다. 그리고 나의 새 아르카디아를 향해 떠날 준비가 되자, 시인에게 건강 회복을 축하하며 2월의 시작과 함께 아주 열렬한 찬미자를 이웃으로 맞게 될 거라고 농담조로 '경고'하는 공손한 쪽지를 보내는 게 멋진 일이자 마땅히 해야 할 일처럼 여겨졌다. 나는 아무런 답변도 받지 못했고, 훗날에도 나의 예의바른 그 행동이 결코 언급된 적이 없는 걸로 봐서, 유명 문학 인사들이 으레 받는 많은 '팬'레터에 내 전언이 섞여 들어간 것 같다. 실비아나 다른 누군가가 셰이드 부부에게 내가 도착할 거라고 얘기해뒀을 테지만 말이다.

시인은 정말로 매우 빠르게 건강을 회복했다. 그의 심장에 뭔가 조직상의 이상이 있었다면 기적적인 일로 불렸을 정도였는데, 그런 이상은 없었다. 시인의 신경이란 가장 기괴한 장난을 칠 수도 있지만, 재빨리 건강 리듬을 되찾을 수도 있는 법이다. 존 셰이드는 곧바로 타원형 테이블의 상석에 앉아 여덟 명의 신앙심 깊은 젊은이와 외부 청강생인 몸이 불편한 여성 그리고 교육자의 꿈과도 같은 여학생 하나를 포함해 세 여학생과 그가 좋아하는 포프에 대해 다시 논하기 시작했다. 그는 산책 같은 운동 습관을 줄이지 말라는 지시를 받았지만, 귀하신 노인 양반이 험한 원예용 연장을 휘두르거나 일본 물고기가 급류를 거슬러 올라가듯 대학 강당 계단을 옴죽거리며 오르는 광경*을 보고 있자면, 내가 오히려 심장이 두근거리고 식은땀이 나곤 했다는 걸 인정하지 않을 수 없다. 말이 난 김에 덧붙이자면, 독자는 그 기민한 의사(내가 알기로 언젠가 신경통과 뇌경화증을 혼동한 적이 있는 기민한 의사)에 대한 구절을 너무 심각하게 또는 너무 문자 그대로 받아들여서는 안 된다. 셰이드 본인에게 직접 들은 바로는 응급 절개수술은 시행되지 않았다. 심장을 손으로 압박하지도 않았다. 심장박동이 완전히 멈췄다 해도, 너무 짧은 동안이라 말하자면 거의 무의미했음이 분명하다. 물론 이 모든 사실을 고려해도 그 구절(691~697행)이 지닌 위대한 서사시적 아름다움은 손상되지 않는다.

696행: 확실한 최종 목적지

* 일본 풍속화 우키요에에 자주 등장하는 소재인 폭포의 급류를 거슬러올라가는 잉어를 떠올리게 하는 이미지.

그라두스는 1959년 7월 15일 이른 오후 코트다쥐르공항에 착륙했다. 이런저런 근심에도 그는 웅장한 트럭과 재빠른 모터바이크와 세계 각지의 자가용이 해안가 산책로에 즐비한 걸 보고 강한 인상을 안 받을 수 없었다. 그가 몹시 싫어했던 타는 듯한 열기와 눈부신 파란 바다가 기억났다. 제2차세계대전이 일어나기 전에 폐결핵을 앓는 보스니아인 테러리스트와 함께 일주일간 묵었던 라줄리호텔은, 그때는 독일 젊은이들이 들끓던 누추하고 물이 새는 곳이었는데, 지금은 프랑스 노인네들이 들끓는 누추하고 물이 새는 곳이었다. 부두로 이어지는 나란히 놓인 두 도로 사이의 횡단도로에 위치한 그 호텔은 열십자로 교차하며 끊임없이 이어지는 교통의 소음이 호텔 맞은편에서 기중기의 도움을 받으며 진행중인 건설 공사의 가는 소리와 탕탕거리는 소리에 섞여 들려왔다(20년 전에는 가라앉은 정적에 둘러싸여 있었다). 돌아가는 상황을 잊기 위해 언제나 소음이 약간 있는 걸 좋아하던 그라두스에게는 기쁘기 그지없는 놀라운 변화였다(“*기분 전환이 되는걸요.*” 그라두스가 미안해하는 호텔 여주인과 그 자매에게 말했듯이).

그는 꼼꼼하게 손을 씻은 후 다시 나갔고, 마치 열병을 앓듯 흥분된 전율이 그의 굽은 등골을 타고 흘렀다. 그가 묵는 호텔이 위치한 길과 산책로가 만나는 길모퉁이 노천카페 테이블 중 하나에 암녹색 재킷을 입은 남자가 매춘부임이 분명한 여자와 함께 앉아 양 손바닥을 얼굴에 대고 소리 죽여 재채기하고는, 또 한번 나올 재채기를 기다리는 척하며 양손으로 얼굴을 감싸고 있었다. 그라두스는 부두의 북쪽 방향을 따라 걸어갔다. 기념품가게의 진열창 앞에 잠시 멈췄다가 안으로 들어가 보라색 유리로 만든 작은 하마의 가격을 물어보고는 니스와 그 근교 지도를 샀다. 그는 뤼 강베타에서 택시정류장으로 걸어가다 땀으로 얼룩진 화려한 셔츠를 입은 젊은 여행객 둘을 우연히 보았다. 열기와 무분별한 일광 노출에 얼굴과 목이 밝은 분홍색으로 달아올라 있었다. 통이 넓은 검은색 바지 정장을 입고 단추가 두 줄 달린 실크 안감 상의를 접어 팔에 조심스럽게 건 그들은 우리의 추적자를 쳐다보지 않았다. 그는 유난히 주의가 산만한 사람이었음에도, 그들이 스치고 지나가자 찌릿하는 친숙한 무언가를 희미하게나마 느꼈다. 그들은 외국에 있는 그의 존재를 전혀 몰랐고 그의 흥미로운 임무에 대해서도 아는 바가 없었다. 사실인즉, 그들의, 그리고 그의 상관이기도 한 사람은 그라두스가 제네바가 아닌 니스에 있다는 걸 불과 몇 분 전에야 알았던 것이다. 그라두스 역시 소비에트 운동선수 안드로니코프와 니아가린이 그의 추적 활동을 돕게 될 거라는 소식을 들은 바가 없었다. 사실 그는 깨진 창유리를 갈고 새 정부를 위해 이전 왕실의 온실에서 희귀한 리플슨 유리를 검사하다가 온하바 궁궐 운동장에서 그들과 우연히 한두 번 마주친 적이 있었다. 하지만 다음 순간 그는 그들을 알아볼 수 있는 실마리를 놓쳤고, 다리 짧은 사람이 으레 그러듯 조심스럽게 꼼지락거리며 구식 캐딜락 뒷좌석에 타서 펠로스와 튀르크곶 사이에 있는 레스토랑으로 가달라고 했다. 우리의 사나이가 품은 소망과 의도가 무엇이었는지 말하기는 어렵다. 그저 은매화나무와 협죽도 틈으로 상상 속의 수영장을 엿보고 싶었던 걸까? 고든이 연주했던 기교가 화려한 곡을 이번에는 더 크고 강인한 양손에 의한 다른 연주로 계속해서 듣게 되기를 기대한 걸까? 날개를 편 독수리 같은 털이 가슴에 난 거인이 날개를 편 독수리같이 일광욕하며 누워 있는 곳을 향해 한 손에 피스톨을 들고 기어갈 것이었나? 우리는 알 수 없다. 아마 그라두스 자신도 몰랐을 것이다. 어쨌든 그는 쓸데없는 여행을 면하게 됐다. 현대의 택시운전사는 과거의 이발사만큼이나 수다스러워서, 구식 캐딜락이 시내를 벗어나기도 전에 우리의 불운한 암살자는 디사 별장의 정원에서 일하는 운전사의 형을 통해 운전사가 알게 된 사실, 즉 지금은 왕비가 7월의 남은 기간을 보내러 이탈리아로 가서 별장에 아무도 살지 않는다는 사실을 파악했다.

호텔로 돌아오자 희색이 만면한 호텔 여주인이 그에게 전보를 건네주었다. 그가 제네바를 떠난 것을 덴마크어로 힐책하며 앞으로 다른 지령이 있을 때까지 아무 일도 착수하지 말고 기다리라는 내용이었다. 임무를 잠시 잊고 즐거운 시간을 보내라는 충고도 있었다. 하지만 (피로 물든 꿈을 제외하면) 그 무엇이 그의 유흥거리가 될 수 있단 말인가? 그는 관광이나 해변을 거니는 취미가 없었다. 오래전에 술도 끊었다. 음악회에도 가지 않았다. 도박도 하지 않았다. 한때는 성적 충동이 그를 심하게 괴롭힌 적도 있지만, 지금은 그마저도 끝나버렸다. 라두고비트라*의 구슬공예가인 아내는 그를 떠나버렸고(집시 연인과 함께), 그는 장모가 눈이 멀고 수종에 걸려 쇠락한 과부들을 위한 수용소로 옮겨가기 전까지 장모와 불륜을 저지르며 살았다. 그후 몇 번이나 거세를 시도하다 심각한 염증으로 글래스맨병원 신세를 져야 했다. 이제 그는 마흔네 살이 되어 위대한 사기꾼인 자연이 우리를 속여 번식하게 하려고 우리 안에 집어넣은 그 육욕이 거의 가라앉았다. 즐거운

* Radugovitra. 러시아어로 무지개를 뜻하는 '라두가'와 라틴어로 유리를 뜻하는 '비트룸'의 합성어로 '무지개 유리' 정도로 추정된다.

시간을 보내라는 충고에 그가 격분한 건 하나도 이상한 일이 아니다. 이쯤에서 이 주석은 중단해야 할 것 같다.

705~707행: 조직, 등등

세 겹으로 된 '서로 연결된 세포들'의 삽입은 아주 기술적으로 처리됐고, '조직system'과 '줄기stem'의 상호작용에서 논리적인 만족감을 얻는다.

727~728행: 아니죠, 셰이드 씨…… 반사 상태였다고나 할까요

우리 시인이 곧잘 활용하는 특별한 결합 마술의 또다른 좋은 예다. 여기서 미묘한 동음이의 말장난은 '음영'이라는 명백한 의미가 아닌 '셰이드shade'의 부가적인 다른 두 의미로 선회한다. 즉 셰이드가 혼수상태에 빠졌을 때 반쯤은 자기 정체성을 유지했을 뿐 아니라, 반쯤은 유령이었다는 점을 의사가 시사했다는 것이다. 그 당시 내 친구를 치료한 특정 의사를 아는 나로서는 의사가 그런 기지를 보이기엔 너무 진부한 사람이었다는 말을 감히 덧붙인다.

734~736행: 아마도probably…… 뒤뚱거릴wobble…… 바람 빠진 비

행선limp blimp······ 불안정한unstable

대위법을 이용한 불꽃놀이의 세번째 폭발이다. 시인이 계획한 것은 바로 삶과 죽음의 열쇠를 찾는 '게임'의 복잡함을 자기 텍스트의 결 그 자체로 보여주는 것이다(808~829행 참조).

741행: 현란한 빛

7월 16일 아침(셰이드가 698행부터 746행까지 쓰는 동안) 둔한 그라두스는 자기를 비웃는 듯 활기 넘치고 자극적인 소음이 가득한 니스에서 강제로 아무 활동도 하지 않고 보내야 하는 또다른 하루가 밝은 것에 두려움을 느껴, 어두침침하고 탄내 나는 호텔 로비에 놓인 인조가죽 팔걸이의자에 앉아 배가 고파 죽을 때까지 꼼짝 않기로 했다. 가까운 테이블 위에 쌓인 낡은 잡지 더미를 느긋하게 훑어보았다. 과묵한 소형 기념비처럼 앉아 한숨을 쉬며 뺨을 불룩하게 부풀리고 페이지를 넘기기 전에 엄지에 침을 묻히면서 입을 벌린 채 그림을 바라보다가 인쇄물의 기사를 읽어 내려가면서는 입술을 우물거렸다. 그러고 나서 읽은 것을 모두 가지런히 모아 제자리에 두고 다시 의자 깊숙이 몸을 묻고 양손을 박공 모양으로 모았다 폈다 하며 무료함의 다양한 구조물을 만들었다. 그때 그의 옆자리에 앉아 있던 남자가 일어나 신문을 자리에 두고 밖의 현란한 빛 속으로 걸어나갔다. 그라두스는 신문을 집어 무릎에 펼쳐놓고 보다, 시선을 사로잡은 기묘한 지역 기사에 그만

몸이 얼어붙었다. 디사 별장에 강도가 침입해 책상을 뒤져 보석상자에서 귀중한 옛 훈장 여러 개를 훔쳐갔다는 내용이었다.

이 사건은 곰곰이 생각해볼 가치가 있었다. 막연히 불쾌감이 느껴지는 이 사건과 그의 추적 사이에 모종의 관계가 있는 걸까? 그가 어떤 조치를 취해야 하는 건 아닐까? 본부에 전보를 쳐볼까? 암호같이 보이지 않으면서 단순한 사실을 간략하게 말로 표현하기란 어려운 일이다. 기사를 오려내 항공우편으로? 방문을 가볍게 톡톡 두드리는 소리가 났을 때, 그는 방에서 안전면도날로 신문을 오리는 중이었다. 그라두스는 예상치 못한 방문객을 맞았다. 그림자단의 위대한 일원으로, 그라두스에게는 험준하고 안개에 휩싸인, 거의 전설에나 나올 법한 젬블라의 *온하바온하바onbava-onbava*("멀리, 저멀리")에 있으리라 여겨졌던 인물이었다! 마술에라도 걸린 듯 기계적으로 돌아가는 우리 시대가 공간의 노모 그리고 시간의 노부와 부리는 이런 놀라운 요술 같은 수작이라니!

그는 녹색 벨벳 재킷을 입은 명랑한, 어쩌면 지나치게 명랑한 친구였다. 아무도 그를 좋아하지 않았지만, 예리한 지성의 소유자임은 분명했다. 그의 이름은 이주므루도프*로 어쩐지 러시아 이름같이 들리지만 실제로는 에스키모 일족인 '움루드족** 출신의'라는 뜻이었다. 우리의 북부 해안가 에메랄드빛 바다에서 움야크(짐승 가죽을 덮은 보트)를 타고 노를 젓는 그들의 모습이 가끔 눈에 띄곤 했다. 그는 이를 드

---

* 러시아어로 '에메랄드의'라는 뜻.

** Umruds. 나보코프가 '이주므루도프(Izumrudov)'의 철자를 조합해 만든 가공의 부족명.

러내고 싱긋 웃으며 그라두스 동무에게 건강증명서를 비롯한 여행 서류를 모두 가지고 뉴욕으로 가는 가장 이른 비행기를 타야 한다고 말했다. 그라두스는 허리 굽혀 인사하며 이토록 놀랄 만한 통찰력으로 딱 맞는 장소와 딱 맞는 방법을 지시해준 것에 만족을 표했다. 그렇다. 안드론과 니아가루슈카가 자단紫檀으로 만든 왕비의 책상에서 약탈한 전리품(대부분 청구서, 귀중한 스냅사진 그리고 그 바보스러운 훈장들이었다)을 샅샅이 조사한 결과, 왕에게서 온 편지 한 통이 발견되어 문제의 그 주소가 드러났고, 그 장소는 바로— 우리의 사나이는 여기서 성공의 전령 말을 자르고 자신은 그럴 줄 전혀—라고 말하는데, 그렇게 겸손 떨 것 없다는 명령을 받았다. 이주므루도프는 종이 한 장을 꺼내 키득거리며(죽음은 아주 우스운 법) 그들의 고객이 쓰는 가명과 가르치는 대학과 그 대학이 있는 도시 이름을 적어주었다. 아니, 그 쪽지는 보관용이 아니었다. 내용을 다 외울 때까지만 갖고 있을 수 있었다. 이 종이 종류는 (마카롱 제조자가 사용하는 것으로) 소화도 잘될 뿐 아니라 맛도 있었다. 명랑한 녹색 환영은 물러갔다—틀림없이 다시 오입질을 하러 갔을 것이다. 그런 사내들이란 얼마나 증오스러운 존재인지!

747~748행: 잡지에 실린 Z 부인에 관한 이야기

좋은 도서관에 갈 수 있는 자라면 누구든지 그 이야기의 출처와 부인의 이름까지 틀림없이 쉽게 알아낼 수 있을 것이다. 그러나 그런 따

분하고 한가한 일은 진정한 학자의 품위에 걸맞지 않는다.

768행: 주소

여기서 독자는 내가 1959년 4월 2일에 남프랑스에 사는 한 수취인에게 보낸 편지(다행히 사본을 보관해두었다)에서 존 셰이드에 대해 언급한 부분을 읽고 재미있어할지도 모르겠다.

사랑하는 당신, 이 어리석은 사람. 나는 당신 아니라 그 누구에게도 내 집 주소를 알려주지 않고 앞으로도 그럴 것이오. 당신의 어림짐작과 달리 당신이 나를 찾아낼까봐 두려워서가 아니오. 모든 우편물은 내 사무실 주소로 받는다오. 여기 교외의 집들은 우편함이 개방된 채 길가에 있어서 누구나 광고지를 쑤셔넣거나 내게 온 편지를 훔칠 수 있소(단순한 호기심에서가 아니라 다른 악의적인 동기에서 그런다는 걸 유념하시오). 이 편지는 항공우편으로 보낼 것이니 실비아가 당신에게 준 주소를 급히 다시 알리오. C. 킨보트 박사, 철자는 KINBOTE(당신이나 실비아가 쓴 것처럼 '찰스 X. 킹보트Kingbot 귀하'가 아니니 제발 좀더 조심해주시오. 좀더 머리를 쓰란 말이오). 주소는 미국 애팔래치아 뉴와이 워드스미스대학이오.

나는 지금 당신에게 화를 내는 게 아니오. 그저 온갖 걱정으로 몹시 괴롭고 신경이 날카로워졌을 뿐이오. 나는 이곳에서 한 지붕 아래 살았던 사람의 애정을 믿었다오. 그것도 아주 마음속 깊이 진심으로. 그런데 그만 내 선조 세대에는 결코 없었던 배신을 당하고 상처를 입었다오. 그 당시 선조들은 그런 파렴치한에게 고문을 가할 수 있었지만, 지금 나는 물론 그 누구도 고문당하는 걸 바라지 않소.

여기는 날씨가 지독하게 추웠다오. 그러나 이제 본격적인 북방의 겨울이 남방의 봄으로 바뀌고 있으니 신께 감사할 따름이오.

당신 변호사가 뭐라고 하는지 나한테 설명하려 하지 말고, 그에게 내 변호사와 얘기하라고 하시오. 그러면 내 변호사가 나한테 설명해 줄 거요.

대학 일은 아주 즐겁다오. 그리고 최고로 매력적인 이웃—지금 한숨을 쉬며 눈썹을 치켜들 텐데, 그러지 마오, 여보, 그는 아주 나이 많은 신사니까—인 그 노신사는 당신의 녹색 앨범에 적힌 은행나무에 관한 짧은 시를 지은 분이라오(49행 주석을 다시 볼 것—이건 독자에게 하는 말임).

내게 편지를 너무 자주 쓰지 않는 편이 더 안전할 것 같소, 여보.

782행: 시

인용하고 싶었지만, 손에 넣을 수 없었던 그 특별한 시의 구름 틈으로 몽블랑의 '푸른 음영이 진 암벽과 선크림을 바른 것 같은 둥근 지붕'의 이미지가 아주 잠깐 언뜻 보인다. 오식으로 셰이드의 '하얀 샘'과 일치하게 된, 그 부인의 꿈에 나타난 그 '하얀 산'은 이를테면 부인의 기괴한 발음 때문에 흐릿하게 뭉개지긴 했지만, 여기서 하나의 주제로 등장한다.

802행: 산

시인의 예순다섯번째 카드에 쓰인 797행(그 행의 후반부)에서 809행까지의 구절은 7월 18일 해질 무렵과 7월 19일 해뜰 무렵 사이에 집필되었다. 그날 아침 나는 두 군데의 다른 교회(뉴와이에는 나의 젬블라 종파 교회가 없어서 이를테면 젬블라 종파 양극단 쪽에 있는 두 교회)에서 기도를 하고 한층 고양된 마음으로 집 주변을 산책했다. 생각에 잠긴 듯한 하늘에는 구름 한 점 없었고, 대지 자체가 우리 주 예수 그리스도를 따라 탄식하는 듯 보였다. 그렇게 햇빛이 맑고 서글픈 아침이면, 천국에서 추방되지 않을 기회가 내게 여전히 있으며, 마음속에 얼어붙은 진창과 공포에도 구원이 허락될 것 같은 희망을 항상 뼛속 깊이 느낀다. 머리를 숙인 채 누추한 나의 셋집으로 향하는 자갈길을 올라가는데, 마치 내 어깨 옆에 서서 살짝 귀가 먹은 사람에게 말하듯 큰 소리로 말하는 셰이드의 목소리가 너무도 분명하게 들렸다. "오늘밤 오게나, 찰리." 나는 두렵고 놀라서 주위를 둘러보았다. 완벽히 혼자였다. 나는 곧바로 전화를 걸었다. 일요일이면 부부를 위해 요리를 하러 오는 건방진 하녀*가 전화를 받더니 셰이드 부부는 집에 없다고 말했다. 그 하녀는 셰이드의 불쾌하고 하찮은 팬으로, 부인이 없는

* 원문은 'ancillula'로 라틴어다.

날 노시인이 자신을 품어줄 날이 올 거라 꿈꾸는 게 뻔했다. 나는 두 시간 후에 다시 전화를 걸었고 여느 때처럼 시빌이 받았다. 내가 친구에게 직접 얘기해야겠다고 잘라 말하자(나의 '전언'이 제대로 전달된 적은 한 번도 없었다) 전화를 바꿔주었고, 나는 그에게 가능한 침착하게 내 정원에 있는 큰 새가 말하듯 가까이에서 그의 목소리를 들었던 정오 즈음에 뭘 했느냐고 물었다. 그는 잘 기억나지 않는다고 하더니, 잠시 기다려보라고, 폴(그게 누구건 간에)과 골프를 쳤거나 아니면 적어도 폴이 다른 동료와 치는 걸 보고 있었을 거라고 말했다. 나는 저녁에 그를 꼭 봐야겠다고 소리친 후, 돌연 이유 없이 눈물이 쏟아져 전화기를 적시며 꺽꺽댔다. 밥이 나를 떠난 3월 30일 이후 내게 일어난 적이 없었던 감정의 격발이었다. 셰이드 부부 사이에서 부산한 대화가 오가더니 존이 말했다. "찰스, 들어보게. 오늘밤 산책이나 제대로 하러 가세. 8시에 만나러 가겠네." 그날 산책은 7월 6일(그 불만스러웠던 자연에 관한 대화) 이후 가진 나의 제대로 된 두번째 산책이었다. 7월 21일에 이루어진 세번째 산책은 너무도 짧게 끝나고 말았으니.

어디였더라? 그렇지, 연어색 하늘 아래 아르카디아의 숲을 존과 함께 예전처럼 터벅터벅 걷고 있었지.

"그런데요," 내가 쾌활하게 말했다. "지난밤에는 뭘 쓰셨나요, 존? 서재 창문이 아주 밝게 빛나던데요."

"산에 관해서라네." 그가 대답했다.

돌결이 도드라진 암석과 가지가 얼기설기 자란 전나무로 이루어진 베라산맥이 그 당당한 권세와 위용을 드러내며 내 눈앞에 우뚝 섰다. 그 멋진 소식으로 내 심장은 두근거렸고, 이번에는 내 쪽에서 관대해질 수 있겠다고 느꼈다. 나는 내 친구에게 원하지 않는다면 더 말해주지 않아도 된다고 했다. 그는 그렇다고, 말하고 싶지 않다고 하고는 자신이 선택한 일에 따르는 어려움을 한탄하기 시작했다. 지난 스물네 시간 동안 자신의 뇌는 대략 1000분 동안 일해서 50행을 썼으니(가령 797~847행), 즉 한 음절을 쓰는 데 2분이 걸리는 셈이라고 계산했다. 그는 끝에서 두번째 편인 제3편을 마쳤고 마지막 편인 제4편을 시작했다면서(머리말 참조, 머리말 참조, 지금 당장), 아직 9시경밖에 안 됐지만 그가 다시 그의 혼돈 속으로 뛰어들어 그 속에서 별이 총총한 우주를 끌어낼 수 있게 집으로 돌아간다면, 내 마음이 많이 신경쓰이겠느냐고 물었다.

어떻게 내가 싫다고 할 수 있겠는가? 방금 마신 그 산의 공기로 머리가 어질어질했고, 그가 나의 젬블라를 재구축하고 있었다!

803행: 오식

셰이드 시의 번역자들은 '산'이 '샘'으로 단숨에 변형되는 것에 곤란을 겪게 마련이다. 그것은 프랑스어나 독일어 혹은 러시아어나 젬블라어로도 옮길 수 없다. 따라서 역자는 언어 범죄자 사진 대장이나 다름없는 각주를 붙여 번역해야 할 것이다. 그런데! 내가 아는 바로는 두 단어뿐 아니라 세 단어가 개입된, 절대적으로 독특하고 믿을 수 없을 정도로 우아한 사례가 하나 더 있다. 이야기 자체는 그냥 소소하다(그리고 아마 출처도 불분명한 이야기일 것이다). 러시아 차르의 대관식에 관한 신문 기사에서 korona(왕관crown)라는 단어가 vorona(까마귀crow)로 잘못 인쇄됐다. 다음날 사과와 함께 그 단어를 '정정'했는데, 두번째 오식을 저질러 korova(젖소cow)가 되고 말았다. 왕관-까마귀-젖소crown-crow-cow와 러시아어 korona-vorona-korova 사이의 예술적 상호관계에 나의 시인은 분명히 넋을 잃을 만큼 기뻐했을 것이다. 나는 그 같은 경우를 어휘 유희 분야에서 본 바가 없으며, 이중으로 우연의 일치가 일어날 확률은 계산의 차원을 넘어선다.

810행: 의미의 그물

이 모텔에 있는 객실 다섯 개 중 하나는 주인이 차지하고 있다. 일흔 살가량 된 눈이 침침한 주인은 비틀거리며 절뚝거리는 품새가 셰이드를 생각나게 한다. 그는 근처에 작은 주유소를 운영하면서 낚시꾼에게 미끼를 판다. 대체로 나를 귀찮게 하지 않았는데, 며칠 전에는 내게 자기 방 선반에서 "아무 책이나 옛날 책 한 권 집어가라"고 제안했다. 나는 그를 언짢게 하기 싫어서 머리를 쳐들고 이쪽저쪽으로 책을 찾아보았다. 하지만 죄다 모서리가 접힌 문고판 추리소설들뿐이라 한숨과 웃음밖에 나오지 않았다. 그는 잠시 기다리라고 하더니 침대 쪽 벽감에서 다 낡아 해진 천으로 제본된 보물을 꺼냈다. "위대한 친구가 쓴 위대한 책이지." 프랭클린 레인의 서간집이었다. "젊을 때 레이니어국립공원에서 산림 경비원을 하면서 그를 자주 봤지. 이틀간 빌려주겠네. 후회하지 않을 걸세!"

나는 후회하지 않았다. 제3편 끝의 셰이드의 어조에 기묘하게 상통하는 단락이 하나 여기 있었다. 1921년 5월 17일 대수술을 받은 레인이 죽기 전날 밤에 쓴 원고 파편에서 발췌한 것이다. "그리고 만약 내가 그 다른 땅으로 간다면, 누구를 찾아야 할까? ……아리스토텔레스! 아, 함께 얘기 나눌 한 사람이 있을지니! 그가 손가락 사이로 인간의 일생이라는 긴 리본을 고삐처럼 쥐고 그 리본을 따라 온갖 신기한 모험이 가득한 신비한 미로를 더듬어가는 모습을 보면 얼마나 만족스러울까. …… 곧게 펴진 굴곡. 위에서 보면 단순해지는 다이달로스의 도면—아연실색할 만큼 복잡하게 엉킨 것 전체가 마치 어느 거장이 엄지로 마구 문질러 남긴 얼룩처럼 하나의 아름다운 직선으로 탈바꿈한다."

819행: 세계들을 가지고 게임을 하며

나의 저명한 친구는 온갖 종류의 단어 게임, 그중에서도 특히 단어 골프라는 게임에 어린애같이 집착했다. 그는 다채롭게 흘러가던 대화도 가로막고 이런 특별한 놀이에 탐닉하곤 했는데, 자연히 나로선 그와의 게임을 거절하는 건 무례한 일이 되어버렸다. 내 기록 중에 몇 개를 예로 들어보면, 증오-사랑hate-love은 3타, 계집-사내lass-male는 4타, 삶-죽음live-dead은 5타(가운데 '빌리다lend'를 끼워서)이다.*

822행: 발칸반도국의 왕을 죽이고

초고에 다음과 같은 글귀가 쓰여 있다고 얼마나 간절히 보고하고 싶었는지.

젬블라의 왕을 죽이고

그러나 아, 안타깝게도 이는 사실이 아니다. 그 초고를 쓴 카드를 셰이드가 보관해두지 않았던 것이다.

830행: 시빌, 그게

이 정교한 각운**은 제3편 전체의 유종의 미를 거두면서, 제3편의 '우연들과 가능성들'의 대위법적 시상을 종합하는 시의 극치를 보여준다.

835~838행: 이제 나는 엿보리라, 등등

---

* 루이스 캐럴이 고안한 게임으로 '단어 사다리 게임'이라고도 불린다. 주어진 단어의 철자를 하나씩 바꿔 상반된 의미의 단어를 만드는데, 중간의 연결고리가 되는 단어 수(타)에 따라 승패가 갈린다. 예를 들면, 'HATE-HAVE-CAVE-COVE-LOVE' 이렇게 연결고리가 되는 단어가 3개 필요해 3타로 계산된다.

** 원문에서 앞 행의 마지막 단어 '가능성들(possibilities)'과 이 행의 마지막 단어 '그게(it is)'의 운을 맞춘 것을 가리킨다.

7월 19일에 예순여덟번째 카드로 시작된 이 편은 전형적인 셰이드 식 작법으로 포문을 연다. 내적 공명을 일으키는 구절들이 앙장브망*의 혼란 속으로 교묘하게 섞여 들어가는 방식 말이다. 사실 이 네 행에서 한 약속은 915행과 923~924행(925~930행의 잔인한 공격으로 이어지는)에서 주문 같은 리듬으로 반복되는 걸 제외하면 실제로 지켜지지 않았다. 시인은 사나운 수탉이 날개를 퍼덕이듯 자칭 영감을 폭발시키고 싶어하지만 태양은 떠오르지 않는다. 여기서 약속한 격정적인 시 대신에 우리는 한두 번의 농담과 약간의 풍자, 이 편의 끝부분에 번지는 유연함과 평온함의 경이적인 광채를 보게 된다.

840~872행: 두 가지 작시법

잠재의식의 세계에 속한 번쩍이는 섬광과 피리 소리 그리고 '무언의 명령'(871행)에 의지하는 가장 중요한 방법까지 고려하면 사실 세 가지다.

873행: 나에게 최상의 시간

* 앞 행의 끝 구절이 다음 행에 걸쳐 있는 시구.

친애하는 내 친구가 7월 20일분 카드 다발(일흔한번째 카드부터 948행으로 끝나는 일흔여섯번째 카드까지)에 이 행을 쓰기 시작했을 때, 그라두스는 오를리공항에서 제트여객기에 탑승해 좌석벨트를 착용한 채 신문을 읽고 상승하고 활공하며 신성한 하늘을 더럽혔다.

887~888행: 나의 전기를 쓸 작가가 너무 고리타분하거나 혹은 너무 뭘 몰라서

너무 고리타분하다고? 너무 뭘 모른다고? 누가 전기작가가 될지 불쌍한 내 친구가 미리 알았더라면 이런 억측은 피할 수 있었을 것이다. 사실 나는 그가 이다음 행에서 묘사한 행위를 실제로 목격하는(어느 3월의 아침에) 기쁨과 영광을 누렸다. 워싱턴에 가려고 막 집을 나서는 참이었는데, 의회도서관에서 뭘 좀 찾아달라고 했던 그의 부탁이 기억났다. 시빌이 차가운 목소리로 "하지만 존은 당신을 볼 수 없어요. 지금 목욕중이거든요"라고 말한 게 지금 내 마음속 귀에 너무도 생생히 들린다. 그러자 욕실에서 고함치는 셰이드의 쉰 목소리. "들어오라고 해, 시빌, 그가 날 강간하진 않을 테니!" 하지만 그도 나도 그가 찾아달라고 했던 게 뭐였는지 기억해내지 못했다.

894행: 왕

젬블라혁명 초기의 처음 몇 달간 미국에서는 왕의 사진이 드물지 않게 나돌았다. 기억력이 좋고 참견하기 좋아하는 학교 인사나 셰이드와 그의 괴짜 친구들을 항상 따라다니던 사교클럽의 여성 하나가, 그런 경우 으레 그러하듯 쓸데없이 의미심장한 표정을 띠고 이따금 내게 물었다. 그 불행한 군주와 얼마나 닮았는지 말해주는 사람이 없었나요. 나는 "중국인은 모두 똑같이 생겼죠" 따위의 말로 응수하며 화제를 바꾸곤 했다. 하지만 어느 날 교수회관에서 여러 명의 동료에 둘러싸여 빈둥거리다 유난히 당혹스러운 공격을 참아내야 했다. 옥스퍼드에서 온 독일인 객원 강사가 큰 소리로 감탄을 표하더니만, 이렇게 닮은 경우는 "듣도 보도 못했다"고 소곤거렸다. 나는 무심한 말투로 젬블라인은 턱수염을 기르면 다 닮아 보인다고, 사실 젬블라라는 명칭은 러시아어 제믈랴*가 변형된 게 아니라 반영의 땅, 즉 '닮은 사람들resemblers'의 땅인 '젬블러란드Semblerland'에서 유래한 거라고 말해주었다. 나를 들볶던 사람이 말했다. "아, 그런가요. 하지만 카를왕은 턱수염이 없었어요. 그런데도 바로 이 얼굴이었단 말이죠! 나는 〔그가 덧붙였다〕 스웨덴인 아내와 1956년에 온하바에서 열린 스포츠 제전에 참석했는데, 그때 영광스럽게도 왕실 가족석과 불과 몇 야드밖에 떨어지지 않은 곳에 앉았어요. 우리집에 그의 사진도 있답니다. 그리고 제 처제는 그의 시종 중 한 명의 모친인 어떤 흥미로운 여인과 아주 잘 아는 사이고요. 〔셰이드의 양복 옷깃을 끌어당기다시피 하며〕 깜짝 놀랄 만큼 닮은 생김새를 좀 보세요. 얼굴 윗부분하며 눈, 이 눈 말입니다. 그리고 콧마

* '땅' '나라'를 뜻한다.

루까지 그렇지 않나요?"

"아니요, 선생. 〔어떤 의견을 밝히려고 할 때면 으레 그러듯 다리를 바꿔 꼬고 팔걸이의자에서 가볍게 몸을 흔들며〕 닮은 점이라고는 전혀 없소. 나도 뉴스영화에서 그 왕을 본 적이 있는데, 전혀 안 닮았소. 유사성이란 상이함의 그림자와 같다오. 사람들마다 각기 다른 유사점과 유사한 상이점을 보는 법이오."

이런 대화가 오가는 동안 유난히 불편한 기색을 보였던 사람 좋은 네토츠카가 부드러운 목소리로 그렇게 '호감 가는 군주'가 감옥에서 비명횡사했을지 모른다고 생각하니 얼마나 슬픈지 모르겠다고 말했다.

그때 물리학과 교수가 대화에 합세했다. 그는 핑크*라 불리는 인물로, 예의 좌익이 믿는 바를 믿었다(진보적 교육, 러시아를 위해 스파이 활동을 하는 모든 이의 고결함, 오로지 미제 폭탄으로만 야기되는 죽음의 재, 매카시시대가 끝난 지 얼마 안 된 지금 이 시점의 생존 문제, 『닥터 지바고』를 비롯한 소련의 업적, 기타 등등). "당신은 아무 근거도 없이 유감이라 하는군요. 〔그가 말했다.〕 그 안쓰러운 군주는 수녀로 변장하고 도망갔다고들 하던데요. 그러나 그에게 당장 무슨 일이 일어나거나 이미 일어났다 해도 젬블라 국민은 별 흥미 없을걸요. 역사가 그를 탄핵한 것입니다. 그게 그의 묘비명이죠."

셰이드: "맞는 말이오, 선생. 머지않아 역사는 모든 이를 탄핵할 거요. 왕은 죽었을 수도 있고, 당신이나 킨보트처럼 살아 있을 수도 있지만, 사실을 존중하기로 합시다. 나는 이분에게서 〔나를 가리키며〕 그

---

* 정치적 속어로 '좌익 동조자'를 뜻한다.

수녀에 관한 파다한 소문은 야비한 친과격파 일당이 지어낸 거라고 들었소. 과격파와 그 동조자들은 자신들의 실패를 은폐하기 위해 그런 허튼수작을 무수히 벌인다오. 하지만 진실은 국왕이 궁전에서 걸어나와 산을 넘어 그 나라를 떠났다는 거요. 창백한 노처녀의 검은 옷이 아니라 운동선수처럼 진홍색 모직 옷을 입고."

"이상하군, 이상해." 독일인 객원 강사가 말했다. 오리나무숲 혈통의 장난인지, 이 남자만이 둥둥 울리다가 사라진 으스스한 음조를 포착해냈다.

셰이드 〔미소 띤 얼굴로 내 무릎을 주무르며〕: "왕들은 죽지 않소, 다만 사라질 뿐이라오. 그렇지, 찰스?"*

"누가 그래요?" 무식하고 언제나 의심이 많은 영문학과 학과장이 마치 혼수상태에서 깨어난 사람처럼 날카롭게 물었다.

"내 경우를 보시오." 친애하는 나의 친구는 H 씨의 물음을 무시하고 얘기를 이어갔다. "난 적어도 네 사람과 닮았다는 말을 듣소. 새뮤얼 존슨, 엑스턴박물관에 전시된 충실히 복원된 인간의 조상 그리고 이 지역의 괴짜 둘로, 그중 하나는 레빈 홀 식당에서 국자로 으깬 감자를 퍼주는 머리가 헝클어진 물불 안 가리는 노파지."

"그 마녀 줄에서 세번째 말씀이시군요." 내가 기발한 표현으로 콕 집어 말하자, 좌중은 웃음바다가 됐다.

"난 오히려 이렇게 말하고 싶네요." 파던 씨—아메리카 역사 전공—가 말했다. "그녀는 골즈워스 판사를 닮았다고요." ("뭐 그 사람도 우리

---

* 토머스 플랫먼(1635~1688)의 찰스 2세에 대한 추모시(1685)에 "결코 죽음에 굴하지 않고, 다만 사라질 뿐이다"라는 시행이 나온다.

부류지." 셰이드가 고개를 기울이며 그의 말에 끼어들었다.) "특히 저녁 잘 먹고 나서 온 세상에 대해 진정으로 화를 낼 때의 모습이."

"내가 듣기론," 네토츠카가 주저하며 말을 꺼냈다. "골즈워스 부부는 멋진 시간을 보내고 있다는데……"

"내 말을 증명할 수 없으니 유감이군요." 집요한 독일인 객원 강사가 중얼거렸다. "여기 사진 한 장만 있다면. 혹시 어딘가 있지 않을지……"

"물론 있죠." 젊은 에메랄드가 말하더니 자리를 떴다.

파던 교수가 이번엔 나를 보고 말했다. "난 당신이 러시아에서 태어났고, 이름은 보트킨Botkin이나 보트키느Botkine의 철자를 약간 바꾼 게 아닌가 하는 인상을 받았답니다."

킨보트: "당신은 나와 그 노바젬블라*의 망명자라는 사람[40]을 혼동하고 계시는군요." ['노바'를 비꼬는 투로 강조함.]

"*킨보트*는 당신 나라 말로 국왕 시해자를 의미한다고 내게 말하지 않았나, 찰스?" 나의 친애하는 셰이드가 물었다.

"네, 왕을 파괴하는 자라는 뜻이죠." 나는 말했다(망명이라는 거울 속에 자신의 정체를 감춘 왕도 어떤 의미에선 그런 자라고 설명하고 싶은 마음이 간절했지만).

셰이드 [독일인 객원 강사에게]: "킨보트 교수는 성姓에 대한 탁월한 저서를 집필했다오. [나에게] 영어 번역판도 있는 걸로 아는데?"

"1956년 옥스퍼드판이 있지요." 내가 대답했다.

---

* 러시아 북서부에 있는 군도. 러시아어 명칭은 '노바야제믈랴'로 '신대륙'이라는 뜻이다.

"그렇지만 러시아어도 아시잖습니까?" 파던이 말했다. "일전에 당신이 어떤 사람에게 이야기하는 걸 들은 게 생각나는데, 그 사람 이름이 뭐더라, 가만있자, 아 이런." 〔입술을 달싹여 발음해보려 애씀.〕

셰이드: "선생, 우리 모두 그 이름을 공략하기 어렵다는 걸 알고 있소." 〔웃음을 터트림.〕

헐리 교수: "'타이어'에 해당하는 프랑스어 단어를 생각해봐요, 퀴누[41]지요."

셰이드: "아니 선생, 당신이 저 곤경에 펑크를 내버렸잖소." 〔큰 소리로 웃음.〕

"플랫먼*." 나는 빈정댔다. "그래요." 파던 쪽을 바라보며 말을 이었다. "나는 당연히 러시아어를 합니다. 당신도 알다시피, 적어도 젬블라 귀족사회와 궁중에서는 프랑스어보다 훨씬 더 즐겨 쓰던 대표적인 언어가 러시아어였지요. 물론 오늘날에는 모든 게 변했지만. 지금은 하층계급에게 러시아어를 강제로 가르치지요."

"우리 역시 학교에서 러시아어를 가르치려고 애쓰지 않나요?" 펑크가 말했다.

이야기가 무르익는 동안 방의 한쪽 끝에서 책장과 교감을 나누던 젊은 에메랄드가 도판이 있는 백과사전의 T-Z권을 가지고 돌아왔다.

"자." 그가 말했다. "여기 그의 사진, 국왕의 사진이 있어요. 그런데 보세요, 젊고 잘생긴 미남이에요." ("아, 그럴 리가 없는데." 독일인 객원 강사가 투덜거렸다.) "젊고 잘생기고 화려한fancy 제복을 입었어

* Flatman. '바람 빠진 사람'이라는 뜻이다. 또한, 앞서 파던 교수가 토머스 플랫먼의 시행을 모르던 것을 킨보트가 빈정대고 있다.

요." 에메랄드가 계속 말했다. "꽤나 화려한 팬지pansy* 같네요, 실제로는."

"그러는 자네는," 내가 조용히 말을 받았다. "싸구려 녹색 재킷을 걸친 생각이 음란한 애송이이고."

"아니 제가 뭐라고 했습니까?" 젊은 전임 강사는 레오나르도의 〈최후의 만찬〉에 나오는 사도[42)]처럼 양 손바닥을 쫙 펼치고 좌중을 둘러보며 물었다.

"자, 자." 셰이드가 말했다. "내가 장담하건대, 찰스, 우리 젊은 친구는 자네와 이름이 같은 자네 국왕을 모욕할 생각은 추호도 없었네."

"그가 그러고 싶었다 해도 그러지 못했을 겁니다." 나는 태연히 말해서 모두 농담으로 돌렸다.

제럴드 에메랄드가 손을 내밀었다—이걸 쓰는 이 순간에도 여전히 그 자세 그대로 있을 것이다.

895~899행: 몸무게가 늘수록…… 혹은 이런 군턱이

쉽게 이해되고 불쾌감을 일으키는 이 시행 대신에 초고에는 다른 시행이 적혀 있었다.

나는 어느 정도 애호함을 시인하는 바이다,

---

* 속어로 남자 동성애자를 지칭한다.

위트가 가진 최후의 수단인 패러디를.
"불굴의 정신이 우위를 점하는 자연의 투쟁에서
희생자는 비틀거리고, 승리자는 실패하는 법."
899 그래, 독자여, 포프[*]다.

920행: 잔털을 모조리 곤두서게 만드는

아마도(아니다, 이 비겁한 '아마도'라는 표현은 빼버리자) 영시 백년의 역사에서 최고의 성과를 나타낸다는 점에서 앨프리드 테니슨(1809~1892)의 『인 메모리엄』[**]과 쌍벽을 이루는 시선집 『슈롭셔의 젊은이』[***]의 시인 앨프리드 하우스먼(1859~1936)은 어디선가(어딘가의 머리말이었나?) 이와 정확히 반대되는 말을 한 적이 있다. 부르르 떨며 빳빳하게 선 잔털이 그의 면도에 방해가 되었던 것이다.[43] 그러나 두 앨프리드는 분명히 보통 면도칼을 사용했을 테고, 존 셰이드는 구식 질레트 면도기를 사용했으니 다른 도구를 써서 생긴 차이인 것이다.

---

* 포프의 『비평론』(1711) 56~57행의 패스티시이다.

** 테니슨이 1850년에 출간한 『인 메모리엄』은 17년간 그리워한 친구에게 바치는 애가로 그의 대표작으로 꼽힌다.

*** 1896년에 출간된 하우스먼의 첫 시선집으로, 요절한 젊은이들에 대한 애가이다. 킨보트가 385~386행 주석에서 인용하는 하우스먼의 시 「요절한 젊은 운동선수에게」도 이 시집에 수록되어 있다.

921행: '우리의 크림'이 구레나룻을 치켜세우며

이것은 그다지 정확한 표현은 아니다. 이 구절이 언급하는 광고에서는 구레나룻을 크림 같은 물질이 아니라 풍성한 거품으로 치켜세웠다.

이 행 다음에는 923~930행 대신에 살짝 지워진 다음의 이문이 있다.

무릇 예술가들이란 다 소위 유감스러운 시대에
태어난다지. 나의 시대는 그중에서도 최악.
궤도폭탄과 우주선을 만들기 위해
외국 이름의 천재가 필요하다고 생각하는 시대,
어느 바보라도 날림으로 그따위 것을 만들 수 있는데.
사기꾼 일당이 월면학자月面學者에게 엄포를 놓는 시대,
슈바이처 박사에게서 위대한 현자의 모습을 보는
희극적인 시대.

이 시행을 삭제하고 시인은 다른 주제를 시도해봤지만, 그 역시 취소해버렸다.

시인이 가장 높이 비상하던 영국은 이제 그들이
지상을 터벅터벅 걷길 바라고, 페가수스가 쟁기질하길 바란다.
이제 추잡한 삼류 문인 모임*의 산문 장사치들,

---

* the Grubby Group. 18세기 영국의 가난한 문인들이 모여 살던 런던의 그러브 스트리트를 연상시킨다.

정보통, 영리한 체하는 바보,
그리고 우리 시대의 온갖 사회소설이
페이지에 목탄 먼지나 조금 남길 뿐이다.

929행: 프로이트

나는 다시 마음의 눈으로 시인이 문자 그대로 잔디밭에 주저앉아 주먹으로 잔디를 내리치고 몸을 흔들며 호탕하게 웃는 모습을 본다. 그리고 다름 아닌 나, 킨보트 박사는 강의실에서 몰래 가져온 책의 재미난 부분을 일관성 있게 읽어 내려가려 애쓰는데, 웃느라 눈물이 봇물 터지듯 주룩주룩 수염을 타고 흘러내린다. 그 책은 미국 대학에서 교재로 쓰는, 반복해 말하건대 미국 대학에서 교재로 쓰는 정신분석학에 관한 학술서다. 아, 애석하게도 내 공책에는 겨우 두 대목만 적혀 있다.

> 그러지 말라고 아무리 막아도 젊은이가 코를 파거나 항상 단춧구멍에 손가락을 찔러넣을 때…… 정신분석학 교사는 젊은이의 환상 속에서 육욕은 한계가 없음을 안다.

(오스카어 피스터 박사의 『정신분석 방법』, 1917, 뉴욕판, 79쪽에서 C 교수가 인용함)

「빨간 두건 소녀」의 독일어판에서 작고 빨간 벨벳 두건은 월경을 상징한다.

(에리히 프롬의 『잊힌 언어』, 1951, 뉴욕판, 240쪽에서 C 교수가 인용함)

저 어릿광대들은 자신이 가르치는 걸 정말로 믿을까?

934행: 큰 트럭들

우리집 부근에서 '큰 트럭들'이 지나가는 소리를 그렇게 자주 들은 기억은 없다는 걸 말해둬야겠다. 시끄러운 차는 있었지만, 트럭은 아니다.

937행: 젬블라

오늘 나는 지치고 서글픈 주석자다.

시인은 죽기 전날 밤 이 카드(일흔여섯번째 카드) 좌측에 평행하게 각주에 인용하려고 했던 듯한 시행 하나(포프의 『인간론』 두번째 서한에서 가져온)를 써놓았다.

> 그린란드, 젬블라 혹은 주님만이 아는 어딘가

늙은 배신자 셰이드가 젬블라, 나의 젬블라에 대해 할말이 이것뿐이란 말인가? 송송 난 그의 짧은 수염을 깎으면서? 이상해, 이상한 일이야……

939~940행: 인간의 삶, 등등

내가 이 간결한 소견의 의미를 옳게 이해했다면, 우리 시인은 여기서 인간의 삶이란 그저 방대하고 난삽한 미완의 걸작에 달린 일련의 각주에 불과하다는 점을 시사하고 있다.

949행: 그리고 언제나

그리하여 자기 생의 마지막 날이던 7월 21일 오전 어느 때에 존 셰이드는 마지막 카드 묶음(일흔일곱번째에서 여든번째까지)을 쓰기 시작했다. 고요한 두 시간대가 합쳐져 이제 한 인간 운명의 표준시를 형성하려 했다. 뉴와이의 시인과 뉴욕의 자객이 그날 아침 그들의 시간측정원이 갖고 있는 스톱워치가 똑같이 눌려서 나는 소리에 동시에 잠에서 깨는 일이 불가능한 건 아니다.

949행: 그리고 언제나

그리고 언제나 그는 더 가까이 다가왔다.

그라두스가 파리를 떠나 뉴욕으로 온 날 밤(7월 20일 월요일), 무시무시한 뇌우가 그를 맞았다. 열대성 폭우가 쏟아져 지하도와 지하철 선로가 물에 잠겼다. 강이 되어버린 거리에는 만화경 같은 빛이 어른거렸다. 비노그라두스는 번개가 그토록 내리치는 장관을 한 번도 본 적이 없었고, 자크 다르구스도 혹은 잭 그레이도 그 점에서는 마찬가지였다(잭 그레이를 잊지 말자!). 그는 브로드웨이의 삼류 호텔에 여장을 풀고 줄무늬 잠옷—젬블라인이 *루스케르 시르수스케르Rusker sirsusker*('러시아풍 시어서커 슈트')라 부르는 종류—을 입고 침대보 위에 대자로 누워 잠을 푹 잤다. 평상시처럼 양말을 신은 채였는데, 스위스에서 핀란드식 목욕탕에 갔던 7월 11일 이후 그는 자기 맨발을 본 적이 없었다.

이제 7월 21일이 밝았다. 아침 8시에 뉴욕은 쾅쾅거리고 빵빵거리는 소음으로 그라두스를 깨웠다. 여느 때처럼 그는 코를 풀면서 모호한 하루의 일상을 시작했다. 그러고는 무시무시하게 생긴 특대형 틀니를 잘 때 보관해두는 마분지 상자에서 꺼내 코머스* 가면을 닮은 입에 집어넣었다. 틀니는 그것 말고는 멀쩡한 그의 외모에서 사실상 유일한 결함이었다. 틀니를 낀 다음 서류가방에서 전에 남겨둔 버터비스킷 두 조각과 그것보다도 오래됐지만 여전히 먹을 만한 작고 말랑말랑한 햄샌드위치 비슷한 걸 꺼냈다. 이 음식은 지난 토요일 밤 니스에서 파리로 가던 기차 여행과 어렴풋이 관계가 있었다. 그로서는 딱히 절약하

* 존 밀턴의 가면극인 『코머스』(1634)에 나오는 음주와 향연을 주관하는 젊은 신.

려 했다기보다는(어쨌든 그림자단은 그에게 상당한 금액을 가불해줬기 때문에) 궁하게 살던 젊은 시절의 습관에 대한 본능적인 집착에 가까웠다. 침대 위에서 이 진수성찬으로 아침식사를 하고는 자기 인생에서 가장 중요한 날을 위한 준비를 시작했다. 어제 면도를 했다—그럼 그건 됐고. 그는 자신의 모범수 잠옷을 여행가방이 아니라 서류가방에 쑤셔넣고, 옷을 입고, 외투 안주머니에서 카메오 세공이 된 빗살 무딘 분홍색 휴대용 빗을 꺼내 뻣뻣한 머리카락을 거칠게 빗었다. 조심스럽게 중절모를 쓰고, 복도 건너편의 거의 아무 냄새도 나지 않는 훌륭한 현대식 화장실에서 훌륭한 현대식 물비누로 양손을 씻은 후 소변을 보고, 한 손을 물로만 씻고는 깨끗하고 말쑥해진 기분으로 산책을 나갔다.

그는 뉴욕에 와본 적이 한 번도 없었다. 그러나 백치에 가까운 다수가 그렇듯 그는 새롭고 진기한 것에 연연하지 않았다. 전날 밤 그는 몇몇 고층빌딩의 불 켜진 창문으로 층수를 세었고, 오늘은 빌딩의 높이를 몇 개 더 따져보고는 알아야 할 것은 다 알았다고 느꼈다. 사람이 많고 축축한 카운터에서 잔을 가득 채우고도 받침접시에 반 잔 분량이나 넘쳐흐른 커피를 마시고, 센트럴파크의 서쪽 산책길에 있는 벤치에서 벤치로, 이 신문에서 저 신문으로 옮겨다니며 푸른 연기가 자욱한 아침시간을 보냈다.

그는 〈뉴욕 타임스〉 조간부터 읽기 시작했다. 격투를 벌이는 두 마리 벌레처럼 입술을 우물거리며 신문에 난 기사를 거의 다 읽었다. 흐루쇼프(그들의 표기에 따르면 'Khrushchev')는 스칸디나비아 방문을 돌연 취소하고, 대신 젬블라를 방문하게 되었다(여기 그대로 옮겨보겠다. "Vï nazïvaete sebya zemblerami, 제군들은 자신을 젬블라인이라 부르지만, a ya vas nazïvayu zemlyakami, 나는 제군들을 나의 동포라 부르겠소!" 웃음소리와 박수갈채). 미합중국은 최초의 원자력 상선을 진수하려 한다(물론 러시아인을 약올리기 위해서다. J.G.). 어젯밤 뉴어크에서 사우스 스트리트 555번지의 한 아파트에 벼락이 떨어져 TV가 산산조각나는 바람에, 스튜디오에서 촬영한, 여배우가 맹렬한 폭풍에 휩쓸려가는 장면을 시청하던 두 사람이 상해를 입었다(그런 고통을 받은 영혼은 끔찍하도다! C.X.K.가 J.S.의 증언에 의거). 브루클린에 있는 레이철 귀금속상회는 "반드시 인조보석을 다룬 경험이 있는" 보석연마사를 구하는 광고를 루비 활자체*로 냈다(아, 드그레가 경험이 있는데!). 헬먼 형제는 꽤 큰 액수의 약속어음 투자유치협상을 원조했다고 밝혔다. "11,000,000달러, 데커 유리제조 주식회사, 어음 만기일 1979년 7월 1일." 그라두스는 다시 젊어진 기분으로 이 기사를 한번 더 읽었다. 아마도 저 날짜로부터 나흘 후에는 자신이 예순네 살일 거라는 음울한 생각은 밑바탕에 깔고서(논평 생략). 또다른 벤치에서 같은 신문의 월요일판을 발견했다. 화이트호스의 박물관을 방문중이던(그라두스는 너무 가까이 다가온 비둘기 한 마리를 발로 차버렸다) 영국 여왕이 백색 동물 전시실의 한쪽 구석으로 걸어가 오른손 장갑을 벗고, 분명히 주의깊게 지켜보고 있을 몇몇 사람들에게 등을 돌린 채 이마와 한쪽 눈을 문질렀다. 이라크에서 공산주의를 지지하는 폭동이 발발했다. 뉴욕 콜리세움에서 개최한 소비에트 전시회에 대한 질문을 받은 시인 칼 샌드버그의 답변을 인용해보겠다. "그들은 최상

---

* 5.5폰트 활자.

의 지적 수준으로 관객을 매혹했습니다." 여행서 신간을 비평하는 저속한 서평가는 자신의 노르웨이 일주 관광에 대해 이렇게 논평했다. 피오르 해안은 너무 유명해서 (그의) 설명이 필요치 않으며 모든 스칸디나비아인은 꽃을 사랑한다고. 각국의 아동이 참여한 야유회에서 젬블라 계집아이가 일본인 친구에게 외쳤다. *우프구트, 우프구트, 벨캄 우트 젬블러란드!* *Ufgut, ufgut, velkam ut Semblerland*(아듀, 아듀, 젬블라에서 우리가 다시 만날 때까지!) 이것은 흥미진진한 게임이었음을 고백한다. 패드를 덧댄 어깨의 그림자 너머로 보이는 잡다하고 자잘한 사건들을 WUL에서 찾아내는 것 말이다.* [44]

자크 다르구스는 자기 시계를 스무번째 들여다보았다. 뒷짐을 지고 비둘기처럼 천천히 걸어다녔다. 지저분하지만 귀여운 소년에게 자신의 마호가니색 구두를 닦게 하고는, 소년이 헝겊을 탁탁 소리나게 당겨 팽팽하게 잡고서 구두를 닦는 방식을 감상했다. 브로드웨이에 있는 레스토랑에서 큼지막한 연분홍색 돼지고기 1인분을 소금에 절인 양배추, 노란 고무줄 같은 프렌치프라이 곱빼기 한 접시와 곁들여 먹고 농익은 멜론 반 조각을 해치웠다. 내심 놀란 나는 세낸 조각구름 위에서 그를 응시한다. 여기 그자가 있다. 극악무도한 행위를 저지르려고 준비하는 짐승이—상스러운 음식을 상스럽게 먹어대며 즐기는 저놈이! 내 생각엔 그가 어떤 상상을 했는지 미리 투영해본다 해도, 그가 그 행위를 할 즈음에, 즉 그 행위로 말미암은 모든 가능한 결과가 나오기 직전에 투영된 영상이 멈춘다는 사실을 우리는 감안해야 한다. 허깨비

* 그라두스가 읽은 신문 기사들을 나중에 워드스미스대학 도서관(Wordsmith University Library)에서 찾아보았다는 의미로 해석할 수 있다.

같은 결과들, 절단수술 환자의 발가락 환영이나 체스판에서 사방으로 뻗은 여분의 칸 같은. 체스판 가장자리의 세로열에 서 있는 나이트(칸을 건너뛸 수 있는 말)가 체스판 너머로 판이 환영처럼 확장될 것처럼 '느끼지만', 실제 게임에서 그 말이 움직이면 아무 효과도 내지 못하는 그런 칸.

그는 산책에서 돌아와 비버랜드호텔에서의 짧지만 괜찮았던 체류에 대한 비용으로 젬블라 화폐 3천 크라운에 상당하는 금액을 지불했다. 그런 다음 실제적인 선견지명을 발휘한다는 착각으로 자신의 합성섬유로 된 여행가방과—잠시 망설인 후에—비옷을 역에 있는 로커에 무기명으로 맡겨놓았다. 내 추측이지만, 그것들은 보석으로 장식된 나의 홀, 루비 목걸이, 다이아몬드가 박힌 왕관이—어디 있는지 상관없이—그렇듯 여전히 그곳에 기분좋게 누워 있을 것이다. 그는 자신의 운명을 결정할 여행에 우리가 아는 그 낡아빠진 검은 서류가방만 가지고 갔다. 그 속에는 깨끗한 나일론 셔츠 한 장과 더러운 잠옷 한 벌, 안전면도기, 세번째 버터비스킷, 비어 있는 마분지 상자, 아까 공원에서 미처 다 못 읽은 두툼한 삽화 신문, 언젠가 자신의 늙은 정부를 위해 그가 만든 유리 의안 그리고 수년 전 그의 손으로 직접 인쇄한 열두 편의 급진적 노동조합 지상운동 관련 소책자가 편마다 몇 부씩 들어 있었다.

오후 2시에 공항 수속을 해야 했다. 전날 밤 예약할 때, 뉴와이에서 어떤 학회가 열리는 바람에 더 이른 항공편 좌석을 구하지 못했다. 열차 시간표도 이리저리 뒤적거려봤지만, 어떤 짓궂은 장난꾼이 시간표를 짰는지 그나마 탈 만한 유일한 직행열차(심하게 흔들리며 덜컹덜컹

가는 그 기차를 타본 우리 학생들은 네모 바퀴라는 별명으로 부른다)가 새벽 5시 13분에 출발해 신호 정차역마다 빈둥거리느라 엑스턴까지 400마일을 가는 데 총 열한 시간이나 걸렸다. 워싱턴을 경유하면 그 기차를 추월할 수도 있는데, 그러면 느릿느릿 가는 완행열차를 갈아타기 위해 워싱턴에서 적어도 세 시간은 기다려야 했다. 버스는 그라두스에게 아예 고려 대상이 아니었는데, 버스만 타면 늘 멀미를 해서 멀미약을 먹어야 했고, 그러면 계획에 영향을 미칠 터였다. 하기야 멀미약을 먹든 안 먹든 어차피 그는 그리 침착한 상태는 아니었다.

그라두스는 이제 앞선 시편들에서보다 시간과 공간상 우리에게 훨씬 더 가까워졌다. 그는 검은 머리를 바짝 깎아 세웠다. 우리는 그 텅 빈 타원형 얼굴의 세부를 짙은 눈썹과 뺨에 난 사마귀 같은 갖가지 요소로 채울 수 있다. 혈색이 불그스레하지만 건강해 보이지는 않는다. 우리는 왠지 모르게 최면에 걸린 듯한 그의 시각기관 구조를 제법 또렷하게 본다. 콧날이 구부러지고 코끝에 가늘게 홈이 팬 음침한 코를 본다. 광물성 푸른빛을 띠는 턱과 점점이 자갈밭 같은 콧수염 민 자리를 본다.

우리는 이미 그의 몸짓에 대해 몇 가지를 안다. 침팬지같이 구부정한 커다란 체구와 짧은 뒷다리를 안다. 그의 주름진 양복에 대해서라면 충분히 들었다. 그리고 온하바에 사는 그의 처남인 멋부리기 좋아하는 푸주한이 부활절 선물로 줬다는 넥타이에 대해서도 드디어 묘사할 수 있다. 초콜릿브라운에 빨간 가로줄무늬가 있는 모조 실크 넥타이로, 그 끝을 셔츠의 두번째와 세번째 단추 사이에 접어넣게 되어 있다. 이는 1930년대에 젬블라에서 유행한 스타일인데, 식자들에 따르면 아버지 세대에서는 양복 조끼 대용으로도 쓰였다고 한다. 혐오스러운 검은 털이 그의 단순 무식한 손등을 뒤덮고 있고, 과격한 노동조합에 속한 직공의 청결하기 그지없는 그 손은 촛농받이 제조자의 전형적인 손처럼 양 엄지손가락이 눈에 띌 정도로 기형이다. 다소 갑작스럽게 그의 축축한 살집이 보인다. 심지어 자홍색과 진자주색 뱃속까지도, 그 내장 속에서 물결치는 상태가 그닥 좋지 않은 기묘한 파도까지도 알아볼 수 있다(정면으로, 그러나 아주 안전하게 마치 유령처럼 우리는 그를 통과해 지나간다. 그가 탄 비행기의 희미하게 반짝이는 프로펠러를 통과하고, 우리에게 손을 흔들며 싱긋 웃는 대표단을 통과한다).

우리는 이제 더 나아가, 의사나 우리 얘기를 듣고자 하는 모든 이에게 이 영장류의 영혼 상태를 묘사할 수 있다. 그는 책을 읽을 줄 알고 글도 쓸 줄 알며 셈도 할 줄 안다. 쥐꼬리만한 자기인식(그걸로 뭘 해야 하는지는 몰라도)과 어느 정도 지속적인 의식, 사람 얼굴과 이름, 날짜 같은 걸 잘 기억하는 능력도 갖췄다. 정신적으로 그는 존재하지 않는 것과 같다. 도덕적으로 그는 또다른 허수아비를 좇는 가짜다. 그의 무기는 진짜이며, 그의 사냥감은 고도로 발달한 인간이라는 사실, 이 사실은 사건이 일어나는 우리네 세상에 속해 있다. 그의 세상에서 그 사실은 아무 의미도 없다. '국왕'을 시해한다는 생각이 그에게 어느 정도 쾌감을 준다는 걸 나는 인정하는 바다. 그러므로 일부러 지금 찾아보진 않겠지만, 앞의 어떤 주석에서 내가 언급했듯 우리는 개념, 그중에서도 주로 일반적인 개념을 형성하는 능력을 그의 개인적 자질 목록에 추가해야 한다. 거기에는 (나로선 충분히 양보해서) 약간의, 아주 약간의 관능적 만족감이 있을지 모른다. 가령 어떤 좀스러운 쾌락주의자가 확대거울 앞에서 숨을 죽이고 마침표를 닮은 여드름의 양쪽 끝을 엄지손톱으로 아주 정확하게 눌러 미끈미끈하고 반투명한 그것을 완전히 빼냈을 때 '아' 하고 안도의 숨을 내쉬는 순간 느끼는 쾌락 정도에 불과할 거라고 본다. 상상 속의 행위(그가 상상할 수 있는 너무도 분명한 미래에 한해)뿐 아니라 그와 정의의 개념을 공유하는 일단의 사람들로부터 중요하고 책임 있는 임무(그것은 우연히도 살인을 저지르라는 요구였고)를 부여받았다는 사실에서 쾌락을 얻지 못했다면 그라두스는 누구도 죽이지 않았겠지만, 애초에 그가 그 일을 맡은 건 살인 행위 자체에서 여드름 짜는 쾌락주의자의 그 다소 구역질나는 작은 전율 같은 뭔가를 찾았기 때문이다.

나는 이전 주석에서(지금 확인해보니 170행 주석) 우리의 '자동 인간'이 특별히 혐오하는 것과 그렇게 된 동기를 숙고해보았다. '자동 인간'이라는 표현은 그가 지금 같은 육신을 갖추지 못하던 때, 지금처럼 오감에 심히 거슬리지는 않았던 때에 내가 붙인 것이다. 한마디로 그가 우리의 햇빛 찬란하고 푸르르고 풀 향기 가득한 아르카디아에서 멀리 떨어져 있을 때 말이다. 그러나 우리 주님께서는 인간을 정말 경이롭게 빚으셨나니, 동기 탐색이나 합리적인 연구를 아무리 해도 어떻게 그리고 왜 인간이 자신의 동족을 파괴할 수 있는지 진정으로 설명해낼 수는 없다(이런 논의가 그라두스에게 일시적이나마 인간의 지위를 인정해줄 것을 요함을 안다). 그가 자기 아들의 목숨이나 자기 목숨 혹은 일생의 업적을 지키려고 살인한 게 아니라면. 그러므로 그라두스 대 국왕의 최후 판결 때, 그의 인간적인 불완전함이 그저 자기 총의 탄창을 비우기 위해 대서양을 건너는 바보 같은 여행을 하도록 만들었다는 설명이 충분치 않다고 여겨진다면, 의사 선생, 나는 우리가 우리의 반쪽 인간이 반미치광이이기도 하다는 사실을 인정해야 할 것 같다고 진술할 것이오.

태양이 지는 방향으로 날아가는 작고 불편한 비행기에 탑승한 그는 자신이 뉴와이 언어학회에 참석하려고 뒤늦게 출발한 몇몇 대표단 틈에 끼게 된 걸 알았다. 모두 옷깃에 명찰을 단 그들은 같은 외국어를 연구하면서도 아무도 그 언어를 할 줄 몰라 대화는 (어깨가 구부정한 우리의 살인자를 사이에 두고, 부동자세인 그의 얼굴 전후좌우에서) 그저 평범한 영미 영어로 이루어졌다. 이런 시련을 겪으며 불쌍한 그라두스는 비행 내내 단속적으로 계속 그를 괴롭히는 또다른 불편함, 단일 언어학자들의 왁자지껄 난장판보다 훨씬 더 심한 이 불편함의 원인이 뭘까 계속 궁금해했다. 그는 돼지고기, 양배추, 튀긴 감자 또는 멜론을 띄엄띄엄 회상하며 하나씩 하나씩 다시 음미해보았지만, 각기 다르나 똑같이 구역질나는 그 맛 가운데 불편함의 원인을 찾아내 탓하기란 어려웠다. 내 소견으로는, 의사가 확인해주면 좋겠는데, 프랑스 국적의 샌드위치가 '프렌치' 프라이와 내분을 일으켜 장 속에서 대살육전을 벌인 게 아닌가 싶다.

5시가 넘어 뉴와이공항에 도착하자마자 그는 자동판매기에서 시원하고 맛있는 우유를 종이컵으로 가득 두 잔을 마시고 안내데스크에서 지도를 한 장 얻었다. 비틀린 위장을 닮은 대학 캠퍼스 지형을 굵고 뭉툭한 손가락으로 툭툭 두드리면서 어느 호텔이 대학에서 가장 가까운지를 안내원에게 물었다. 그는 차를 타고 본관(현재 셰이드관)에서 몇 분 거리에 있는 대학 교내 호텔로 가라는 대답을 들었다. 그는 차를 타고 가다 갑자기 몰려오는 불편함을 느꼈고, 예약이 꽉 찬 호텔에 도착하자마자 화장실로 가야 했다. 소화불량을 일으킨 모든 것을 뜨거운 급류처럼 다 쏟아내고서야 고통에서 벗어났다. 겨우 바지를 다시 추키고 바지 뒷주머니에 불룩 나온 것을 살피기 무섭게 콕콕 찌르는 듯한 통증이 다시 찾아왔다. 그래서 다급히 옷을 내리고 다시 엉거주춤 주저앉는 바람에 그의 작은 브라우닝 권총이 하마터면 변기 속으로 날아들어갈 뻔했다.

그는 서류가방을 들고 햇빛을 다시 거스르며 밖으로 나서면서도 여전히 신음하며 틀니를 갈아댔다. 나무 사이로 햇빛이 온갖 얼룩덜룩한 무늬를 드리우는 대학가는 여름학기 수강생들과 언어학자들의 방문으로 활기를 띠었다. 그라두스는 그들 사이에서 미국 초등학생을 위한 기초영어 입문서나 사람보다 아니 동물보다 훨씬 빨리 번역할 수 있는 놀라운 신종 번역기를 소리치며 파는 외판원으로 쉽게 통할 용모였다.

본관에 간 그는 대단히 실망했다. 그날이 휴관일이었던 것이다. 잔디밭에 누워 있던 세 학생이 도서관에 가보라면서 일제히 잔디밭 너머를 가리켰다. 우리의 암살자는 그쪽으로 터덕터덕 걸음을 옮겼다.

"그분이 어디 사시는지 저는 모르는데요." 데스크에 있는 아가씨가 말했다. "하지만 지금 여기 계시다는 건 알아요. 아이슬란드 관련 소장자료가 있는 북서쪽 제3열람실로 가면 분명히 만나실 수 있을 거예요. 남쪽으로 가다 〔연필을 흔들며〕 서쪽으로 돈 다음, 그 뭐더라, 뭐가 보이면 서쪽으로 다시 가야 하는데…… 〔연필로 원 모양을 마구 그리며—둥근 테이블? 둥근 서가?〕 아니, 잠깐만요, 그냥 플로렌스 호턴실[45]이 나올 때까지 죽 서쪽으로 가는 게 낫겠네요. 거기서 건물의 북쪽 편으로 건

너가면 돼요. 헤매지 않을 거예요."〔연필을 다시 귀에 꽂는다.〕

선원도 도주하는 왕도 아닌 그는 바로 길을 잃었고, 미로 같은 서가 사이를 공연히 돌아다니다 층계참에서 철제 캐비닛에 든 카드를 점검하던, 완고한 어머니 같은 사서에게 아이슬란드 관련 소장 자료실을 물었다. 자세하게 천천히 알려준 그녀의 지시를 따라왔더니 정확히 앞서 그 중앙 데스크로 돌아왔다.

"저기, 못 찾겠는데요." 그가 천천히 고개를 저으며 말했다.

"못 찾……" 아가씨는 말을 하다 갑자기 위를 가리켰다. "아, 저기 계시네요!"

키가 크고 턱수염을 기른 남자가 도서관 로비 위로 로비의 짧은 면과 평행하게 나 있는 개방형 회랑을 따라 군대식의 빠른 행진 걸음으로 동쪽에서 서쪽으로 건너가고 있었다. 그는 서가 뒤로 사라졌지만, 그라두스는 친애왕 카를 크사베리의 크고 건장한 체격과 꼿꼿한 자세, 높은 콧마루, 일자 눈썹, 활기차게 흔드는 팔을 알아보았다.

우리의 추적자는 가장 가까운 층계로 향했다. 그리고 곧 마법에 걸린 듯한 희귀본들의 침묵 속으로 들어왔다는 걸 깨달았다. 그 방은 아름다웠고 문이 하나도 없었다. 실제로 몇 분이 더 흐른 후에야 방금 들어왔던 주름진 커튼이 쳐진 출입구를 다시 발견할 수 있었다. 지독하게 꼬여버린 추적에 당황하고 뱃속에서 참을 수 없는 고통마저 재발해, 그는 급히 돌아나와 세 계단을 달려내려갔다 다시 아홉 계단을 달려올라가 원형으로 된 방으로 뛰어들어갔다. 그 방에는 햇볕에 그을린 대머리 교수가 하와이풍 셔츠를 입고 둥근 탁자에 앉아 빈정대는 표정으로 러시아어 책을 읽고 있었다. 작고 살진 흰색 개를 깨우지 않고 건너뛰며 방을 가로질러 나선형 층계를 덜컹거리며 내려가 천장이 둥근 P. 회랑으로 나가는 그라두스에게 그 교수는 어떤 관심도 보이지 않았다. 조명이 환하고 파이프관이 이어져 있고 회칠이 된 회랑을 따라가니 배관공이나 길 잃은 학자를 위해 설치한 수세식 변기가 있는 예기치 않은 천국이 나타났다. 그는 욕설을 내뱉으며 불안하게 매달린 가죽 주머니에서 자동권총을 서둘러 꺼내 외투 속에 넣고는 체내에 남았던 액체 지옥을 다시 한번 쏟아냈다. 그는 다시 계단을 올라갔다. 신전 같은 서고 불빛 속에서 손에 열람표를 들고 일하는 호리호리한 힌두교 소년이 보였다. 나는 그 녀석에게 한 번도 말을 걸어본 적이 없지만, 그의 푸르스름한 갈색 눈동자가 내게 와닿는 걸 한두 번 느낀 게 아니다. 물론 나의 학자로서의 가명을 그도 잘 알고 있었을 테지만 그의 내부에 존재하는 어떤 민감한 세포, 직관과도 같은 어떤 감정이 살인자의 불쾌한 심문에 반응을 했는지, 마치 막연한 위험으로부터 나를 보호하려는 듯 그는 웃으며 말했다. "저는 그런 분 몰라요."

그라두스는 아까 그 중앙 데스크로 돌아갔다.

"참 안타깝네요." 아가씨가 말했다. "방금 떠나시는 걸 봤어요."

"보제 모이, 보제 모이."* 긴장되는 순간에는 가끔 러시아어로 탄식을 내뱉곤 하는 그라두스가 중얼거렸다.

"주소록을 보면 나올 거예요." 그녀는 주소록을 그에게로 밀어주면서 말했다. 그러고는 셀로판 표지의 두툼한 베스트셀러를 가져온 제럴드 에메랄드 씨의 요구를 들어주느라 아픈 사람을 무시해버렸다.

---

* 직역하면 '나의 신이시여'이고, '맙소사' 정도의 뜻으로 통용된다.

그라두스는 신음을 내뱉고 이 발에서 저 발로 무게 중심을 옮기며 대학 주소록을 훑어보기 시작했다. 그러다 주소를 찾긴 했지만, 거기까지 어떻게 가느냐의 문제에 봉착하고 말았다.

그는 아가씨에게 외쳤다. "덜위치 로드는 가까운가요? 먼가요? 아주 멀겠죠, 아마도?"

"혹시 프닌 교수의 새 조수인가요?" 에메랄드가 물었다.

"아니에요." 아가씨가 말했다. "이분은 킨보트 박사를 찾는 것 같은데요. 킨보트 박사를 찾는 거 맞죠?"

"네, 그런데 여기서 더 어찌해야 할지 모르겠군요." 그라두스는 말했다.

"그럴 줄 알았어요." 아가씨가 말했다. "셰이드 씨의 집 근처 어딘가에 그분이 사시지 않던가요, 제리?"

"응, 맞아." 제리가 말하더니 살인자 쪽으로 몸을 돌렸다. "원하시면 제가 거기까지 태워다드리죠. 그쪽을 지나가거든요."

이 두 인물, 녹색 옷을 입은 남자와 갈색 옷을 입은 남자가 차 안에서 이야기를 나눴던가? 누가 알겠는가? 그들은 서로 얘기하지 않았다. 어쨌든 차를 탄 시간도 겨우 몇 분밖에 되지 않았고(내 힘 좋은 크램러로 운전해가면 4분 30초 걸린다).

"여기서 내려드리면 될 것 같네요." 에메랄드 씨가 말했다. "저기 위에 있는 저 집입니다."

일명 그레이라고 알려진 그라두스가 그 순간에 무엇을 더 원했을지를 결정하기는 어려운 일이다. 총을 쏘는 쪽이었을지, 아니면 창자 속에서 지칠 줄 모르고 끓어오르는 용암을 비우는 쪽이었을지. 그가 황급히 차문의 손잡이를 더듬어 찾자, 너그러운 에메랄드가 거의 맞닿을 정도로 가깝게 몸을 기대고 그를 감싸며 손을 뻗어 문 여는 걸 도와주었다. 그러고는 문을 다시 쾅 닫고 골짜기에 있는 모종의 밀회 장소로 씽 가버렸다. 내가 그 살인자와 오랜 시간 대화를 나눈 뒤 그토록 많은 곤란을 겪은 끝에 제시하게 된 이 모든 상세한 세목의 진가를 독자는 알아보시기를. 나중에 경찰이 퍼뜨린 전설, 어느 외로운 트럭운전사가 로어노크나 어디 다른 곳에서부터 잭 그레이를 줄곧 태워주었다는 전설 같은 얘기를 듣는다면 독자는 내가 제시한 진실의 진가를 더 잘 느낄 것이다! 공정한 조사가 이루어져 그의 중절모가 도서관 혹은 에메랄드 씨의 차 안에서 발견되기를 바랄 수밖에 없겠다.

957행: 밤의 파도 소리

내가 우연히 미국 시인 셰이드를 처음 접하게 된 계기인 시집 『밤의 파도 소리』('밤바다 소리'라는 뜻)에 실린 짧은 시 한 편을 기억한다. 온하바에서 학창 시절을 보낼 때 보스턴에서 온 영리하고 매력적인 젊은 미국문학 강사가 그 얇고 사랑스러운 책을 내게 보여주었다. 이 시의 제목은 '예술'이고, 다음 도입부는 외우기 쉬운 운율로 나를 즐겁게 했으나, 우리의 매우 '고답적인' 젬블라 교회가 내 안에 심어놓은 종교적 감정과 충돌을 일으켰다.

매머드 사냥과 오디세우스

그리고 동양적 매력부터
플랑드르 화풍의 아기를 품에 안은
이탈리아 여신까지.

962행: 도와주시오, 윌! 창백한 불꽃.

다른 말로 바꾸면, 이 구절은 명백히 이런 뜻이다. 표제로 쓸 만한 걸 셰익스피어 작품에서 좀 찾아보겠다. 그래서 발견한 것이 '창백한 불꽃'이다. 그런데 우리 시인은 그 음유시인의 어느 작품에서 그 구절을 발췌했을까? 나의 독자들께서는 스스로 조사해보셔야 하겠다. 내가 가지고 있는 거라곤 조끼 주머니에 들어갈 정도로 작은 문고판 『아테네의 타이몬』뿐이다—그것도 젬블라어판! 그 책에는 '창백한 불꽃'에 해당할 법한 구절은 확실히 하나도 없다(만약 그 책에 있었다면, 가히 '통계학적 기적'이라 할 만하다).

미스터 캠벨이 오기 전까지 젬블라에서는 영어를 가르치지 않았다. 콘말은 젊어서 독학으로 1880년경 영어를 통달했다(주로 어휘집을 통째로 암기하는 방법으로). 당시에는 언어 지옥이 아니라 조용한 군대 생활이 그의 앞에 펼쳐지는 듯했다. 그리고 그의 첫 저작(셰익스피어의 『소네트』 번역)은 동료 장교와 한 내기의 결과였다. 그는 가슴에 장식이 달린 군복 대신 학자 가운을 입고 『템페스트』를 손대기 시작했다. 작업 속도가 느려서 자신이 '제 바르트'*라고 부르는 셰익스피어의 전 작품을 다 번역하는 데 반세기가 필요했다. 이 작업이 끝난 1930년,

밀턴과 다른 시인들을 손대기 시작해 오랫동안 꾸준히 올곧게 밀고 나갔다. 그리고 키플링의 「세 바다표범잡이의 시」("이제 모스크바인의 율법에 의해 그가 총칼로 증명해야 하리라")**를 완성하자마자 병으로 쓰러져, 알타미라동굴의 동물을 모사한 그림이 찬란히 그려진 침대 천장 아래에서 숨을 거두었다. 그가 마지막으로 혼수상태에 빠졌을 때 던진 마지막 말은 "'죽다'가 영어로 뭐지?Comment dit-on 'mourir' en anglais"였다. 아름답고 감동적인 임종이었다.

콘말의 결함을 비웃기는 쉽다. 위대한 개척자의 고지식한 실패이다. 그는 너무 많은 시간을 서재에서 보냈고, 소년이나 젊은이와 어울린 시간이 너무 적었다. 작가란 세상을 알아야 하고, 세상의 무화과와 복숭아같이 하찮은 것도 취해봐야 한다. 그리고 노란 상아탑 안에서 노상 명상만 하고 있어도 안 된다. 보기에 따라서는 존 셰이드 역시 같은 실수를 저질렀다.

콘말이 그 엄청난 작업을 시작했을 당시 젬블라에서 구할 수 있는 영어 작품이라고는 제인 드폰(여성 소설가로 열 권의 책을 집필했는데, 기묘하게도 영국에서는 전혀 알려지지 않았다)***의 작품과 프랑스어판에서 중역된 바이런의 단시 몇 편이 전부였음을 우리는 기억해야 한다.

시 말고는 그 어떤 것에도 열정이 없던 거대하고 둔한 남자 콘말은 그의 포근한 성과 그 성에 있는 문장紋章 찍힌 5만 권의 장서를 벗어나

---

* 러시아어로 '음유시인'이라는 뜻이 있다.

** 러디어드 키플링이 1893년에 발표한 발라드 형식의 서사시로, 러시아 영역의 베링해에서 바다표범을 포획하던 밀렵꾼들의 이야기를 담았다.

*** 제인 오스틴이 연상되는 가상의 작가.

는 일이 좀처럼 없었다. 그는 꼬박 2년을 침대에서 읽고 쓰며 보냈다고 한다. 그후 충분히 원기가 회복되자 처음이자 마지막으로 런던을 방문했으나, 안개 낀 날씨에 말도 통하지 않자 다시 돌아와 1년을 또 침대에서 보냈다.

영어는 콘말의 독점 영역이었기 때문에, 그의 셰익스페어* 번역은 그의 긴 생애 대부분의 기간 동안 반박당할 일이 없었다. 그 덕망 있는 공작은 번역 작업의 고결함으로 명성이 높았기에 그 정확도에 아무도 감히 의문을 품지 않았다. 개인적으로 나도 그걸 샅샅이 밝혀볼 마음은 추호도 없다. 그런 일을 했던 어느 냉혹한 학술원 회원은 그 결과 회원 자격을 박탈당했다. 그리고 콘말은 아래와 같이 시작하는 그리 정확하진 않지만 색채가 풍부한 영어로 직접 쓴 범상치 않은 소네트에서 그 학술원 회원을 엄혹하게 꾸짖은 바 있다.

나는 노예가 아니다! 나를 비평한 자야말로 노예일지니.
나는 그렇게 될 수 없다. 셰익스피어도 원치 않을 터.
미술학도는 아칸서스무늬를 모사하게 둬라,
나는 거장과 더불어 대들보 위에서 일하리라![46]

991행: 말편자

* Shakspere. 셰익스피어가 살았던 영국 엘리자베스시대에는 영어 철자와 발음에 혼란이나 오류가 많았다. 셰익스피어의 철자도 'Shakespeare' 'Shakespere' 'Shakespear' 등 다양했다.

셰이드도 나도 저 울리는 소리가 정확히 어디에서 들려오는지 확신하지 못했다. 그 소리는 우리가 거주하는 숲이 우거진 언덕 낮은 편 기슭의 도로 건너편에 사는 다섯 가구 중 한 집에서 이틀에 한 번꼴로 저녁때 말편자 던지기 놀이를 하는 소리였다. 사람을 감질나게 하는 이 딸랑거리고 짤랑거리는 소리는 저녁나절에 덜위치 언덕에서 들려오는 소리—아이들이 서로 부르는 소리, 집에서 아이들을 부르는 소리, 이웃 대부분이 싫어하던 불도그(그놈은 쓰레기통을 온통 뒤집어놓곤 했다)가 집에 오는 주인을 맞으며 무아지경으로 짖어대는 소리—가 주는 안식에 기분좋은 우수를 더했다.

바로 이 금속성 선율로 이루어진 혼성곡이 그 숙명적인 7월 21일의 너무나 환히 빛을 발하던 저녁에 나를 에워쌌다. 그날 나는 힘 좋은 내 차를 몰고 도서관에서 집으로 급히 돌아오자마자 바로 친애하는 내 이웃이 뭘 하는지 보러 갔다. 조금 전에 마침 시내 쪽으로 차를 몰고 나가는 시빌과 마주쳤기에 그날 저녁은 어느 정도 희망을 품었다. 나는 내가 젊은 남편이 집에 혼자 있는 틈을 이용하는 야위고 조심성 많은 애인과 다를 바 없음을 인정한다!

나무 사이로 존의 하얀 셔츠와 회색 머리가 보였다. 그는 자신의 '둥지'(그는 거기를 그렇게 부른다), 내가 47~48행 주석에서 언급했던 정자같이 생긴 현관 내지는 베란다에 앉아 있었다. 나는 조금 더 가까이 다가가지 않을 수 없었다—오 신중하게, 거의 발끝으로. 그러나 다음 순간 그가 글을 쓰는 게 아니라 휴식을 취하고 있다는 걸 알았다. 그래서 나는 대놓고 그의 현관porch 내지는 횃대perch를 향해 걸어갔다. 그는 팔꿈치를 테이블에 괴고 주먹으로 관자놀이를 받쳐 주름살이 온통 찌그러졌고, 눈은 촉촉하고 흐릿했다. 술 취한 늙은 마녀같이 보였다. 그는 자세를 바꾸지 않고 자유로운 한쪽 손을 들어 인사했다. 그런 태도가 내게 낯선 것은 아니었지만, 그때는 사색적이라기보다 쓸쓸한 인상을 받았다.

"그래, 뮤즈께서 친절하시던가요?" 내가 물었다.

"아주 친절하셨지." 그가 손으로 받친 머리를 약간 숙이며 대답했다. "신기할 정도로 온화하셨다네. 사실 지금 여기 〔방수 테이블보 위 가까이에 놓인 거대하고 배가 불룩한 봉투를 가리키며〕 거의 완성작이나 다름없는 원고가 있다네. 몇 가지 마지막으로 손봐야 할 세세한 부분이 있지만 〔갑자기 주먹으로 테이블을 내리치며〕 내가 잘해냈어, 아무렴."

한쪽 끝이 열린 봉투는 카드 뭉치로 터질 듯했다.

"마나님께서는 어디 계세요?" 내가 물었다(입이 말랐다).

"나 좀 도와주게, 찰리, 여기서 움직일 수 있게." 그가 간청했다. "발이 저리네, 시빌은 클럽 저녁모임에 갔고."

"제안 하나 하죠." 나는 부르르 떨며 말했다. "우리집에 토커이 와인*이 반 갤런 있어요. 내가 제일 좋아하는 와인을 제일 좋아하는 시인과 함께 마실 준비가 돼 있답니다. 저녁식사는 호두 한 줌과 토마토 큰 거 두 개, 바나나 한 다발로 하지요. 만약 당신이 그 '완성된 결과물'을 내게 보여주는 데 동의한다면, 한턱 더 내죠. 내가 왜 당신에게 시의 주제를 줬는지, 아니 그보다 당신에게 그 주제를 준 사람이 누구인지 다 밝

---

* 헝가리산 와인. 괴테의 『파우스트』에서 메피스토펠레스가 주막의 탁자에 구멍을 뚫어 파우스트에게 마시도록 한 와인이기도 하다.

힐 것을 약속드립니다."

"무슨 주제?" 내 팔에 기대어 마비된 사지를 차츰 풀면서 그가 멍하니 말했다.

"구름이 걷히지 않는 우리의 푸른 젬블라와 빨간 모자를 쓴 슈타인만, 바다 동굴에 숨겨둔 모터보트 그리고……"

"아." 셰이드가 말했다. "난 꽤 오래전에 자네 비밀을 알아맞혔다고 생각했는데. 하지만 뭐 상관없이 자네 와인을 기꺼이 맛보겠네. 됐네, 이젠 혼자 움직일 수 있네."

나는 그가 집에서는 음주량이 엄격히 제한되었기 때문에, 이 술이든 저 술이든 금쪽같은 술은 단 한 방울도 거부하지 못하리라는 걸 잘 알았다. 주저하는 어린애처럼 현관 계단을 옆걸음으로 내려가는 셰이드의 움직임에 짐이 되는 큰 봉투를 나는 속으로 기뻐서 펄쩍 뛰며 받아들었다. 우리는 잔디밭을 가로질렀고, 우리는 길을 건너갔다. 철컥-철커덕, '수수께끼 오두막'에서 말편자 던지기 음악소리가 들려왔다. 내가 들고 가는 큰 봉투 속에서 고무줄로 묶은 모서리가 빳빳한 색인카드 뭉치의 형태가 느껴졌다. 우리는 불멸의 심상, 복잡한 사상, 말하고 울고 웃는 살아 있는 사람들이 생활하는 신세계를 담아낼 수 있는 문자 기호의 기적에 가당치도 않게 익숙해져 있다. 우리는 그 기적을 너무도 단순하게 받아들인다. 야만적일 만큼 타성적으로 받아들이는 태도는 그 자체로 수렵인으로부터 브라우닝까지, 동굴에 살던 인류로부터 키츠까지 수 세대에 걸쳐 시적 묘사와 구조를 점진적으로 정교하게 다듬어온 역사를 무로 되돌리는 것과 같다. 어느 날 우리가 잠에서 깨 우리 모두가 완전히 아무것도 읽을 수 없다는 걸 알게 된다면 어떨까?

나는 여러분이 자신이 읽는 것에 대해서뿐 아니라 읽을 수 있다는 그 기적에도 놀라서 숨이 막히길 바란다(나는 항상 학생들에게 이런 말을 해왔다). 오랜 기간 청마술青魔術에 손을 대본 경험을 통해 세상의 어떤 산문도(그런데 특이하게도 운문은 아니다—나는 형편없는 삼류 시인에 불과하다) 모방할 수 있는 능력이 있더라도 나는 스스로를 진정한 예술가라고 생각하지 않지만, 만일 그렇게 부를 수 있다면 이유는 단 하나, 즉 오직 진정한 예술가만이 할 수 있는 일 가운데 내가 할 수 있는 게 있다. 계시를 나타내는 잊힌 나비를 확 덮치고, 사물의 습성에서 갑자기 떨어져나오고, 세계의 그물을, 그 그물의 날줄과 씨줄을 보는 것. 나는 왼쪽 겨드랑이에 꼈던 봉투를 손 위에 올려놓고 엄숙히 무게를 달아보았다. 그러고는 얼마 동안 형언할 수 없는 경이에 빠져 마음이 한껏 부풀어올랐다. 마치 반딧불이가 미궁에 빠진 영혼을 대신해 해독 가능한 신호를 보내거나, 박쥐가 멍들고 낙인 찍힌 하늘에다 고통의 이야기를 읽기 쉽게 쓰고 있다는 얘기라도 알게 된 듯한 기분이었다.

나는 가슴에 젬블라 전체를 꽉 끌어안고 있었던 것이다.

993~995행: 검은 바네사 한 마리가, 등등

그가 죽기 1분 전, 우리가 그의 땅에서 나의 땅으로 건너가며 노간주나무와 관상수 사이를 지나기 시작했을 때, 레드 애드미러블(270행 주석 참조) 한 마리가 형형색색의 불꽃처럼 우리 주위를 어지럽게 맴돌

며 다가왔다. 일전에 한 번인가 두 번 우리는 같은 개체를 같은 시간, 같은 장소에서 본 적이 있었다. 저녁 그늘이 길의 나머지 부분을 잠식해가는 동안, 지는 해가 나뭇잎 속에서 틈을 찾아 갈색 모래 위에 최후의 광채를 뿌리는 시간, 바로 그 장소에서. 햇살 속에서 일부러 장난이라도 치듯 깜짝깜짝 놀라게 하며 휙 지나갔다 사라지고 다시 휙 지나가는 재빠른 나비를 눈으로 좇기란 쉽지 않았다. 이제 그 장난이 기뻐하는 내 친구의 소매에 앉는 걸로 일단락되나 싶더니, 그놈은 다시 날아올라 다음 순간 월계수나무 주위를 황홀경에 빠진 듯 까불까불 부산을 떨며 날아다니다, 이따금 윤나는 이파리에 앉아 생일날 들떠서 계단 난간을 타고 내려가는 소년처럼 이파리 가운데 홈을 타고 내려갔다. 이윽고 그늘이 조수처럼 밀려와 월계수 잎에 닿았고, 벨벳으로 된 불꽃 같은 화려한 생물은 그 속으로 사라져버렸다.

997행: 어느 이웃의 정원사

어느 이웃이라니! 시인은 나의 정원사를 여러 번 보았다. 따라서 나는 이런 애매한 표현을 친숙한 사람이나 사물에 어떤 시적인 고색창연한 멋, 멀리 떨어져 은은히 번지는 빛을 부여하고자 한 그의 욕망(그가 이름을 다룬 다른 구절에서도 볼 수 있듯) 탓으로 돌릴 수밖에 없다. 굴절된 빛 때문에 그 정원사를 낯선 사람의 일을 해주는 낯선 이로 착각했을 수도 있긴 하지만. 어느 한가한 봄날 대학 실내 수영장에서 미칠 듯이 화가 나고 당황스러운 경험을 한 뒤, 나는 천천히 집으로 돌아오다가 우연히 그 재능 있는 정원사를 발견했다. 그는 애팔래치아의 가장 유명한 가로숫길에서 황송해하는 나무의 병든 가지를 돌보기 위해 녹색 사다리 끝에 서 있었다. 그의 붉은 플란넬 셔츠가 풀밭에 놓여 있었다. 그는 위에서, 나는 아래에서, 우리는 약간 수줍어하며 대화를 나눴다. 나는 그가 그의 모든 환자의 서식지를 꿰고 있다는 사실에 기분좋게 놀랐다. 때는 봄날이었고, 영국에서 온 관광객들이 이 끝에서 저 끝으로 다니며 사진을 찍어대던 멋진 가로숫길에는 우리 둘뿐이었다. 여기서는 그 나무 중 몇 종류만 열거할 수 있을 뿐이다. 주피터 신의 늠름한 참나무와 다른 종의 참나무 두 그루, 즉 하나는 영국에서 들여온 벼락 맞아 갈라진 나무이고 다른 하나는 지중해 섬에서 들여온 옹이가 많은 나무. 비바람을 막는 피나무(현 라임나무), 불사조나무(현 대추야자), 소나무와 삼나무(케드루스Cedrus), 여기까지는 모두 섬에서 자라는 나무다.* 그리고 베니스산 시커모어나무(아케르Acer)와 역시 베니스산으로 녹색 잎이 달린 버드나무 한 그루와 덴마크산으로 회백색 잎이 달린 버드나무도 한 그루,** 수피로 덮인 손가락에 담쟁이덩굴 반지를 낀 한여름***의 느릅나무, 와서 쉬고 가라고 그늘을 드리운 한여름의 뽕나무, 어릿광대의 슬픈 일리리아산 사이프러스.****

그는 메릴랜드에 있는 흑인 전용 병원에서 남자 간호사로 2년간 일

---

* 여기까지 언급된 나무는 모두 셰익스피어의 『템페스트』에 나온다. 다만, 영국산 참나무는 『리어왕』 3막 2장에 등장하는 벼락에 쪼개지는 참나무를 의미한다.

** 시커모어나무와 버드나무는 『오셀로』와 『햄릿』에서 죽음을 상징하는 나무로 등장한다.

*** 『한여름밤의 꿈』을 가리킨다.

**** 『십이야』에 나온다.

했다. 돈이 몹시 궁했고, 풍경화법과 식물학, 프랑스어("보들레르와 뒤마를 원전으로 읽고 싶어서")를 배우고 싶어했다. 나는 그에게 약간의 경제적인 원조를 약속했다. 그는 바로 다음날부터 우리집에 와서 일을 시작했다. 상당히 성격 좋고 감상적인 사람에다 뭐 기타 등등 괜찮았지만, 말이 꽤나 많고 완전히 성적 불능이어서 나를 실망시켰다. 그것만 빼면 튼튼하고 건장한 친구였고, 그가 쾌활하게 정원의 흙과 잔디를 파헤치며 고군분투하는 모습이나 나무뿌리를 섬세하고 솜씨 있게 다루는 모습 혹은 나의 집주인이 영국에서(거기서는 제발 피에 목마른 미치광이들이 그를 따라다니지 않기를!) 무사히 돌아왔을 때 기분좋은 깜짝 선물이 되거나 그 반대가 될 포석 깐 길을 구획하는 모습을 보며 나는 엄청난 심미적 쾌락을 느꼈다. 그(정원사 말이다, 집주인이 아니라)에게 아주 큰 터번과 샬와르 바지와 발찌로 치장해주고만 싶었다. 내가 만약 북국의 왕이었거나, 아니 더 정확히는 여전히 왕이라면(망명 생활이 버릇이 되면 안 좋다) 확실히 옛 낭만주의자가 꿈꾼 무어인 왕자풍으로 그에게 옷을 입혔을 것이다. 겸손한 나의 친구여, 그대는 이 주석에서 내가 그대에 대해 너무 많이 썼다고 나를 나무라겠지만, 이 정도 감사 표시는 해야 할 것 같았네. 결국 자네가 내 생명을 구하지 않았나. 자네와 나는 존 셰이드의 살아 있는 모습을 마지막으로 본 사람이고, 관목숲을 벗어나 ——(미신적인 이유에서 나는 자네가 사용한 그 기묘하고 음침한 단어를 여기에 쓸 수 없네)가 서 있던 현관 쪽으로 가는 우리를 봤을 때, 이상한 예감이 들어 작업을 중단했다고 나중에 자네도 시인하지 않았는가.

1000행: 〔= **1행**: 나는 죽은 여새의 그림자〕

얇은 면 셔츠를 입은 존의 등판에 분홍색 부분들이 눈에 띄었는데, 여느 선량한 미국인들처럼 그가 셔츠 밑에 입는 작고 우스운 내의의 윤곽선 위까지 삐져나온 윤곽선 주변 피부에 셔츠가 찰싹 달라붙어 살이 비쳐 보인 것이었다. 무섭도록 또렷이 눈앞에 떠오른다. 그의 살진 한쪽 어깨가 기울고 다른 쪽 어깨가 올라가는 것이, 그의 덥수룩한 회색 머리와 주름진 목덜미가, 한쪽 뒷주머니에 흐느적거리며 매달린 무늬가 요란한 붉은 손수건과 다른 쪽 뒷주머니에 불룩 튀어나온 지갑이, 넓적하고 뒤틀린 골반이, 낡은 카키색 바지에 남은 풀 위에 앉았던 자국이, 질질 끌어 뒤축이 닳아버린 단화가. 그리고 그가 멈추지 않고 계속 가면서 나를 돌아보고는 명랑하고 우렁찬 목소리로 말하는 게 들린다. 가령, "아무것도 흘리지 않도록 주의하게, 지금 이건 토끼몰이 놀이*가 아니니까"라든지 〔주춤거리며〕 "화요일 밤에 지나가는 저 빌어먹을 트럭에 대해 밥 웰스〔시장〕에게 다시 편지를 써야겠어" 같은 말.

길을 건너 골즈워스 쪽으로 와서, 길 옆 잔디밭을 기어올라가는 판석 깔린 산책로를 가다가, 덜위치 로드에서 골즈워스 저택의 현관까지 뻗은 자갈 깔린 진입로로 합류하는데, 문득 셰이드가 입을 열었다. "손님이 있군."

현관에 우리에게는 옆모습만 보이는 작고 땅딸막한 검은 머리의 남

* 종이 쪼가리를 뿌리며 도망가는 아이를 다른 아이들이 뒤쫓는 놀이.

자가 갈색 양복 차림에 허름하고 볼품없는 서류가방의 우스꽝스러운 손잡이를 꽉 쥔 채 서 있었다. 구부린 집게손가락은 여전히 방금 누른 초인종 쪽을 향해 있었다.

"죽여버리겠어." 내가 중얼거렸다. 최근에 보닛을 쓴 소녀가 내게 종교에 관한 소책자를 한 다발 건네더니, 자기 오빠가 신의 목적에 관해 토론하기 위해 조만간 들러 그 책자에서 내가 이해 못한 부분은 뭐든지 설명해줄 거라던 일이 있었다. 이런저런 이유로 나는 그 오빠란 사람을 연약하고 신경이 예민한 젊은이로 상상했다. 퍽이나 젊네!

"아, 내가 죽여버릴 거야." 나는 작은 소리로 다시 말했다. 그 시를 읽는 기쁨이 지연되리라 생각하니 정말 참을 수가 없었다. 나는 화가 치밀어 황급히 불청객을 쫓아버리기 위해, 그때까지 내 앞에서 어기적거리며 술잔치revel에 더해 뜻밖의 사실revelation을 듣는 이중의 호사를 향해 걸어가던 존을 앞질렀다.

전에 내가 그라두스를 본 적이 있었던가? 생각해보자. 그랬던가? 기억이 고개를 젓는다. 그럼에도 나중에 그 살인자는 단언했다. 옛날에 나의 예전 시종 중에서 대팻밥 같은 머리카락을 가진 소년과 그가 유리를 받침대에 담아 온실에서 말수레로 옮길 때, 궁궐 과수원이 내려다보이는 탑 위에서 내가 그에게 손을 흔들었다고. 그러나 이제 그 방문자가 우리 쪽으로 몸을 돌려 뱀처럼 쓸쓸하고 미간이 좁은 눈을 우리에게 고정했을 때, 나는 그 얼굴을 알아보고 전율을 느꼈는데, 가령 침대에서 꿈을 꾸는 거였다면 가위눌려 신음하며 깨는 것과 같았다.

그가 쏜 첫번째 총알에 나의 검은 블레이저 소매 단추가 떨어져나갔고, 다음 총알은 내 귀를 쌩 스쳐갔다. 그가 나(조금 전 도서관에서 그가 봤던 사람 말입니다—신사분들, 일관성을 좀 갖자고요, 우리네 세계도 결국엔 이성적인 세계잖소)를 조준한 게 아니라 내 뒤의 백발이 성성한 신사를 겨눈 것이라는 주장은 악질의 헛소리에 불과하다. 아, 그는 분명히 나를 겨누었지만 매번 빗나갔다. 구제불능으로 무능한 놈 같으니. 나는 고함을 지르며 굵고 강인한 팔을 뻗어(왼손으로는 여전히 그 시를 들고, 매슈 아널드(1822~1888)*를 인용하자면 "신성불가침의 그늘shade을 여전히 움켜쥐고") 본능적으로 뒷걸음질치면서 그 미친놈이 다가오는 것을 저지하고 우연이라도 총에 맞을까 염려되어 존을 보호하려고 했다. 한편 그는, 몸이 굼뜬 나의 소중한 늙은 존은 나를 계속 움켜잡고 자기 뒤로 잡아당기면서 자기 집의 월계수나무가 비호해주는 곳까지 돌아가려 했다. 흡사 자신들을 향해 날아드는 학교 아이들의 돌팔매질에 저능아 동생을 피신시키려는 안쓰러운 절름발이 형이 자못 엄숙하게 법석을 떠는 듯했는데, 이는 한때 어느 시골에서나 흔히 볼 수 있는 친숙한 광경이었다. 나는 존의 손이 내 손을 더듬어 손가락 끝을 찾다가 마침내 닿자마자 바로 손가락을 놔버리는 걸 느꼈다—그리고 여전히 느낀다. 그것은 마치 숭고한 릴레이경주에서 내게 생명의 바통을 넘겨주는 것 같았다.

나를 스쳐간 총알 중 하나가 그의 옆구리를 명중해 심장을 관통했다. 뒤에 있던 그가 갑자기 나를 잡고 쓰러지자 나는 균형을 잃었다. 그와 동시에 운명의 소극을 완결하고자, 울타리 뒤에서 나의 정원사가 삽으로 총잡이 잭의 골통을 무지막지하게 강타해 쓰러뜨리고 꼭 움켜

* 영국의 시인이자 문화비평가. 여기서 인용된 시는 「떠돌이 학자」(1853)다.

쥐고 있던 무기도 멀리 날려버렸다. 우리의 구원자는 무기를 거둔 다음 나를 일으켜주었다. 나는 꼬리뼈와 오른쪽 손목을 심하게 다쳤지만, 시는 안전했다. 그러나 땅에 엎드린 존의 하얀 셔츠에는 붉은 점이 퍼졌다. 나는 그때까지도 그가 죽지 않았으리라는 희망을 갖고 있었다. 그 미친놈은 현관 계단에 앉아 피에 젖은 손으로 피가 흐르는 머리를 멍하니 어루만졌다. 정원사에게 그를 감시하라고 시키고, 나는 서둘러 집으로 가 옷장 바닥에 수북이 쌓인 이 집 딸들의 오버슈즈와 털 달린 눈장화 그리고 하얀 장화들 밑에 가치를 따질 수 없이 귀중한 봉투를 숨겼다. 그러고서 옷장을 나오는데, 그곳이 마치 그 비밀 통로의 종착점처럼 여겨져, 마법에 걸린 나의 성에서 나를 탈출하게 해준 그 길이 젬블라에서 직통으로 이곳 아르카디아까지 이어져 있는 것 같았다. 그후 11111에 전화를 걸었고, 물 한 컵을 가지고 아수라장으로 되돌아갔다. 불쌍한 시인은 이제 몸이 뒤집혀 똑바로 누워 죽어버린 눈을 뜨고 저녁놀 비치는 푸른 하늘을 향해 있었다. 무장한 정원사와 머리가 깨진 살인자는 계단에 나란히 앉아 담배를 피웠다. 살인자는 아파서인지, 아니면 새로운 역할을 맡을 결심을 해서인지, 내가 마치 온하바의 테세라광장에 있는 석상 군마에 탄 석상 왕이라도 되는 듯 철저히 못 본 체했다. 그러나 시는 안전했다.

정원사는 내가 현관 계단 옆 화분 가까이에 놓아둔 물컵을 가져가 살인자와 나눠 마시더니, 그를 지하 화장실로 데려갔다. 이윽고 경찰과 구급차가 도착했다. 총잡이가 댄 이름은 잭 그레이, 일정한 거주지 없음, 단 현재 거처는 정신이상 범죄자 시설(*여기지**, 착한 개야), 물론 그곳이 줄곧 그의 영구 주소지였어야 마땅하니, 경찰은 그가 거기서 막 탈출했다고 여겼다.

"이리 오게, 잭, 자네 머리에 뭐 좀 붙여야겠어." 침착하면서도 단호한 경찰관이 시체를 넘어가며 말했다. 하필 그때 서턴 박사의 딸과 시빌 셰이드가 함께 차를 타고 도착하는 바람에 끔찍한 순간이 펼쳐졌다.

그 혼란스러운 밤 동안에 나는 골즈워스가의 네 님펫의 부츠들 아래 숨겨놓은 시를 철통같이 안전한 나의 검은 여행용 손가방에 옮길 여유밖에 없었고, 새벽이 되어서야 내 보물을 안심하고 살펴볼 수 있었다.

셰이드가 젬블라 왕에 대한 일종의 *전기시*를 집필하고 있을 거라고 내가 얼마나 굳게 그리고 어리석게 믿었는지 우리는 안다. 우리는 내게 닥쳐올 그 끔찍한 실망에 대비해왔다. 아, 나는 그가 자신을 완전히 그 주제에 바치리라고 기대한 건 아니었다! 그 자신의 인생 경험과 잡다한 미국의 풍물이 물론 섞일 수 있다. 그러나 내가 그에게 묘사해준 놀라운 사건과 마치 살아 있는 듯 생생하게 들려준 인물들, 내 왕국의 모든 독특한 정취가 그의 시에 담겼으리라는 건 확신했다. 나는 그에게 좋은 제목을 제안하기도 했다. 그가 취사선택해 페이지를 잘라버린 내 마음속 책의 제목은 '솔루스 렉스'였다. 그 대신 내가 보게 된 제목은 '창백한 불꽃'인데, 내게는 아무 의미도 없는 제목이었다. 나는 시를 읽기 시작했다. 점점 더 읽는 속도가 빨라졌다. 늙은 사기꾼의 유언장을 읽는 분노에 찬 젊은 상속인처럼 으르렁거리며 빠르게 훑어내려갔다. 석양이 지는 나의 성을 둘러싼 흉벽은 어디에 있지? 미녀 젬블라는? 그 미녀의 등뼈인 산등성이는? 그 안개 자욱한 등뼈를 죽 타고 내

---

* 프랑스어로 여기를 뜻하는 'ici'는 정신이상 범죄자 시설(Institute for the Criminal Insane)의 약자이기도 하다.

려가는 긴 전율은? 나의 사랑스러운 화동들과 스테인드글라스 창들의 스펙트럼과 흑장미전사단과 그 일체를 포함한 경이로운 이야기는 다 어디로 갔단 말인가? 시에는 아무것도 없다! 최면술사같이 끈질기게, 연인처럼 자극을 주면서 내가 떠안긴 복잡한 공물들이 전혀 보이지 않았다. 아, 그러나 나는 그 고통을 표현할 수 없다! 그 무모하고 눈부시게 아름다운 *로망스* 대신에 나는 무엇을 얻었는가? 두드러지게 애팔래치아 색채를 띠는 자전적인 신新포프주의 스타일의 운율로 쓰인 이야기는 다소 유행이 지났음에도 아름다웠지만—셰이드는 아름답지 않게는 쓰지 못했다—시 속에 면면히 흐르며 시간을 초월하는 작품으로 만들어줄 거라 확신했던 나의 마법, 그 마법적인 광기의 특별하고 풍요로운 흐름은 거기 없었다.

차츰 나는 평소의 평정을 되찾아갔다. 좀더 주의를 기울여 「창백한 불꽃」을 다시 읽었다. 기대를 덜 하자 시가 훨씬 더 좋게 느껴졌다. 그런데 그것은 무엇이었을까? 멀리서 희미하게 들려오는 음악소리, 허공에 보이는 색깔의 저 흔적은? 시 속 여기저기에서, 무엇보다 특히 가치를 따지기 어려운 소중한 이문들에서 나는 내 마음의 메아리와 반짝이는 얇은 조각, 내 영광의 긴 물결 항적을 발견했다. 검은 거인에게 납치당해 야만적으로 농락당하다 이제 다시 안전하게 우리 회랑과 정원으로 돌아와, 소년 마부들과 함께 휘파람을 불거나 길들인 바다표범과 수영을 하는 변덕스러운 어린놈에게 느끼던 것과 같은 동정 어린 부드러운 감정을 이제는 그 시에서 새롭게 느꼈다. 상처는 여전히 아팠지만(아픈 게 당연하다) 이상한 감사의 마음을 품고 우리는 무겁게 젖은 눈꺼풀에 키스하고, 더럽혀진 피부를 쓰다듬는다.

이제 내 독자들의 수중에 들어갈 이 시에 붙인 나의 주석은 그런 불꽃의 메아리와 잔물결, 창백한 인광을 발하는 이런저런 암시들 그리고 잠재의식하에 이루어진 내 공헌에 대해 시가 갖는 부채를 모두 가려내 보려는 시도를 담고 있다. 내 주 중 일부는 신랄하게 읽힐지 모르지만, 불평을 늘어놓지 않으려고 나로선 최선을 다했다. 그리고 이 마지막 주해를 쓰는 의도는, 전문 기자와 셰이드의 '친구들'이 셰이드가 죽을 때의 상황을 잘못 묘사한 부고 기사에서 거침없이 떠들며 날조한 천박하고 잔인한 헛소리를 불평하려는 게 아니다. 나는 나에 대한 그들의 말을 저널리즘적 무감각과 음흉한 인간들의 앙심이 만든 합작품으로 여긴다. 본 작업이 출판되면, 여기의 많은 진술은 마음이 떳떳하지 못한 사람들에 의해 무시당할 것임을 나는 의심치 않는다.[47] 셰이드 부인은 '그녀에게 모든 것을 보여줬던' 남편임에도 그 소중한 이문들 한두 구절을 본 기억이 없다고 할 것이다. 잔디밭에 누워 있던 세 학생은 완전히 건망증 환자들임이 드러날 것이다. 도서관 데스크의 아가씨는 살인이 벌어진 그날 누군가 킨보트 박사를 찾던 일을 떠올리지 못할 것이다(떠올리지 말라는 지시를 받았을지 모른다). 그리고 확신하건대, 에메랄드 씨는 육감적인 여학생들의 탱탱한 매력을 음미하던 시선을 잠시 거두고, 불끈 솟는 남성적 기백으로 그날 저녁 내 집에 누군가를 태워다준 사실을 부인할 것이다. 다시 말해 친애하는 내 친구의 운명으로부터 나란 인간을 완전히 도려내려는 모든 수작이 펼쳐질 것이다.

그럼에도 나는 나름대로 작은 복수를 한 셈이다. 내가 「창백한 불꽃」의 출판권을 얻는 데 그런 공공연한 오해가 간접적으로 오히려 도움이 됐으니까. 나의 선량한 정원사는 모든 사람에게 자신이 목격한 바에 대해 열변을 토하다, 몇 가지 확실한 오류를 범했다. 나의 '영웅적 행위'를 과장해서 설명한 부분이 아니라, 예의 잭 그레이라는 작자가 고의적으로 셰이드를 겨냥했을 거라고 전제한 부분이 틀렸다. 그러나 셰이드의 미망인이 내가 그 총잡이와 그의 표적 사이에 '몸을 던졌다'는 말에 깊이 감동해, 내 양손을 쓰다듬으며 "이 세상에서나 저세상에서나 그 어떤 큰 보상으로도 갚을 수 없는 일이 있어요"라고 절규한 장면을 나는 결코 잊을 수 없다. '저세상'은 무신론자가 불행이 닥쳤을 때 손쉽게 쓰는 말이지만, 물론 나는 그런 말을 하도록 내버려두었고 실제로 어떤 반박도 하지 않았다. 대신 이렇게 말했다. "아, 보답할 길이 있어요, 친애하는 시빌. 너무 보잘것없는 부탁 같겠지만, 그래도 존의 마지막 시를 편집하고 출판할 수 있도록 허락해주셨으면 해요." 그녀는 바로 허락하겠다고 말하고, 다시 절규하며 나를 끌어안았다. 그리고 이미 다음날에는 내가 자그마한 체구의 민첩한 변호사를 시켜 작성한 합의문 아래 서명했다. 감사를 표하던 그 슬픈 순간을 당신은 순식간에 잊네요, 친애하는 여인이여. 하지만 장담컨대, 나는 어떤 해를 끼치려는 게 절대 아니며, 그 모든 음모와 비열한 협잡에도 존 셰이드는 내 주석에 대해 그다지 노여워하지는 않을 겁니다.

이런 음모들 때문에 사람들로 하여금 침착하게—바로 비명을 지르며 나를 밀쳐내지 않고—그 비극의 진실, 즉 그 비극에서 나는 '우연한 목격자'가 아니라 주인공, 비록 잠재적 희생자로 넘어갔으나 본래는 주된 희생자였다는 사실을 알리려던 나의 노력은 악몽과도 같은 난관에 직면했다. 그 왁자지껄한 소란은 내 새로운 인생행로에 영향을 미치는 결과로 이어졌고, 나는 부득이 이 소박한 통나무집으로 철수해올 수밖에 없었다. 그러나 나는 그 죄인이 구금된 직후 가까스로 그와 한 번, 아니 어쩌면 두 번까지도 면담할 수 있는 기회를 잡았다. 그는 우리집 현관 계단에서 피를 흘리며 움츠리고 있던 때보다 훨씬 제정신으로 돌아와 있었고, 궁금했던 모든 걸 털어놓았다. 재판할 때 도와줄 수 있다고 믿게끔 만들어 그는 내 강요로 그의 가증스러운 범죄를 자백했다—자신을 정신병원에 보낸 자로 셰이드를 잘못 본, 정신병원 탈출자 잭 그레이 행세로 경찰과 국가를 속였다고. 그러나 안타깝게도 며칠 후 그는 감시 밖에 있던 쓰레기통에서 안전면도날을 빼돌려 자신의 목을 그어 재판을 무산시켰다. 그는 죽었다. 이야기 내에서 역할을 다 해서 존재 이유를 더는 찾을 수 없기 때문이라기보다는 마지막을 장식한 이 최고의 바보짓—죽여야 하는 사람이 바로 앞에 있는데 다른 사람을 죽인 것—은 오랜 세월을 살아도 만회할 수 없기 때문에. 다르게 표현하면, 그의 인생은 태엽장치의 힘없는 탁탁거림이 아니라 인간 비슷한 존재의 절망적인 몸짓으로 종말을 맞이했다. 이것으로 됐다. 잭 그레이 퇴장.

내가 뉴와이를, 바라건대 영원히, 떠나기 전에 보낸 침울한 일주일은 생각만 해도 몸서리가 쳐진다. 나는 도둑놈이 나의 감미로운 보물을 강탈해갈까봐 계속 벌벌 떨었다. 안달복달하며 그것을 검은 여행용 손가방에서 꺼내 집주인 서재에 있는 텅 빈 철제 상자에 넣었다, 몇 시간 후 다시 꺼내 며칠 동안 입고 다녔다는 사실에 웃음을 터뜨릴 독자가 있을지도 모르겠다. 말하자면 아흔두 장의 색인카드를 내 몸에 분배해서, 스무 장은 외투 오른쪽 주머니에, 같은 개수를 왼쪽 주머니에, 마흔 장 묶음은 오른쪽 젖꼭지 쪽에, 이문을 포함한 소중한 열두 장의 카드는 가장 안쪽에 있는 왼쪽 가슴 부근의 주머니에 넣었다. 나는 가사일을 몸소 익혀둔 데 대해 나의 왕다운 운세에 감사했다. 네 개의 주머니를 모두 직접 꿰맸으니 말이다. 그리하여 나는 조심스럽게 발걸음을 옮기며 속아넘어간 적들 사이를 누비고 다녔다. 시로 장갑하고, 각운으로 만든 갑옷을 입고, 타인의 노래로 통통해지고, 판지로 빳빳해져서 급기야는 총알도 막아낼 몸이 되었다.

수년 전에— 얼마나 오래전인지는 말하고 싶지 않은데—성인 수준의 불면증에 시달리던 여섯 살짜리 작은 사내애였던 내게 나의 젬블라 유모가 해준 말이 기억난다. "*미나민, 구트 마그 알칸, 페른 디르스탄 Minnamin, Gut mag alkan, Pern dirstan*(내 사랑스러운 도련님, 하느님은 배고픔을, 악마는 목마름을 준답니다)." 자 여러분, 이 훌륭한 강당에 모이신 많은 분이 저처럼 배고프고 목마르실 것 같으니 이제 그만 이쯤에서 마치기로 하죠. 여러분, 바로 여기에서요.

그래, 그만하는 게 좋겠다. 나의 주석도 나 자신도 점점 지리멸렬해지고 있다. 신사 여러분, 나는 너무 많은 고통을 겪었습니다. 여러분이 상상할 수 있는 것보다 더 많이. 불쌍한 나의 동포에게 신의 축복이 내리기를 기도한다. 나의 일은 끝났다. 나의 시인도 죽었고.

"그러면 당신, 당신은 앞으로 뭘 하실 건가요, 불쌍한 왕이여, 불쌍한 킨보트여?" 젊고 온화한 목소리가 이렇게 물을지도 모르겠다.

하느님이 날 도우사, 이 주석에 나오는 다른 두 인물의 예를 따르고 싶은 욕망을 없애주실 거라 믿는다. 나는 계속 살아갈 것이다. 다른 변장과 다른 외관으로 꾸밀지 모르지만, 살기 위해 노력할 것이다. 어쩌면 또다른 캠퍼스에서 그 어떤 명성도, 미래도, 청중도, 그의 예술 말고는 아무것도 없는 늙고 행복하고 건강한 이성애자 러시아 망명 작가로 다시 등장할지도 모른다. 오돈과 합작으로 〈젬블라 탈출〉(궁전 무도회, 궁전 광장에 터지는 폭탄)이라는 신작 영화를 제작할지도 모른다. 연극 평론가들의 단순한 취향에 영합해 무언극을 지어낼지도 모르겠다. 세 명의 주역, 즉 상상 속의 왕을 죽이려는 미치광이와 자신이 왕이라고 상상하는 또다른 미치광이 그리고 우연히 사선射線으로 굴러들어와 두 허상 간의 충돌로 죽는 저명한 노시인이 등장하는 시대에 뒤떨어진 신파극을. 아, 나는 많은 일을 하게 될지도 모른다! 역사가 허락한다면, 되찾은 나의 왕국으로 배를 타고 귀환해 큰 소리로 흐느끼며 회색빛 해안선과 빗물에 어슴푸레 빛나는 지붕을 반길지도 모른다. 정신병원에서 몸을 움츠리고 신음하게 될지도 모르고. 그러나 어떤 일이 일어나고 어디에서 그 장면이 펼쳐지든, 누군가가 어디선가 조용히 출발할 것이다—아니, 누군가는 이미 출발했고, 아직은 좀 멀리 떨어진 곳에서 표를 사고, 버스 배 비행기에 오르고, 착륙하고, 백만 명의 사진사를 향해 걸어가고, 결국 내 초인종을 울릴 것이다—더 크고, 더 훌륭하고, 더 유능한 그라두스가.

색인

고딕체로 쓴 숫자는 시의 행과 그 주석을 가리킨다.

대문자 G, K, S(각항 참조)는 이 작품에 등장하는 세 명의 주요 인물을 나타낸다.

A 남작(A., Baron) 오스윈 아펜핀, 아프 가문의 마지막 남작으로 대단치 않은 반역자, 285.

아이리스 아흐트(Acht, Iris) 유명 여배우, 1888년 사망. 정열적이고 강인한 여성으로 투르구스 3세(해당 항목 참조)의 총애를 받음, 130. 공식적으로는 자살했다고 전해지지만, 비공식적으로는 그녀를 시기하던 젊은 배우 고틀란더에게 자기 분장실에서 교살되었다는 얘기가 전해진다. 고틀란더는 현재 아흔 살로 그림자단(해당 항목 참조)의 가장 늙고 가장 보잘것없는 단원이다.

알핀왕(Alfin, King) 별명은 얼빠진 왕, 1873~1918. 1900년 즉위. K의 부친. 친절하고 부드럽고 정신 나간 군주로 주요 관심사는 자동차, 비행기구, 모터보트였고, 한때는 바닷조개에도 흥미가 있었다. 비행기 사고로 사망, 71.

안드로니코프와 니아가린(Andronnikov and Niagarin) 매장된 보물을 찾아

호딘스키(Hodinski) 러시아 탐험가, 1800년 사망. 호디나로도 알려졌음, 681. 1778~1800년 젬블라에 정착, 정평 난 파스티슈 작품의 작자, 이고르 2세의 어머니이자 투르구스(해당 항목 참조)의 조모인 야루가(해당 항목 참조) 공주(나중에 여왕이 됨)의 연인.

이고르 2세(Igor II) 1800~1845년 치세, 현명하고 자비로운 왕, 야루가여왕(해당 항목 참조)의 아들로 투르구스 3세(해당 항목 참조)의 아버지. 궁전 회랑의 아주 사적인 한 구역은 오직 통치 군주만 들어가볼 수 있지만, 호기심 많은 사춘기 소년은 내실 P를 통해 쉽게 그곳에 침투했다. 그곳에는 이고르가 아끼던 미소년 사백 명의 분홍 대리석 조각상이 진열되어 있었다. 유리로 눈을 끼워넣고, 정교하게 세부를 손본 그 조각상들은 실제와 똑같아 보이는 걸출한 진열품이었지만, 좋은 예술품은 아니었다. 나중에 K는 그 진열품을 어느 아시아 군주에게 선물로 보낸다.

K 카를 2세 항목과 킨보트 항목 참조.

칼릭스하벤(Kalixhaven) 서부 해안에 있는 다채로운 항구로 블라빅(해당 항목 참조)에서 북쪽으로 몇 마일 떨어져 있다, 170. 즐거운 추억이 많은 곳.

찰스 킨보트 박사(Kinbote, Charles, Dr.) S의 절친한 친구이자 그의 문학적 조언자이며 편집자 겸 주석자. S와의 첫 만남과 친교, 머리말. 애팔래치아 새들에 대한 관심, 2. S에게 자신의 이야기를 소재로 삼을 것을 선의를 가지고 요청, 12. 그의 겸손함, 35. 타이몬의 동굴 같은 그의 통나무집에는 서재가 없음, 39. S에게 그가 영감을 주었다는 믿음, 42. 덜위치 로드에 있는 그의 집 그리고 S네 창문, 47. H 교수에게 반박하고 오류를 정정함, 62, 71. 그의 불안과 불면증, 62. S를 위해 그가 만들어준 도면, 71. 유머 감각, 79, 91. '이리듈'이라는 용어는 셰이드의 조어라는 믿음, 109. 피로감, 120. 스포츠 활동, 130. S네 지하실 방문, 143. 독자가 그의 주석을 즐겁게 읽으리라 믿음, 149. 소년 시절 및 오리엔

시작되었거나 기후가 바뀜, 609. H네 집에 그가 들름, 629. '창백한 불꽃'같이 『템페스트』 등등에서 인용한 표제를 맹렬히 비난, 671. 유머 감각, 680. 오도넬 부인의 시골 저택에 도착한 날을 회상, 691. 미묘한 말장난을 알아보고, 그 원작자라고 알려진 자에 대해 의심을 품음, 727. 전진해오고, 고상하고 순진한 마음을 배반하고, 그의 희생자에 대해 불결한 이야기를 퍼뜨리고 야비하고 악랄한 농담을 하면서 그 희생자를 쫓는 인물에 대한 혐오감, 741. 어떤 심리적인 장벽이나 제2의 G에 대한 두려움 때문에 60~70마일밖에 안 걸리고, 훌륭한 도서관도 분명 찾게 될 도시로 여행 가지 못하는 그, 747. 그가 1959년 4월 2일에 한 귀부인에게 보낸 편지, 귀부인은 그해 여름 로마로 가면서 그 편지를 니스 근교의 자기 별장에 있는 보물 사이에 끼워두고 감, 768. 아침에 예배를 보고, 저녁에 시인과 산책, 시인이 마침내 자기 작품에 관해 얘기함, 802. 어휘 및 언어학적 기적에 대한 소견, 803. 모텔 주인에게 F. K. 레인의 서간집을 빌림, 810. 그의 친구가 욕조에 앉아 면도할 때 욕실로 침투, 887. 교수회관에서 그가 젬블라 왕과 닮았는가에 관한 토론에 가담했다 E.(색인에 안 나옴)와 최종 절교, 894. 그와 S가 C 교수(색인에 안 나옴)의 대학 교재에 나오는 재미있는 이야기에 요절복통 웃어댐, 929. 그의 지치고 슬픈 몸짓과 부드러운 책망, 937. 온하바대학의 젊은 강사가 생생히 기억남, 957. 시인의 정자에서 S를 마지막으로 만남, 기타 등등, 991. 박식한 정원사를 발견한 때를 회상, 997. S의 생명을 구하려다 실패하고 원고만 구함, 1000. 두 '전문가'의 도움을 받지 않고 출판하기 위한 그의 조치, 머리말.

코발타나(Kobaltana) 옛 군대 막사인 폐허 근처의 산간 휴양지, 한때는 인기가 있었지만 현재는 접근하기도 어렵고 별로 볼 것도 없는 춥고 삭막한 곳으로 전락했다. 그러나 군인 가족들과 숲속 성곽에 사는 사람들에게는 아직도 기억되고 있다, 본문 중에는 안 나옴.

크론베르그(Kronberg) 베라산맥의 눈 모자 쓴 바위산, 편히 묵을 수 있는

미주

1) 유일한 생부: 셰익스피어 『소네트집』의 헌사에 나오는 표현("앞으로 나올 소네트들의 유일한 생부인 W. H. 씨에게. 모든 행복과 우리의 불멸의 시인에 의해 약속된 저 영원한 삶을……")으로 셰익스피어 작품을 둘러싼 저작권 논란의 맥락에서 다양한 해석의 가능성이 있는 표현 중 하나이다.
2) 워드스미스대학: 나보코프가 1950년대 코넬대학에서 교수로 재직하며 러시아문학과 세계문학을 강의하던 강의실이 위치한 건물의 이름이 '골드윈 스미스'였다고 한다. 과목명은 문학311.
3) 온하바: 에스키모어로 '먼 곳'을 뜻한다.
4) 나토츠다그: 스웨덴어로 '낮과 밤'을 뜻하는 'Natt och Dag'을 연상하게 하는 이름으로, 스웨덴의 현존하는 가장 오랜 역사를 가진 귀족 가문의 이름이기도 하다.
5) 하우스먼: 영국 시인이자 고전문학자(1859~1936). 동성애자로 알려져 있다. 나보코프는 케임브리지대학 재학 시절, 당시 교수로 재직중인 시인을 학교 식당에서 본 일을 자서전에 언급한 바 있으며, 시인의 영어가 '길들인 생쥐'처럼 자신의 러시아어에 침투했다고 표현할 만큼 그를 매우 높이 평가했다.
6) 여새: 날개의 붉은 반점 때문에 고대 유럽에서는 불을 운반하는 새로 알려졌으며, 눈 주위가 검어서 마스크를 쓴 인상 때문에 전쟁, 죽음, 전염병의 창궐을 알리는 전령으로 서양 민담에 종종 등장한다.

7) 그림펜: 코넌 도일의 소설 『바스커빌가의 개』에서 살인사건이 일어나는 늪지대의 이름이기도 하다. 코넌 도일의 팬이었던 T. S. 엘리엇이 이 표현을 여기서 따왔다고 밝힌 바 있다.

8) 재촬영해, 재촬영!: 경찰차가 헤드라이트를 환히 밝히고 갑자기 집 앞으로 돌진해오는 장면이 텔레비전을 보고 있던 셰이드 부부에게는 화면 속 영화의 한 장면처럼 느껴졌음을 나타내는 한편, 딸의 죽음이라는 돌이킬 수 없는 현실을 번복 가능한 허구의 작업으로 치환하고 싶은 화자의 마음을 함축한 표현으로도 읽을 수 있다.

9) 크래쇼: 알렉산더 포프에게 영향을 준 세대이자, 새뮤얼 존슨이 '형이상학 시인'으로 명명한 17세기 영국 시인들 중에 리처드 크래쇼(1613~1649)가 있다. 바로크적인 장식적 문체와 번뜩이는 기지, 언어유희가 담긴 종교시로 유명하다.

10) 난초스러운: orchideous. 『롤리타』에도 나오는 단어로, 나보코프는 난초과의 학명인 Orchidaceae의 형용사인 'orchidaceous' 대신에 이 단어를 씀으로써 'orchid'의 그리스어 어원의 뜻('고환')과 '흉측하다'는 뜻의 형용사 'hideous'를 더한 언어유희적 효과를 노린다.

11) 턱밑 수염: Newport frill. 턱밑 수염을 뜻하는 'newgate frill'의 변형으로 추정되며, 나보코프는 『재능』 4장에서 이 단어를 "플로베르에게는 매우 징후적으로 여겨졌던 'barbe en collier(얼굴 가장자리에만 기른 수염)'"으로 정의한다.

12) 피네간의 경야: 제임스 조이스의 유작인 『피네간의 경야』는 『창백한 불꽃』 초판본(Putnam, 1962)에는 'Finnigan's Wake'로 표기되었는데, 조이스가 의도적으로 부호를 생략(Finnegans Wake)한 오류를 바로잡는 척하면서 나보코프 역시 의도적으로 오자를 삽입한 것이라 주장하는 연구자들도 있다. 이 표기 오류를 지적하는 앨프리드 아펠 주니어의 편지에 나보코프는 이렇게 답한 바 있다. "자네는 지금 사기꾼들의 실수를 이해하지 못하겠다고 하는데, 사기꾼들이 자신의 교활한 실수들

로 이익을 얻지 않았다면 사기꾼이 아니었을 걸세."

13) '지리멸렬한 거래': 스코틀랜드 고지대의 사냥 안내인 앵거스 맥더미드(1770?~1820?)가 집필한 『에디남플과 로컨헤드의 절경 보고서』(1815)에 나오는 표현으로 '도둑질'을 뜻한다. 19세기 초 영국의 낭만파 시인인 로버트 사우디가 자신의 저서와 편지에 이 표현을 몇 차례 인용한 바 있다.

14) 사우디의 링고-그란데: '링고-그란데'는 로버트 사우디가 '스툼파룸퍼'라는 별명을 지닌 친구에게 보내는 편지에 등장하는 그만의 표현으로, 종잡을 수 없이 횡설수설하는 말을 가리킨다.

15) 「콩스스쿠그-시오」: 나보코프가 『예브게니 오네긴』 주석 작업 중에 알게 된 13세기 노르웨이의 왕실 교육서 'Konungs skuggsjá'를 아이슬란드어식으로 바꾼 표현이다. 아이슬란드어로 '스쿠그'는 그림자, 유령 등을 뜻하고 '시오'는 극장, 연극 등을 뜻해, 합성어로 '스쿠그-시오'는 '거울'을 의미한다. 콩스스쿠그-시오는 어원대로 번역하면 '왕의 그림자(유령) 연극'으로 해석될 수 있어 이 작품의 주요 모티프와 연결되는 의미를 가진다.

16) 카를 크사베리: Charles Xavier. 젬블라가 북유럽과 러시아의 중간 지대에 있는 가상의 나라라는 설정과 젬블라의 마지막 왕조 혈통이 러시아에서 유래했음을 고려해 러시아어식 이름 표기를 택했다. 단, 미국에서는 카를이 아닌 찰스라 불렸을 것을 고려해 본명이 언급되는 경우가 아니면 '찰스'로 표기했다.

17) 앰버에서 선에 이르기까지: '앰버'란, 나보코프가 『창백한 불꽃』 프랑스어판 역자에게 보낸 편지에 따르면 캐슬린 윈저의 로맨스 소설 『포에버 앰버』를 가리킨다. 1944년 출간된 이 소설은 17세기 영국 찰스 2세의 궁정을 배경으로 하며 영화로 제작될 만큼 큰 인기를 끌었다. '선'은, 나보코프가 『뉴요커』에 단편소설 및 시를 게재하던 시기에 함께 실린 J. D. 샐린저의 작품을 가리키는 듯하다. 불교사상이 담긴 '글래스

가족' 연작단편집은 1953년 출간되었다.

18) 레프부르그: Repburg. 제인 오스틴의 소설 『맨스필드 파크』에서 '천재 조경가'로 언급되는 험프리 렙튼(1752~1818)을 연상시킨다. '렙튼(Repton)'의 접미사 '-ton'은 '-burg'와 마찬가지로 '도시(town)'를 뜻한다.

19) 원문에서는 61행에 나오는 표현이다. 셰이드의 시의 경우 정확한 의미 전달을 위해 불가피하게 산문 번역을 하다 보니 원문의 시행과 달라진 부분이 제법 있다. 자연히 주석에서 가리키는 시행도 원문과 다른 경우가 생기는데, 그 차이가 커서 주석이 나오는 순서가 뒤바뀐 것처럼 보이는 경우가 몇 곳 있다. 번역된 시행대로 주석 위치를 바꿔주는 방식도 고려했으나, 이 작품은 어디까지나 '소설'이고 주석이 나오는 순서도 중요하다는 판단으로 원문의 주석 순서를 따랐다. 색인의 경우도 마찬가지인데, 원래 색인의 기능을 생각하면 한국어판의 경우 가나다순으로 배열해야 하나, '젬블라' 항목을 맨 마지막으로 두는 등의 색인을 배열한 나보코프의 의도를 살리기 위해 원문 그대로 알파벳순으로 배열했다.

20) 보스코벨: 영국 찰스 2세가 1651년 우스터전투에서 패하고 은신했던 슈롭셔의 농장 이름이 '보스코벨'이었다.

21) 요강: skoramis. 고대 그리스어로 '요강'을 뜻하는 σκωραμίς(skōramís)에서 유래한 단어로, 로버트 브라우닝이 이 표현을 쓴 바 있다. 베라 나보코프에 따르면(1968년 1월 31일 편지) 나보코프가 과거 영국의 교수들이 요강을 사용했다는 말을 했다고 한다.

22) 프닌 교수: 나보코프가 1957년 발표한 소설 『프닌』의 주인공 티모페이 프닌을 가리킨다. 러시아 망명자 출신으로 웨인델대학에서 강의하던 이 캐릭터가 『창백한 불꽃』에서는 워드스미스대학의 종신교수로 재등장한다.

23) 셰이드와 킨보트의 이 대화 전체가 제임스 보즈웰이 새뮤얼 존슨과의

대화를 기록해 전하는 특유의 기법들(새뮤얼 존슨의 신랄한 비유나 단언으로 끝맺는 대화, 주제별 화제의 나열, 연극 지시문처럼 삽입되는 제스처나 표정에 대한 묘사 등)을 모방하고 있다.

24) 16년이라는 근소한 차이: 셰이드가 1898년 7월 5일생이고, 친애왕 카를은 1915년 7월 5일생으로 설정되어 있어 사실은 17년 차이가 난다. 이는 나보코프의 실수가 아니라, 킨보트가 믿을 수 없는 화자임을 드러내는 디테일로 해석해야 한다.

25) 아거기: Ohthere. 9세기 말 앵글로색슨계의 잉글랜드 왕인 앨프리드 대왕(재위 871~899)을 방문한 노르웨이의 항해자 오테레(Ohthere)라는 인물이 북해 근처를 항해한 여정의 전말을 대왕에게 보고했고, 대왕은 5세기의 라틴어 역사서 『이교도에 반론을 제기하는 역사서』를 앵글로색슨어로 번역하면서 그의 보고를 삽입했다고 한다.

26) 레드 애드미럴: 네발나빗과 큰멋쟁이나비(Vanessa)의 일종을 가리키는 속칭이기도 하다. 붉은제독나비의 정식 학명은 *Vanessa atalanta*이다. 나보코프에 따르면, 알렉산드르 2세가 혁명당원에 의해 암살당한 1881년 이 나비가 아프리카에서 유난히 많이 날아와 러시아에서는 죽음을 알리는 '운명의 나비'로 불렸다고 한다.

27) 위기일발: 원문은 'harebreath(문자 그대로 옮기면, 산토끼의 숨결)'로, 간발의 차를 뜻하는 'hairbreadth(문자 그대로 옮기면, 머리카락 한 개분 즉 간발)'를 살짝 비튼 표현이다.

28) "여기서 아빠가 쉬야 했어.": 원문은 'Here Papa pisses'로, 로버트 브라우닝이 런던 남쪽의 '덜위치' 인근의 숲을 산책하다 착상이 떠올랐다는 시극 「피파가 지나간다(Pippa Passes)」를 연상시킨다. 피파의 노래가 의도치 않게 타인의 삶에 영향을 끼치는 시극의 내용처럼 헨츠너가 셰이드에게 많은 영감을 준 장본인일 수 있음을 암시한다.

29) 나보코프는 자신의 전기 작가 앤드루 필드에게 보낸 편지(1966년 9월 26일)에서 이 구절에 대해 다음과 같이 설명한다. "아버지에게 보내는

알아듣기 힘든 경고이자 수년 후에 집필된 아버지의 시 제목에 대한 힌트. 아버지(padre)는 늙은(old) 골즈워스(goldswart)로 오해받을 그 길(lane)로 가선 안 된다(not go). 창백한(tale) 불꽃(feur)을 끝낸 뒤에. 〔셰익스피어 작품에서처럼〕 이 '창백한 불꽃' 단어 근처에 'arrant(far rant)'가 등장하는데, 이 단어와 'lant'를 조합하면 셰이드의 최후 장면에 나오는 아탈란타 나비가 된다. 이것이 바로 창고의 영혼이 말한 것(told)이다."

30) 『멋쟁이와 나비』: 나보코프가 1940~50년대에 시와 단편소설 등을 발표했던 『뉴요커』를 연상시킨다. 1925년 창간호를 비롯해 『뉴요커』의 표지에는 모노클을 들고 나비를 살펴보는 신사 그림이 자주 등장한다.

31) '땀흘려 일하는 사람': '화장실(toilet)'이 연상되는 단어로, 416행의 '화장품이 놓여 있었다(articles of toilet stood)'라고 쓴 것과도 연관이 있다.

32) 'again'의 발음이 미국식([ə'gen])과 영국식([ə'geIn])이 상이한데, 미국인인 셰이드가 시의 각운에서는 영국식 발음을 기준으로 삼았다. 이는 T. S. 엘리엇이 「황무지」 3부 「불의 설교」 74~75행에서 'men([men])'과 'again' 각운을 맞춘 것과 비교된다.

33) 나르스트란: 북구신화에 악인만 따로 모아두는 시체의 해변인 나스트론드 얘기가 있다.

34) 사후 삶의 형태에 대한 논의가 나오는 주석은 551행 주석이 아니라 549행 주석으로, 이 오류가 나보코프가 의도한 것인지에 대해서는 논란의 여지가 있다. 『창백한 불꽃』 출간 후에 한 인터뷰(1967)에서 나보코프는 초판(2쇄)의 오류를 여섯 항목 지적하는데, 다른 주석(502행 주석)에서 벌어진 같은 참조 시행 번호에 대한 오류는 수정한 반면, 이 오류는 그 여섯 항목에 포함하지 않았다. 최근에 나온 펭귄 모던 클래식 판본에서는 이 오류가 수정되었지만, 대부분의 판본은 나보코프의 의도라 판단하고 초판을 그대로 따르고 있다.

35) 쌈지: 나보코프가 『창백한 불꽃』 프랑스어판 번역자에게 보낸 1964년 편지에서 이 표현에 대해 다음과 같이 설명한 바 있다. "아이용 쌈지, 아니면 소년의 음낭이라고 하면 더 좋겠고요(킨보트 박사는 좋은 사람이 아닙니다)."

36) 셰이드와 킨보트의 이 대화 전체가 새뮤얼 존슨과 제임스 보즈웰의 이 주제에 대한 대화를 패러디한 것이다. 참고로 나보코프는 원문의 대문자 표기 역시 18세기 관례에 따랐다.

37) 영국의 찰스 2세를 가리킨다. 찰스 1세의 장남으로 청교도혁명의 발발로 프랑스 등에서 망명 생활을 하다 공화국 체제가 무너지자 1660년 즉위했다. 앞선 문장은, 1651년 우스터 전투에서 크롬웰 군에 패한 찰스 2세의 도피행적을 기록한 클래런던 백작 에드워드 하이드의 『반란사』(1702~1704)에 나오는 문장을 거의 그대로 차용한 것이다.

38) 같은 소네트의 9행("그대는 운명과 우연의, 왕들과 자포자기한 자들의 노예이며")을 가리킨다. 존 던의 「거룩한 소네트 10」(1633)의 전문은 다음과 같다.

죽음이여, 자만하지 마라. 그대를 힘이 세고
무시무시하다고 칭하는 자도 있지만, 그대는 그렇지 않으니.
그대가 쓰러뜨렸다고 생각한 자들은
죽지 않으며, 가련한 죽음이여, 나 또한 그대는 죽일 수 없으니.
그대의 그림에 불과한 휴식과 잠으로부터
많은 쾌락이 나온다면, 그대로부터는 더 많은 쾌락이 흘러나올 게 분명하니.
그리고 가장 훌륭한 이들이 가장 먼저 그대와 함께 가니,
유골의 안식이며 영혼의 구원이로다.
그대는 운명과 우연의, 왕들과 자포자기한 자들의 노예이며
독약과 전쟁과 질병과 동거하는데,
아편이나 마법도 그대의 일격만큼 또는 그보다 더

잘 우리를 잠들게 할 수 있는데, 왜 그대는 뽐내는가?
잠깐 한숨 자고 나면, 우리는 영원히 깨어나,
죽음은 더는 없으리니, 죽음이여, 그대가 죽으리라.

39) 안드로니코프와 니아가린에 대한 묘사는 소련작가동맹이 1934년 기본 창작 강령으로 삼은 사회주의리얼리즘에서 소재로 다룬 소비에트 영웅들의 이상화된 완전무결함에 대한 패러디이다.

40) 노바젬블라의 망명자라는 사람: 노바젬블라는 20세기 초부터 러시아에서 가장 가혹한 정치범 유배지로 악명이 높았으며, 2차대전시에는 소련의 전쟁포로수용소가, 이후에는 강제노동수용소 등이 세워져 소련 수용소 체제의 전초기지로 활용되었다. 나보코프가 스위스에서 『창백한 불꽃』 집필 마무리 작업을 하던 시기인 1961년 10월 30일에는 흐루쇼프의 핵실험 일환으로 역사상 가장 큰 핵폭탄인 '차르 봄바'가 이 섬에 투하되어 전 세계의 주목을 받는다. 이 대목에서 킨보트가 지칭하는 이는 V. 보트킨으로, 색인에서 러시아계 미국인으로만 설명되는 그가 이곳 수용소 출신의 망명자임이 암시된다.

41) 퓌누: 타이어를 뜻하는 프랑스어는 'pneu'로 여기서의 'punoo'와 발음은 비슷하지만 철자는 다르다. 여기서 지칭하는 인물은 워드스미스 대학의 러시아문학과 학과장 프닌 교수로, 소설 『프닌』에서도 반복되던 그의 이름을 이용한 말장난이 이 소설에서도 이어지고 있다.

42) 사도: 성 안드레를 가리킨다. 성 안드레는 기울어진 등변 십자가 위에서 순교했다고 전해지며 중세에 십자가 문양보다 X문자가 그리스도의 상징으로 유행했던 것과 관련이 있다.

43) 하우스먼은 『시의 이름과 본질』(1933)에서 "사실 나에게 시는 지적인 것보다는 육체적인 것으로 여겨진다. (중략) 그것은 경험으로부터 배운 것으로, 아침에 면도할 때 하는 생각을 잘 감시해야 한다는 것이다. 왜냐하면, 시 한 행이 길을 잃어 기억 속으로 들어오면 피부의 잔털이 빳빳하게 서서 면도칼이 동작을 멈추기 때문이다"라고 썼다.

44) 그라두스가 읽은 신문 기사들은 실제 〈뉴욕 타임스〉(1959년 7월 21일자)에 실린 기사들의 고유명을 애너그램으로 살짝 바꾸거나(Charel→Rachel, Lehman→Helman), "아듀……노르웨이!"를 "아듀……젬블라!"로 바꾸는 등의 변경을 가해서 패러디하고 있다. 또한 서평가에 대한 대목은 〈뉴욕 타임스〉 1958년 8월 18일자에 『롤리타』에 대해 "지루하고 어리석고 역겹다"는 혹평을 한 〈뉴욕 타임스〉 서평가 오르빌르 프레스콧을 겨냥한 것이다.

45) 플로렌스 호턴실: 러시아어-슬라브어권 희귀 자료 소장으로 유명한 하버드대학의 희귀본 도서관 이름이기도 하다. 나보코프는 푸시킨의 『예브게니 오네긴』 번역서 머리말 첫 페이지에서 희귀본인 1937년판 『예브게니 오네긴』의 복사본의 복사를 허가해준 것에 대해 이 도서관측에 감사를 표한 바 있다.

46) 콘말의 소네트는 관사와 대명사가 누락되는 문법적 오류를 보일 뿐 아니라, 셰익스피어 소네트의 시행 규칙인 약강5보격이 지켜지지 않고, 압운법도 셰익스피어의 소네트 각운 구조(abab)와 달리 abba의 형태를 띠는 등 셰익스피어 전문 번역자가 쓴 소네트 콰르텟(4행시)으로 보기에는 형식적으로도 불완전하다.

I am not slave! Let be my critic slave.
I cannot be. And Shakespeare would not want thus.
Let drawing students copy the acanthus,
I work with Master on the architrave!

47) 이 문단에서 킨보트는 '주석'을 모두 다른 단어(commentary/notes/scholium/ work)로 표현하고 있다.

48) 원문은 'a Jack of small trades'로, 많은 것을 할 줄 알아도 뛰어난 한 가지가 없는 인물을 뜻하는 '만물박사(a jack-of-all-trades)'를 살짝 바꾼 것이다.

49) 색인의 '대관식 보석' 항목에서 시작되는 독자의 대관식 보석 추적은

'은신처' 항목과 '포타이니크' 항목을 거쳐 '타이니크' 항목에 다다르지만, 러시아어로 '비밀 장소'를 뜻한다는 동어반복적인 설명과 함께 다시 '대관식 보석' 항목으로 되돌아오게 된다. 이 공회전을 벗어나 대관식 보석이 숨겨진 진짜 장소를 알아내는 것은 반세기가 넘는 『창백한 불꽃』 연구사에서도 쉽게 풀리지 않은 난제로서 다양한 해법들이 제시되었다. 그 해법의 한 예로, 오스윈 브레트위트 항목을 참조할 것을 종용하는 이 까마귀를 단서로 삼은 기발한 해법 하나를 소개하고자 한다. 까마귀(crow)가 803행('오식') 주석에서 세 단어가 개입된 진귀한 오식의 예로 왕관(crown)과 연결되었음을 고려하면, 여기서의 참조는 대관식 보석 추적과 관련된 것임을 짐작할 수 있다. 까마귀의 재촉에 오스윈 브레트위트 항목에 가서 참조 지시대로 아로스와 오데발라 항목을 가봤자 오스윈 브레트위트 항목으로 다시 되돌아가거나 오데발라 항목으로 다시 와서 재촉하는 까마귀를 다시 만나게 될 뿐이다. 보통의 독자라면 여기서 포기하겠지만, 까마귀의 말대로 브레트위트 항목을 다시 가서 이번에는 색인 내에서 이동하지 않고 오스윈 브레트위트가 등장했던 해당 주석으로 가서 오데발라와 아로스가 언급되는 대목에 나오는 '줄 브레트위트와 페르츠 브레트위트 사이에 오간 213통의 편지(letters)'의 '213 letters'에 주목한 연구자는, 색인의 오스윈 브레트위트 항목에서 거슬러 올라가 213번째에 있는 알파벳이 바로 보트킨 교수의 이름 첫 글자인 V. 라는 점을 발견했다(힘들게 알파벳을 하나하나 거슬러 올라오는 극소수의 독자에게 맞는 길을 가고 있다고 격려하듯 '보트킨(*Botkin*, V.)' 항목은 색인에서 유일하게 참조 시행 숫자가 역순으로 제시되어 있다). 이 V는 보트킨의 마지막 글자 n과 함께 나보코프의 이니셜 V. N.이 되어, 결국 대관식 보석의 진짜 행방은 소설 『창백한 불꽃』 세계의 진짜 주인인 작자 나보코프만이 알고 있다는 결론에 이른다. 기발한 추적 방식에 비해 다소 맥빠지는 이 해법은, 나보코프가 『창백한 불꽃』 초판의 출판 전 저자 교정지에 남긴 메모가 뒤늦게 발견되며 극적인 반전을 맞는다. 나보코프는 이 저자 교정지의 제목 페이지에 나오는 저자 이름과 출판사(G. P. Putnam's)의 로고 사이에 왕관 문양을 하나 그려넣고 "체스 폰트 18pt"로 추가할 것을 요청하는 메모를 남겼고, 결국 『창백한 불꽃』 초판의 제목 페이지에는 신문이나 잡지의 체스 문제에서 검은 퀸을 표시하는 검은색 왕관 문양이 문장 형태를 띤 출판사 로고의 일부처럼 찍혀서 출판되었다. V. N.은 보물지도의 종착지가 아니라 책의 제목 페이지에 나오는 저자의 이름으로 갈 것을 지시하는 또다른 이정표였던 것이다. 이것이 이정표임을 알아본 독자만이 제목 페이지의 저자 이름 바로 밑에, 킨보트가 묘사한 대로 "다이아몬드가 박힌 왕관"이 출판사 로고의 일부인 양 눈속임되어 숨겨져 있음을 발견할 수 있을 것이다. (왜 킹의 왕관이 아니고 퀸의 왕관인가 하면, 참조 지시를 따라 텍스트를 옮겨 다니다 마침내 이 왕관을 찾아낸 독자는 체스판 끝에 이르러 퀸으로 승격된 졸과 같기 때문이다! 알파벳 추적을 할 수 없는 한국어판 독자는 이런 승격의 경험이 불가능하니 초판을 구하는 보물찾기를 먼저 해보시기를!)

50) 머나먼 북쪽의 나라: 포프의 시 「머리 타래의 강탈」 제4곡에 나오는 표현("아, 차라리 어떤 외딴섬에나 머나먼 북쪽의 나라에서 아무도 날 흠모하지 못한 채로 있었다면. 카드 게임(Ombre)을 배우지 못하고 무이 차를 맛보지 못했다 하더라도.")이다.

소설의 지평선을 비추는 나보코프의 프리즘 『창백한 불꽃』

이 책은 시집이 아니다. 이 책이 시집이었다면 다음과 같이 해설을 시작해도 됐을 것이다. "이 책은 1959년 작고한 미국 시인 존 셰이드 씨의 미완성 유작 「창백한 불꽃」의 유고를 취합해 출판한 시집으로, 유고의 출판권자인 찰스 킨보트 교수가 머리말과 상세한 주석 그리고 색인까지 덧붙였다. 킨보트 교수는 고인과 가깝게 지낸 워드스미스대학의 동료 교수로, 이 작품의 착상과 집필에 영감과 영향을 준 것이 자신이라 주장하며 시행의 숨겨진 의미와 배경을 주석을 통해 밝힌다."

실제로 이 책의 1987년 펭귄 판에는 이와 거의 흡사한 내용의 광고 문구가 실리기도 했다. 하지만 이 책은 '〈타임〉 선정 20세기 100대 영문소설'이라는 문구가 뒤표지에도 있듯이, 블라디미르 나보코프가 1962년에 발표한 '소설'이며, 존 셰이드라는 시인은 세상의 어느 작가

인명사전에도 존재하지 않는 가상의 인물이다. 비록 '머리말, 창백한 불꽃: 네 편으로 된 시, 주석, 색인'으로 된 목차부터 이것이 과연 소설인가 갸웃거리게 되지만 말이다.

목차에서 알 수 있듯이 이 소설은 크게 네 부분으로 이루어져 있다.

1. 찰스 킨보트의 머리말
2. 미국 시인 존 셰이드가 쓴 네 편으로 된 시
3. 찰스 킨보트가 집필한 다양한 분량(다른 주석을 참조하라는 말만 있는 주석부터 20여 쪽에 이르는 긴 주석까지)의 총 130개 주석
4. 찰스 킨보트가 집필한 색인

이 목차에서부터 본 텍스트인 시와 그에 대한 보충 자료인 머리말이나 주석 같은 곁다리텍스트paratext에 대한 독자의 기존 관념이 흔들리게 된다. 만약 이 책이 한 권의 시집이라면, 머리말을 쓴 편집자가 얼마나 특별한 인물이고 주석의 존재감이 시 본문을 얼마나 압도하건, 본 텍스트와 곁다리텍스트의 구분에는 영향을 미치지 않을 것이다. 존 셰이드의 시 「창백한 불꽃」이 본문이고, 나머지는 모두 그 본문을 보조하는 곁다리다. 그러나 나보코프의 이 소설은 시집의 형태를 취한 전체 책 구성 자체가 나보코프가 구축한 허구이므로 제사는 물론 목차와 머리말, 주석, 색인까지 모두 시 본문과 같은 층위의 텍스트로 봐야 한다(물론, 이 역자 해설을 비롯해 역자의 각주와 미주 등이야말로 이 소설의 진짜 곁다리텍스트이다).

사실 이 책을 시집으로 인식해 머리말을 읽기 시작한 독자도 곧 멈

칫할 수밖에 없을 만큼, 킨보트의 머리말은 보통 시집의 머리말과는 너무 다른 서술 태도와 예상치 못한 전개를 보여준다. 보통 머리말이 취하기 마련인 가치중립적이고 객관적인 어조 대신 다분히 논쟁적이고 주관적인 어조로 셰이드의 시에 자신이 공헌한 바를 호언장담하는 그의 태도는 주석자가 지녀야 할 소양을 의심하게 한다. 또 작품 해설 중에 불쑥 자신이 현재 글을 쓰고 있는 장소의 주변 환경에 대해 불평하거나 편집상의 지시 사항을 남겨두어 이 머리말이 최종 편집이나 교열을 거치지 않은 상태라는 추측도 들게 한다. 결정적으로 머리말의 결론에서 킨보트는 자신의 주석을 먼저 읽고 그다음에 시를 읽으라면서(책을 아예 두 권 사서 주석을 옆에 두고 계속 참조하라는 말도) 결국 최후의 말은 주석자의 것이라는 말까지 하는데, 주석자로서는 매우 대담하고 이례적인 주문이 아닐 수 없다. 이로써 머리말을 다 읽은 독자에겐 이 소설을 읽는 세 가지 방식의 선택지가 생긴다. 시를 먼저 읽고 주석을 읽거나 주석을 먼저 읽고 시를 읽는 양방향의 선형적 독서, 시와 주석을 왔다갔다하며 읽는 비선형적 독서가 그것이다. 킨보트의 주석을 먼저 읽으면 그에게 더 동조하는 독자로서 시를 조망하게 될 것이고, 시를 먼저 읽는 독자는 시인의 목소리를 우선 듣는 독자가 될 것이다. 하지만 어느 쪽을 택해도 머리말을 읽은 이상 독자는 킨보트의 의도에 어느 정도 포섭된 채로 셰이드의 시와 만날 수밖에 없다. 가령 이 시의 작자가 이미 이 세상 사람이 아니라는 사실, 쓰이지 못한 마지막 1행이 있지만(첫 1행과 동일한 행일 것이라고 킨보트는 단언한다), 총 네 편으로 완결되었다는 사실을 자연스럽게 받아들이고, 주석을 먼저 읽고 시를 읽으라는 킨보트의 강권을 염두에 둔 채로 시 「창백한 불꽃」 첫 행을 마주하게 되는 것이다.

그런데 사실 머리말을 다 읽기도 전에 독자는 이미 중요한 선택의 기로에 놓인 바 있다. 바로 킨보트의 괄호 참조 지시로, 그 기로에서 독자가 어떤 선택을 했는가에 따라 애초부터 사뭇 다른 조망으로 소설을 읽게 된다. 가령, 머리말에 등장하는 첫번째 괄호 참조 지시를 바로 따른 독자에게는 이 작품 서사의 핵심이 되는 비밀들이 미리 노출되는 구도가 숨겨져 있다. 마치 팝업북의 접힌 그림을 펼치듯 만나는 괄호 지시를 따라 계속 이동하면, 그 경로가 곧 킨보트가 일단은 숨기고 있는 비밀들이 드러나는 주석으로 가는 지름길인 셈이다. 이런 기로들은 주석 파트로 가면 더 자주 만나게 되는데, 처음 40개의 주석 중 24개에 이런 참조 지시가 나오는 반면, 나머지 90개의 주석 중엔 오직 18개에서만 나와 소설의 클라이맥스로 향해 가는 독자의 발길을 붙잡는다. 성실하게 이 탈선의 미로를 성공적으로 잘 따라온 독자라면 일종의 보상처럼 점점 경로가 쉬워지는 구도라고나 할까.

이처럼 『창백한 불꽃』은 보통의 소설처럼 순차적으로 읽을 수도, 시와 주석을 오가거나 주석자의 참조 지시를 따라 함정과 힌트를 찾아 미로를 헤매고, 퍼즐을 맞추는 게임 플레이어의 유희를 할 수도 있다는 점에서 매우 독특한 독서 경험을 선사하는 작품이다.

이 소설이 처음 출간되고 나보코프의 열렬한 지지자였던 평자들조차도 당혹과 경악에 말문이 막힌 듯한 첫 반응을 내놨을 때, 유일하게 "『창백한 불꽃』은 금세기의 위대한 예술 작품 중 하나"라고 단언한 메리 매카시는 '청천벽력A Bolt from the Blue'이라는 제목의 리뷰(The New Repulic, 1962)에서 이 소설의 특이한 형식과 유례없는 독서 경험을 이렇게 표현했다. "용수철 인형이 튀어나오는 깜짝 상자, 파베르제 보석, 태엽장치 장난감, 체스 문제, 위장 폭파 장치, 평론가 잡는 덫, 쫓고 쫓기는 게임, DIY 키트, 뱀과 사다리 보드게임." 시와 주석 사이를 왔다갔다하는 지그재그 독서법, 시의 시적 화자와 주석자의 입장을 오가며 다음 수와 대응 수를 읽는 체스 게임 독서법, 주석자의 참조 지시를 따라가다 함정에 빠지거나 결정적인 보물을 발견하는 보드게임 독서법 등 『창백한 불꽃』을 읽는 방식에 다양한 이름을 붙일 수 있지만, 독자의 선택에 따라 소설의 서사 진행 방식이 달라지는 게임 플레이의 임의성이 도입되는 점은 동일하다.

어떤 독서를 택하든, 주석에 흘러든 시와 시로 흘러든 주석, 바꿔 말해 시 언어와 산문 언어 간의 상호작용이 이 소설 서사구조의 핵심임은 변하지 않는다. 소설 속에서 이 두 언어는 상호 조명하거나 반목하며 서사적 긴장을 유발하는데, 셰이드의 시에서도 주석자와 주석을 미리 의식하는 듯한 대목("인간의 삶이란 난해한 미완성 시에 붙인 주석 같은 것. 추후에 사용하려고 적어둔다") 등, 주석과의 수수께끼 같은 연관성이 관찰되는 등 시와 주석의 관계가 일방적이지 않다는 점이 흥미롭다. 킨보트의 주석 역시 「창백한 불꽃」의 심상이나 주제를 자의로 해석해 시적 자아의 목소리를 전유함으로써 시적 담론의 권위를 세우려 한다. 자기 기대에 어긋나는 셰이드의 시를 자신이 원하는 텍스트로 만들기 위해서 그가 택하는 주석 방법은 텍스트 표면 아래 심층의 의미를 찾는 것으로, 시를 둘러싼 언설의 영역에 침범해 셰이드의 언어를 자신의 삶과 젬블라에 대한 암시로 변형시키려 한다. 킨보트로서는 자신이 구축한 허상의 세계를 무너뜨리지 않으려면 시의 완벽한 구조가 해체되어서는 안 되기에, 셰이드의 시가 형식적으로 완벽하고 주제적으로 통일된 시임을 입증해내려 애쓴다. 하지만 영웅시격 2행 연구 형식을 취한 셰이드의 「창백한 불꽃」은 총 시행 수가 홀수인 999행이라는 데 이미 그 형식적 결함이 있다. 킨보트가 편집하고 독자 앞에 제시한 시의 원고가 시빌 셰이드가 그에게 맡긴 유고와 정확히 일치한다는 증거도 없다. 혹시 헐리 교수가 완성된 원고를 못 봤다고 한 건 애초에 그 원고가 없기 때문은 아닐까. 킨보트가 원고를 임의로 짜맞추어 시던의 오두막에서 완성했다는 가정은 다소 황당하지만, 시빌 셰이드가 그토록 싫어하던 인물에게 남편의 유작을 맡겼을까 하는 의문에 답이 될 수도 있다.

킨보트의 언어가 어디까지나 시의 주석, 킨보트 자신의 표현에 따르자면 '비평 연구 자료apparatus criticus'의 언어로서 셰이드의 시에서 파생된 것처럼 셰이드의 시 역시 킨보트의 주석 덕분에 시적 언설로서 완결성을 부여받는다. 셰이드의 시 언어는 독백적이고 권위적인 언설로 완결될 수 없는 일종의 '틈loophole'을 지닌 언어, 즉 궁극적이고 최종적인 의미에 대한 해석의 키舵를 타자에게 주는 언어다. 이처럼 어느 파트가 소설의 중추라고 단정할 수 없이, 머리말, 시, 주석, 색인은 모두 서로를 거울처럼 비추며 반향하거나 왜곡해 독자로 하여금 면밀한 독서와 상상력을 동원해 그 관계성을 발견하고 추측하게 만든다. 소설 속에서 상호작용하되 병합되지 않은 목소리들이 '문턱' 위에서 대화적 관계를 맺는 소설의 다성성 개념은 시의 언어와 주석의 언어가 끊임없이 상호작용하는 『창백한 불꽃』의 서사구조를 이해하는 데 도움이 된다. 20세기 러시아 철학자 미하일 바흐친이 제시한 소설의 다성성 개념은 소설의 서사구조를 플롯, 상징 등이 고정된 의미로 한순간에 완전히 포착된다고 가정하고 공시적으로 읽는 대신, "둘 또는 그 이상의 의식이 대화적으로 만날 때 벌어지는 살아 있는 사건"으로 읽기를 제안한다. 이러한 시각에서 보면 시 언어와 산문 언어의 복잡한 내적 상호작용이 소설의 역학으로 작용하는 『창백한 불꽃』은 소설의 본위에 매우 충실한 작품일지도 모른다.

『창백한 불꽃』의 미스터리

지난 반세기 넘게 축적된 『창백한 불꽃』 비평은 그야말로 반전에 반전이 거듭된 해석의 각축장이었다. 이 작품을 둘러싼 해석 싸움에서 핵심이 되는 미스터리는 사실 너무 간단해서 반세기가 넘도록 결정적인 해답이 합의되지 못하고 있다는 걸 믿기 어렵다. 그 미스터리는 바로 누가 이 작품의 진짜 창작자(들)인가 하는 문제다. 처음 이 작품을 읽는 독자로선 이 문제가 뭐가 어려운지 어리둥절하게 느껴질 것이다. 두 개의 목소리가 확연히 구분되니까. 시인 존 셰이드가 시를 썼고, 주석자 찰스 킨보트가 머리말과 주석과 색인을 썼다는 것이 명백해 보인다. 하지만 이 명백한 구분은 이 작품이 세상에 나온 이래로 계속 의문에 붙여졌고, 다양한 논의의 불씨가 되었으며 그 불씨는 여전히 연소되지 않은 채 나보코프 독자들과 연구자들에게 새로운 독해를 시도하도록 부추기고 있다. 셰이드는 정말 죽었는가? 전부 다 한 사람(셰이드? 킨보트? 아니면 보트킨 교수?)의 창작은 아닐까(단독 저자설), 혹은 누가 누구에게 무엇을 쓰도록 (사후에) 조종한 건 아닐까? 정통한 나보코프 연구가인 브라이언 보이드조차 8년 동안 이 소설의 최종 작자에 대한 해석을 세 번 넘게 바꾼 바 있다(셰이드→킨보트와 셰이드→헤이즐 셰이드). 세 해석 모두 상당히 합리적이고 그럴듯한 동시에, 완전히 다른 결론을 제시했다는 점이 흥미롭다.

텍스트상 증거만으로는 어느 쪽이 결정적인 독해라고 확정짓기가 어려워, 한 연구자는 이런 의문을 갖게 하는 것 자체가 의욕 과잉 독자를 겨냥한 나보코프의 덫이라고 주장하기도 했다. 수많은 진짜 단서와 거짓 단서가 복잡하게 얽힌 자체의 비평 장치를 내포해 독서에 필연적으로 비평성을 도입하는, 치명적인 독을 품은 나보코프의 덫. 왜 독인가 하면 독자로 하여금 킨보트 같은 주석자가 되도록, '언더스탠딩(이해)'이 아닌 '오버스탠딩(과잉 이해)'의 딜레마에 빠지도록 부추기기 때문이다. 텍스트에 적극적으로 반응하지 않으면 텍스트에 산재한 무수한 퍼즐을 풀 기회가 주어지지 않지만, 너무 몰입하면 텍스트를 자기식대로 꼬아서 보게 되어 망상적인 독해를 하게 된다는 것이다. 하지만 『창백한 불꽃』은 각기 다른 방향을 가리키는 단서들이 의도적으로 몇 겹의 지층에 숨겨진, 여러 차례 반복되는 독서를 염두에 두고 구축된 소설이다.

『창백한 불꽃』이 출간되자마자 두 번의 리뷰를 통해 이 소설의 독해법을 사실상 최초로 제시한 메리 매카시는 소설의 복잡한 서사구조를 일층 및 이층, 그리고 지하실이 있는 구조물에 비유해 그 설계도를 제시했다. 이 독해에서 주목해야 할 부분은 지하실에 숨겨진 '진짜 이야기'를 지적하는 부분이다.

1) 킨보트는 사실 워드스미스대학 러시아문학과의 보트킨 교수로, 러시아인 망명자인 그는 자신의 일상에서 오는 좌절을 상상의 나라 이야기로 보상받는다. 2) 존 셰이드는 이를 알고 그를 연민하지만, 대학의 동료들과 학생들은 그를 과대망상증의 괴짜로 여긴다. 3) 살인자의 본명은 잭 그레이로, 골즈워스 판사에 의해 정신병원에 보내진 정신병자다. 4) 그는 판사를 죽이려 했으나 셰이드를 판사로 착각했다.

그럴듯한 독해이고 텍스트상의 증거도 충분하다. 하지만 '진짜 이야기'의 심층에 도달하고, 소설에 숨겨진 단서들을 다 찾아 완벽히 추리했다고 생각하는 순간, 이 '진짜 이야기'로는 설명되지 않는 「창백한 불꽃」과 주석의 상호관계성이 의문에 부쳐진다. 매카시 자신도 이 소설을 "가장 심층의 바닥에 도달한 순간, 그 평면이나 층이 가짜 바닥으로 드러나고 시각의 소실점이 무한히 뒤로 물러나는 거울의 책"에 비유한다. 몇 가지 의문과 퍼즐을 푸는 단서를 찾아낸 독해의 과정이 전혀 다른 식으로 풀릴 수 있는 힌트를 간과하거나 배제하는 우를 범할 수 있는 것이다.

그동안 축적된 『창백한 불꽃』에 대한 비평은 크게 세 분파로 나눌 수 있다. 첫 분파는 나보코프 소설을 정교한 퍼즐처럼 읽으며 이 소설을 서사구조의 실험으로 보는 비평가들이다. 두번째 분파는 나보코프의 캐릭터 설정 배경이나 소재 선택의 사회적, 역사적 맥락에서 작품 해석의 단서를 찾는 데 관심을 기울인다. 세번째 분파는 소설의 주제를 형이상학적 차원의 물음에 대한 나보코프의 탐색으로 상정하고, 죽음에 대한 작가의 태도나 사후 세계에 대한 인식을 중요한 해석 코드로 삼는다. 다행히 이 세 분파의 비평 경향을 집약한 세 권의 단행본 연구서가 존재한다.

가장 먼저 1988년에 출판된 프리실라 메이어의 『그 선원이 숨겨온 것을 찾아라: 블라디미르 나보코프의 "창백한 불꽃"』이라는 연구서는 나보코프의 예술 세계를 형성한 러시아적인 전통과 앵글로-아메리카적인 전통의 영향이 종합된 양극의 작품이 『롤리타』와 『창백한 불꽃』이라는 가설에 기초해, 이 두 작품 사이의 상호텍스트성을 통해 『창백한 불꽃』의 전기적, 역사적, 문화적, 언어적 소스를 제시하고 그 배경을 탐구한다.

한편, 1999년에 출판된 브라이언 보이드의 『나보코프의 "창백한 불꽃": 예술적 발견의 마법』은 이 소설의 서사구조에 초점을 맞추되 텍스트의 형이상학적 독해에 기반을 둔 새로운 해석을 제공한다. 메이어의 책보다는 텍스트 자체에 대한 면밀한 독서를 보여주고, 반복되는 독서로 소설의 근본적 미스터리를 변증법적으로 풀어가는 과정을 통해 의외의 '종합적 해법'(거칠게 요약하자면, 죽은 헤이즐 셰이드가 셰이드의 시와 킨보트의 주석에까지 초월적 영향을 미쳤다는 것. 가령, 346행 주석에 나오는 알파벳 나열을 '아버지는padre 늙은old 골즈워스Goldswart로 오해받을 그 소로lane로 가선 안 된다not go. 창백한tale 불꽃feur을 끝낸 뒤에. 아탈란타rant lant 나비가 말하노니told'로 해석해 헤이즐이 셰이드의 마지막 산책에 아탈란타 나비로 나타나 아버지의 죽음을 막으려 했다는 다소 형이상학적 차원의 해석)에 도달해 『창백한 불꽃』을 더 깊이 읽기 위한 독자들의 필독서가 되었다.

가장 최근인 2013년에 출판된 르네 알라다예의 『"창백한 불꽃"의 더 어두운 그림자들』은 소위 '탐정 비평'의 분야를 개척한 프랑스 비평가 피에르 바야르의 방법론과 서사학에 기반을 둔 비평으로, 앞선 비평들의 성과를 종합하고 그 한계와 오류를 정리해 보다 텍스트 중심적인 해법을 제시한다. 연구서이지만, 서사구조의 미스터리를 일종의 탐정 추리 방식을 차용해 흥미진진하게 파헤치는 이 세번째 책은 이제까지 연구자들의 분석에서 상대적으로 간과된 색인 파트에 큰 비중을 두고 면밀히 분석하는 등, 명백히 텍스트에 버젓이 펼쳐져 있는데도 아무도 묻지 않았던 의문점들과 간과된 단서들을 새롭게 재조합해 작품 해석의 새로운 시야를 제공한다. 저자는 반세기 동안 축적된 『창백한 불꽃』의 캐릭터와 플롯에 대한 해석을 텍스트상의 증거들을 중심으로 완전히 새롭게 재검토할 것을 전제한다. 탐정이 사건을 전면 재수사하듯이 말이다. 이런 독해는 나보코프가 『문학 강의』 머리말에서 "무엇보다도 내 (문학) 수업은 문학적 구조의 미스터리를 파헤치는 일종의 탐정 수사"라고 했던 것과도 연결된다.

사실 『창백한 불꽃』도 일종의 추리소설을 연상시키는 면이 없지 않다. 시인이 살해당했고, 그 살인 사건이 일어나기까지의 과정이 묘사된다. 살인자를 찾는 탐정 서사의 설정을 살인자가 희생자를 찾아가는 설정으로 도치한 이 소설에서 서스펜스는 범인을 향한 탐정의 단속적이면서도 끈질긴 움직임에 의해서가 아니라, 희생자를 향해 가는 살인자의 점진적이고 운율적인 움직임에 의해 작동한다. 독자가 탐정이 되고자 한다면, 자기 의도대로 사건의 정황을 편집해 제시하는 킨보트를 넘어서 읽어야 한다. 그의 모든 주장을 재차 확인하며, 시와 그 주석 사이의 명백한 틈새를 더 집요하게 파고들어 그의 이야기가 가려버린 명백한 텍스트상의 힌트들, 즉 의도적인 오탈자, 단어들의 의미심장한 배치, 나보코프가 만든 젬블라어들의 어원, 일인칭이나 이인칭 대명사의 사용, 반복되는 이미지나 색채와 숫자, 고딕체 처리 등을 이 소설의 주요 서스펜스로 분석하는 것이다. 피에르 바야르는 셜록 홈스의 소설 『바스커빌가의 개』에 대해 "이 책은 수사의 이야기가 아니라 긴 살해에 대한 은밀한 서술이며 독자는 무의식적 관음자이자 공범이다"라고 했는데, 이 말을 차용하면 『창백한 불꽃』의 경우엔 반대로 "이 책은 긴 살해에 대한 은밀한 서술이 아니라 수사의 이야기다. 독자는 의식적인 관찰자이자 탐정이다"가 되지 않을까.

『창백한 불꽃』의 탄생

『롤리타』의 미국 내 출판을 둘러싼 우여곡절과 대학 강의로 인한 시간 부족 등의 심적 부담에 시달리던 나보코프가 출판사의 신작 집필 제안을 받아들여 새 색인카드를 꺼내 "이야기는 최북단의 나라(Ultima Thule: 세계의 끝, 최북단)에서 시작한다"라고 쓰며 『창백한 불꽃』의 첫 성냥을 켠 날은 1957년 3월 6일이었다(사실 그해 1월에 이미 "희미한 흰빛을 배경으로 내리는 우중충하고 어두운 흰빛"으로 눈송이를 묘사하는, 셰이드의 시에 나오는 시구와 비슷한 시구를 쓴 기록이 있다). 당시 나보코프는 편집자에게 보낸 편지에 새 소설 계획을 이렇게 썼다.

"주요 인물은 폐왕인데, 이 소설 속에서 어떤 탐구에 심취하고 있죠.

이 탐구, 혹은 연구(애석하게도 어떤 지점에서 매우 섬세한 심령주의와 연관됩니다만)는 소위 믿음이나 종교, 신, 천국, 민담 기타 등등과는 완전히 분리되어 있습니다. 처음에 난 내 소설의 제목을 '행복한 무신론자'로 할까 생각했는데, 그런 제목을 달기에는 너무나 시적이고 낭만적인 책입니다. 내 인물의 탐구는 생의 이전과 이후의 문제에 중점을 두고 있습니다. 이 문제는 소설 속에서 멋지게 해결된다고 말할 수 있겠습니다.

이야기는 섬 왕국 '최북단의 나라Ultima Thule'에서 시작됩니다. 궁정 내 음모자들이 노바젬블라에서 보낸 조력자들과 함께 멍청하고 야만적인 혁명을 위한 길을 닦고 있었죠. 주인공은 폐왕으로 기이한 모험을 겪은 후 미국으로 도망을 왔습니다. 정치적으로 민감한 사안이라 분명 케네디 대통령은 그 인물에 대한 질문에 대답을 얼버무릴 것이고요.

그는 뉴욕주 북부와 몬타리오의 경계 어딘가에서 사랑하는 여성과 함께 익명으로 살고 있습니다. 그 경계는 모호하고 확실하지 않지만, 골든로드로 가는 버스도 있고 캘린더 창고로 가는 버스도 있으며 일요일에는 허드슨강이 콜로라도로 흐르는 그런 곳이죠. 좀 초점이 분산돼 있지만, 그 장소와 생활 색채는 부동산적인 시각에서 보면 '현실감 있다'고 할 만하고, 주인공 집의 창문에서 보면, 사도의 반짝이는 진창과 십여 마리의 여새가 꽃처럼 한데 앉은, 잎이 다 떨어진 나무가 보입니다.

이 책은 주기적으로, 논리적 문체적 전환 없이 문장 중간에(그러고선 붙임성 좋게 몇 줄 뒤에서 또) 폐왕을 시해하려는 요원, 코핀세이씨의 힐끔거리는 시선이 끼어드는데, 이 요원도 끔찍한 문제가 있는 사람으로 그의 긴 여정은 악몽 같은 고난으로 가득할 것입니다. 그러나 마지막 장에선 결국 골든로드에 다다르는데, 그곳엔 놀라운 일이 독자와 그를 기다리고 있지요.

전 이것을 허겁지겁 쓰고 있습니다. 시험지를 채점해야 해서요."

소설의 형식에 대한 언급은 없었으나 소설의 개요는 나보코프가 유럽에서 미국으로 떠나기 직전인 1939년 겨울에 집필하다 미완성으로 남긴 마지막 러시아어 소설 「솔루스 렉스」와 『창백한 불꽃』의 연관성을 증명해준다. 다음은 그 미완성 소설의 영역본을 나중에 따로 출판하면서 덧붙인 나보코프의 설명이다.

"1939년에서 1940년으로 넘어가는 겨울은 내가 러시아어로 산문 작품을 집필한 마지막 계절이었다. 1940년 봄에는 미국으로 떠나 20년간 살면서 오로지 영어로만 소설을 쓰게 된다. 파리에서 그 이별의 계절에 쓴 작품 중에는 출발 전까지 완성하지 못했고, 그후에도 이어서 쓰지 못하고 만 장편소설이 한 편 있었다. 결국 두 개의 장과 몇몇 메모만 남기고 미완인 부분을 전부 파기해버렸다. '최북단의 나라'라는 제목의 제1장은 1942년에 발표되었다(〈신잡지〉 1호, 뉴욕). 이보다 앞서 '솔루스 렉스Solus Rex'라고 제목을 붙인 제2장이 1940년 초에 발표되었다(〈동시대인〉 70호, 파리).

만약 내가 이 소설을 완성했다면, 아마도 독자들은 몇 가지 의문점에 대해 고민하지 않아도 되었을 것이다. 가령, 팔터는 사기꾼이었나? 진짜 예언자였나? 화자의 죽은 아내가 팔터를 매개로, 그가 하는 말의 흐릿한 윤곽 속에서 모습을 드러내고 있었을까? 화자는 그걸 알아보았을까, 알아보지 못했을까? 뭐 어떻든 한 가지는 자명하다. 아내를 잃은 남자가 가공의 나라를 만들어내는 과정중에(처음에는 그저 슬픔에서 벗어나려는 것이었지만, 점점 자족적인 예술적 강박으로 변해버린다) 너무나도 '최북단의 나라'에 몰두한 나머지 그 나라가 독자적인 현실성을 획득하기 시작한다. 시뇨소프는 제1장에서 리비에라에서 파리의 예전 아파트로 돌아간다고 언급하는데, 실제로는 아득히 저 먼 북쪽의 섬에 있는 어느 쓸쓸한 궁궐로 간 것이다. 그의 예술을 통해서 죽은 아내는 벨린다여왕으로 변장해 환생하는데, 그 여왕은 비련의 인물로 자유로운 공상 세계 속에서도 시뇨소프는 죽음에 승리하지 못한다. 제3장에서 그녀는 남편을 겨냥한 폭탄에 다시 죽게 된다. 에겔강에 놓인 새로운 다리 위에서, 시뇨소프가 리비에라에서 돌아온 지 몇 분 후에. 이상이 내가 나의 옛 몽상의 먼지와 잔해 속에서 알아볼 수 있는 전부다. (중략)

내가 러시아어로 집필한 이 마지막 소설의 왜곡된 반향이 『벤드 시니스터』(1947)와 특히 『창백한 불꽃』(1962) 속에서 들릴 것이 틀림없다. 그 반향도 내게는 좀 거슬리지만, 그보다도 작품을 완성하지 못한 게 정말 후회스러운데, 채색의 질과 문체의 진폭, 그리고 저변에서 힘차게 흐르는 뭔가 정의할 수 없는 것으로 인해 그 소설이 나의 다른 모든 러시아어 작품과는 근본적으로 구별되기 때문이다."

『창백한 불꽃』의 첫 불씨는 이렇듯 그 전신이 되는 소설을 불쏘시개 삼아 타오를 뻔했지만, 2년 후 나보코프가 "내가 그 소설을 쓸 수 있을지 확신이 안 든다"며 출판사가 준 선불금을 반환하면서 다시 사그라든다. 강의 계약, 『롤리타』 출판 및 영화화, 『예브게니 오네긴』 번역 및 주석 작업 등 현실적인 여건 때문이었다. 하지만, 그후 약 3년간 나보코프의 삶에 일어난 큰 변화들은 『창백한 불꽃』의 최종적인 형식 및 서술구조를 탄생시켰다.

가장 큰 변화는 『롤리타』의 대성공으로 나보코프가 미국 생활을 정리하고 프랑스를 거쳐 스위스로 거주지를 영구적으로 옮긴 것이다. "뉴욕 이타카에서 50년대 말 젬블라 전설의 이런저런 것들을 구상했지만, 그 구조에 대한 비전을 더 완전히 구상한 건 1959년 뉴욕에서 프랑스로 배를 타고 갈 때였다. 나는 그 미니어처를 내 포켓 다이어리에 메모해두었다"고 나중에 나보코프가 회고했듯이 『창백한 불꽃』은 나보코프 가족이 20년 남짓한 미국 생활을 정리하고 유럽으로 다시 돌아가는 과정중에, 즉 새로운 영구 거주지를 모색하던 중에 착상되었다. 그뒤 나보코프는 1960년 10월 프랑스에서 미국으로 다시 일시 귀국해 뉴욕의 호텔에 머물 때 쓴 포켓 다이어리에 소설의 구체적인 계획이 분명히 떠올랐다며 다음의 기록을 남긴다. "주제: 하나의 소설, 하나의 인생, 하나의 사랑. 서서히 진전되는 짧은 시에 붙인 공들인 주석일 뿐."

그로부터 한 달 뒤 프랑스 리비에라로 다시 가서 니스의 프롬나드 데장글레에 있는 네그레스코호텔에 머물던 1960년 11월과 1961년 4월 사이에 『창백한 불꽃』의 집필이 본격적으로 진행되었다. 11월 29일 그는 색인카드에 시 '창백한 불꽃'의 첫 열두 행을 쓴다. 처음에 그 시의 제목을 '직전Brink'이라고 썼다가 지우고 '창백한 불꽃'으로 고친 흔적이 남아 있다. 존 셰이드의 시는 1961년 2월 9일에 초고가 완성되었다. 아들 드미트리나 여동생 엘레나가 방문한 시기를 빼면, 이 고도로 집중된 작업 기간에 유일한 탈선은 일주일에 세 번 테니스를 치는 일과뿐이었다. 나보코프는 편집자에게 보낸 편지에서 셰이드 시 집필이 그때까지 그가 집필했던 것 중 제일 어려운 작업이었다고 토로했다. 당시 나보코프가 머물던 니스를 비롯한 프랑스 리비에라 지역은 소설에 중요한 장소로 등장하는데, 셰이드와 시빌은 그곳에서 헤이즐을 잉태하고, 킨보트의 젬블라 이야기에서는 디사 왕비가 추방되어 그곳에 살고 있고, 왕의 신변을 알아내는 임무를 띤 그라두스도 그곳에 들른다. 나보코프가 머물던 호텔이 있던 프롬나드 데장글레 역시 시와 주석 모두에서 자세히 묘사된다.

1961년 3월 24일 나보코프는 시 「창백한 불꽃」을 잡지에 먼저 발표해보려고 『에스콰이어』에 제안하지만, 시를 게재하지 않는다는 편집 방침을 이유로 반려된다. 나보코프는 그해 6월 스위스로 이주해, 7월 13일까지 킨보트의 머리말을 썼고, 8월 몽트뢰 팰리스호텔에 완전히 정착하고 넉 달 동안 소설을 완성한다. 연필로 정서한 킨보트의 주석을 11월에 타이프 원고로 정리하고, 그달 말에 마지막 수정을 한다. 12월 4일 일기에는 드디어 "창백한 불꽃을 끝냈다"는 기록이 보인다. 이틀 후 나보코프는 담당 편집자에게 타이프 원고 두 카피를 보낸다. 소설은 그 이듬해인 1962년 4월 25일 출판되었다.

『창백한 불꽃』을 처음 시도했다 포기했던 1957년과 다시 집필에 착수한 1960년 사이에 나보코프에게 일어난 변화 중에 또 짚어볼 것은, 당시 프랑스 작가들을 중심으로 모인 잠재문학공동실험실, 즉 울리포 OULIPO의 작가들과 나보코프가 주고받은 상호 자극과 교류이다. 당시 전위적인 문학 실험의 최전선에 있던 울리포 작가들은 『롤리타』를 비롯해 프랑스어로 출판된 나보코프의 소설들에 열광했고, 나보코프 역시 이들의 실험을 긍정적으로 지켜봐온 터였다. 1959년에 프랑스 문예지와의 인터뷰에서 레몽 크노와 알랭 로브그리예를 가장 재능 있는 현대 프랑스 작가로 꼽으며 만나보고 싶다고 언급한 게 계기가 되어 로브그리예와는 부부 동반으로 두어 번 만나 교류했고, 크노로부터 울리포에 합류할 것을 정식으로 제안받기도 했다. 나보코프가 『창백한 불꽃』 이전에는 소설의 외적인 형식 자체에 이 정도로 확연한 파격을 꾀한 적이 없었다는 사실, 이 소설에서만 유독 울리포 작가들의 소설처럼 분명한 형식적 규약이 있는 정교한 게임을 독자에게 제안한다는 사실은, 나보코프가 동시대 울리포 작가들의 전위적인 형식 실험에 자극을 받아 새로운 시도를 했을 가능성에 무게를 두게 한다.

하지만 가장 결정적인 변곡점은 나보코프가 오랜 시간 천착해온 푸시킨의 운문소설 『예브게니 오네긴』 번역 및 주석 작업을 마무리하고 출판을 추진하던 경험일 것이다. 1949년에 시작해 10년 넘게 나보코프의 심신을 괴롭혀온 이 작업은 『창백한 불꽃』이 발표되고 2년 후인 1964년에 네 권(번역서 한 권, 주석집 세 권)으로 출판된다.

나보코프 자신이 주석자의 입장에서 오랫동안 각고의 노력을 기울여 작업한 경험은, 예술 작품을 자기 본위대로 해석하는 킨보트 같은 기묘한 주석자 상을 창조하는 데도 분명 일조했을 것이다. 나보코프는 푸시킨의 주석자로서의 경험과 킨보트의 창조자로서의 경험 간의 관계를 이렇게 설명한 바 있다. "플로베르는 『마담 보바리』의 어떤 한 장면과 관련해 색을 덧칠하는 것의 어려움을 얘기한 적 있죠. 이는 어떤 점에선 내가 나 자신의 경험을 다시 비틀어 킨보트를 만들어낼 때 했던 것입니다." 물론 나보코프의 『예브게니 오네긴』 주석은 그야말로 경이에 가까운 원전 연구와 구글 검색을 방불케 하는 방대한 2차 문헌 자료 인용 등 원문의 예술성과 창조성을 영어권 독자에게 충실히 전달하기 위한 작업이었다. 하지만 그의 주석 작업은 그 압도적인 분량에서도 알 수 있듯이 매우 이례적인 사례일 뿐 아니라, 나보코프 자신도 '현학적'이라고 표현할 정도로 난해하고 전문적이며, 영미권의 기존 번역 및 해석 경향을 강도 높게 비난하며 축자적 번역을 주장하는 등 배타적인 면이 많아 학계에 논란을 일으키기도 했다(나보코프의 오랜 친구이자 오네긴 번역 및 주석 작업을 위해 구겐하임기금을 받을 수 있도록 도움을 준 에드먼드 윌슨과는 번역에 대한 견해차로 절교까지 했다). 특히 시인의 선택(가령 『예브게니 오네긴』 3장 23연 첫 행)에 대해 "안이하고 역겨운" "아주 형편없는 시행" 등의 단평을 가차없이 내리는 대목 등에서는 킨보트를 바로 떠올리게 한다. 셰이드에게 해준 젬블라 이야기의 영향을 확대해석하거나 이본Variants의 가치가 원 시행의 가치보다 높다고 하거나, 급기야 이본을 날조하기까지 하는 킨보트에 비하면, 나보코프는 푸시킨이 버린 이본이 본문의 선택보다 나을 때가 가끔 있다고 하는 정도이지만, 이본을 중시하며 주석에 활용하는 것은 비슷하다. 역사적 사건 및 작가의 전기를 작품 비평에 혼합하는 방식도 흡사해 푸시킨의 집필 스케줄과 같은 일자에 일어난 다른 사건들을 병치시키는 대목은, 킨보트가 셰이드의 심장발작과 젬블라 폐왕의 미국 도착을 일치시키는 것이나, 시 집필 과정과 그라두스의 여정을 병치하는 것과 겹친다.

형식적으로도 『창백한 불꽃』과 관련하여 주목해볼 만한 사실은 이

『예브게니 오네긴』 번역-주석집의 전체 구성이 『창백한 불꽃』과 흡사하다는 점이다. 총 페이지 수는 거의 네 배가량 차이가 나지만, 나보코프의 머리말 격 해설(110쪽), 『예브게니 오네긴』 본문(240쪽), 나보코프의 주석(1087쪽), 색인(109쪽)이 전체 책에서 차지하는 각각의 비율이 『창백한 불꽃』과 거의 비슷하다. 사실, 초판이 총 네 권으로 이루어진 나보코프의 『예브게니 오네긴』 번역서와 주석서 전체를 하나의 작품으로 본다면, 그 첫 문장이 되는 번역서 머리말Foreword의 첫 문장(1권 vii)부터 킨보트 머리말의 첫 문장과 매우 흡사한 다음과 같은 문장으로 시작한다. "운문으로 된 소설 『예브게니 오네긴』은 알렉산드르 푸시킨(1799~1837)이 1823년에 쓰기 시작해 1831년에 완성했다." 또 역자 머리말 중 '텍스트의 개괄' 파트 마지막 부분에서 작품의 세세한 디테일을 완전히 이해하고 기억해야 한다고 독자에게 독서 가이드라인을 제시하는 나보코프의 어조는, 머리말의 마지막에 자신의 주석이 아니면 시는 인간적인 현실성을 전혀 갖지 못한다며 자신의 주석을 먼저 읽기를 강권하는 킨보트의 어조와 크게 다르지 않다(비록 나보코프는 푸시킨 텍스트의 디테일을 주목하라는 취지이긴 하지만, 자신의 주석 작업 초점이 그 디테일에 독자가 주목하도록 하는 데 있음을 강조한다).

나보코프와 킨보트의 머리말이나 주석에서뿐 아니라 푸시킨의 시와 셰이드의 시 사이에서도 유사점이 발견된다. 나보코프가 주석을 통해 독자에게 주목할 것을 권하는 『예브게니 오네긴』의 주요 특징적인 리듬이나 기법, 즉 추월했다 뒤로 물러나는 기법(1장), 앞 연의 구문이 다음 연구聯句로 이어지는 기법(정원으로 달려가는 타냐, N 공작 집으로 마차를 타고 가는 오네긴의 장면 등), 소설 전체를 통해 반복되는 어떤 한 구절이 만드는 라이트모티프 등은 셰이드의 시 「창백한 불꽃」이 종종 취하는 기법과 리듬이기도 하다. 또한, 나보코프의 『예브게니 오네긴』 주석에서 푸시킨에게 영향을 준 영국 시인 중 바이런과 셰익스피어를 제외하면 알렉산더 포프가 가장 많이 언급되는데(『창백한 불꽃』 이전의 나보코프 소설에서 포프가 언급되거나 인용된 적이 거의 없었다), 포프 연구서까지 출간한 셰이드의 소양이 그의 시와 킨보트의 주석에서 직접적으로 드러나고 언급될 뿐 아니라, 시에 주석과 색인을 붙이는 『창백한 불꽃』의 형식 자체에도 포프의 영향이 엿보인다. 포프는 당시 지식인들의 현학성에 대한 신랄한 풍자가 담긴 장편 서사시 『우인열전*Dunciad*』을 먼저 익명으로 발표했다가, 이후 서문Preface, 주식, 부록, 색인, 철자교정 등의 치밀한 모방논평을 실어 재발간한 바 있다.

셰이드와 나보코프의 시 「창백한 불꽃」

나보코프는 시 「창백한 불꽃」 집필의 어려움을 편집자 및 주변인들에게 토로한 바 있으며, 존 셰이드를 가리켜 "가공의 시인 중 가장 위대한 시인"으로 칭한 적도 있다. 그렇다면 「창백한 불꽃」은 좋은 시인가? 소설의 서사구조는 독자가 그 시의 질을 확신하기 어렵게 만든다. 소설이 출판된 후 이 시는 "좋지도 나쁘지도 않고, 엄밀한 의미에서 시도 아니다"라는 평도 받고, 저자의 명성에 비해 그다지 훌륭하지도 강력하지도 않은 시로, "이전의 대시인들(특히 프로스트)을 모방할 뿐

문학적 반향을 학생들에게 과시하기 위해 교사들이 창작하는 대학교 수업용 시"라는 평도 받았다. 이후에 재평가되면서 비교적 우호적인 평가가 있다 해도, "셰이드의 시 자체가 일종의 '시로 된 소설' '운율 있는 노벨라'로서 세기 최고의 시는 아니지만 최고의 소설 속에 들어 있기 합당한 걸작"(소설가 아서 필립스) 정도가 최대치였다. 주석을 위한 텍스트로 그 '취약함'이 나보코프의 전략 중 하나라고 분석(리처드 로티)되기도 했다.

그러나 많은 나보코프 학자들은 이 시의 저평가에 항변하며, 소설가 이전에 시인이던 나보코프의 중요한 시로 이 시를 조명해 그 자체의 문학적 가치를 입증하려 노력했다. 나보코프는 1916년 러시아에서 첫 번째 시집을 출판하고 유럽으로 망명한 후에는 망명신문에 필명으로 시를 발표했으며 1920년대에는 두 권의 시집을 더 출판하는 등 소설가이기 전에 시인이었다. 「창백한 불꽃」은 '시인' 나보코프가 쓴 가장 긴 시이자 가장 많은 독자에게 읽힌 시다. 「창백한 불꽃」은 총 네 편이라는 구성, 그리고 세속적 이미지와 영적 이미지를 중첩하며 죽음과 사후의 삶, 시간과 자연에 대한 고찰과 명상을 이어가는 내용 전개로 20세기 대표 시인 T. S. 엘리엇의 『네 사중주』를 떠올리게 한다. 다만 이 시가 취하고 있는 전통적인 시 형식이나 철학적이고 영적인 주제를 고려하면, 그 세속적 이미지의 수위가 상당히 적나라할 정도로 당시 미국 중산층의 생활상과 대중문화가 가감 없이 반영되어 있다. 또 시의 중심 모티프도 자전적인 내용이 주를 이뤄 자전적인 요소를 철저히 배제하고자 했던 엘리엇과 차이를 보인다. 나보코프가 소설 『창백한 불꽃』을 발표했던 1960년대 초의 미국 시는 그 전의 30여 년간 미국 시와 평단을 지배했던 엘리엇풍의 이지적이고 균형적인 시풍과 대학 중심의 현학적인 신비평의 영향에 조금씩 균열이 일어 전환의 시기를 맞고 있었다. 「창백한 불꽃」은 전통적인 영국 시 형식을 취해 그 전환의 일면을 보여주면서 이후에 자전적 고백시(실비아 플라스나 앤 섹스턴 등)의 유행을 예견하는 측면도 없지 않다. 영미 시 전통과 역사에 대한 메타적 측면이 강한 시이지만, 상호텍스트적 관점에서만 분석하면 시 자체가 가지는 미덕, 미묘한 패턴, 복잡하고 정교하게 수공된 내부의 구조를 파악하는 데 방해가 될 수 있다. 표면적인 의미와 분명히 드러난 패턴 이면에 나중의 발견을 위해 은밀한 패턴과 더 통렬한 함축적 의미를 숨겨놓고 있다.

2012년에는 나보코프가 러시아어로 쓴 시를 모은 시선집이 영어로 번역 출판되고 시인으로서의 나보코프에 대해 재조명하는 연구도 잇따르면서 「창백한 불꽃」을 나보코프의 대표적인 시 작품으로 재평가하는 작업도 이뤄지고 있다. 아마도 이 시에 대한 재평가는 『창백한 불꽃』 속에서 이 시가 시인의 죽음으로 마지막 행이 집필되지 못한 채 끝났다는 가정을 의심하는 것에서부터 시작해야 할 것이다. 999행의 이행 연구 시가 셰이드의 원래 의도한 형식이라면? 자전적인 시(인간의 일생을 언어적으로 재현하는 목적을 가진 시)를 쓴다면, 그 시는 미완성이 되는 게 오히려 이치에 맞지 않겠는가. 미완성이 오히려 완성의 표지일 수 있는데, 첫 행을 반복하는 마지막 행을 추가하면 이 시가 완결된다고 주장하는 킨보트는 시의 미묘하고 아이러니한 이 구조를 이해하지 못한 것은 아닐까. 이런 관점에서 보면, 제4편의 939~940행("인간의 삶이란 미완성 시에 붙인 주석")도 의미심장하고, 킨보트가 주석에서 인용한 셰이드의 다른 시 「전기의 본질」에서 「창백한 불꽃」의 시행 수와 같은 999라는 숫자가 강조되는 점도 흥미롭다.

킨보트의 주석과 색인

셰이드의 시가 구축하는 세계는 그 자체로 미학적이고 서사적인 쾌감을 주긴 하지만, 이해와 해석의 여지를 남기는 난해한 구절과 이미지들 또한 시 속에 산재한다. 독자는 그 난해함과 심오함을 시를 곱씹어 다시 읽는 방식으로 해결하기보다는, 킨보트의 자세한 주석이 도움이 될 것이라는 막연한 기대를 걸고 곧장 주석을 참조하게 된다.

하지만 그렇게 시를 일독하고 주석을 읽은 독자나, 주석을 참조해가며 시를 읽어가는 독자나 어느 주석 어느 순간에 이르면, 킨보트의 마수에 걸린 듯 셰이드의 시를 잊고, 환상적이면서도 통렬하고, 저속하나 아름답고 매력적인 킨보트의 이야기 속으로 빠져들게 된다. 그의 이야기에 흠뻑 취하는 한편, 이 모든 것이 그의 망상에서 비롯된 허구는 아닐까 끊임없이 의심하면서. 복잡하고 미묘한 구조로 진행되는 킨보트의 이야기를 거칠게 요약하면 크게 세 가지 플롯으로 파악해볼 수 있다. 1) 셰이드와 관련된 전기적 정황들과 주변 인물들에 대한 이야기. 여기선 셰이드와 킨보트 자신의 관계가 주로 부각된다. 2) 젬블라라는 이름의 북유럽 어느 옛 왕국의 마지막 왕, 카를 크사베리의 이야기 3) 국왕 시해자 그라두스의 이야기.

이 세 이야기는 서로 앞서거니 뒤서거니 하며 서로 중첩된 채 동시에 진행되지만, 각기 다른 장르적 클리셰와 구성을 유지하며 흥미진진한 서사적 긴장을 끝까지 유지한다. 첫번째 이야기는 전형적인 통속 풍자 소설 형태를 띠곤 하며, 두번째 이야기에는 그야말로 환상적인 동화 내지 판타지 소설에서나 볼 수 있는 사건들이 펼쳐진다(또다른 세계와 연결되는 동굴로 이어지는 옷장도 나온다). 세번째 이야기는 한술 더 떠 슬랩스틱코미디로 패러디된 에스피오나지를 보는 듯하다. 이렇게 서로 만날 듯 멀어질 듯 진행되던 세 이야기는 결국 마지막 주석에서 몇 발의 총성으로 한 점에서 만나게 된다. 젬블라의 마지막 왕 카를 크사베리로 신분이 드러난 킨보트를 살해하려던 그라두스는 실수로 존 셰이드를 총으로 쏘고, 킨보트가 우여곡절 끝에 「창백한 불꽃」의 원고를 손에 넣어 숨기는 장소는 젬블라의 옷장과 연결된다. 이 이야기들의 결말이 꽤 그럴듯하기에 이 주석이 시에는 실제로 존재하지 않는 마지막 1,000행에 대한 주석이라는 사실도 독자는 그다지 개의치 않는다. 하지만 그 주석의 마지막 문단에서, 즉 자신의 주석을 마무리하면서 킨보트는 지금까지 자신이 주석을 통해 밝혀온 이야기들이 '날조된 것'일 수 있음을 간접적으로 시사한다.

"연극 평론가들의 단순한 취향에 영합해 무언극을 지어낼지도 모르겠다. 세 명의 주역, 즉 상상 속의 왕을 죽이려는 미치광이와 자신이 왕이라고 상상하는 또다른 미치광이 그리고 우연히 사선으로 굴러들어와 그 두 허상 간의 충돌로 죽는 저명한 노시인이 등장하는 시대에 뒤떨어진 신파극을."

독자는 다시 원점으로 되돌아가 묻게 된다. 과연 킨보트의 이야기는 믿을 만한가, 그의 주변 사람들 말처럼 그는 정신 나간 과대망상증 환자일 뿐인가. 그의 이야기에서 진실과 거짓은 어느 정도 비율로 섞여 있을까, 대체 시와 주석은 어떤 관계인가. 그리고 또 색인은?

나보코프는 『창백한 불꽃』이 출간되고 4년쯤 후에 『말하라, 기억이여』의 개정판 머리말을 쓰면서 이 자서전에 붙인 새로운 색인에 대해 설명을 마무리하면서 다음과 같은 시를 덧붙였다.

> 존 셰이드가 어디선가 말하듯이:
> 내 생각에는
> 아무도 나의 색인에 주의를 기울이지 않을 것이다
> 하지만 그 색인을 통해 부드러운 바람이
> 흑해로부터ex Ponto 불어온다

나보코프는 최종고에서 "존 셰이드가 어디선가 말하듯이: 내 생각에는 아무도 나의 색인에 주의를 기울이지 않을 것이다"를 삭제해버렸지만, 이 원고의 존재는 셰이드가 『창백한 불꽃』 색인의 작자라는 주장, 즉 킨보트의 주석과 색인, 나아가 킨보트 자체를 셰이드의 창작으로 해석하는 소위 셰이드주의자들의 '작가 인증'의 증거가 되기도 했다. 작품 외적인 작가의 말이나 머리말 등의 텍스트로 오히려 독자를 함정에 빠뜨리는 유희를 즐긴 나보코프였지만, 시와 주석보다 상대적으로 주목도가 덜한 색인에 대한 환기만큼은 의의가 있다.

이 책을 주석이 달린 비평판 시집으로 읽을 경우와 한 권의 소설로 읽을 경우 주석을 대하는 태도도 달라지겠지만, 무엇보다 색인을 읽는 방식이 확연히 달라질 것이다. 이 책의 가장 마지막에 오는 색인은 보통의 소설 순서로 보면 소설의 대단원이자 최종적인 결말이고, 따라서 이 책의 가장 마지막 문장은 젬블라에 대한 색인이 된다. 『창백한 불꽃』의 머리말과 시와 주석을 다 읽은 독자는 색인을 훑어보며 지금까지 읽은 이야기의 줄거리를 인물과 장소 등을 통해 정리해보려 하지만, 색인은 색인대로 전혀 알지 못했던 새로운 사실과 장소명이 튀어나온다. 예를 들어, 이 소설의 주요 등장인물 중 하나인 '시빌 셰이드'의 항목이 "여러 곳에passim"로만 되어 있는 것이나, 마지막 '젬블라' 항목이 시행이나 주석 번호가 기입되지 않은 채 끝나는 것, '대관식 보석' 항목의 지시를 따르면 시에도 주석에도 나오지 않는 수상한 장소들로 이동하다 결국 다시 제자리로 돌아오는 공회전이 무한 반복되는 것 등 새로운 의문만 늘어난다. 독자는 텍스트를 충분히 다 읽어내지는 못했다는 미진함을 느끼며 독서를 마친다. 중요한 단서와 암시를 무심코 지나쳐버린 것은 아닐까, 킨보트의 말대로 주석을 바탕으로 다시 시를 읽으면 해소될까? 텍스트를 다시 처음부터 읽는 수밖에 별 도리가 없다.

예술의 '창백한 불꽃'

킨보트는 "참된 예술은 일반인의 눈으로 지각되는 보통의 '사실성'과는 아무런 관계가 없는, 그것만의 특별한 사실성을 창조하는 법"이라고 했다(130행 주석 참조). 이는 나보코프의 예술관과도 일치한다. 나보코프는 희곡 「사건The Event」에서 작중인물의 입을 빌려 "예술은 태양에 맞서서 움직인다Art moves against the sun"라고 한 바 있다. 이는 곧 빛이 굴절되는 부분, 빛이 반사돼 상이 맺히는 부분, '태양의 그림자' 부분에 예술이 존재한다는 뜻이다. 현실이 태양이라면 예술은 '그 태양에게서 달이 훔쳐온 창백한 불꽃'이라고나 할까. 즉 사물/현실 그 자체를 그리는 건 예술이 아니고, 사물/현실의 반영, 이면, 환영, 기억, 그것이 바로 예술의 자리라는 것이다.

젬블라 주제에 관한 일람표를 만들어 젬블라의 이미지를 명확하게 해주면 좋겠다는 출판사측의 제안에 나보코프는 크게 화를 냈다고 한다. 다음은 베라 여사가 나보코프를 대신해 편집자에게 보낸 편지에 전한 반대 이유다(참고로 베라 나보코프는 1983년 『창백한 불꽃』을 러시아어로 번역해 출판하는데, 이는 베라 여사의 유일무이한 나보코프 작품 번역서이다).

1. 젬블라의 이미지는 주석의 초기부터 시작되어 독자에게 아주 서서히 다가서야 합니다. 갑작스럽게 폭로되면 이 주제적 전개가 파괴되어버리죠.

2. 일람표가 제시되면 괴이한 색인의 균형도 완전히 깨져버릴 것입니다.

3. 책 전체가 미친 주석자에 의해, 편집자의 개입 없이 만들어졌다고 가정되는데, 그 주석자는 그런 소개를 절대로 할 것 같지 않습니다.

4. 젬블라가 실제로 존재하는지는 아무도 모르고, 아무도 몰라야 합니다. 킨보트조차 거의 모를걸요.

5. 젬블라의 인물들은 부유하는 안갯속 같은 상황에 남아 있어야 하지, 일람표로 항목이 분류되어서는 안 됩니다.

6. 우리는 젬블라가 순수한 창작인지 아니면 러시아에 대한 일종의 서정적인 직유인지조차 알 수 없습니다.

7. 그리고 아마도 이 제안은, 책의 가장 마지막 줄이자 가장 결정적인 줄, 중단된 미완성의 삶을 암시하며 녹아서 사라져가는 지평선, "젬블라, 머나먼 북쪽의 나라", 시행이나 주석에 대한 아무런 언급도 없는 이 마지막 줄에 가장 참담한 영향을 줄 것입니다.

이러한 관점에서 보면, 킨보트의 젬블라 이야기가 거짓이냐 아니냐를 따지는 것은 사실 별 의미가 없다. 독자는 허구의 다양한 층위와 파장을 보여주는 나보코프의 프리즘을 통해 어느 순간 현실과 허구의 이분법적 프레임을 벗어나, 허구의 여러 층위를 감질나게 오가며 소설의 서사에 몰입하게 된다. 페이지를 이리저리 뒤적이면서 허구의 층위들이 교차하며 짜이는 텍스트의 주름을 세심하게 관찰하다, 우연히 텍스트 이면의 진상을 맞닥뜨리게 되는 탐정이 되어서. 위 편지의 7번 항목에서 "중단된 미완성의 삶을 암시하며 녹아서 사라져가는 지평선"이라는 표현은 킨보트의 자살에 대한 나보코프의 힌트로 해석되곤 하지만, '사라져가는 지평선'에 방점을 두고 보면, 나보코프가 이 소설에서 궁극적으로 도달하려는 예술적 성취의 지점("가장 결정적인 줄")에 대한 암시를 함께 읽을 수 있다. 즉 실제와 허구가 뚜렷한 경계 없이 중첩되어 여러 빛의 파장으로 분산되는 지점에 독자를 위치시키는 것. 독자의 상상력에 따라 그 파장이 다르게 보이는 그 지평선으로, 거듭

된 재독을 통해 "더 크고, 더 훌륭하고, 더 유능한" 독자가 도달하기를 기다리는 것. "많은 것들을 다 말할 필요는 없다. 관객이 스스로 이야기를 마무리할 것이며, 때로는 그 결과 안에서 상상력이 더 강해진다. 그러나 불필요한 말을 하는 것은 다 완성된 조각품을 건드려 쪼가리들을 떨어뜨리거나 마술 램프로 전등을 만드는 일"이라는 톨스토이의 말처럼 나보코프는 젬블라에 대한 킨보트의 색인에 텍스트적 참조 사항을 붙이지 않은 채 이 소설을 끝맺었다. 이러한 소설의 엔딩은, 마치 눈속임 그림trompe l'œil의 액자 부분처럼 소설이 구축하는 허구의 경계를 구분하는 데 독서의 온 감각과 사고를 집중하게 한다. 연극 관객이 앞에 있는 배우가 연기한다는 사실을 매 순간 잊지 않고 무대 장치와 무대의 프레임을 계속 의식하면서 연극을 보고, 그림의 관람자가 그림 속을 들여다보면서 이것이 어디까지가 캔버스이고 어디부터는 실제 액자인지 계속 의식하면서 볼 때, 그 연극과 그림이 연극이고 그림이게 하는 물적 조건과 매개에 대해 더 깊이 숙고하며 상상력을 더 적극적으로 동원하게 되듯이.

소설 『창백한 불꽃』의 독서

물론 지금까지의 논의는 어디까지나 『창백한 불꽃』에 대한 주관적 독해일 뿐으로, 독자에 따라 전혀 다른 해석도 가능하다. 『창백한 불꽃』은 아무리 기발하고 면밀한 해석이라 해도 단선적인 하나의 해석으로는 완전히 해체되지 않는 다층적인 작품이다. 『창백한 불꽃』에 대한 해석은 제로섬 게임이 아니라서 이해의 어떤 층위가 다른 이해의 층위들을 무화시키지 않는다. 언제든 어디선가 더 크고 더 훌륭하고 더 유능한 독자가 이해의 지평을 거듭 새롭게 열 뿐이다. 체스 문제를 신문이나 잡지 등에 출제해서 직접 기고하고, 체스 게임 기법과 용어를 소설에도 차용해 독특한 문학적 비유를 하던 나보코프는 체스 게임과 소설을 비교하며 이렇게 얘기한다. "체스 문제에서 진짜 게임은 흑과 백의 체스 말 사이에서 벌어지는 게 아니라 체스 문제를 낸 사람과 그 문제를 풀 것이라 가정되는 사람 사이에 벌어진다. 수준 높은 소설에서 진정한 반목이 자리하는 장소가 인물들 사이가 아니라 작자와 독자 사이에 있듯이 말이다. 그렇다면 이제 어떤 문제의 가치는 그 문제를 해결하기 위해 얼마나 많은 시도가 필요한가에 달려 있다." 나보코프에게 훌륭한 독자란, 즉 능동적이며 창조적인 독자란 바로 작품을 계속 다시 읽는 독자일 수밖에 없다. 코넬대학에서 유럽의 걸작 소설들에 대한 강의를 시작하면서 그는 이렇게 말한 바 있다. "기묘하게 들릴지 모르지만, 어떤 한 권의 책을 읽을 수read는 없습니다. 오직 읽고 또 읽을 수reread 있을 뿐입니다."

시와 주석, 색인이라는 구성, 빈번한 참조 지시, 반복되는 모티프들의 패턴화 등 작품 구조의 역학 속에 이미 재독이 그 작동 원리로 내재되어 있는 『창백한 불꽃』에서 일독은 전체 판을 조망하는 예비 단계에 불과한지도 모른다. 마지막 장을 덮는 순간, 뭔가 더 의미심장하고 심오한 의미를 충분히 밝혀내지 못했다는 생각에 우리는 첫 장으로 돌아가, 게임을 다시 시작하고 싶은 마음이 든다. 이제 우리가 그냥 지나쳤던 힌트들과 놀라운 열쇠들이 마치 판이 새로 짜인 듯 눈앞에 하나둘

씩 모습을 드러낼 것이다. 무심코 흘려버렸던 문학작품의 인용들, 등장인물들의 이름, 지명, 동식물의 학명들. 독자 한 개인의 독서도 매번 다른 순서와 양태를 취할 수밖에 없는 『창백한 불꽃』에서 일독의 시야에선 비껴 있던 텍스트의 감춰진 왜상들은 거듭된 재독이 만드는 시차視差에서 발견되게 마련이다.

이런 소설의 경우, 작자가 미리 완전히 구축해놓은 듯 보이는 은폐된 형식이 독자의 독서행위에 의해 열려 그 내부 구조가 드러나면서 그 안에 잠재적으로 존재하던 의미가 발견되어 소설 자체의 의미망이 재구축되고 확장된다. 셰이드의 말대로 중요한 건 '텍스트text가 아니라 텍스트의 결texture'로, 수많은 입구들이 있는 망의 한쪽 텍스처를, 텍스트가 엮이는 그 구조들의 역학을 관찰하는 독서, 롤랑 바르트가 『S/Z』에서 말한 "텍스트를 한 덩어리로 그러모아 압축하는 것이 아니라 그것을 방사상의 별 모양으로 빛나게 하는" 독서가 『창백한 불꽃』에서도 필요하다. 새로운 의미가 계속 새롭게 산출되려면 작품의 텍스트는 창작자가 예상하거나 구체적으로 상상하지 못한 다른 관점들과 대화적 관계를 맺어야만 한다. 각기 다른 시공간에서, 각기 다른 시선과 생각을 가진 수많은 독자가 각기 다른 방식으로 그 잠재력을 발견하고 이해한다. 이런 이해는 실제로 거기에 있던 잠재력을 비로소 숨쉬게 하는 데 이바지하기에 오히려 원 텍스트를 풍요롭게 할 수 있다. 이런 독서가 가능한 소설은 원래 창작된 시대에서 아주 멀리 떨어진 다른 시대에서도 창조적으로 변형될 수 있다. 서로 다른 시대에 서로 다른 삶을 살아가는 불멸의 소설적 이미지가 계속 창조된다. 『창백한 불꽃』의 한국어 번역을 통해 이 소설이 새로운 독자, 더 크고 더 훌륭하고 더 유능한 독자와 만나게 되기를 기대한다.

처음 이 소설의 번역을 시작한 지 15년이 훌쩍 넘는 시간 동안 수없이 다시 읽고 번역을 고쳤지만, 여전히 이 소설은 역자에게 처음 읽었을 때의 아찔한 흥분과 새로운 발견으로 인한 놀라움을 주는, 매순간 출구를 찾고 있으면서도 영원히 나가고 싶지 않은 미로이다. 이 미로의 막다른 길에서 오도 가도 못하고 방황할 때마다, 역자보다 '더 훌륭하고 더 유능한' 나보코프의 독자들이 실마리를 제공해주었다. 우선, 베라 나보코프의 러시아어 번역판(Ardis, 1983)과 두 권의 일본어 번역판(富士川義之역, 森慎一郎역), 그리고 최초의 한국어 번역이었던 이태동의 번역판(삼성출판사, 1979) 등, 킨보트식으로 표현하자면 이 소설을 번역한 '언어 범죄자들'(803행 주석 참조)의 모든 공과가 공범자인 역자에게는 귀한 참고 자료가 되었다. 또한, Library of America판(1996)에 붙인 브라이언 보이드의 주석을 비롯해, 그동안 축적된 나보코프 연구자들의 『창백한 불꽃』 연구 성과들도 역주에 가능한 반영하고자 했다. 부족한 번역 초고를 강독 수업을 통해 읽고 토론해주신 연세대 최건영 선생님과 학생들, 따로 시간을 내서 원고를 꼼꼼히 읽고 오류를 지적해주신 김정아 선생님과 이산하님 그리고 이 미로의 든든한 동행으로서, 역자가 잘못된 길에 들어설 때마다 적절한 이정표와 손전등으로 빛을 비춰주신 김경은 편집자님께 특별히 감사의 마음을 전하고 싶다.

김윤하

1. 러시아(1899~1919)

1899년	4월 22일 수도 상트페테르부르크의 귀족 명문가에서 아버지 블라디미르 드미트리예비치와 어머니 옐레나 이바노브나 사이에서 장남으로 출생. 할아버지 드미트리 니콜라예비치는 알렉산드르 2세와 3세의 치세에 법무상을 역임했고, 아버지는 관료가 되기를 거부하고 법학자의 길을 걷다가 정치에 입문하여 입헌민주당(카데트) 지도부의 일원이 된다.
1899~1910년	자유주의적 분위기의 유복한 가정에서 다방면에 걸친 최상의 가정교육을 받으며 성장. 러시아어 외에 영어와 프랑스어를 익혔고(영국 숭배자였던 아버지의 영향으로 러시아어보다 영어를 먼저 익혔다), 테니스, 자전거, 권투, 체스 등 다양한 운동을 배웠으며 곤충학(특히 나비 채집과 관찰)에도 몰두한다. 체스와 나비 연구는 평생에 걸친 관심사로 나보코프의 삶과 문학에 깊숙이 관여하게 된다.
1911~1916년	테니셰프 학교에서 수학. 이 시기에 이기적이라고까지 부를 수 있는 우월 의식에 찬 개인주의적 성향이 발현된다. 어린 시절 상트페테르부르크의 삶이 남긴 인상은 나보코프의 창작에 큰 역할을 한다. 특히 나보코프 가족이 여름을 나곤 했던 교외의 모습은 작가의 기억 속에 지상낙원으로, '그의 러시아'로 영원히 남는다.
1914년	첫 시를 씀.

1916년 『시집Стишки』을 자비로 발간하며 문학에 입문.

1917년 아버지가 부르주아 임시정부에 입각. 볼셰비키혁명으로 임시정부가 붕괴되자 나보코프 가족은 크림으로 이주.

2. 유럽(1919~1940)

1919년 크림이 적군에게 장악되고 내전이 적군의 승리로 끝나자 3월에 배를 타고 영원히 러시아를 떠난다. 콘스탄티노플을 거쳐 런던으로 간다.

1919~1922년 동생 세르게이와 함께 케임브리지대학에서 수학. 러시아문학과 프랑스문학을 전공. 운명의 극적인 전환은 시인 나보코프의 창작에 강한 동기를 부여한다. 전 생애를 통틀어 망명 초창기에 가장 많은 시를 쓴다.

1920년 8월에 가족이 베를린으로 이주. 아버지가 러시아어 신문 〈키Руль〉의 편집자가 된다. 〈키〉에 나보코프의 첫 번역과 첫 산문이 실린다.

1921년 필명 '블라디미르 시린'으로 작품을 발표하기 시작.

1922년 3월 28일 베를린에서 아버지가 러시아 극우파 테러리스트에게 암살당한다. 아버지의 죽음은 나보코프의 운명을 송두리째 흔든다. 스스로 삶을 개척해야 했던 나보코프의 전업작가로서의 삶이 시작된다. 6월에 케임브리지대학을 졸업하고 베를린으로 이주.

1923년 3월 8일 어머니가 프라하로 이주. 베를린에서 미래의 아내 베라 예프세예브나 슬로님을 만난다. 베를린에서 시집 『송이Гроздь』와 『천상의 길Горний путь』 출간.

1924년 첫 장편희곡 『모른 씨의 비극Трагедия господина Морна』 집필.

1925년 4월 25일 베라 슬로님과 결혼. 첫 장편소설 『마셴카Машенька』 집필.

1926년 베를린에서 『마셴카』 출간. 두번째 희곡 『소비에트에서 온 사람Человек из СССР』 집필.

1928년 베를린에서 소설 『킹, 퀸, 잭Король, дама, валет』 출간.

1929년 문예지 『현대의 수기』에 소설 『루진의 방어Защита Лужина』 발표. 작품의 첫 부분을 읽은 어느 망명 문인의 회고에 따르면, "망명 세대 모두의 삶을 정당화하기 위해 불사조처럼 혁명과 추방의 불길과 재에서 태어난 위대한 러시아 작가의 작품."

1930년 베를린에서 단편집 『초르브의 귀환Возвращение Чорба』과 『루진의 방어』 출간. 『현대의 수기』에 소설 『스파이Соглядатай』 게재.

1931년 『현대의 수기』에 『위업Подвиг』 연재.

1932년 파리에서 『위업』 출간. 『현대의 수기』에 소설 『카메라 옵스쿠라Камера обскура』 연재 후 파리에서 단행본 출간.

1933년 베를린에서 『카메라 옵스쿠라』 단행본 출간.

1934년 『현대의 수기』에 소설 『절망Отчаяние』 연재. 5월 10일에 외아들 드미트리가 태어남.

1935년 『현대의 수기』에 소설 『사형장으로의 초대Приглашение на казнь』 연재.

1936년 베를린에서 『절망』 단행본 출간.

1937년 나치의 위협을 피해 파리로 이주. 프랑스 문예지 〈NRF(La Nouvelle Revue Française)〉에 푸시킨에 관한 프랑스어 논문 발표. 프랑스 잡지들에 프랑스어로 번역한 푸시킨 시 발표. 『현대의 수기』에 소설 『재능Дар』 연재(체르니솁스키에 관한 4장을 제외하고 발표). 런던에서 나보코프가 영어로 옮긴 『절망*Despair*』 출간.

1938년 파리와 베를린에서 『사형장으로의 초대』 단행본 동시 출간. 첫 영어 소설 『서배스천 나이트의 진짜 인생*The Real Life of Sebastian Knight*』 집필.

1939년 3월 2일 어머니 작고.

3. 미국(1940~1960)

1940년 5월에 독일 점령군을 피해 미국으로 이주. 뉴욕의 자연사박물관에 일자리를 얻는다. 비평가 에드먼드 윌슨의 추천으로 〈뉴요커〉에 기고.

1941년 소설 『서배스천 나이트의 진짜 인생』 출간. 웰즐리 칼리지에서 7년간 러시아문학 강의.

1942년 하버드대학의 비교동물학 박물관에서 6년간 연구원으로 활동.

1944년 고골 연구서 『니콜라이 고골*Nikolai Gogol*』 출간. 푸시킨, 레르몬토프, 튜체프의 시를 번역한 시집 『세 명의 러시아 시인*Three Russian Poets*』 출간.

1945년 미국 시민권 획득.

1947년 소설 『벤드 시니스터*Bend Sinister*』와 단편집 『아홉 편의 단편*Nine Stories*』 출간.

1948년 코넬대학 문학부 교수로 재직하며 10년간 러시아문학과 유럽문학 강의.

1951~1952년 하버드대학에서 강의. 후에 네 권의 강의록 출간. 『문학 강의*Lectures on Literature*』(1980), 『율리시스 강의*Lectures on*

Ulysses』(1980), 『러시아문학 강의*Lectures on Russian Literature*』(1981), 『돈키호테 강의*Lectures on Don Quixote*』(1983).

1951년 회상록 『확증*Conclusive Evidence*』 출간.

1952년 고골 선집에 부치는 머리말 집필. 파리에서 러시아어 시선 『시. 1929~1951Стихотворения. 1929~1951』 출간. 『재능』 무삭제판 출간.

1954년 러시아어 회상록 『다른 해변Другие берега』 출간.

1955년 파리에서 소설 『롤리타*Lolita*』 출간.

1956년 1930년대에 러시아어로 쓴 단편 모음집 『피알타에서의 봄과 다른 단편들Весна в Фиальте и другие рассказы』 출간.

1957년 소설 『프닌*Pnin*』 출간.

1958년 나보코프가 영어로 옮기고 역자 머리말을 붙인 레르몬토프의 소설 『우리 시대의 영웅*Hero of Our Time*』 출간. 단편 모음집 『나보코프의 한 다스*Nabokov's Dozen*』 출간. 뉴욕에서 『롤리타』 출간.

1959년 영어 시집 『시*Poems*』 출간. 『롤리타』의 성공으로 대학 강의를 접음.

4. 스위스(1960~1977)

1960년 스위스의 몽트뢰로 이주. 나보코프가 영어로 옮기고 상세한 주석을 단 『이고리 원정기*The Song of Igor's Campaign*』 출간.

1962년 스탠리 큐브릭이 감독한 영화 〈롤리타〉 상영. 소설 『창백한 불꽃*Pale Fire*』 출간.

1964년 기존 번역본의 오류를 바로잡고 방대한 주석을 단 푸시킨의 『예브게니 오네긴*Eugene Onegin*』 출간.

1967년 영문 회상기 개정판 『말하라, 기억이여*Speak, Memory*』 출간. 단편집 『나보코프의 4중주*Nabokov's Quartet*』 출간.

1969년 소설 『아다 혹은 열정. 가족 연대기*Ada or Ardor: A Family Chronicle*』 출간.

1971년 러시아어와 영어로 쓴 시와 체스 문제가 수록된 『시와 문제*Poems and problems*(Стихи и задачи)』 출간.

1972년 소설 『투명한 물체들*Transparent Things*』 출간.

1973년 단편집 『러시아 미인 외 단편들*A Russian Beauty and Other Stories*』 출간. 에세이와 인터뷰 모음 『굳건한 견해*Strong Opinions*』 출간.

1974년 소설 『어릿광대를 보라!*Look at the Harlequins!*』 출간.

1975년 『재능』의 개정판 출간. 『독재자는 파괴되었다 외 단편들*Tyrants Destroyed and Other Stories*』 출간.

1976년 나보코프가 영어로 옮긴 러시아어 단편집 『일몰의 세부 외 단편들*Details of a Sunset and Other Stories*』 출간.

1977년 7월 2일 스위스 몽트뢰에서 영면.

2009년 드미트리 나보코프가 미완성 유작 『오리지널 오브 로라*Original of Laura*』를 정리, 편집하여 출간.

문학동네 세계문학전집 발간에 부쳐

세계문학은 국민문학 혹은 지역문학을 떠나 존재하는 문학이 아니지만 그것들의 총합도 아니다. 세계문학이라는 용어에는 그 나름의 언어와 전통을 갖고 있는 국민문학이나 지역문학의 존재를 인정하면서 그것을 넘어서는 문학의 보편적 질서에 대한 관념이 새겨져 있다. 그 용어를 처음 고안한 19세기 유럽인들은 유럽문학을 중심으로 그 질서를 구축했지만 풍부한 국민문학의 전통을 가지고 있는 현대의 문학 강국들은 나름의 방식으로 세계문학을 이해하면서 정전(正典)의 목록을 작성하고 또 수정한다.

한국에서도 세계문학 관념은 우리 사회와 문화의 변화 속에서 거듭 수정돼왔다. 어느 시기에는 제국 일본의 교양주의를 반영한 세계문학 관념이, 어느 시기에는 제3세계 민족주의에 동조한 세계문학 관념이 출현했고, 그러한 관념을 실천한 전집물이 출판됐다. 21세기 한국에 새로운 세계문학전집이 필요하다는 것은 명백하다. 우리의 지성과 감성의 기준에 부합하는 세계문학을 다시 구상할 때가 되었다.

문학동네 세계문학전집은 범세계적으로 통용되는 고전에 대한 상식을 존중하면서도 지난 반세기 동안 해외 주요 언어권에서 창작과 연구의 진전에 따라 일어난 정전의 변동을 고려하여 편성되었다. 그래서 불멸의 명작은 물론 동시대 세계의 중요한 정치·문화적 실천에 영감을 준 새로운 작품들을 두루 포함시켰다.

창립 이후 지금까지 한국문학 및 번역문학 출판에서 가장 전문적이고 생산적인 그룹을 대표해온 문학동네가 그간 축적한 문학 출판 경험을 바탕으로 새로운 세계문학전집을 펴낸다. 인류가 무지와 몽매의 어둠 속을 방황하면서도 끝내 길을 잃지 않은 것은 세계문학사의 하늘에 떠 있는 빛나는 별들이 길잡이가 되어주었기 때문이다. 우리가 자부심과 사명감 속에서 그리게 될 이 새로운 별자리가 독자들의 관심과 애정에 힘입어 우리 모두의 뿌듯한 자산이 되기를 소망한다.

세계문학전집 177
창백한 불꽃

1판 1쇄 2019년 2월 28일
1판 8쇄 2024년 9월 30일

지은이 블라디미르 나보코프 | 옮긴이 김윤하

책임편집 김경은 | 편집 류현영 박신양 | 모니터링 이희연
디자인 김선미 김마리 이주영 | 저작권 박지영 형소진 최은진 오서영
마케팅 정민호 서지화 한민아 이민경 왕지경 정경주 김수인 김혜원 김하연 김예진
브랜딩 함유지 함근아 박민재 김희숙 이송이 박다솔 조다현 정승민 배진성
제작 강신은 김동욱 이순호 | 제작처 영신사

펴낸곳 (주)문학동네 | 펴낸이 김소영
출판등록 1993년 10월 22일 제2003-000045호
주소 10881 경기도 파주시 회동길 210
전자우편 editor@munhak.com | 대표전화 031) 955-8888 | 팩스 031) 955-8855
문의전화 031) 955-1927(마케팅), 031) 955-3560(편집)
문학동네카페 http://cafe.naver.com/mhdn
인스타그램 @munhakdongne | 트위터 @munhakdongne
북클럽문학동네 http://bookclubmunhak.com

ISBN 978-89-546-5520-0 04840
978-89-546-0901-2 (세트)

잘못된 책은 구입하신 서점에서 교환해드립니다.
기타 교환 문의 031) 955-2661, 3580

www.munhak.com

1, 2, 3 안나 카레니나 레프 톨스토이 | 박형규 옮김
4 판탈레온과 특별봉사대 마리오 바르가스 요사 | 송병선 옮김
5 황금 물고기 르 클레지오 | 최수철 옮김
6 템페스트 윌리엄 셰익스피어 | 이경식 옮김
7 위대한 개츠비 F. 스콧 피츠제럴드 | 김영하 옮김
8 아름다운 애너벨 리 싸늘하게 죽다 오에 겐자부로 | 박유하 옮김
9, 10 파우스트 요한 볼프강 폰 괴테 | 이인웅 옮김
11 가면의 고백 미시마 유키오 | 양윤옥 옮김
12 킴 러디어드 키플링 | 하창수 옮김
13 나귀 가죽 오노레 드 발자크 | 이철의 옮김
14 피아노 치는 여자 엘프리데 옐리네크 | 이병애 옮김
15 1984 조지 오웰 | 김기혁 옮김
16 벤야멘타 하인학교-야콥 폰 군텐 이야기 로베르트 발저 | 홍길표 옮김
17, 18 적과 흑 스탕달 | 이규식 옮김
19, 20 휴먼 스테인 필립 로스 | 박범수 옮김
21 체스 이야기·낯선 여인의 편지 슈테판 츠바이크 | 김연수 옮김
22 왼손잡이 니콜라이 레스코프 | 이상훈 옮김
23 소송 프란츠 카프카 | 권혁준 옮김
24 마크롤 가비에로의 모험 알바로 무티스 | 송병선 옮김
25 파계 시마자키 도손 | 노영희 옮김
26 내 생명 앗아가주오 앙헬레스 마스트레타 | 강성식 옮김
27 여명 시도니가브리엘 콜레트 | 송기정 옮김
28 한때 흑인이었던 남자의 자서전 제임스 웰든 존슨 | 천승걸 옮김
29 슬픈 짐승 모니카 마론 | 김미선 옮김
30 피로 물든 방 앤절라 카터 | 이귀우 옮김
31 숨그네 헤르타 뮐러 | 박경희 옮김
32 우리 시대의 영웅 미하일 레르몬토프 | 김연경 옮김
33, 34 실낙원 존 밀턴 | 조신권 옮김
35 복낙원 존 밀턴 | 조신권 옮김
36 포로기 오오카 쇼헤이 | 허호 옮김
37 동물농장·파리와 런던의 따라지 인생 조지 오웰 | 김기혁 옮김
38 루이 랑베르 오노레 드 발자크 | 송기정 옮김
39 코틀로반 안드레이 플라토노프 | 김철균 옮김
40 어두운 상점들의 거리 파트릭 모디아노 | 김화영 옮김
41 순교자 김은국 | 도정일 옮김
42 젊은 베르테르의 슬픔 요한 볼프강 폰 괴테 | 안장혁 옮김
43 더블린 사람들 제임스 조이스 | 진선주 옮김
44 설득 제인 오스틴 | 원영선, 전신화 옮김
45 인공호흡 리카르도 피글리아 | 엄지영 옮김
46 정글북 러디어드 키플링 | 손향숙 옮김
47 외로운 남자 외젠 이오네스코 | 이재룡 옮김
48 에피 브리스트 테오도어 폰타네 | 한미희 옮김
49 둔황 이노우에 야스시 | 임용택 옮김
50 미크로메가스·캉디드 혹은 낙관주의 볼테르 | 이병애 옮김
51, 52 염소의 축제 마리오 바르가스 요사 | 송병선 옮김
53 고야산 스님·초롱불 노래 이즈미 교카 | 임태균 옮김

54 다니엘서 E. L. 닥터로 | 정상준 옮김
55 이날을 위한 우산 빌헬름 게나치노 | 박교진 옮김
56 톰 소여의 모험 마크 트웨인 | 강미경 옮김
57 카사노바의 귀향·꿈의 노벨레 아르투어 슈니츨러 | 모명숙 옮김
58 바보들을 위한 학교 사샤 소콜로프 | 권정임 옮김
59 어느 어릿광대의 견해 하인리히 뵐 | 신동도 옮김
60 웃는 늑대 쓰시마 유코 | 김훈아 옮김
61 팔코너 존 치버 | 박영원 옮김
62 한눈팔기 나쓰메 소세키 | 조영석 옮김
63, 64 톰 아저씨의 오두막 해리엇 비처 스토 | 이종인 옮김
65 아버지와 아들 이반 투르게네프 | 이항재 옮김
66 베니스의 상인 윌리엄 셰익스피어 | 이경식 옮김
67 해부학자 페데리코 안다아시 | 조구호 옮김
68 긴 이별을 위한 짧은 편지 페터 한트케 | 안장혁 옮김
69 호텔 뒤락 애니타 브루크너 | 김정 옮김
70 잔해 쥘리앵 그린 | 김종우 옮김
71 절망 블라디미르 나보코프 | 최종술 옮김
72 더버빌가의 테스 토머스 하디 | 유명숙 옮김
73 감상소설 미하일 조셴코 | 백용식 옮김
74 빙하와 어둠의 공포 크리스토프 란스마이어 | 진일상 옮김
75 쓰가루·석별·옛날이야기 다자이 오사무 | 서재곤 옮김
76 이인 알베르 카뮈 | 이기언 옮김
77 달려라, 토끼 존 업다이크 | 정영목 옮김
78 몰락하는 자 토마스 베른하르트 | 박인원 옮김
79, 80 한밤의 아이들 살만 루슈디 | 김진준 옮김
81 죽은 군대의 장군 이스마일 카다레 | 이창실 옮김
82 페레이라가 주장하다 안토니오 타부키 | 이승수 옮김
83, 84 목로주점 에밀 졸라 | 박명숙 옮김
85 아베 일족 모리 오가이 | 권태민 옮김
86 폭풍의 언덕 에밀리 브론테 | 김정아 옮김
87, 88 늦여름 아달베르트 슈티프터 | 박종대 옮김
89 클레브 공작부인 라파예트 부인 | 류재화 옮김
90 P세대 빅토르 펠레빈 | 박혜경 옮김
91 노인과 바다 어니스트 헤밍웨이 | 이인규 옮김
92 물방울 메도루마 슌 | 유은경 옮김
93 도깨비불 피에르 드리외라로셸 | 이재룡 옮김
94 프랑켄슈타인 메리 셸리 | 김선형 옮김
95 래그타임 E. L. 닥터로 | 최용준 옮김
96 캔터빌의 유령 오스카 와일드 | 김미나 옮김
97 만(卍)·시게모토 소장의 어머니 다니자키 준이치로 | 김춘미, 이호철 옮김
98 맨해튼 트랜스퍼 존 더스패서스 | 박경희 옮김
99 단순한 열정 아니 에르노 | 최정수 옮김
100 열세 걸음 모옌 | 임홍빈 옮김
101 데미안 헤르만 헤세 | 안인희 옮김
102 수레바퀴 아래서 헤르만 헤세 | 한미희 옮김
103 소리와 분노 윌리엄 포크너 | 공진호 옮김

104 곰 윌리엄 포크너 | 민은영 옮김
105 롤리타 블라디미르 나보코프 | 김진준 옮김
106, 107 부활 레프 톨스토이 | 박형규 옮김
108, 109 모래그릇 마쓰모토 세이초 | 이병진 옮김
110 은둔자 막심 고리키 | 이강은 옮김
111 불타버린 지도 아베 고보 | 이영미 옮김
112 말라볼리아가의 사람들 조반니 베르가 | 김운찬 옮김
113 디어 라이프 앨리스 먼로 | 정연희 옮김
114 돈 카를로스 프리드리히 실러 | 안인희 옮김
115 인간 짐승 에밀 졸라 | 이철의 옮김
116 빌러비드 토니 모리슨 | 최인자 옮김
117, 118 미국의 목가 필립 로스 | 정영목 옮김
119 대성당 레이먼드 카버 | 김연수 옮김
120 나나 에밀 졸라 | 김치수 옮김
121, 122 제르미날 에밀 졸라 | 박명숙 옮김
123 현기증. 감정들 W. G. 제발트 | 배수아 옮김
124 강 동쪽의 기담 나가이 가후 | 정병호 옮김
125 붉은 밤의 도시들 윌리엄 버로스 | 박인찬 옮김
126 수고양이 무어의 인생관 E. T. A. 호프만 | 박은경 옮김
127 맘브루 R. H. 모레노 두란 | 송병선 옮김
128 익사 오에 겐자부로 | 박유하 옮김
129 땅의 혜택 크누트 함순 | 안미란 옮김
130 불안의 책 페르난두 페소아 | 오진영 옮김
131, 132 사랑과 어둠의 이야기 아모스 오즈 | 최창모 옮김
133 페스트 알베르 카뮈 | 유호식 옮김
134 다마세누 몬테이루의 잃어버린 머리 안토니오 타부키 | 이현경 옮김
135 작은 것들의 신 아룬다티 로이 | 박찬원 옮김
136 시스터 캐리 시어도어 드라이저 | 송은주 옮김
137 고독한 산책자의 몽상 장자크 루소 | 문경자 옮김
138 용의자의 야간열차 다와다 요코 | 이영미 옮김
139 세기아의 고백 알프레드 드 뮈세 | 김미성 옮김
140 햄릿 윌리엄 셰익스피어 | 이경식 옮김
141 카산드라 크리스타 볼프 | 한미희 옮김
142 이 글을 읽는 사람에게 영원한 저주를 마누엘 푸익 | 송병선 옮김
143 마음 나쓰메 소세키 | 유은경 옮김
144 바다 존 밴빌 | 정영목 옮김
145, 146, 147, 148 전쟁과 평화 레프 톨스토이 | 박형규 옮김
149 세 가지 이야기 귀스타브 플로베르 | 고봉만 옮김
150 제5도살장 커트 보니것 | 정영목 옮김
151 알렉시 · 은총의 일격 마르그리트 유르스나르 | 윤진 옮김
152 말라 온다 알베르토 푸겟 | 엄지영 옮김
153 아르세니예프의 인생 이반 부닌 | 이항재 옮김
154 오만과 편견 제인 오스틴 | 류경희 옮김
155 돈 에밀 졸라 | 유기환 옮김
156 젊은 예술가의 초상 제임스 조이스 | 진선주 옮김
157, 158, 159 카라마조프가의 형제들 표도르 도스토옙스키 | 김희숙 옮김

160 진 브로디 선생의 전성기 뮤리얼 스파크 | 서정은 옮김
161 13인당 이야기 오노레 드 발자크 | 송기정 옮김
162 하지 무라트 레프 톨스토이 | 박형규 옮김
163 희망 앙드레 말로 | 김웅권 옮김
164 임멘 호수·백마의 기사·프시케 테오도어 슈토름 | 배정희 옮김
165 밤은 부드러워라 F. 스콧 피츠제럴드 | 정영목 옮김
166 야간비행 앙투안 드 생텍쥐페리 | 용경식 옮김
167 나이트우드 주나 반스 | 이예원 옮김
168 소년들 앙리 드 몽테를랑 | 유정애 옮김
169, 170 독립기념일 리처드 포드 | 박영원 옮김
171, 172 닥터 지바고 보리스 파스테르나크 | 박형규 옮김
173 싯다르타 헤르만 헤세 | 권혁준 옮김
174 야만인을 기다리며 J. M. 쿳시 | 왕은철 옮김
175 철학편지 볼테르 | 이봉지 옮김
176 거지 소녀 앨리스 먼로 | 민은영 옮김
177 창백한 불꽃 블라디미르 나보코프 | 김윤하 옮김
178 슈틸러 막스 프리슈 | 김인순 옮김
179 시핑 뉴스 애니 프루 | 민승남 옮김
180 이 세상의 왕국 알레호 카르펜티에르 | 조구호 옮김
181 철의 시대 J. M. 쿳시 | 왕은철 옮김
182 카시지 조이스 캐럴 오츠 | 공경희 옮김
183, 184 모비 딕 허먼 멜빌 | 황유원 옮김
185 솔로몬의 노래 토니 모리슨 | 김선형 옮김
186 무기여 잘 있거라 어니스트 헤밍웨이 | 권진아 옮김
187 컬러 퍼플 앨리스 워커 | 고정아 옮김
188, 189 죄와 벌 표도르 도스토옙스키 | 이문영 옮김
190 사랑 광기 그리고 죽음의 이야기 오라시오 키로가 | 엄지영 옮김
191 빅 슬립 레이먼드 챈들러 | 김진준 옮김
192 시간은 밤 류드밀라 페트루솁스카야 | 김혜란 옮김
193 타타르인의 사막 디노 부차티 | 한리나 옮김
194 고양이와 쥐 귄터 그라스 | 박경희 옮김
195 펠리시아의 여정 윌리엄 트레버 | 박찬원 옮김
196 마이클 K의 삶과 시대 J. M. 쿳시 | 왕은철 옮김
197, 198 오스카와 루신다 피터 케리 | 김시현 옮김
199 패싱 넬라 라슨 | 박경희 옮김
200 마담 보바리 귀스타브 플로베르 | 김남주 옮김
201 패주 에밀 졸라 | 유기환 옮김
202 도시와 개들 마리오 바르가스 요사 | 송병선 옮김
203 루시 저메이카 킨케이드 | 정소영 옮김
204 대지 에밀 졸라 | 조성애 옮김
205, 206 백치 표도르 도스토옙스키 | 김희숙 옮김
207 백야 표도르 도스토옙스키 | 박은정 옮김
208 순수의 시대 이디스 워턴 | 손영미 옮김
209 단순한 이야기 엘리자베스 인치볼드 | 이혜수 옮김
210 바닷가에서 압둘라자크 구르나 | 황유원 옮김
211 낙원 압둘라자크 구르나 | 왕은철 옮김

212 피라미드 이스마일 카다레 | 이창실 옮김
213 애니 존 저메이카 킨케이드 | 정소영 옮김
214 지고 말 것을 가와바타 야스나리 | 박혜성 옮김
215 부서진 사월 이스마일 카다레 | 유정희 옮김
216 사람은 무엇으로 사는가 레프 톨스토이 | 이항재 옮김
217, 218 악마의 시 살만 루슈디 | 김진준 옮김
219 오늘을 잡아라 솔 벨로 | 김진준 옮김
220 배반 압둘라자크 구르나 | 황가한 옮김
221 어두운 밤 나는 적막한 집을 나섰다 페터 한트케 | 윤시향 옮김
222 무어의 마지막 한숨 살만 루슈디 | 김진준 옮김
223 속죄 이언 매큐언 | 한정아 옮김
224 암스테르담 이언 매큐언 | 박경희 옮김
225, 226, 227 특성 없는 남자 로베르트 무질 | 박종대 옮김
228 앨프리드와 에밀리 도리스 레싱 | 민은영 옮김
229 북과 남 엘리자베스 개스켈 | 민승남 옮김
230 마지막 이야기들 윌리엄 트레버 | 민승남 옮김
231 벤저민 프랭클린 자서전 벤저민 프랭클린 | 이종인 옮김
232 만년양식집 오에 겐자부로 | 박유하 옮김
233 이상한 나라의 앨리스 루이스 캐럴 | 존 테니얼 그림 | 김희진 옮김
234 소네치카·스페이드의 여왕 류드밀라 울리츠카야 | 박종소 옮김
235 메데야와 그녀의 아이들 류드밀라 울리츠카야 | 최종술 옮김
236 실종자 프란츠 카프카 | 이재황 옮김
237 진 알랭 로브그리예 | 성귀수 옮김
238 말테의 수기 라이너 마리아 릴케 | 홍사현 옮김
239, 240 율리시스 제임스 조이스 | 이종일 옮김
241 지도와 영토 미셸 우엘벡 | 장소미 옮김
242 사막 J. M. G. 르 클레지오 | 홍상희 옮김
243 사냥꾼의 수기 이반 투르게네프 | 이종현 옮김
244 험볼트의 선물 솔 벨로 | 전수용 옮김
245 바베트의 만찬 이자크 디네센 | 추미옥 옮김
246 나르치스와 골드문트 헤르만 헤세 | 안인희 옮김
247 변신·단식 광대 프란츠 카프카 | 이재황 옮김
248 상자 속의 사나이 안톤 체호프 | 박현섭 옮김
249 가장 파란 눈 토니 모리슨 | 정소영 옮김
250 꽃피는 노트르담 장 주네 | 성귀수 옮김

● 문학동네 세계문학전집은 계속 출간됩니다